北京市社会科学重大项目
项目编号：14ZDA15

世界文学与
中国现代文学

上册

王宁 生安锋 等著

中国社会科学出版社

图书在版编目（CIP）数据

世界文学与中国现代文学. 全二册/王宁等著. —北京：中国社会科学出版社，2022.5

ISBN 978-7-5203-8680-7

Ⅰ.①世… Ⅱ.①王… Ⅲ.①世界文学—文学研究 Ⅳ.①I106

中国版本图书馆 CIP 数据核字（2021）第 125583 号

出 版 人	赵剑英
责任编辑	张 潜
责任校对	王丽媛
责任印制	王 超

出　　版	中国社会科学出版社
社　　址	北京鼓楼西大街甲 158 号
邮　　编	100720
网　　址	http://www.csspw.cn
发 行 部	010-84083685
门 市 部	010-84029450
经　　销	新华书店及其他书店
印　　刷	北京明恒达印务有限公司
装　　订	廊坊市广阳区广增装订厂
版　　次	2022 年 5 月第 1 版
印　　次	2022 年 5 月第 1 次印刷
开　　本	710×1000　1/16
印　　张	48.5
字　　数	801 千字
定　　价	259.00 元（全二册）

凡购买中国社会科学出版社图书，如有质量问题请与本社营销中心联系调换
电话：010-84083683
版权所有　侵权必究

总目录

上 册

绪论　世界文学与中国现代文学 …………………………………（1）

上编　世界文学与中国现代文学：理论与思潮

第一章　世界文学概念在中国的流变 ……………………………（43）
第二章　"世界文学"概念的双向旅行 …………………………（100）
第三章　世界主义与世界文学 ……………………………………（117）
第四章　"世界文学"与翻译 ……………………………………（136）
第五章　作为问题导向的世界文学与世界戏剧 …………………（159）
第六章　诺贝尔文学奖与中国当代小说 …………………………（176）
第七章　从比较诗学到世界诗学的建构 …………………………（194）

中编　世界文学语境下的中国现代文学

第八章　世界文学语境下的中国现代小说 ………………………（215）
第九章　世界文学语境下的中国现代诗歌 ………………………（249）
第十章　世界文学语境下的中国现代戏剧 ………………………（306）

下 册

下编 世界文学与中国现当代作家

第十一章　鲁迅与世界文学 …………………………………（347）
第十二章　郭沫若与世界文学 ………………………………（395）
第十三章　巴金与世界文学 …………………………………（430）
第十四章　曹禺与世界文学 …………………………………（471）
第十五章　老舍与世界文学 …………………………………（511）
第十六章　钱锺书与世界文学 ………………………………（542）
第十七章　凌叔华与世界文学 ………………………………（580）
第十八章　贾平凹与世界文学 ………………………………（614）
第十九章　莫言与世界文学 …………………………………（660）

跋　世界文学语境中的中国当代文学 ………………………（698）

参考文献 ………………………………………………………（711）

后　记 …………………………………………………………（761）

上册目录

绪论　世界文学与中国现代文学 ……………………………… (1)
 第一节　文学世界主义面面观 ………………………………… (2)
 第二节　"世界文学"的历史演变及当代含义 ………………… (5)
 第三节　什么是世界文学的评价标准？ ……………………… (11)
 第四节　世界文学版图上的中国文学 ………………………… (12)
 第五节　重建世界文学的中国版本 …………………………… (16)
 第六节　世界文学与中国现代文学 …………………………… (23)
 第七节　翻译文学和重写中国现代文学史 …………………… (28)
 第八节　走向世界的中国当代文学 …………………………… (32)

上编　世界文学与中国现代文学：理论与思潮

第一章　世界文学概念在中国的流变 ………………………… (43)
 第一节　世界文学概念的进入中国 …………………………… (44)
 第二节　"五四"新文化运动时期的世界文学观念与实践 …… (53)
 第三节　20世纪30—40年代世界文学观念的社会化进程 …… (66)
 第四节　新中国成立至20世纪70年代的世界文学
     观念与实践 ……………………………………………… (78)
 第五节　20世纪80年代以后中国语境中的"世界文学" ……… (86)

第二章　"世界文学"概念的双向旅行 ………………………… (100)
 第一节　"世界文学"概念的形成和具体化 …………………… (101)
 第二节　世界文学的内涵与文学经典的重构 ………………… (105)

第三节　世界文学时代的真正到来？ …………………………（109）

第三章　世界主义与世界文学 …………………………………（117）
第一节　世界主义的概念及其历史演变 …………………………（118）
第二节　世界文学的评价标准再识 ………………………………（127）
第三节　世界文学语境中的中国文学 ……………………………（130）

第四章　"世界文学"与翻译 ……………………………………（136）
第一节　"世界文学"重新思考 ……………………………………（136）
第二节　重新界定翻译：跨文化的视角 …………………………（144）
第三节　超越逐字逐句的翻译 ……………………………………（148）
第四节　全球化语境下的中国文学翻译 …………………………（156）

第五章　作为问题导向的世界文学与世界戏剧 ………………（159）
第一节　作为问题导向的世界文学概念 …………………………（159）
第二节　世界文学中的"世界戏剧" ………………………………（168）

第六章　诺贝尔文学奖与中国当代小说 ………………………（176）
第一节　诺贝尔文学奖、文学经典的构成与中国文学 …………（177）
第二节　诺奖与世界文学及文学的经典化 ………………………（183）
第三节　世界文学语境下的中国当代文学再识 …………………（186）

第七章　从比较诗学到世界诗学的建构 ………………………（194）
第一节　从比较诗学、认知诗学到世界诗学 ……………………（195）
第二节　世界诗学的构想和理论建构 ……………………………（201）
第三节　世界诗学建构的理论依据和现实需要 …………………（208）

中编　世界文学语境下的中国现代文学

第八章　世界文学语境下的中国现代小说 ……………………（215）
第一节　中国现代小说的世界性思考视角 ………………………（215）

第二节　中国现代小说家与世界文学和文化 …………………… (218)
　　第三节　混血性世界文学文化观念与中国现代作家的创作 …… (234)

第九章　世界文学语境下的中国现代诗歌 ……………………… (249)
　　第一节　中国诗歌：从现代到后现代 …………………………… (250)
　　第二节　跨文化交流中的中美自白派诗歌 ……………………… (275)
　　第三节　作为一种现代性话语的女性诗歌 ……………………… (290)

第十章　世界文学语境下的中国现代戏剧 ……………………… (306)
　　第一节　世界戏剧视域下的易卜生与中国 ……………………… (307)
　　第二节　中国改编的西方戏剧与话剧的现实主义传统 ………… (318)
　　第三节　话剧中的妇女形象与全球视角下中国的现代性 ……… (333)

绪　论

世界文学与中国现代文学

　　世界文学与中国现代文学确实是一个十分重要和有意义的课题，这不仅是因为中国现代文学的诞生、发展乃至成熟都与世界文学的影响和启迪有着密切的关系，而且这种关系随着时间的推移已经变得越来越明显了。另一方面，讨论世界文学与中国现代文学的关系，不能忽视世界主义思潮在中国的登陆以及在知识界的反响。在全球化进程日益加快的今天，越来越多的人感到，我们所生活的世界早已不是孤立的一隅，而是一个彼此依附、相互关联的硕大无垠的"地球村"或"想象的共同体"。世界主义这个对于中国学界并不算太新的话题又重新进入了人文社会科学研究者的视野，并在当今的学术界引起了广泛、热烈的讨论。与之相应的是，在文学理论界和比较文学界，沉寂了多年的世界文学也再度成为一个广为人们讨论的理论话题。因为我们确实与国际学界的交流大大地快捷便利了，而且中国文学已经走出封闭的一隅，进入了一个广阔的世界文学大语境。因此，毫不奇怪，今天，"世界主义已经成为一个极其流行的修辞载体，并一度用来主张已经具有全球性的东西，以及全球化所能提供的极具伦理道德意义的愿望"[①]。作为文学研究者，我们在讨论世界主义、世界文学及其与中国现代文学的关系之前，首先有必要了解什么是世界主义，它与我们所生活的这个时代和社会有何直接的关系，它与民族和国家的关系如何，它在当今全球化时代的新的形态以及它在何种程度上有利于社会和文化事业的发展，以及它之于文学和文化研究究竟有何意义，等等，这些都

[①] Craig Calhoun, "Cosmopolitanism and Nationalism", *Nations and Nationalism* 14 (3), 2008, p. 427.

是我们需要厘清的。绪论在我们以往研究的基础上，首先回顾世界主义这一概念在西方的出现、其历史演变以及当下的形态和特征，其次着重讨论世界主义在文化上的反映：世界文学及其翻译的能动作用，最后提出中国文学的世界性特征以及如何建构世界文学的中国版本等问题。

第一节 文学世界主义面面观

如上所述，任何一种具有广泛影响力的理论话语一经出现都会得到理论界的阐释和学术界的讨论，因而它本身也须经历不同的建构和重构。世界文学在中国激起的涟漪就是一个明证，而作为其理论哲学基础的世界主义自然更不例外。众所周知，世界主义首先是一个政治哲学术语，它依次为人们在政治学、哲学伦理学以及文学和文化学层面讨论。我们在讨论世界文学与中国现代文学的关系之前，首先提出我们对世界主义这一理论概念的理解以及从文化和文学视角对之进行的建构。

实际上，从事文化和文学研究的学者历来十分关注世界主义这个话题，并结合其在文学作品中的表现，从世界主义的视角对之进行新的阐释。[1] 已故欧洲比较文学学者和汉学家杜威·佛克马（Douwe Fokkema）是国际比较文学界较早地同时涉及世界主义、世界文学以及中国现代文学这三个相互关联的领域的，他在从文化的维度对全球化进行回应时，主张建构一种新的世界主义，他更为关注全球化所导致的文化趋同性走向的另一个极致：文化上的多元化或多样性。他在详细阐发多元文化主义的不同含义和在不同语境中的表现时指出，"在一个受到经济全球化和信息技术日益同一化所产生的后果威胁的世界上，为多元文化主义辩护可得到广泛的响应"，他认为，"强调差异倒是有必要的"。[2] 显然，他采取的一个策

---

[1] 这里仅提及几部专著和专题研究文集：Timothy Brennan, *At Home in the World: Cosmopolitanism Now*, Cambridge, MA: Harvard University Press, 1997; Pheng Cheah and Bruce Robbins, eds. *Cosmopolitics: Thinking and Feeling Beyond the Nation*, Minneapolis: University of Minnesota Press, 1998; and *The Cosmopolitan Novel: a special issue in ARIEL*, 42.1 (2011), edited by Emily Johansen and Soo Yeon Kim.

[2] ［荷兰］佛克马：《走向新世界主义》，收入王宁、薛晓源编《全球化与后殖民批评》，中央编译出版社1998年版，第247页，263页。

略就是致力于建构一种新的世界主义。他在回顾了历史上的世界主义之不同内涵后指出："应当对一种新的世界主义的概念加以界定，它应当拥有全人类都生来具有的学习能力的基础。这种新世界主义也许将受制于一系列有限的与全球责任相关并尊重差异的成规。既然政治家的动机一般来说是被他们所代表的族群或民族的有限的自我利益而激发起来的，那么设计一种新的世界主义的创意就首先应当出于对政治圈子以外的人们的考虑，也即应考虑所谓的知识分子。"① 关于这种新的世界主义的文化内涵，他进一步指出："所有文化本身都是可以修正的，它们设计了东方主义的概念和西方主义的概念，如果恰当的话，我们也可以尝试着建构新世界主义的概念。"② 毫无疑问，在这里，佛克马已经不仅超越了过去的欧洲中心主义和西方中心主义之局限，甚至在提请人们注意，西方世界以外的中国人的传统观念也与这种世界主义不无关系。例如儒家学说中的"四海之内皆兄弟"和追求人类大同的"天下观"等都有着世界主义的因子。由此可见，当代学者对世界主义的讨论已经走出了早先的欧洲中心主义和西方中心主义的藩篱，进入了一个真正的全球化的大语境。

本书并不打算专门讨论世界主义，而只是粗浅地涉猎与世界文学概念相关的世界主义理论思潮在文学中的反映。基于我们的西方同行的先期研究成果，我们在此尝试提出我们对世界主义不同形式进行的新建构，以便作为接下来专门讨论文学世界主义和世界文学的一个出发点。在我们看来，世界主义有下列十种形式。

（1）作为一种超越民族主义形式的世界主义。
（2）作为一种追求道德正义的世界主义。
（3）作为一种普适人文关怀的世界主义。
（4）作为一种以四海为家，甚至处于流散状态的世界主义。
（5）作为一种消解中心意识、主张多元文化认同的世界主义。

---

① ［荷兰］佛克马：《走向新世界主义》，收入王宁、薛晓源编《全球化与后殖民批评》，中央编译出版社1998年版，第261页。

② ［荷兰］佛克马：《走向新世界主义》，收入王宁、薛晓源编《全球化与后殖民批评》，中央编译出版社1998年版，第263页。

（6）作为一种追求全人类幸福和世界大同境界的世界主义。

（7）作为一种政治和宗教信仰的世界主义。

（8）作为一种实现全球治理的世界主义。

（9）作为一种艺术和审美追求的世界主义。

（10）作为一种可据以评价文学和文化产品的批评视角的世界主义。①

当然，人们还可以就此继续推演下去并建构更多的世界主义形式，但作为人文学者，或者更确切地说，作为比较文学和世界文学研究者，我们常常将世界主义当作一种与文学密切相关的伦理道德理念、一种针对社会文化现象的观察视角和指向批评论辩的理论学术话语，据此我们便可以讨论一些超越特定的民族/国别界限并具有某种普适意义的文学和文化现象。例如，歌德等一大批西方思想家、文学家和学者在东西方文学的启迪下，早就提出了关于世界文学的种种构想，当代社会学家玛莎·努斯鲍姆（Martha C. Nussbaum）在"全球正义"这个具有广泛伦理意义的话题上做出了自己的具有普世人文关怀的理论阐释，美国华裔哲学家成中英则在世界文学理念的启发下提出了"世界哲学"的构想，等等。这些均充分说明，世界主义作为一种理论学术话语有着很强的增殖性和普遍的应用性。下面，我们仅从文学创作和理论批评的维度来阐释世界主义的不同方面。

我们都知道，文学创作往往涉及一些带有永恒的普遍意义的主题，例如爱情、死亡、嫉妒等。这些主题都在伟大的作家那里得到最为形象的体现，例如，莎士比亚、歌德、托尔斯泰等伟大作家的作品都表现了上述具有永恒意义的主题，因此他们的意义就远远超出了特定的民族/国别文学，而成为世界文学。而和他们同时代的许多作家则由于其自身的局限和历史的筛选而被人们遗忘。

如果上面提到的这些文学主题主要基于文学的内容，那么同样，就其美学形式而言，文学除去其鲜明的民族特征外，更具有一些普遍的特征。

---

① 关于世界主义的更为详细的讨论，参阅王宁《世界主义》，《外国文学》2014年第1期，第96—105页。

例如小说、诗歌、戏剧几乎是各民族文学都使用的创作形式，而辞、赋、骚则是汉语文学中所特有的文体，史诗则是古希腊文学的最高成就，因而在马克思恩格斯看来，荷马史诗便成为世界文学史上一种高不可及的范本。如此等等，不一而足。

就文学批评而言，我们经常说，这部作品在何种意义上具有独创性，另一部作品又在何种程度上"抄袭"了先前产生的作品，我们这样做显然是基于一种世界性的视角，因此文学的世界主义便赋予了我们一个宽广的视野，它使我们不仅仅局限于本民族的文化和文学传统，而且也把目光指向世界上所有民族、国别的优秀文学，在这个意义上，任何具有独创性的伟大作品都必须具有绝对意义上的独创性，而并非仅限于某个特定的时间和空间。

同样，就文学批评而言，我们必须对一部文学作品进行评价，这就涉及评价的相对性和普遍性。基于民族主义立场的人往往强调该作品在特定的民族文化中的相对价值，而基于世界主义立场的人则更注重其在世界文学史上所具有的普遍价值。所有这些都涉及本书讨论的重点话题，"世界文学"。关于世界文学这一理论概念的诞生和历史演变，我们将在下一部分详细讨论。

第二节 "世界文学"的历史演变及当代含义

毫不奇怪，在近二十年里，世界文学已经成为当下的国际文学理论界和比较文学界又一个前沿理论话题，不仅比较文学学者在大谈世界文学现象，而且文学理论学者也从中发现了某种理论创新和建构的因子，甚至连一些专事国别文学研究的学者也从中得到启发，进而对原有的仅限于国别文学研究的一些问题提出新的阐释。确实，人们也许会问，为什么在全球化的语境下，"世界文学"这一话题不仅为比较文学学者所谈论，而且也为不少民族/国别文学研究者所谈论？因为人们就这个话题有话可说，而且从事民族/国别文学研究的学者也发现，他们所研究的民族/国别文学实际上正是世界文学的一部分。但是对于世界文学在这里的真实含义究竟是什么仍然不断地引发人们的讨论甚至争论。显然，根据现有的研究，"世界文学"（Weltliteratur）这一术语是德国作家和思想家歌德在1827年和青年学子艾克曼谈话时创造出来的一个充满了"乌托邦"幻想色彩的概念,而根据德国学者海因里希·迪德林(Heinrich Detering)的考证,歌德实际上并不是第一个使用"世界文学"这一术语的人。早在1810年,诗人克里斯托弗·马丁·魏兰(Christoph Martin Wieland)就率先使用了这一术语,哲学家赫尔德等人也在不同的场合使用过诸如"世界的文学"这样的表达法,①但是人们不可否认,歌德是最早将其付诸实践和概念化的思想家和作家。所以,在这个意义上来说,歌德被称为比较文学和世界文学的鼻祖之一就不是偶然的了,因为他的理论概念具有一定的独创性和启发性,并引起了持续的理论讨论。

为什么歌德的许多同时代作家都没有注意到文学创作的世界性,而歌德却不仅注意到了这一点,而且还将其加以理论化了呢?这自然在于歌德具有广阔的世界主义视野,他所关注的文学现象不仅仅限于德国甚至欧洲,而且也涉及了广袤的东方诸国,尤其是中国的文学。当时年逾古稀的歌德在读了一些包括中国文学在内的非西方文学作品后深有感触,进而总结道:"诗是人类共有的精神财富,这一点在各个地方的所有时代的成百上千人那里都有所体现……民族文学现在算不了什么,世界文学的时代已快来临。现在每一个人都应该发挥自己的作用,使它早日来临。"②他在这里以"诗"来指代文学,指出了文学所具有的共同美学特征。具有反讽意味的是,歌德虽然不懂中文以及其他东方语言,但他当年之所以提出"世界文学"的概念,恰恰得助于他通过翻译对包括中国文学在内的非西方文学的阅读。今天的中国读者们也许已经忘记了《好逑传》《老生儿》《花笺记》和《玉娇梨》这样一些在中国文学史上并不占重要地位的作品,但正是这些作品通过翻译的中介进入了歌德的视野,从而大大地启发了歌德,使他得出了具有普适理论意义的"世界文学"概念。这一点颇值得我们今天从事东西方文学比较研究的学者的深思。

---

① 这方面可参考这两篇文章:Wolfgang Schamoni, "Weltliteratur—zuerst 1773 bei August Ludwig Schlözer", *arcadia: Internationale Zeitschrift für Literaturwissenschaft/International Journal of Literary Studies* 43.2 (2008): 288 - 298; Hans-Joachim Weitz, "Weltliteratur zuerst bei Wieland", *arcadia: Zeitschrift für Vergleichende Literaturwissenschaft* 22 (1987): 206 - 208。

② 引自 David Damrosch, *What is World Literature?* Princeton and Oxford: Princeton University Press, 2003, p. 1。

确实,在歌德之前,世界上不同的民族/国别文学就已经通过翻译开始了交流和沟通。在启蒙时期的欧洲,甚至出现过一种世界文学的发展方向。① 这应该是文化全球化的早期形态或先声。但是在当时,世界文学在相当长的一段时间内仅停留于一种乌托邦式的幻想和推测阶段。后来,马克思和恩格斯在《共产党宣言》(1848)中,借用了这一术语,用以描述作为全球资本化的一个直接后果的资产阶级文学生产的"世界主义特征"。显然,马恩所说的世界文学较之歌德早先的狭窄概念已经大大地拓展了,实际上指的是一种包括所有知识生产在内的全球性的世界文化。因而在这里,一种具有审美特征的乌托邦想象已经演变成为一种社会现实。马克思主义创始人试图证明,随着经济全球化步伐的加速和世界市场的扩大,一种世界性的文学或文化知识(生产)已经出现。这就可以使我们以一种开阔的、超越了民族/国别视野的全球视野来考察文学。用于文学的研究,我们不能仅仅关注单一的民族/国别文学现象,还要将其置于一个更加广阔的国际视野下来比较和考察。我们今天若从学科的角度来看,世界文学实际上就是比较文学的早期雏形,它在某种程度上就产生自经济全球化的过程。为了在当前的全球化时代凸显文学和文化研究的作用,我们自然应当具有一种比较的和国际的眼光来研究文学现象,这样我们就有可能在文学研究中取得进展。这也许正是我们要把中国文学,尤其是中国现代文学,置于一个广阔的全球文化和世界文学语境下来考察研究的重要意义。

如果我们说,上面提及的这一现象开始时只是一种具有乌托邦色彩的世界文学的话,那么在今天的全球化语境下,随着世界文化和世界语言版图的重新绘制,世界文学已经成为一个我们无法否认和回避的审美现实:通过翻译的中介,一些优秀的文学作品在多个国家和不同的语境下广为流传;一些具有双重甚至多重国籍和身份的作家在一个跨文化的语境下从事写作,涉及一些人们普遍关注的话题,他们心目中的读者并非操持本民族/国家的语言的读者,而是使用不同语言的全世界的读者;文学研究者自觉地把本国或本民族的文学放在一个世界性的语境下来考察和比较研

---

① Cf. Douwe Fokkema, "World Literature", in *Encyclopedia of Globalization*, edited by Roland Robertson and Jan Aart Scholte, New York and London: Routledge, 2007, p. 1290.

究,等等。这一切都说明,在今天的语境下重新强调世界文学的建构有着特别重要的意义。但此时的世界文学之内涵和外延已经大大地扩展了,它逐步摒弃了早先的"乌托邦"色彩,带有了更多的社会现实意义和审美意义,并且对我们的文学理论批评和研究有着直接的影响和启迪。我们今天从世界文学的视角出发,完全可以针对一部作品发问,该作品究竟只是在本民族的语境下具有独创性意义,还是一部能够跻身世界文学之林的传世佳作?

我们都知道,在今天的文学研究中,传统的民族/国别文学的疆界已经变得越来越模糊,没有哪位文学研究者能够声称自己的研究只涉及一种民族/国别文学,而不参照其他的文学或社会文化背景知识,因为跨越民族疆界的各种文化和文学潮流已经打上了区域性或全球性的印记。由此看来,世界文学就远不只是一个固定的现象,而更是一个旅行的概念。在其旅行和流通的过程中,翻译扮演了重要的角色,可以说,没有翻译的中介,一些文学作品充其量只能在其他文化和文学传统中处于"缺失"或"边缘化"的状态。同样,在世界各地的旅行过程中,一些本来仅具有民族/国别影响的文学作品经过翻译的中介将产生世界性的知名度和影响,因而在另一些文化语境中获得持续的生命或来世生命。[①] 而另一些作品也许会在这样的旅行过程中由于本身较差的可译性或者误译而失去其原有的意义和价值,因为它们不适应特定的文化或文学接受土壤。这就说明,世界文学应当作为一个动态的概念得到观照,它在不同的时代和不同的语境中有可能呈现出不同的形态。

正如杜威·佛克马所注意到的,当我们谈到世界文学时,我们通常采取两种不同的态度:文化相对主义和文化普遍主义。佛克马从考察歌德和艾克曼的谈话入手,注意到歌德所受到的中国文学的启发,因为歌德在谈话中多次参照他所读过的中国传奇故事。在一本题为《总体文学和比较文学论题》(*Issues in General and Comparative Literature*, 1987)的文集所收录的一些论文中,佛克马也多次论及了世界文学问题,认为这对文学经

[①] 在这方面,除了赛义德的"理论旅行"概念外,我们还可以参见 J. Hillis Miller, *New Starts: Performative Topographies in Literature and Criticism*, Taipei: Academia Sinica, 1993, "Foreword," p. vii, and p. 3。

典的构成和重构有着重要的意义。① 可以说,他的理论前瞻性已经为今天的比较文学界对全球化现象的关注所证实。虽然各种版本的"世界文学"选集的不同编选者们经常用这一术语来指向一个大致限于欧洲的文学经典的市场,但在最近三十年里却产生了一种大大扩展了的文学兴趣和价值。例如,诸如美国学者戴维·戴姆拉什(David Damrosch)在其著作《什么是世界文学?》(*What is World Literature?* 2003)中就把世界文学界定为一种文学生产、出版和流通的范畴,而不只是把这一术语用于价值评估的目的。他的另一本近著《如何阅读世界文学》(*How to Read World Literature*, 2009)中,更是通过具体的例证说明,一位来自小民族的诺贝尔文学奖获得者(土耳其作家帕慕克)的作品是如何通过翻译的中介旅行到世界各地进而成为世界文学的。② 关于世界文学与翻译的关系,本书后面的章节将专门进行讨论。总之,在我们看来,未经过翻译的文学是不能称为世界文学的,而仅仅被译成另一种语言却未在目的语的语境中得到批评性讨论的作品,也不能算作具有世界性意义和影响的文学作品。这是本书各位作者所秉持的一个基本立场。当然,世界文学这一术语也可用来评估文学作品的客观影响范围,这在某些方面倒是比较接近马克思和恩格斯的原意。因此,在佛克马看来,在讨论世界文学时,"往往会出现两个重要的问题。其一是普遍主义与文化相对主义之间的困难关系。世界文学的概念预设了人类具有相同的资质和能力这一普遍的概念"③。

由此可见,以一种国际公认的标准来评价不同的民族和语言所产生出的文学作品的普适价值就成了包括诺贝尔文学奖在内的不少重要国际文学奖项所依循的原则。但是,正如全球化在不同的文化语境中的实现在很大程度上取决于它与本土实践的协调,人们对世界文学的理解和把握也不尽相同。面对文化全球化的加速发展,我们往往只会看到其趋同的倾向而忽视其差异性特征,而实际上后一种趋向在文化全球化的过程中已经变得越

---

① Cf. Douwe Fokkema, *Issues in General and Comparative Literature*, Calcutta, 1987,尤其体现于这两篇文章中:"Cultural Relativism Reconsidered: Comparative Literature and Intercultural Relations," pp. 1–23, and "The Concept of Code in the Study of Literature," pp. 118–136。

② Cf. David Damrosch, *How to Read World Literature*, Oxford: Willey-Blackwell, 2009, p. 65.

③ Douwe Fokkema, "World Literature", in *Encyclopedia of Globalization*, edited by Roland Robertson and Jan Aart Scholte, New York and London: Routledge, 2007, p. 1291.

来越明显。考察各民族用不同语言写作的文学也是如此,即使是用同一种语言表达的两种不同的文学,例如英国文学和加拿大文学,其中的差别也是显而易见的,因而一些英语文学研究者便在英美文学研究之外又创立了一门具有国际性意义的学科——英语文学研究。因此我们应该有两种形式的世界文学:作为总体的世界文学(world literature)、具体的世界各国的文学(world literatures)。前者指评价文学所具有的世界性意义的最高水平的普遍准则,后者则指世界各国文学的不同表现和再现形式,包括翻译和接受的形式。在本书中我们主要从理论的视角讨论前者及其与中国现代文学的关系。

在讨论世界文学是如何通过生产、翻译和流通而形成时,戴姆拉什提出了一个专注世界、文本和读者的三重定义:

(1) 世界文学是民族文学的椭圆形折射。
(2) 世界文学是在翻译中有所获的作品。
(3) 世界文学并非一套固定的经典,而是一种阅读模式:是超然地去接触我们的时空之外的不同世界的一种模式。①

在他的那本富有深刻理论洞见的著作中,戴姆拉什详尽地探讨了非西方文学作品所具有的世界性意义,他在讨论中有时直接引用原文,而在多数情况下则通过译文来讨论,这无疑标志着西方的主流比较文学学者在东西方文学的比较研究方面所迈出的一大步。既然世界文学是通过不同的语言来表达的,那么人们就不可能总是通过原文来阅读所有这些优秀的作品。因为一个人无论多么博学,也总不可能学遍世界上所有的主要语言,他不得不在大多数情况下求助于翻译。因此在这个意义上来说,翻译在重建不同的语言和文化背景中的世界文学的过程中就扮演了一个十分重要同时又必不可少的角色。

这里,我们从戴姆拉什的定义出发,通过参照中国文学的发展历程将其做些修正和进一步发挥,以便提出我们对世界文学概念的理解和重建。

---

① David Damrosch, *What is World Literature?* Princeton and Oxford: Princeton University Press, 2003, p. 281.

在我们看来,我们在使用"世界文学"这一术语时,实际上已经至少赋予它以下三重含义:

(1) 世界文学是东西方各国优秀文学的经典之汇总。
(2) 世界文学是我们的文学研究、评价和批评所依据的全球性和跨文化视角和比较的视野。
(3) 世界文学是通过不同语言的文学的生产、流通、翻译以及批评性选择的一种文学历史演化。

虽然所有上述三个因素都完全能够对世界文学的建构和重构做出贡献,而且也都值得我们做更进一步的深入探讨。但是我们在下面这一部分先讨论另两个问题。

第三节 什么是世界文学的评价标准?

长期以来,一些从事人文学科研究的学者认为,人文学术的研究成果没有客观固定的评价标准,而至于那些更带有人文情怀和作家个性特征的文学作品,就更没有普遍公认的评价标准。这在某种程度上也许是不错的,但我们也不能据此而推论,对文学作品以及人文学术著作无须进行评价。即使没有绝对的标准,在文学和学术共同体成员内达成相对的评价标准还是可能的。既然我们并不否认世界文学是一个动态的概念,而且它在不同的时代和不同的语境中可以呈现为不同的形式,那么评价一部文学作品是否属于世界文学也就应当有不同的标准。一方面,我们主张,任何一部文学作品要想进入世界文学的殿堂,我们对之的衡量标准就应该是共同的,也即这种标准是具有普适意义的;另一方面,我们又必须考虑到各国/民族文化之间的巨大差异,从而兼顾世界文学在地理上的分布,也即这种标准之于不同的国别/民族文学时又有其相对性。否则一部世界文学发展史就永远摆脱不了"欧洲中心主义"的藩篱。确实,由于文学是一种独特的意识形态形式,因此对它的评价就难免政治和意识形态倾向性的干预。但是尽管如此,判断一部文学作品是否属于世界文学,仍然有一个相对客观的标准,也即按照我们的看法,它必须依循如下几个原则:(1)

它是否把握了特定的时代精神；（2）它的影响是否超越了本民族或本语言的界限；（3）它是否收入了后来的研究者编选的文学经典选集；（4）它是否能够进入大学课堂成为教科书；（5）它是否在另一语境下受到批评性的讨论和研究。在上述五个方面，第一、二和第五个方面是具有普遍意义的，而第三和第四个方面则带有一定的主观性，因而仅具有相对的意义。但若从上述五个方面来综合考察，我们就能够比较客观公正地判定一部作品是否属于世界文学。这个问题我们在后面的章节中还要详细讨论。

由此可见，评判世界文学的标准既有其绝对的普遍性标准，同时这种标准也因时因地而显示出其不可避免的相对性。不看到这种二元性，仅仅强调其普世性而忽视其相对性就会走向绝对主义的极端；反之，过分地强调世界文学的相对性而全然忽视其共同的美学原则，也会堕入虚无主义和相对主义的泥淖。

第四节　世界文学版图上的中国文学

近十多年来，随着世界文学的理念再度在中国学界受到关注和由此引发的讨论，已经有一些学者认识到其与中国文学的复杂关系。而本书则是专门讨论这个话题的一个尝试。本书的各章节之所以要在中文的语境下讨论世界文学与中国现代文学的关系，并非是为了赶时髦，跟在别人后面说，而是要在中外学者说得不全面、不准确的地方对着他们说，甚至在对着他们说的过程中提出自己的理论建构，从而引领他们跟着我们继续就这个话题说下去，我们认为这应该是中国的人文学术研究的最高境界。因此，本书的部分章节也用英文重新改写并发表在国际权威的英文刊物上，从而向国际学界展示中国学者在世界文学方面的最新研究成果。此外，在理论上，我们从中国的视角讨论世界主义和世界文学也并非无的放矢，而是以此作为出发点来反观我们自己的文学。因此我们接下来要提出的一个问题就是，如果我们承认中国文学是世界文学的一个不可分割的部分的话，那么中国文学在世界文学的版图上究竟处于何种地位？通过仔细的考察和研究，我们认为还是相对边缘的。中国文学中究竟有多少作品已经跻身世界文学之林？答案是过去很少，现在已经开始逐步增多，但与中国文学实际上应有的价值和意义仍是很不相称的。这也正是我们承担此项目所要在重写文学史方面做的一项工作。关于中国文学在当今的世界文学版图上的地位问题,这们在这里仅举一个西方学者提出的例证:

> 雷蒙德·格诺(Raymond Queneau)的《文学史》(*Histoire des littératures*)(3卷本,1955—1958)有一卷专门讨论法国文学,一卷讨论西方文学,一卷讨论古代文学、东方文学和口述文学。中国文学占130页,印度文学占140页,而法语文学所占的篇幅则是中国文学的12倍。汉斯·麦耶(Hans Mayer)在他的《世界文学》(*Weltliteratur*)(1989)一书中,则对所有的非西方世界的文学全然忽略不谈。①

针对西方学界长期以来形成的如此带有偏见的世界文学布局,连佛克马这位来自欧洲的学者都觉得实在有失公允,那么我们将采取何种策略有效地使中国文学跻身世界文学之林呢?这正是本课题所要解决的一个难题。

如果我们承认,全球化已经或多或少地影响了民族/国别文学的研究,但它也从另一个方面促进了比较文学与世界文学的教学和研究:它使得传统的精英文学研究大大地扩展了自己的研究领域,同时使得比较文学与文化研究和世界文学相融合。

我们现在再回过头来看中国的情况。2019年是"五四运动"爆发一百周年纪念,全世界关注中国问题的学者都以不同的方式举行了一些纪念活动。确实,"五四运动"以及在此之前已经拉开帷幕的"新文化运动"为世界文学进入中国奠定了坚实的基础。在过去的一百年里,在西方文化和文学思潮的影响下,中国文学一直在通过翻译的中介向现代性认同进而走向世界。但是这种"走向世界"的动机多少是一厢情愿的,其进程也是单向度的:中国文学尽可能地去迎合(西方中心主义的)世界潮流,仿佛西方有什么,我们中国就一定要有什么。要改变这种现状我们就要拿

---

① Douwe Fokkema, "World Literature", in Roland Robertson and Jan Aart Scholte eds., *Encyclopedia of Globalization*, New York and London: Routledge, 2007, pp. 1290–1291.

出扎实的研究成果来证明，中国现代文学不同于传统的封闭的古代文学，它已经成为世界文学不可分割的一部分。它无疑也是不同于西方现代性的另一种形式的现代性——中国的现代性的一个直接后果，其中一个突出的现象就是大量的外国文学作品和理论思潮被翻译到了中国，极大地刺激了中国作家的创造性想象。中国现代文学与世界文学的距离变得越来越近了。甚至鲁迅这位中国文化和文学的先驱者，在谈到自己的创作所受到的外来影响时，也绝口不提传统中国文化对他的影响，而是认为他的创作灵感主要来源于先前所读过的"百来部外国小说"以及一些"医学知识"。①

我们都知道，鲁迅有着深厚的中国文化功底和文学造诣，但他仍然试图否定他的创作所受到的传统文化和文学的影响，这在很大程度上是出于他试图推进中国文学和文化现代化的强有力动机。实际上，对于鲁迅这位兼通中西的大文豪，主张一种全盘"西化"只是一种文化上和知识上的策略。鲁迅决不想全然破坏传统的中国民族主义精神，而是试图弘扬一种超越本民族的文化精神，从而在一个广阔的全球文化和世界文学的大语境下重建一种新的中国民族和文化认同。

另一些"五四"作家，如胡适和郭沫若等，也通过翻译大量西方文学作品对传统的中国文学话语造成了强有力的冲击。当时的青年作家巴金甚至花了不少时间学习了世界语，但他后来还是认识到了这一人为的语言的局限性，并坚持用母语创作，进而通过翻译的中介成为具有世界性影响的文学大师。由此可见，经过大面积的文化翻译，中国现代文学更为接近世界文学的主流，同时，也出现了一种中国现代文学经典：它既不同于中国古典文学，也迥异于现代西方文学，因而它同时可以与这二者进行对话。在编写中国现代文学史时，我们应该充分认识到翻译所扮演的重要角色。但是这种形式的翻译已经不再是那种传统的语言学意义上的语言文字之间的转换，而是通过语言作为媒介的文化上的变革。正是通过这种大面积的文化翻译，一种新的文学才得以诞生并有助于建构一种新的超民族主义。应该说，这只是中国文学走向世界的第一步，而且是十分必要的一步，但它却不是我们最终的目标。

---

① 参见《鲁迅全集》第4卷，人民文学出版社1989年版，第512页。

另一方面,世界文学始终处于一种旅行的状态,主要是从中心向边缘旅行,在这一旅行的过程中,某个特定的民族/国别文学的作品具有了持续的生命和来世生命。这一点尤其体现于中国近现代对西方和俄苏文学的大量翻译。我们可以说,在中国的语境下,我们也有我们自己对世界文学篇目的能动性选择。① 当然,我们的判断和选择曾一度主要依据马克思主义经典作家对一些西方作家的评价,现在看来,对于西方 20 世纪以前的经典作家,这样的判断基本上是准确的。但是对于 20 世纪的现代主义作家和其后的后现代主义作家作品的选择,则主要依赖我们自己的判断,同时也参照他们在西方文学研究界实际上所处的地位以及他们的作品本身的文学价值。正是这种对所要翻译的篇目的能动性选择才使得世界文学在中国不同于其在西方和俄苏的情形。这也是十分正常的现象。

如果我们从今天的角度来重新审视"五四运动"带来的积极影响和消极后果,我们便不难得出这样一个结论:在把西方各种文化理论思潮引进中国的同时,"五四"作家和知识分子忽视了文化翻译的另外一极:即将中国文化和文学介绍给外部世界。同样,在砸烂"孔家店"的同时,他们也把传统儒学中的一些积极的东西破坏了,这便预示了中国当代出现的"信仰的危机"。对此我们确实应该深刻地检讨"五四运动"之于今天的意义。在中国语境下的文化全球化实践绝非要使中国文化殖民化,而是要为中国文化和文学在全世界的传播推波助澜。因此在这一方面,弘扬一种超民族主义和世界主义的精神符合我们的文学和文化研究者将中国文化推介到国外的目的。因为正是在这样一种世界主义的大氛围下,世界文学才再度引起了学者们的兴趣。②

确实,不管我们从事文学研究还是文化研究,我们都离不开语言的中介。但是在形成中国现代文学经典的过程中,翻译所起的作用更多地体现在文化上、政治上和实用主义的目标上,而非仅仅是语言和形式的层面上。因此中国现代语境下翻译所承担的政治和文化重负大大地多于文学本

---

① 关于中国的文学翻译实践的实用主义目的,参见 Sun Yifeng, "Opening the Cultural Mind: Translation and the Modern Chinese Literary Canon", *Modern Language Quarterly*, Vol. 69, No. 1 (March 2008): 13 – 27。

② 尤其应该指出的是,由于哈佛大学和耶鲁大学的领衔作用,世界文学的教学也进入了一些西方大学的课堂,尽管目前在很大程度上仍依赖翻译的中介。

身的任务。毫无疑问,全球化对文化的影响尤其体现于对世界语言体系的重新绘图。在这方面,英语和汉语作为当今世界的两大语言,最为受益于文化全球化的进程。众所周知,由于美国综合国力的强大和大英帝国长久以来形成的殖民传统,英语在全世界的普及和所处的强势地位仍是不可动摇的,它在全世界诸种主要语言序列中仍名列第一。那么人们不禁要问,全球化给汉语这一仅次于英语的世界上使用人口最多的语言带来何种后果呢?我们已经注意到,汉语也经历了一种运动:从一种民族/国别语言(主要为中国大陆和港台人所用)变成一种区域性语言(同时也为新加坡和马来西亚等国的华人所用),最终成为一种主要的世界性语言(甚至在北美和欧洲的华人社区广为人们所用)。汉语目前在全世界的普及和推广无疑改变了既定的世界文化格局和世界语言体系的版图。① 因此全球化时代的到来更是导致民族/国家的疆界以及语言文化的疆界变得愈益模糊,从而为一种新的世界语言体系和世界文学经典的建构铺平了道路。在这方面,中国学者应该做出自己的独特贡献。

第五节 重建世界文学的中国版本

既然我们承认文化全球化带来的更多是一种文化上的多样性,那么我们同样可以推论,世界文学这个概念也并非只是单一的,它也在不同的时代和不同的地域有着不同的形式。要论证世界文学的多重性,首先我们就要从理论的旅行与变异谈起。在这方面重温后殖民理论家爱德华·赛义德的"理论的旅行"概念也许有助于我们理解世界文学的多样性以及重建世界文学的中国版本的可能性。

尽管赛义德已经去世了十多年,但他在中国文学理论和文化研究界的影响力仍然不减,他的后殖民理论奠基性著作《东方主义》(1978)和另一部重要著作《文化与帝国主义》(1993)一直是在中国学界引用率很高的著作,但所带来的理论上的变异甚至歧义也是很多的。这就说明,一个

---

① 杜维明在 2008 年中国比较文学学会年会上的主题发言中,对他早先所鼓吹的"文化中国"的范围又做了新的扩大和调整,他认为有三种力量:(1)中国大陆、香港、澳门和台湾的华人;(2)流散海外的华裔侨胞;(3)研究中国文化的外国人。

理论概念要想在另一种语言和文化语境中获得新生,就不得不对其变异持一种宽容的态度,有时这种变异还可以带来一个"新的开始"。① 赛义德在中国的知名度除了上述两部著作外,在很大程度上还依赖于他的重要概念"理论的旅行",也即那篇著名的论文《旅行中的理论》(Traveling Theory)。在这篇文章中,赛义德通过匈牙利马克思主义理论家卢卡契的"物化"(reification)理论在不同时代和不同地区的翻译和传播以及由此引发的种种不同的理解和阐释,旨在说明这样一个道理:理论有时可以"旅行"到另一个时代和场景中,而在这一旅行的过程中,它们往往会失去某些原有的力量和反叛性。诚然,不可否认的是,有时在这种旅行的过程中,一种理论也会在另一个文化语境下变得更加有力量和影响,它甚至会产生出令那一理论概念的提出者所始料不及的效果。当然,这些情况的出现多半受制于那种理论在被彼时彼地的人们接受时所做出的修正、篡改甚至归化,因此理论的变形是完全有可能发生的,甚至也是颇有必要的。一种理论若要想传播到另一种语言和文化语境中,就离不开翻译的中介,正是理论的被翻译和被阐释以致发生变异在某种程度上意味着它的"持续的生命"和"来世生命"的开始。② 而在更多的情况下,一种理论甚至会在另一语境下产生出与其大相径庭的意义和效果。对此赛义德并不认为是坏事。在他看来,理论或观念的旅行一般有四个阶段,并呈现出四种形式:

> 首先,它有一个起点,或类似起点的一整套起始的环境,在这样的环境中观念才得以产生或进入话语之中。其次,有一段需要穿行的距离,也即一个穿越各种语境压力的通道,因为观念从早先的起点移向后面的时间和地点,使其重要性再度显示出来。再次,还须有一系列条件,我们可以称之为接受条件或作为接受所不可避免的部分抵制条件,正是这些条件才使得被移植的理论或观念无论显得多么异类,

---

① 这方面可参阅希利斯·米勒的同名论文:J. Hillis Miller, *New Starts: Performative Topographies in Literature and Criticism*, Taipei: Academia Sinica, 1993。

② 关于翻译带来的效果,参阅 Walter Benjamin, "The Task of the Translator", trans. Harry Zohn, in Rainer Schulte and John Biguenet eds, *Theories of Translation: An Anthology of Essays from Dryden to Derrida*, Chicago and London: The University of Chicago Press, 1992, pp. 71–82。

> 最终都能被引进或包容。最后，完全或部分地被包容或吸纳进来的观念因其在新的时间和地点的新的位置和新的用法而受到某种程度的转化。[①]

这实际上是在说明，理论的翻译和传播很难做到忠实和原汁原味地转述，而且也没有必要做到这样的忠实，它在很大程度上取决于接受者所生活的环境以及接受者/翻译者本人的取舍态度。有时一种理论在另一民族/国家的文化土壤里植根时发生的变异甚至有可能对建立该民族/国家的新文化产生某种催生的作用。这一点我们完全可以在现代中国的文化语境中曾出现过的"全盘西化"过程中得到验证。

因此赛义德便试图赋予其"理论的旅行"之概念以某种普适性意义。有鉴于此，我们也完全可以从西方理论在中国发生的种种变异得出这样的结论："五四"以来的中国新文化和新文学乃至现代汉语的形成，在很大程度上就是包括理论在内的西方文化通过翻译的中介旅行到中国的一个产物。因此用这一概念来解释包括现代主义、后现代主义和后殖民主义在内的各种西方理论在第三世界和东方诸国的传播和接受以及所产生的误读和误构状况也是十分恰当的。

就"后殖民主义"（postcolonialism）这个概念本身而言，它也内含着双重意义：在时间上，它是继殖民主义解体之后出现的一个新的历史时期，在这一时期，老的殖民主义改头换面，以新殖民主义的形式在文化上向第三世界进行渗透和入侵，因此后殖民主义既具有"超越殖民主义"之含义，又带有"新殖民主义"的含义。由此可见，"理论的旅行"这一论点所产生的影响是巨大的，对此赛义德虽然十分明白，但他对自己早先的论述仍然不甚满意。他在1994年发表的一篇题为《理论的旅行重新思考》（"Traveling Theory Reconsidered"）的论文中又对之做了进一步发挥，该论文后来收入他于2000年出版的论文集《流亡的反思及其他论文》。在这篇论文中，赛义德强调了卢卡契的理论对阿多诺的启迪后，接着指出了它与后殖民批评理论的关系，这其中的一个中介就是当代后殖民批评的

[①] Edward Said, *The World, the Text, and the Critic*, Cambridge, MA: Harvard University Press, 1983, pp. 226–227.

先驱弗朗兹·法农。这无疑是卢卡契的理论通过翻译的中介旅行到另一些地方并发生变异的一个例证。在追溯了法农的后殖民批评思想与卢卡契理论的关联之后,赛义德总结道:"在这里,一方面在法农与较为激进的卢卡契(也许只是暂时的)之间,另一方面在卢卡契与阿多诺之间存在着某种结合点。它们所隐含着的理论、批评、非神秘化和非中心化事业从来就未完成。因此理论的观点便始终在旅行,它超越了自身的局限,向外扩展,并在某种意义上处于一种流亡的状态中。"① 我们也可以从赛义德的后殖民理论以及整个后殖民主义批评理论在中国的接受和流变中见出端倪。②

同样,作为一个理论概念的"世界文学"自 20 世纪初通过翻译的中介进入中国以来,经过一大批中国文学理论家和学者们的阐释和推进也发生了变异,出现了与西方不同的世界文学的中国版本,③ 并在其后的一百年里不断地影响着中国的比较文学和外国文学教学和研究。由此可见,作为一个来自西方的理论概念的"世界文学"一旦经过翻译的中介进入其他文化语境,也就自然会发生变异乃至产生自己的新的形式或版本。这种变异实际上也有力地消解了"单一的世界文学"(singular world literature)的神话,为多种形式和多个版本的世界文学的出现铺平了道路。

正如本书下一章所示,在过去的一百多年里,世界文学深深地打上了欧洲中心主义和西方中心主义的印记,许多人甚至认为,由于欧洲出现了许多世界著名的作家和作品,因此欧洲文学实际上就等于是世界文学的另一名称。这一点在歌德那里也有着"德意志中心主义"的意识:一方面他通过翻译阅读了一些非欧洲的文学作品,从而提出了"世界文学"的假想,另一方面,他又对那些前来朝拜他的青年学子们说,只要学好德国文学就等于学好了世界文学。这一点恰恰与中国学者将中国文学排除在世界文学领域之外的做法迥然不同。在欧洲学界,长期以来从事世界文学研究的只是极少数精英比较文学学者,他们懂得多种欧洲语言,甘愿将自己

---

① Edward Said, *Reflections on Exile and Other Essays*, Cambridge, MA: Harvard University Press, 2000, p. 451.
② 关于后殖民主义理论思潮在中国的接受和流变,参阅生安锋《理论的旅行与变异:后殖民理论在中国》,《文学理论前沿》,第五辑(2008),第 121—163 页。
③ 关于世界文学概念在中国的接受和流变,参阅本书第一章。

封闭在一个相对较小的圈子里自娱自乐。早期的比较文学学者基本上是将比较文学当作一门文学的国际关系学,根本未覆盖文学研究的各个方面。尽管世界文学在很大程度上是作为比较文学学科的雏形而出现的,但正如意大利裔美国学者莫瑞提(Franco Moretti)所讥讽的:"比较文学并没有实现这些开放的思想的初衷,它一直是一项微不足道的知识事业,基本上局限于西欧,至多沿着莱茵河畔(专攻法国文学的德国语文学研究者)发展,也不过仅此而已。"① 但是毕竟,世界文学作为一个理论概念通过翻译的中介还是旅行到了世界各地,并于20世纪初进入了中国,因而我们也就有了世界文学的不同版本。

显然,歌德通过翻译的中介偶然接触到一些东方文学作品,并使他的视野大大开阔以至于提出了世界文学的假想。他在和艾克曼对世界文学的讨论中实际上将世界文学与包括中国文学在内的各民族/国别文学链接起来了。今天,基于世界文学的视野,我们可以提出这样的问题:世界文学是否仅仅是传统意义上的精英文学的缩略词?如果不是的话,它是否就是各民族/国别文学的简单相加?当然也不是。那么世界文学究竟是什么?它在今天这个全球化的时代再度浮出历史的地表究竟意味着什么?同样,正如莫瑞提所总结的,"世界文学不能只是文学,它应该更大……它应该有所不同",既然不同国别/民族的人们的思维方式不同,他们在对世界文学的理解方面也就表现出了不同的态度,因此在莫瑞提看来,"它的范畴也应该有所不同"。② 他进一步指出:"世界文学并不是目标,而是一个问题,一个不断地吁请新的批评方法的问题:任何人都不可能仅通过阅读更多的文本来发现一种方法。那不是理论形成的方式;理论需要一个跨越,一种假设——通过假想来开始。"③ 确实,在今天的全球化语境下,世界文学已经形成了一个问题导向的理论概念,它频繁地出现在国际学术研讨会论题和比较文学和文学理论学者的著述中,从而不断引发比较文学

---

① Franco Moretti, "Conjectures on World Literature", *New Left Review*, 1 (January-February 2000), p. 54.
② Franco Moretti, "Conjectures on World Literature", *New Left Review*, 1 (January-February 2000), p. 55.
③ Franco Moretti, "Conjectures on World Literature", *New Left Review*, 1 (January-February 2000), p. 55.

学者及专事民族/国别文学研究的学者们的讨论甚至辩论。在这方面,几位欧美学者对这一概念的推进性作用是不可忽视的。①

世界文学这个概念自21世纪初以来再度成为一个热门话题,它自然也吸引了中国学者的关注,一些中国学者也在多种国际场合下提出了我们对世界文学的建构以及世界文学评价标准的看法,② 这些也许可以作为我们对世界文学中国版本的初步理论建构,但仍然不足以涵盖我们的全部设想。关于世界文学的中国版本,我们将在后面的章节中通过对具体作家与世界文学的关系做进一步的阐述。

众所周知,中国作为世界上最大的文明古国,有着悠久的文化与文学历史和丰富的文学资源。早在盛唐时期,中国文学已经达到了文学成就的巅峰,而那时的西方文学的发源地欧洲却处于黑暗的中世纪。蜚声世界文坛的西方作家但丁、莎士比亚、歌德、巴尔扎克和托尔斯泰的出现,也远远晚于与他们地位相当的中国作家,如屈原、陶渊明、李白、杜甫、李商隐和苏轼等。可以说,中国古代文学的发展基本上是自满自足的,很少受到外来影响,尤其是来自西方的影响,除了因当时落后的交通技术所造成的隔膜等因素之外,这显然也与当时中国的综合国力不无关系。受到儒家文化影响的中国人曾一度认为自己处于一个幅员辽阔、人口众多的"中央帝国",甚至以"天下"自居,而周围的邻国则不是生活在这个"中央帝国"的阴影之下,就是不得不对强大的中国俯首称臣。这些国家在当时的中国人眼里,只是"未开化"的"蛮夷",甚至连欧洲也不在中国人的视野中。但曾几何时,这种情况却发生了戏剧性的变化,昔日处于黑暗的中世纪的欧洲经历了文艺复兴的洗礼和资产阶级革命,再加之英国的工

---

① 这方面,尤其要参照 David Damrosch, *What is World Literature?*; Douwe Fokkema, "World Literature", in Roland Robertson and Jan Aart Scholte eds., *Encyclopedia of Globalization*, pp. 1290 – 1291; Theo D'Haen, *The Routledge Concise History of World Literature*, London and New York: Routledge, 2012。

② 这方面可参考王宁的三篇英文论文:Wang Ning, "World Literature and the Dynamic Function of Translation", *Modern Language Quarterly*, Vol. 71, No. 1 (2010): 1 – 4; Ning Wang, "'Weltliteratur': from a Utopian Imagination to Diversified Forms of World Literatures", *Neohelicon*, XXXVIII (2011) 2: 295 – 306; Ning Wang, "On World Literatures, Comparative Literature, and (Comparative) Cultural Studies", *CLCWeb: Comparative Literature and Culture* 15.5 (December 2013), Article 4。

业革命和美国的建国等诸多重大历史事件，到了19世纪末和20世纪初，西方国家一跃而从边缘进入世界重大历史的中心，而昔日的"中央帝国"却由于其腐朽无能的封建统治而很快沦落为一个二流的大国和穷国。不仅西方列强的"八国联军"长驱直入占领了中国的京城和大片土地，就连其面积和人口均远远小于中国的日本帝国也将其铁蹄踏上中国的国土，蹂躏中国的人民。一般人总会认为，弱国无文化，即使有也很难引起世人瞩目。在中国的国际地位急转直下的情况下，中国文化和文学也退居到了世界文化和文学版图的边缘地位。在一些西方学者编写的世界文学史书中，中国文学基本不被提及，或者只是淡淡地一笔带过，而造成的后果便是，今天的西方人文学科的大多数大学生不仅不知道屈原、陶渊明、李白、杜甫和李商隐，甚至也不熟悉鲁迅、郭沫若、茅盾等现代作家。这实在是令人不可思议的，然而这却是冷酷的现实。

为了起到唤起民众、团结抗敌的作用，一批中国知识分子把目光转向西方世界和俄苏，试图通过大量地翻译国外，尤其是西方和俄苏的文学作品和人文学术著作来达到启蒙国人的目的。更有人将文学的作用夸大到一个不恰当的地位，因此在那样一个崇尚"拿来主义"的时期，外国文学确实是颇受重视的。一些有着现代先锋意识的中国作家甚至坦率直白地承认，自己所受到的外国文学的影响大大多于来自中国文学的启迪。但即使是在这样的情形下，人们似乎更重视外国文学的翻译和介绍，而非外国文学的研究。但是每当政治风云变幻时，外国文学便首当其冲，遭到无尽的打压和批判，直到"文化大革命"中，连莎士比亚、歌德、托尔斯泰这样的受到马克思主义创始人高度评价且举世公认的世界文学经典作家也遭到了无情的批判。尽管"文化大革命"结束后，外国文学翻译迎来了新的高潮，外国文学研究也迎来了自己的春天，但是外国文学研究者所到起到的作用仍远远不如他们的中国文学研究同行。

我们现在再来看外国文学在中国的境遇，大概不难得出结论了。为了更为有效地推进中国文学的国际化进程，我们首先应该将中国文学视为世界文学的一部分，而且中国文学应该在世界文学中占有重要的份额，同时发挥重大的影响。其次，中国的文学研究者应该参与国际权威的世界文学选的编选工作，而在目前中文尚未成为世界上的通用语言的情况下，我们需要充分介入英语世界的有影响的世界文学选集的编选工作，使那些编选者高度重视中国文学的世界性地位和影响。令我们感到欣慰的是，在我们和西方学者的共同努力下，目前英语世界最有影响的两大世界文学选集《诺顿世界文学选》（马丁·普契纳任总主编）和《朗文世界文学选》（戴维·戴姆拉什任创始总主编）中，中国文学所占的份额已经越来越大。当然，这并非我们的最终目标。我们最终的目标是编选一部基于我们自己的遴选标准的《世界文学选》，从而使世界文学也有中国的版本。这样我们就涉及了第三个方面，即我们根据什么样的标准确立哪些作家和作品可以纳入世界文学。关于这一点，正如我们前面所提出的这一尝试性的评价标准所示：经典性与可读性的完美结合。我们在本书中所选择的专章讨论的作家就是基于这一考虑的。

既然世界文学的中国版本被称为"外国文学"，这样也就人为地将中国文学与世界文学的大背景相隔绝了，所导致的后果就是在相当一段时间内，在国内大学的中文系，世界文学课程由一些既不精通外语同时在中国文学方面也缺少造诣的中青年教师来讲授，他们往往使用一本教材，从古希腊罗马时期的文学一直讲到20世纪的现代主义和后现代主义文学。而在外国语言文学系，教学的重点则是所学的民族/国别文学的语言，或者至多是通过阅读那种语言的原文作品来欣赏民族/国别文学，极少涉及世界文学的全貌。这就造成了长期以来中国的世界文学研究处于主流的中国文学研究之外，只是偶尔才能发出一点微弱的声音，根本无法影响中国的文学理论批评和文学研究。而本研究则旨在将中国现代文学放在一个比较的视野下和广阔的世界文学语境中来考察和研究，以便为今后的重绘世界文学版图的努力做出初步的尝试。

第六节　世界文学与中国现代文学

如前所述，在一个广阔的世界文学大语境下讨论中国现代文学，必然首先涉及现代性问题。既然我们承认，现代性是一个从西方引进的概念，而且又有着多种不同的形态，那么它又是如何有效地在中国的文化土壤中扎根并进而成为中国文化学术话语的一个有机组成部分的呢？这大概与一些鼓吹现代性的中国文化和文学革命先行者的介绍与实践密切相关，而他们的介绍和实践在很大程度上又是通过翻译的中介来完成的，当然这种翻译并非只是语言层面上的意义转述，而更是文化意义上的翻译和阐释。因此从翻译文学的视角来重新思考中国文化和文学的现代性无疑是可行的。① 在这方面，鲁迅、胡适、梁实秋、康有为和林纾等新文化和文学先行者的开拓性贡献是不可忽视的。

诚然，我们不可否认，中国的现代性开始的标志是"五四""新文化运动"的兴起。鲁迅作为中国"新文化运动"的先驱和新文学革命的最主要代表，不仅大力鼓吹对待外来文化一律采取"拿来主义"的态度，而且自己也从事翻译实践，为外来文化植根于中国土壤进而"为我所用"树立了榜样。我们今天的比较文学学者和翻译研究者完全有理由把"五四"时期的翻译文学当作中国现代文学的一个不可分割的组成部分，因为就其影响的来源来看，中国现代作家所受到的影响和得到的创作灵感更多地是来自外国作家，而非本国的文学传统。鲁迅曾十分形象地描绘过自己开始小说创作的过程：

> 但我的来做小说，也并非自以为有做小说的才能，只因为那时是住在北京的会馆里的，要做论文罢，没有参考书，要翻译罢，没有底本，就只好做一点小说模样的东西塞责，这就是《狂人日记》。大约所仰仗的全凭先前看过的百来篇外国作品和一点医学上的知识，此外的准备，一点也没有。②

可以说，鲁迅的这番陈述在某种程度上也反映了相当一批"五四"作家的创作道路，他们不满于日益变得陈腐和僵化的传统文化，试图借助于外力来摧垮内部的顽固势力，因此翻译正好为他们提供了极好的新文化传播媒介，不少中国新文学家就是从翻译外国文学开始其创作生涯的。这也许正是为什么一些恪守传统观念的学者对"五四"的革命精神大加指责的一个重要原因。既然鲁迅在所有的新文学作家中影响最大，因而鲁迅

---

① 在这方面参阅乐黛云、王宁主编《西方文艺思潮与二十世纪中国文学》，中国社会科学出版社1990年版。

② 鲁迅：《我怎么做起小说来》，《鲁迅全集》第4卷，人民文学出版社1989年版，第512页。

就成了他们攻击的主要对象。另一位"新文化运动"的主将胡适则通过为《新青年》杂志1918年卷编辑的"易卜生专号"而开启了全面翻译介绍易卜生及其作品的先河。随后,由鲁迅挑起的关于"娜拉走后怎么办"的讨论更是把对易卜生与中国的现代性大计之关系的思索推向了新的高度。① 对此,国内学界已有不少论述,这里不再重复。

如果我们再考察一下"五四"之前翻译文学所起到的奠基性作用,就应该关注另两位学人做出的贡献。毫无疑问,和上述三位新文学运动的主将一道,康有为(1858—1927)也为"五四"前后大量翻译介绍外来文化做出了重要贡献,而对于这一点许多论者并未予以重视。康有为不仅是中国近代的思想家和革命家,同时也是一位有着自己独特思想的文学家。他曾以文学家的身份对向国人翻译介绍西方和日本的科学文化知识提出过一些精辟的见解,但是他所指的翻译并非传统意义上的字面层次上的翻译,而是我们现在经常讨论的"文化翻译"和"文化阐释",② 其目的在于唤起国内民众对新知和理想的向往。这对中国近现代文学思想和翻译思想产生过一定的影响。早在光绪八年(1882),康有为便游览了香港和上海,这两个地方当时均为西方列强所控制,一度思想保守的他因而也有幸接触了西方人的治国方略,感受到清政府的弱势和无能,并痛惜香港等本属于中国的地方竟为他人所统治。与此同时,他也读了不少西方典籍,改变了他过去认为外域均为不开化之夷狄之看法。从此他认为,要使得国富民强,唯有大力提倡并弘扬西学,用西方先进的科学文化知识更新旧的国学体系。毫无疑问,与一些激进的革命党人相比,康有为的思想显然是保守的,但在文化上他又持一种比较开放的态度。在中国新文化与传统文化的交替期间,康有为无疑属于今文经学派,他的著述之丰在近代中国文人中是罕见的,他的不少著作对后人的学术思想都产生了广泛的影响。在文学创作方面,康有为主要擅长作诗,但同时兼及散文政论。他一方面对中国传统的诗歌大家十分景仰,但另一方面又不满于旧的形式,锐意开拓

---

① 参阅王宁编《易卜生与现代性》,百花文艺出版社2001年版。
② 实际上,在西方学术界,尤其是近十年来,越来越多的大师级理论家,如德里达、米勒、伊瑟尔、斯皮瓦克等,开始从文化的角度关注翻译问题,并将其视为一种文化阐释和建构策略。而国内从事翻译研究的学者对此却知之甚少。

创新，发展出自己的独特风格。毫无疑问，康有为的文学思想和学术思想的形成，与他深厚国学底蕴及对西学的通晓和娴熟掌握是分不开的。尽管他本人并不从事翻译实践工作，他所主张的翻译介绍西方典籍也仅用以服务于中国的改良革新，但他的不少文学思想同时也反映了他对西方科学文化知识的渴求和深刻体悟。他也和一切学贯中西的大学问家一样，反对抱残守缺的思想，认为独尊东方的古老文化是没有出息的，这种故步自封不求上进的态度非但不能促进中国文化的进步，反而会导致中国文化的衰落，只有不断地从西方引进先进文化的成分，才能使古老的中国文化再创辉煌。这些精辟思想无疑对他的同代人梁启超所主张的翻译小说以推动文学革命的观点有着一定的影响。

如果说，上述几位思想家主要是在理论上为中国的文化和文学现代性做了必要准备的话，那么林纾（1852—1924）的文学翻译实践则大大加速了中国文化和文学的现代性进程。与上述几位思想家的激进做法相比，林纾显然更为保守，但作为中国晚清时期最著名的文学家和翻译家，他的翻译实践所起到的启蒙作用却是无人可以替代的。林纾知识极其渊博，广泛涉猎各学科知识门类，同时也爱好诗词书画。林纾的深厚古文功底，为他从事文学翻译打下了很好的中文表达基础。尽管林纾本人并不懂西文，而且他涉足翻译也纯属偶然，但他却依靠和别人合作翻译了大量西方文学作品。他最初和留法归来的王子仁（号晓斋主人）合作于1899年译出了法国著名作家小仲马的《茶花女》（中文译名为《巴黎茶花女遗事》），该译著的大获成功大大增强了林纾日后从事文学翻译的信心。当时正值甲午战争之后，国破家亡使得一切有良知和正义感的知识分子十分关心国家的命运。这时梁启超大力提倡翻译西方小说，试图用以改良社会。林纾自然受其影响，后又与魏易合作译出了美国女作家斯托夫人的反黑奴制小说《黑奴吁天录》（又译《汤姆叔叔的小屋》）。我们从今天的角度来看林纾的翻译，并非要从语言的层面对他的一些误译吹毛求疵，而更主要的却是要着眼于他的翻译对中国现代性进程所起到的积极作用。林纾一生所翻译的世界文学名著数量甚丰且至今仍有着影响，这在中国文学史和翻译史上都是极其罕见的。尽管林纾本人不能直接阅读外文原著，而且在翻译时所依赖的口译者也未必可靠，但他常常将自己的理解建立在对原著的有意误读之基础上，这样实际上就达到了用翻译来服务于他本人的意识形态之目的。因此，他在译出的文本中所做的有意的修改和忠实的表达常常同时存在于他的译文中，实际上起到了对原文的变异作用。如果从字面翻译的意义来说，林纾的译文并不能算是忠实的翻译，而是一种改写和译述。对此翻译界曾一直有着争论。但正是这样的改写和译述却促成了一种新的文体的诞生：翻译文学文体。"五四"时期的不少作家与其说在文体上受到外国文学影响颇深，倒不如说他们更直接地是受到了（林译）外国文学的影响。如果说，从语言的层面上对林译进行严格的审视，他并不能算作一位准确的翻译家，但从文化的高度和文学史建构的视角来看，林纾又不愧为一位现代性话语在中国的创始者和成功的实践者，相当一批"五四"作家的文学写作话语就直接来自林译的外国文学名著语言。因此从当今的文学经典重构理论来看，林纾的翻译至少触及了这样一些问题：翻译文学究竟与本国的文学呈何种关系？翻译对世界文学经典的构成和重构究竟能起何种积极的和消极的作用？应该承认，不少在我们今天看作是经典的西方文学作品最初正是由林纾率先译出的。因此，在钱锺书先生看来，林纾译作的一个最大的成功之处就在于其将外国的文字"归化"为中国的文化传统，从而创造出一种与原体既有相似之处又有很大差异的新的"欧化"了的中国现代文学话语："林纾认为原文美中不足，这里补充一下，那里润饰一下，因而语言更具体、情景更活泼，整个描述笔酣墨饱。不由使我们联想起他崇拜的司马迁在《史记》里对过去记传的润色或增饰。……（林纾）在翻译时，碰见他心目中认为是原文的弱笔或败笔，不免手痒难熬，抢过作者的笔代他去写。从翻译的角度判断，这当然也是'讹'。尽管添改得很好，终变换了本来面目……"① 这就相当公正地对林译的意义给予了准确而客观的评价。钱锺书虽未点明林译在文化建构意义上的贡献，但却为我们今天重新评价林译的积极意义奠定了基调。

毫无疑问，林纾是中国近现代翻译史上的一位开拓者，同时也是中国资产阶级革命的一位先驱。他的翻译实际上推进了中国的文化现代性和中国现代文学话语建构的进程。从内容的转达上来说，林纾的翻译是基本忠实的；但更为重要的是，他的译作还保持了原文的风格情调，大部分兼有

---

① 钱锺书：《林纾的翻译》，商务印书馆1981年版，第26页。

文字和神韵之美，其中有些竟高于原作。尤其值得指出的是，他甚至连原作中的幽默风味和巧妙的遣词造句也能惟妙惟肖地表达出来。① 但由于他不懂原文和过快的翻译速度也造成了一些错误和遗漏，从而成为后来的翻译研究者不断诘难和批评的对象。但大多数有意的"误读"表现出他本人的思想倾向和意识形态意图，这些"误读"已产生出了新的意义。因而我们完全可以这样认为，林纾的翻译本身也可算作中国现代文学的一部分。

林纾的翻译在中国现代作家中产生了较大的影响，许多现代作家正是读了林纾的翻译文学作品才步入文坛并在日后成为大作家的。郑振铎曾十分中肯地评价了林纾的翻译对中国现代文学的积极作用和影响。在他看来，林译的三大功绩体现在：（1）使中国近现代知识分子通过阅读西方文学作品真切地了解了西方社会内部的情况；（2）使他们不仅了解了西方文学，而且知道西方"亦有可与我国的太史公相比肩的作家"；（3）提高了小说在中国文学文体中的地位，开了中国近现代翻译世界文学作品之风气。② 但是我们认为，还应当再加上一点，就是林纾的翻译对于加快中国的文化现代性进程进而重写中国现代文学史都起到了别人无法替代的作用。

第七节　翻译文学和重写中国现代文学史

最近四十多年来，在西方和中国的文学研究领域，重写文学史的呼声日益高涨，对于文学史的重新书写，不仅仅是文化现代性的一个重要任务，同时也是每一代文学研究者的共同任务。因为从长远的历史角度来看，每一代的文学撰史学者都应当从一个新的视角对文学史上的老问题进行阐释，因而应当写出具有自己时代特征和精神的文学史。对于重写文学史的合法性我们已经毋庸置疑。但是究竟从何种角度来重写文学史，则是我们首先应当选定的。就20世纪中国文学所越来越具有的现代性、世界性和全球性而言，我们不难发现，在20世纪西方各种批评理论中，接受

---

① 关于林纾翻译的具体个案分析，参阅香港理工大学罗蔚芊女士的硕士学位论文《林纾翻译的真真假假》，1999年。

② 关于郑振铎对林纾翻译的评价，参阅他的文章《林琴南先生》，载《中国文学研究》，作家出版社1957年版，第1215—1229页。

美学对重写文学史有着最重要的启迪,尤其对于重写中国现代文学史的意义更是越来越引起我们的注意。对此,本书后面的章节也将通过具体作家作品的讨论来涉及这一问题。我们在这里仅想指出,在整个漫长的中国文学史上,中国现代文学实际上是一个日益走向现代性进而走向世界的过程,在这一过程中,中国文学日益具有了一种整体的意识,并有了与世界先进文化及其产物文学进行直接交流和对话的机会。一方面,中国文学所受到的外来影响是无可否认的,但另一方面,这种影响也并非消极被动的,而是带有中国作家(以及翻译家)的主观接受—阐释的意识,通过翻译家的中介和作家本人的创造性转化,这种影响已经被"归化"为中国文化的一部分,它在与中国古典文学的精华结合的过程中,产生了一种既带有西方影响同时更具有本土特色的新的文学语言。同时,另一方面,在与世界先进文化和文学进行对话与交流的过程中,中国文化和文学也对外国文化和文学产生了不可忽视的影响。[①] 因此可以预见,在当今的全球化语境之下,翻译的功能非但没有丧失,反而会得到加强,只是体现在文化翻译和文学翻译中,这种趋向将发生质的变化:翻译的重点将体现在把中国文化的精华翻译介绍到世界,让全世界的文化人和文学爱好者共同分享中国文化的博大精深。在这方面,"五四"的新文学先行者所走过的扎实的一步至少在今天看来是不可缺少的。

在认识到 20 世纪中国文学史断代的必要性和基本策略之后,我们便可基于对 20 世纪具有国际性影响的几种文学理论思潮的回顾,尤其是对德国学者尧斯等人的接受美学对文学史写作的见解的发挥,结合对中国现代文学的考察,提出一种新的设想。我们认为,以往的中国现代文学史和当代文学史的写作中一个最大的问题就在于将文学与政治相等同,将文学史的断代依附于某个特定的政治事件,因而忽略了文学自身的内在逻辑和运作规律。而我们所要提出的一种断代策略则在很大程度上是基于文学发展的文化因素和审美因素,兼顾社会政治事件对文学史断代的影响的。尤其与众不同的是,我们的断代策略是首先将 20 世纪中国文学当作一个时代的代码,并将其置于一个广阔的世界文学的格局之下,由此得出的结论

---

① 关于中国现当代文学在西方的翻译、介绍和研究之现状,参阅王宁《中国现当代文学研究在西方》,《中国文化研究》2001 年第 1 期。

是，20世纪的中国文学实际上是一个中国文学不断走向世界的过程。众所周知，进入20世纪以来，中国文学越来越意识到自己在世界文学格局中的边缘地位，它需要从边缘步入中心，进而重现古典文学时期的辉煌，因此它所采取的一个实际策略就是向西方强势话语的认同：通过翻译的媒介，在短短的一二十年内，就将曾风行于西方文坛一百多年之久的三种主要文学思潮——浪漫主义、现实主义和现代主义及其主要的代表性作家和作品统统介绍到了中国，并对刚刚迈入文化现代性门槛的中国现代文学产生了深刻的影响。[①] 毫无疑问，这种大量译介外国（主要是西方）文学的尝试推动了中国现代文学的国际化或全球化进程。可惜的是，这种现代化、国际化乃至全球化只是单向度的，并未形成一种双向的交流和平等的对话。在20世纪的世界文学格局中，实际上是西方话语处于强势地位，因此中国文学的走向世界实际上在某种程度上就是一个不断西化的过程，有点类似文化由西向东的全球化运作，但在这一过程中，本土的民族文化的制约也时强时弱，与这种全球化形成了一种互动的作用，也即一种"全球本土化"式的运作路线。不认识到这一点，片面地强调某一方面的作用而忽视另一方面的反作用都无法准确地把握当今世界文化和文学的发展走向，更无法准确地对中国现代文学史进行断代。

这样看来，我们依然依循传统上中国现代文学史断代的上限，也就是说，中国现代文学的开始年代仍然是1919年的"五四运动"，其理由不仅是基于政治事件的考虑，更是因为这一时代是20世纪中国文学史上最开放的时代，正是在这一时刻，中国文学开始有了整体的自觉的世界意识。诚然，对于"五四运动"的功过得失，学术界依然有着种种非议，根据海外汉学家的概括，不外乎这几个方面的争议：自由主义的观点认为这是一场文艺复兴、宗教改革和启蒙运动，保守的民族主义者和传统的国粹派则认为这是中华民族的一场灾难，中国共产党则始终将其看作是一场反帝反封建的运动，等等。[②] 但正如王元化先生所指出的："'五四'包括

[①] 关于西方文艺思潮对20世纪中国文学的影响之实证性接受研究，参阅乐黛云和王宁主编《西方文艺思潮与20世纪中国文学》，中国社会科学出版社1990年版。

[②] 关于国内外学术界和思想界对"五四"的不同评价，参阅美国学者周策纵（Chow Tse-tsung）：*The May Fourth Movement: Intellectual Revolution in Modern China*, Chapter 14, pp. 338–355, Cambridge, MC: Harvard University Press, 1960.

了两个方面：一个方面是指1919年在北京发生的学生运动，另一个方面则是指在1916年开始发生的思想运动。一般把前者称为'五四'救亡运动，把后者称为'五四'新文化运动。"① 当然，王元化的这种划分也遭到了不少海外学者的反对，其主要理由就是他忽视了"五四"在中国近代思想史上的作用。如果单从中国近现代思想史的角度来看，这样的批评是不无道理的，但若简单地以思想史来代替文学史的断代，那就从根本上违反了文学发展的内在规律。按照王元化本来的意思，他是想同时强调"五四"的两方面作用：思想史上的启蒙意义和文化及文学史上的承前启后之断代意义，而用来统合这两种意义和作用的恰恰就是现代性。由此可见，"五四"也是中国的现代性诞生的标志，它标志着这一时期的中国已经在政治、经济、社会和文化等方面全面进入了国际性的现代性计划的过程中。这也正是为什么一些观念保守的学者大肆指责"五四"开了文化殖民化或全盘西化的风气。但历史已经雄辩地证明了"五四"在推进中国的文化现代性进程中所起到的巨大作用。

平心而论，尽管在"五四"之前，林纾、梁启超、鲁迅、胡适等人就大力主张译介西方文学及其理论思潮，但直到"五四运动"前后，这种大规模的"全盘西化"才达到高潮。我们今天的比较文学学者和翻译研究者完全有理由将这一时期的翻译文学当作中国现代文学的一个不可分割的组成部分，因为就其影响的来源来看，中国现代作家所受到的影响和得到的创作灵感更多地是来自外国作家，而非本国的文学传统，这也许正是为什么一些恪守传统观念的学者对"五四"大加指责的一个重要原因。从历史的角度来看，任何一种新思想的诞生或艺术上的创新在一开始总会经历一段漫长的"不合法"（illegitimate）阶段，而随着时间的推移和实践的检验以及它本身的"合法化"（legitimization）努力，这种不合法便逐渐变得合法进而从边缘进入中心。可以说，今天的中国现代文学研究者，不管其对"五四"的态度如何，大概不会对"五四"作为中国现代文学的开始持怀疑态度了。而中国现代文学的下限则可延至1976年"文化大革命"的结束。这不仅从时间上来说，当代中国文学至今才有四十

---

① 参见王元化《为"五四"精神一辩》一文，收入林毓生等著《五四：多元的反思》，香港：三联书店1989年版，第1页。应该指出的是，该书中对这一观点的批驳文章也值得一读。

多年的历史，比较符合文学史的断代逻辑规律；更重要的是，从世界文学的大格局来看，这也比较合乎实际，因为自 1976 年以来，中国文学掀起了第二次"开放"和"走向世界"的高潮，也即一些海外人士所称的第二次"全盘西化"。所导致的结果就是使中国当代文学更为接近世界潮流，并且更加自觉地在走向世界，与世界各国文学尤其是西方文学进行对话，并且力图成为世界文学的一个重要组成部分。作为一种历史的话语，全球化显然已经代替了现代性和后现代性的话语，因而在这样一种大的国际背景下，中国文学进入当代阶段是完全符合其内在发展逻辑的，也与特定的国际背景相契合。这无可辩驳地说明，中国文学已不再是孤立的一隅，而是已经自觉地汇入了世界文学的大潮中，并开始在世界文学之林闪烁出自己独特的光辉。这也正是本书要将中国现代文学纳入世界文学的语境下来考察的原因。

第八节　走向世界的中国当代文学

也许读者从本书的目录可以看出，本书所指涉的现代是一个宽泛的概念，并非只截至新中国的成立，也并非止于 1976 年"文化大革命"的结束，而是一直延续到当下。这恰恰是我们的一个著述策略，也即本书并非仅写给当下的读者看的，也并非仅写给国内读者看的。本书之所以将现代延至当下也是出于这样的考虑：未来的文学史编撰者也许会以 21 世纪初作为当代文学的开端，这样看来，我们的前瞻性就彰显出来了。另一个考虑则是，本书既然试图将中国现代文学放在一个广阔的世界文学语境下来考察研究，那就势必要以中国的文学创作和理论批评的经验来丰富世界文学宝库，并为未来的文学史家和比较文学学者重新绘制世界文学的地图提供中国学者的智慧和策略。因此本书同时也要用英文改写，以便为更为广大的英语世界的读者所阅读和参考。因此我们将中国现代文学的发展一直描述到当下也是出于这一考虑。虽然中国文学走向世界早已成为一个不争之事实，但其标志应该是莫言荣获诺贝尔文学奖。众所周知，诺贝尔文学奖作为当今世界的第一大文学奖项，总是与中国的文学界和翻译界有着"割不断、理还乱"的关系。早在 20 世纪 80 年代，已故瑞典文学院院士马悦然在上海的一次中国当代文学研讨会上就公开宣称，中国当代作家之所以未能获得诺奖，在很大程度上是因为缺少优秀的译本。他的这一断言曾激起一些中国作家的强烈不满，他们当即问道，诺奖评委会究竟是评价作品的文学质量还是翻译质量，马悦然并未立即给予回答，因为他自己也有不少难以言传的苦衷。2004 年，当他再一次被问道"中国人为什么至今没有拿到诺贝尔文学奖，难道中国文学和中国作家真落后于世界么？"时，马悦然回答说："中国的好作家好作品多得是，但好的翻译太少了！"① 对此，马悦然曾做了如下解释："如果 20 世纪 20 年代有人能够翻译《彷徨》《呐喊》，鲁迅早就得奖了。但鲁迅的作品只到 30 年代末才有人译成捷克文，等外文出版社推出杨宪益的英译本，已经是 70 年代了，鲁迅已不在人世。而诺贝尔奖是不颁给已去世的人的。"② 确实，1987 年和 1988 年，沈从文两次被提名为诺贝尔文学奖候选人，而且 1988 年，诺贝尔文学奖准备颁发给沈从文，但就在当年的 5 月 10 日，中国台湾文化人龙应台打电话告诉马悦然，沈从文已经过世，马悦然给中国驻瑞典大使馆文化秘书打电话确认此消息，随后又给他的好友文化记者李辉打电话询问消息，最终确认沈从文已过世。③ 实际上，马悦然曾屡次想说服瑞典文学院破例把诺奖授予死去的人，当他最后一次使出浑身解数劝说无效后，他甚至哭着离开了会场。④ 因此我们把中国作家未能获得诺奖归咎于马悦然的推荐不力实在是有失公允。

据我们所知，马悦然可以说已经尽到他的最大努力了，虽然他本人可以直接通过阅读中文原文来判断一个中国作家的优劣，但是他所能做的只有减法，也即否定那些不合格的候选人，至于最终的决定人选还得依赖除他之外的另外十七位院士的投票结果，而那些不懂中文的院士至多也只能凭借他们所能读到的中国作家作品的瑞典文和英文译本。如果语言掌握多一点的院士还可以再参照法译本、德译本、意大利文或西班牙文的译本。

---

① 王洁明：《专访马悦然：中国作家何时能拿诺贝尔文学奖?》，《参考消息特刊》2004 年 12 月 9 日号。

② 王洁明：《专访马悦然：中国作家何时能拿诺贝尔文学奖?》，《参考消息特刊》2004 年 12 月 9 日号。

③ 参见报道《沈从文如果活着就肯定能得诺贝尔文学奖》，《南方周末》2007 年 10 月 10 日第 16 版。

④ 曹乃谦：《马悦然喜欢"乡巴佬作家"》，《深圳商报》2008 年 10 月 7 日号。

如果一个作家的作品没有那么多译本怎么办？那他或许早就出局了。这当然是诺奖评选的一个局限，而所有的其他国际性奖项的评选或许还不如诺奖评选更具有相对公正性和广泛的国际性。考虑到上面这些因素，我们也许就不会指责诺奖的评选在很大程度上依赖翻译质量了。这种依赖翻译的情形在诺奖的其他科学领域内则是不存在的：所有的科学奖候选人至少能用英文在国际权威刊物上发表自己的论文，而所有的评委都能直接阅读候选人的英文论文，因而语言根本就不成为问题。此外，科学是没有国界和语言界限的，而文学作为语言的艺术，则体现了作家作品的民族和文化精神，并且包含着一个民族/国别文学的独特的、丰富的语言特征，因而语言的再现水平自然是至关重要的，它的表达程度如何在很大程度上决定了这种再现的准确与否：优秀的翻译能够将本来已经写得很好的作品从语言上拔高和增色，而拙劣的翻译却会使得本来写得不错的作品在语言表达上黯然失色。莫言的作品在西方世界颇受欢迎并且荣获诺奖就证明了翻译的重要性。当然，这样的例子在古今中外的文学史上还可以举出很多。

今天，随着越来越多的诺奖评审档案的揭秘和翻译的文化转向的成功，我们完全可以从跨文化翻译的角度替马悦然进一步回答这个悬而未决的问题：由于诺奖的评委不可能懂得世界上所有的语言，因而在很多情况下他们不得不依赖译本，尤其是英文译本。这对于作为语言艺术的文学是无可厚非的，这也正是诺奖评选的一个独特之处。就这一点而言，泰戈尔的获奖在很大程度上基于他将自己的作品译成了英文，他的自译不仅准确地再现了自己作品的风格和民族文化精神，甚至在语言上也起到了润色和重写的作用，因而完全能通过英译文的魅力打动诺奖评委。而相比之下，张爱玲的自译则不算成功，另外她的作品题材也过于狭窄和局限，因而她最终与诺奖失之交臂。应该指出的是，泰戈尔和张爱玲对自己作品的英译就是一种"跨文化阐释式"翻译的典范：国母文化的内涵在译出语文化中得到了阐释式的再现，从而使得原本用母语创作的作品在另一种语言中获得了"持续的生命"。对于泰戈尔来说，荣获诺奖是对他的创作的最高褒奖，而对张爱玲来说，她的作品不仅被收入两大世界文学选（《诺顿世界文学选》和《朗文世界文学选》），她本人也由于汉学家夏志清等人的推崇而成为英语世界最有名的中国女性作家。莫言的获奖也可以说在很大程度上基于他的作品的英译的数量、质量和影响力。不看到这一客观的事实就不是实事求是的态度,而认识到这一点,可以使我们在今后更加重视中国当代文学的外译,尤其是英译,并加以推进。诚然,诺奖由于其广泛的世界性影响和丰厚的奖金,致使一些自认为有着很高文学造诣和很大声誉的中国作家对之既爱又恨:爱这项高不可及的国际性奖项,始终将其当作对自己毕生从事文学创作的最高褒奖;但同时又恨自己总是得不到它的青睐,或者说恨那些瑞典院士总是不把目光转向中国作家和中国当代文学。

莫言于2012年获得诺奖是一个令人可喜的转机。出于中国文学自身的繁荣和所取得的瞩目成就以及其他诸方面的考虑,瑞典文学院终于在2012年把目光转向了中国文学。是年10月11日,文学院常任秘书彼得·恩格伦德(Peter Englund)宣布,将该年度的诺贝尔文学奖授予中国作家莫言,理由是他的作品"将梦幻现实主义与历史的和当代的民间故事融为一体",取得了别人难以替代的成就。按照恩格伦德的看法,莫言"具有这样一种独具一格的写作方式,以至于你读半页莫言的作品就会立即识别出:这就是他"①。这对于一个作家来说确实是很高的评价。但人们也许会问,恩格伦德是在读了莫言的原文还是译文后得出上述结论的呢?毫无疑问,他是在读了莫言作品的译本,或更为精确地说,是读了葛浩文的英译本和陈安娜的瑞典文译本之后,才得出这一结论的,因为这两个译本,尤其是葛译本用另一种语言重新讲述了莫言讲过的故事,就这一点而言,葛译本在跨文化阐释方面是忠实和成功的,它准确地再现了莫言的风格,并且使之增色,因而也得到莫言本人的认可。这样看来,我们完全可以认为,葛浩文的英译本与莫言的原文具有同等的价值,这一点连莫言本人也不予否认。正如本书第十九章所示,莫言几乎在所有的场合都对他的作品英译予以高度赞扬。尽管在一些具体的词句或段落中,葛浩文做了一些技术处理和增删,有时甚至对一些独具地方色彩的风俗和现象做了一些跨文化式的阐释,但是就总体而言,葛译本最大限度地再现了莫言原文本的风姿,消除了其语言冗长粗俗的一面,使其更加美妙高雅,具有较高的可读性,这对于那些注重文学形式的瑞典院士们而言无疑是锦上添花。可见成功的翻译确实已经达到了有助于文学作品"经典化"的境地,

---

① "Chinese Writer Mo Yan Wins Nobel Prize", *The Irish Times*, 11 October 2012.

这也正是文学翻译所应该达到的"再创造"的高级境地。同样，也正是由于读了葛浩文的英译本和陈安娜的瑞典文译本，美国《时代》周刊记者唐纳德·莫里森（Donald Morrison）才会称莫言为"所有中国作家中最有名的、经常被禁同时又广为盗版的作家之一"。① 对于这一点，我们是无法否认的。

毫不奇怪，莫言获得诺贝尔文学奖一事在国内外文学界和文化界产生了很大的反响，绝大多数中国作家和广大读者都认为这是中国文学真正得到国际权威机构承认的一个令人可喜的开始。但是实际上，知道内情的人都明白，莫言的获奖绝非偶然，而是多种因素共同促成的：他的原文本的质量奠定了他得以被提名的基础，对他的作品的批评和研究使他受到瑞典文学院的关注，而英文和瑞典文译本的相对齐全则使得院士们可以通过仔细阅读他的大多数作品对其文学质量做出最终的判断。在这方面，跨文化阐释在翻译和批评两条战线上都发挥了重要的作用，而对所要翻译的原作的选择则表明了译者的独特眼光和审美的前瞻性。据葛浩文坦言，早在20世纪90年代初，他偶然在一家中国书店里买到了莫言的《红高粱》，他随即便被莫言的叙事所打动，并开始了对莫言作品的翻译。当他于1993年出版第一部译著《红高粱》（*Red Sorghum*）时，莫言刚刚在国内文坛崭露头角，其知名度远远落在许多中国当代作家的后面。尽管当时莫言的文学成就并未得到国内权威文学机构的充分认可，但西方的一些卓有远见的文学批评家和学者却已经发现，他是一位有着巨大的创造性和潜力的优秀作家。荷兰比较文学学者和汉学家佛克马十年后从西方的和比较的视角重读了莫言的作品，在他发表于2008年的一篇讨论中国的后现代主义小说的论文中，讨论了其中的一些代表性作家，而莫言就是他讨论的第一人。② 由此可见，有着独特的比较文学和世界文学眼光的佛克马之所以能在众多的中国当代文学作品中选中莫言的作品大概也不是偶然的吧。

我们若将莫言的作品放在一个世界文学的广阔语境下来考察就不难发现，他的作品中蕴含着一种世界主义和民族主义的张力，也即他从其文学

---

① Cf. Donald Morrison, "Holding Up Half the Sky", *TIME*, 14 February 2005.
② Douwe Fokkema, "Chinese Postmodernist Fiction", *Modern Language Quarterly*, 69.1 (2008): 15.

生涯的一开始就有着广阔的世界文学视野,这实际上也为他的作品能够得到跨文化阐释提供了保证。也就是说,他的作品蕴含着某种"可译性"(translatability),但是这种可译性绝不意味着他的作品是为译者而写的,对于这一点莫言曾在多种场合予以辩解。应该承认,莫言不仅为自己的故乡山东高密的乡亲或广大中文读者而写作,而且也更是为全世界的读者而写作,这样他的作品在创作之初就已经具有了这种"可译性",因为他所探讨的是整个人类所共同面对和关注的问题。而他的力量就在于用汉语的叙事和独特的中国视角对这些具有普遍性和世界性意义的主题进行了寓言式的再现,这应该是他的叙事无法为其他人所替代的一个原因。当然,莫言对自己所受到的西方文学影响也并不否认,在他所读过的所有西方作家中,他最为崇拜的就是现代主义作家威廉·福克纳和后现代主义作家加西亚·马尔克斯,他毫不隐讳地承认自己的创作受到这两位文学大师的启迪和影响。正如福克纳的作品专门描写美国南部拉法叶县的一个"邮票般"大小的小城镇上的故事,莫言也将自己的许多作品聚焦于他的故乡山东省高密县。同样,像加西亚·马尔克斯一样,莫言在他的许多作品中创造出一种荒诞的甚至近乎"梦幻的"(hallucinatory)氛围,在这之中神秘因素和现实因素交织为一体,暴力和死亡显露出令人不可思议的怪诞。实际上,他对自己所讲述的故事本身的内容并不十分感兴趣,他更感兴趣的是如何调动一切艺术手法和叙事技巧把自己的故事讲好,因此对他来说,小说家的长处就在于将那些碎片式的事件放入自己的叙事空间,从而使得一个不可信的故事变得可信,就像发生在自己身边的真实事件一样。① 这些特征都一一被葛译本所保留并加以发挥,这便证明,翻译可以使本来就写得很好的文学作品变得更好,并加速它的经典化进程,而拙劣的翻译则有可能破坏本来很好的作品的形式,使之继续在另一种语境下处于"死亡"的状态。正是在这个意义上,我们说优秀的译作应该与原作具有同等的价值,而优秀的译者也应该像优秀的作者一样得到同样的尊重。

读者也许会进一步问道,假如莫言的作品不是由葛浩文和陈安娜这样

---

① 关于莫言小说的叙事的成就和力量,参阅 Wang Ning, "A Reflection on Postmodernist Fiction in China: Avant-Garde Narrative Experimentation," *Narrative*, Vol. 21, No. 3 (2013): 326-338。

的优秀翻译家来翻译的话,莫言能否获得2012年度的诺贝尔文学奖?我们认为答案应该是基本否定的,这一点我们在前面谈到语言再现之于文学的重要性时已经做过论述。尽管我们可以说,他们若不翻译莫言作品的话,别的译者照样可以来翻译,但是像上述这两位译者如此热爱文学并且视文学为生命的汉学家在当今世界确实屈指可数,而像他们如此敬业者就更是凤毛麟角了。可以肯定的是,假如不是他们来翻译莫言的作品,莫言的获奖至少会延宕几年甚至几十年,甚至很可能他一生就会与诺奖失之交臂。这样的例子在20世纪的世界文学史上并不少见。如果我们再来考察一下和莫言一样高居博彩赔率榜上的各国作家的名单就不难得出结论了:在当时的那份名单中,高居榜首的还有荷兰作家塞斯·诺特博姆和意大利女作家达西娅·马莱尼。接下来还有加拿大的艾丽丝·门罗、西班牙的恩里克·比拉·马塔斯、阿尔巴尼亚的伊斯梅尔·卡达莱和意大利的翁贝托·艾柯,再加上一些多年来呼声很高的美国作家菲利普·罗斯、捷克作家米兰·昆德拉和日本作家村上春树等,确实是群星璀璨,竞争是异常激烈的,稍有不慎,莫言就可能落榜而酿成终身遗憾。果不其然,2013年的获奖者门罗就居于这份小名单的前列,而同样受到瑞典文学院青睐的中国作家则还有李锐、贾平凹、阎连科、苏童、余华、刘震云等。他们的文学声誉和作品的质量完全可以与莫言相比,但是其外译的数量和质量却无法与莫言作品外译的水平完全等同。

毫无疑问,我们不可能指望所有的优秀文学翻译家都娴熟地掌握中文,并心甘情愿地将自己一生中的大部分时间和精力放在将中国文学译成主要的世界性语言上,尤其对于国外的汉学家而言更是如此。他们中的许多人有着繁重的语言教学任务,还必须在科研论文和著作的发表上有所建树,否则就得不到终身教职或晋升。像葛浩文和陈安娜这样几乎全身心地投入中国文学翻译的汉学家实在是凤毛麟角。认识到这一事实我们就会更加重视中国文学的外译工作之繁重,如果我们努力加强与国际同行的合作,我们就肯定能有效地推进中国文学和文化走向世界的进程。但是这又离不开翻译的中介,没有翻译的参与或干预我们是无法完成这一历史使命的,因为翻译能够帮助我们在当今时代和不远的未来对世界文化进行重新定位。我们的翻译研究者对他们的跨文化阐释式翻译的价值决不可低估,而更应该从其成败得失的经验中学到一些新的东西,这样我们就能同样有效地将中国文学的优秀作品以及中国文化的精神译介出去，让不懂中文的读者也能像我们一样品尝到中国文学和文化的丰盛大餐。这样看来，无论怎样估价翻译在当今时代的作用都不为过。

总之，将中国现代文学置于一个广阔的世界文学大背景下来考察，我们就可以看出，中国文学应该是世界文学的不可分割的一部分，这也正是本书要在一个世界文学语境下做出重写中国现代文学史的尝试的一个原因。当然，我们的成败得失完全可以供后来者参考借鉴。

最后交代一下本书的写作原则。本书作为北京市社会科学重大项目的最终结项成果，共分为三个部分，或三编。上编由七章组成，分别对世界文学概念在西方的产生以及其内涵的历史演变做了追踪，此外，还对世界文学概念进入中国以及在中国文学界的发展演变做了历史的梳理和分析。既然我们从中国的视角对世界文学概念进行重新审视，就必然要参照中国的文学创作及其理论批评实践，对这一由西方理论家建构的理论概念进行修正乃至重构。在我们看来，世界文学概念的理论意义和学术价值更在于它是一个问题导向的概念，也即它能够引起批评性的讨论甚至争论，通过我们在中国语境下的这些讨论和争论，提出我们的重新建构。可以说，第七章关于世界诗学的理论建构就是我们从东西方跨文化诗学的比较研究视角提出的理论建构。希望我们的这一建构通过英文的中介在国际学界引起讨论。中编的三章分别从世界文学的大语境下重新书写中国现代小说、诗歌和戏剧的发展史，具有在一个世界文学语境下重写中国现代文学史的理论意义和学术价值。下编则是我们把中国现当代的一些重要作家放在世界文学语境下重新审视的一个尝试，这些作家都是深受世界文学影响和启迪而开始其文学创作的，有些现代作家甚至在创作之前和之初还从事过翻译。我们通过这些考察和分析，可以使读者看出世界文学是如何影响和启迪这些作家的，同时，作为优秀的中国作家，他们在取得卓越的文学成就后又是如何通过翻译的中介走向世界进而成为世界文学之一部分的。这样的讨论应该说是前人很少做的，而我们所要做的恰恰就是前人未做过或者做得不充分的工作。如果我们的研究和著述对国内外同行的研究有所启迪和推进的话，我们的目的就基本达到了。

上 编

世界文学与中国现代文学:理论与思潮

第一章

世界文学概念在中国的流变

  讨论世界文学概念在中国的演变是全面厘清世界文学与中国现代文学关系的重要理论基础，也是研究世界文学与中国这一话题必然要面对和解决的问题。在中国，人们对世界文学这一概念的关注和使用始于20世纪初，在随后百余年间，世界文学与中国的历史、文化和文学始终保持着种种复杂的关系，成为研究中国文学发展不可忽视的一种语境、角度和视野。这里所说的中国，更确切地说是不同于古典中国的"现代中国"。古典中国时代人们遵循历史上形成的天下观，以华夏为中心，四周为蛮夷，并无现代意义上的世界意识，中国文学与世界文学之间的交流与互动并不多。从世界文化发展的角度看，世界文学大致经历了从古代的分途发展到近代的区域文学连结，进而迈入现代意义上的世界文学时代这一进程。世界文学概念进入中国也发生在世界文学时代来临这一大背景之下，并在中国文学的现代化进程中发挥着重要作用。我们所说的"现代中国"与本书绪论中对于现代的界定保持一致：它的上限虽以1919年的"五四运动"为标志，但鉴于概念的使用与观念的产生、思想的演化有着密切关联，这是一个漫长而复杂的历史进程，我们的讨论会扩展至晚清民初较为宽泛意义上的"西学东渐"时代。下限可延伸至20世纪70年代末乃至80年代，从那时起，中国掀起了第二次"开放"和"走向世界"的热潮。为了较为完整地勾勒出世界文学这一概念在20世纪中国发展演变的全貌，我们的讨论也会适当向下延伸至当下。毫无疑问，20世纪是中国文学史上最为开放的时代，这一时代的中国文学越来越具有现代性、世界性和全球性，日益具有了一种整体的意识。这个世纪中国文学的发展既受到世界文学的深刻影响和滋养，同时也为世界文学贡献了一种独特的现代文学范式。世界文学概念从进入中国到今天已经经历了一个多世纪的风风雨雨，伴随了20世纪中国文学发展的整个历程，它的命运和内涵也因中国具体国情的变化而经历了不断的丰富与重构，形成了具有中国特色的世界文学传统。

本章将这一历史进程分为五个阶段进行描绘，以期勾勒出世界文学概念进入中国的基本面貌以及人们对它的批评、接受与实践。第一阶段时限以1895年晚清甲午中日战争结束为起点，延伸至"五四""新文化运动"前夕。在这一时期，不但中国社会发生了深刻的近代转型，而且也是"世界意识"出现与"世界文学"观念的发生时期，世界文学概念正式登陆中国。第二阶段从"五四"新文化运动至20世纪20年代末，可称之为世界文学概念的"五四时期"。伴随着文学价值的重估与转换，中国的世界文学观念与实践有了纵深的发展，世界文学概念得到进一步的传播。第三阶段为20世纪30—40年代，世界文学观念在多个方面继续和深化了社会化进程，对世界文学概念的使用表现出更为多元的理论与实践形态。第四阶段为新中国成立至20世纪70年代，这一时期的世界文学观既有对此前理论内涵的继承和延续，又有基于历史语境而发生的新变化，对此后相当长的一段时期内中国的世界文学观念和实践影响深远。最后，我们也将讨论20世纪80年代以后世界文学概念在中国语境中的使用和反思，乃至全球化时代获得的新内涵，这一阶段可视为世界文学观在中国发展的第五阶段。

第一节　世界文学概念的进入中国

一　世界意识与世界文学观念

如前所述，最近的研究表明，世界文学从词形的发明到世界主义语义的应用并不始自歌德。比如德国学者魏兰在歌德之前已使用了这个词形，用以指称贺拉斯时代的修身养成。德国史学家施勒策尔在1773年的论著《冰岛文学与历史》中也已经提出了"世界文学"这个概念，并将之引入欧洲思想。[①]但毋庸置疑，歌德为这个概念的确立和传播做出了重大贡

---

① 方维规：《何谓世界文学》，《文艺研究》2017年第1期。

献。从歌德谈话的语境可以看到，促使他引出"世界文学"这一创造性词汇的一个重要因素是他的世界意识。他教导人们不要局限在一个国家和民族的"小圈子"内，而应该"环视四周"，这种"世界意识"是创造"世界文学"这一文学理想的基本前提。世界文学观念实质上首先是一种文学领域中的世界意识。这种世界意识超越了国别和民族的界限，是真正意义上的一种近代意识。尽管西方人的地理大发现使得全世界连成了一个整体，尽管歌德那样的文学巨擘较早地具有了世界意识，然而从他对人们的劝导之意可以看出，至少在 19 世纪前半叶的欧洲，世界意识，尤其是文学中的世界意识并没有成为一种普遍的存在。

与之相似，语言的使用反映着人们观念的变化，中国人世界文学观念的出现也与近代世界意识的产生密不可分。在古代中国，人们主要在佛教用语中使用"世界"这个词，并不指向现实。传统中国盛行的是以华夏为中心的"天下观"，代表了不变的宇宙道德秩序。至于周边的异族，则可以用"四夷"一言以蔽之。1895 年甲午中日战争中国战败，中国人的世界意识才开始空前地、普遍地被激发出来。"世界"这一传统佛教用语不仅开始出现新的内涵，而且使用次数激增。与之平行的是，"国家""民族"的使用也急遽增加。① 世界意识的产生伴随着民族意识的觉醒和国家观念的确立。从不变的"天下"迈入变化的"世界"，更努力想要融入这个世界，成为自晚清以来国家民族追求的方向。与世界相关的"新知识"被视为进入世界的一个必要条件。② 19 世纪末 20 世纪初，世界地理与世界历史类出版物在中国大地如雨后春笋般出现，这些著作大都编译自在现代化道路上走得更远的日本。地理和历史常常是人们了解其他国家的两个最直接的切入点，对于新旧世纪之交迫切渴望了解域外新知的中国人来说更是如此。这些知识的普及从空间和时间两个层面直接塑造了近代中国人的世界意识。

在早期登陆中国的西学知识中，世界文学作为一种知识类型最初是在世界文明史的言说中偶然出现的，并没有独立的地位。也即，文学是被附

---

① 金观涛、刘青峰：《观念史研究：中国现代重要政治术语的形成》，法律出版社 2009 年版，第 246 页。

② 罗志田：《近代读书人的思想世界与治学取向》，北京大学出版社 2009 年版，第 89 页。

加在文明史当中出现的，被作为一种历史现象来对待，并没有从历史叙述中独立出来。"世界文明"作为大于"世界文学"的一个集合，在这一时期更为引人注目。文学问题在这一时期还远远没有被提上日程。随着世界地理、历史知识的普及，对文明、文化及其与地理、历史关系的探讨一度成为较早拥有世界意识的学者关心的话题。在这股时代浪潮中，"世界文明""世界文化"等表达方式成为先于"世界文学"出现的重要语汇，具有不言而喻的历史意义。

梁启超作为晚清知识分子的代表，他不仅深刻反省过中国人从天下走向世界的艰难历程，而且在其学术思想中贯穿着自觉的世界意识。这种世界意识在梁启超许多"笔锋常带感情"的论述中都曾反复出现。可以说，梁启超在近代意义上使用了"世界"一词，而且是与国民、民族、国家、天下等词语的对照中使用此词的。他频繁使用"世界文明"的概念，强调"中国人对于世界文明之责任"，主张中西文明的互补，也自信地确认中国在世界文明中的地位。① 在借由日本研究世界历史时，梁启超很快就意识到了西方人所谓"世界史"实乃"西洋史"这一缺陷，对日本学者率先将东方民族的历史引入世界史书写之中的做法，表达了赞赏之意，称其为"真世界史"。② 梁启超还多次使用过"世界文化"的概念，认为中国文明所陶铸而成的国民思想与国民意识"在全人类文化中，自有其不朽之位置"。③ 梁启超对世界文明、世界历史、世界文化的讨论立场与歌德对世界文学的预测颇有几分相像，他们不仅具有了明确的世界意识，而且看到了世界的融合趋势以及国家、民族对于世界的贡献。虽然梁启超更多地是从政治思想史、文明史等角度着眼，然而他对世界文化具有全局意识和整体观念也是很明显的。考虑到梁启超在晚清民国巨大的学术影响力，他的思想资源对于中国世界文学观念的发展无疑有着重要的启示意义。

另一位近代资产阶级革命家，著名学者、诗人、翻译家、教育家马君武也较早在文化、文明乃至文学的意义上显露出明显的世界意识。作为我

---

① 《梁启超全集》第10卷，北京出版社1999年版，第2985—2987页。
② 《梁启超全集》第2卷，北京出版社1999年版，第329页。
③ 《梁启超全集》第12卷，北京出版社1999年版，第3606页。

国第一个获得德国工学博士学位的人,他不但具备系统的科学知识和民主思想,而且精通德语、日语、英语、法语等多种语言。1902年他参与创办了《翻译世界》杂志,旗帜鲜明地用翻译这一利器普及世界知识,曾"发愿尽译世界名著于中国"。马君武在这一时期的多篇文章中都表现出他的世界意识及抱负。他对作为整体的世界文化持有一种理想主义的精神,并且将这种理想精神发展为对中国文明崛起的热切期盼。[①] 1903年,马君武较早地将社会主义学说介绍到中国,注意并参阅过马克思的《共产党宣言》,尽管他没有直接使用"世界文学"这个词,但很可能已经注意到了马克思关于世界文学的说法。[②] 可以进行佐证的是,他的知识背景中也有明显的世界文学色彩,在中文语境中最早译介雨果、歌德、席勒、拜伦等人的作品,还编译过法国、菲律宾等国家爱国者的诗作与故事。

在世界范围内,稍晚于歌德,马克思在《共产党宣言》(1848)的第一章《"资产者"和"无产者"》中也提出了重要的世界文学思想:"民族的片面性和局限性日益成为不可能,多种民族的和地方的文学形成了一种世界的文学。"[③] 与此相关,世界文学概念在中国的最初使用与社会主义学说进入中国的历史颇为同步。1906年,中国民主革命的先驱朱执信(1885—1920)在《民报》上编译了《德意志社会革命家小传》,介绍了马克思恩格斯等人的生平,并在文中摘译了《共产党宣言》的主要纲领。[④] 虽然他的文章中并未出现"世界文学"的说法,但应该说从马君武到朱执信,已经埋下了马克思世界文学概念进入中国的种子。近代无政府主义学者刘师培及其妻何震等对《共产党宣言》也较早做出介绍。马克思恩格斯在《共产党宣言》中提出的世界文学的思想,在中文语境下的最早译本出现在1908年3月15日的《天义报》(1907)第16—19号合刊上。这份杂志是何震主笔的女子复权会机关刊物,在东京出版。该刊所

---

① 《马君武集》,华中师范大学出版社1991年版,第88、119—123页。
② 参见1903年马君武的《社会主义与进化论比较》一文,根据附录可知他参阅过《共产党宣言》《资本论》《政治经济学批判》等书。《马君武集》,华中师范大学出版社1991年版,第93页。
③ [德]马克思、恩格斯:《共产党宣言》,人民出版社1966年版,第30页。
④ 广东哲学社会科学研究所历史研究室编:《朱执信集》,中华书局1979年版,第8—20页。

发表的译本是译者民鸣根据日本人幸德秋水1906年的日译本重译的,其文字语句75%以上沿袭日译。在译语对照表中,可以看到与世界相关的"世界市场""世界人民""世界之文学"等词组,均沿袭日译。① 这恐怕是有资可查的马克思世界文学概念最早的中文表述,日语中的"世界之文学"这一表达方式进入中国语境。可以与之形成互证的是,1916年5月20日,梁启超主编的《大中华》杂志刊登了印度大文豪泰戈尔即将访问日本的消息,其中援引了日本朝日新闻社特派员记录的泰戈尔有关"世界之文学"的言论,称泰戈尔"言及世界之文学,虽任何国之文学,均各有其特殊之妙趣,非唯知名之人,即在无名之青年,亦时有足以尊敬之品价云"。② 其中"世界之文学"这一表达带有明显的日本背景。这些现象的出现,绝非偶然。正如甲午战争之后,大量经由日本传入中国的新名词一样,"世界之文学"这样的说法,具有明显的外来背景,是早期中国世界文学观念的一种语言形态。此外,值得注意的是,在这里,该杂志通过转述日本人会晤泰戈尔的新闻,还使中国读者间接了解了泰戈尔关于"世界文学"的思想,预示了此后中国人对世界文学概念的一种重要理解。

二 近代教育、文学变革与世界文学观念

世界文明、世界文化的表述为世界文学观念的产生提供了一种前语境。然而文学史、世界文学则从文明史、世界文明的框架中剥离出来,成为一种知识体系,与晚清民初"文学"观念的现代转型及学科化进程密不可分。在文学研究界,人们通常把1895年视为中国近代文学的开端,从这一年起翻译文学在我国陆续大量出现。以林纾的译作为代表的西洋文学译介为人们提供了从感性层面了解世界文学的机会。据晚清文学家曾朴在1928年的回忆,旅法外交官陈季同1898年就曾和他谈到"不要局于一国的文学,嚣然自足,该推扩而参加世界的文学"。③ 其出发点就是突破国界的限制,让文学拥有世界的意识。此后,伴随着近代化的大学教育,

---

① 陈力卫:《让语言更革命——〈共产党宣言〉的翻译版本与译词的尖锐化》,参见《新史学·第二卷》,中华书局2008年版,第189—204页。
② 梁启超主编:《大中华》1916年5月20日第2卷第5期,时事日记之四月三十日栏。
③ 这段话出现在1928年曾朴与胡适的通信中。参见《胡适学术文集·新文学运动》,中华书局1993年版,第505—506页。

"世界文学"逐渐为自身确立了合法地位。从1898年至1903年，梁启超、张之洞等人先后为京师大学堂制定了多份重要的章程。这些文件初步设置了中国近代高等教育的西学课程，特别是十分重视对外国语言文字的学习。《奏定大学堂章程》（1903）还将对各国语言文字的关注扩大到了文学，并试图在制度设计中给以独立的地位。这份章程规定中国文学门的补助课涵盖"世界史"和"西国文学史"，其他各国文学门的补助课则包括"英国近世文学史""英国史""中国文学""外国古代文学史"等。其中，"西国文学史""外国古代文学史"等科目名称的确立，表明了中国教育观念的一个重大突破，这是近代中国官方课程设置中第一次出现综合类的世界文学课程名称。尽管它在重实务、轻虚文的西学大潮中更多地流于一纸虚文，但客观上为人们系统地接纳世界文学知识做了制度上的准备，因而具有重要意义。

　　近代大学教育体制的逐步建立为知识分子言说"世界文学"提供了平台。在这方面，曾任教于东吴大学，最早写出"中国文学史"的近代小说家、文学史家，被誉为"苏州奇人"的黄人（1866—1913，字摩西）尤为值得注意。他在1904—1907年较早明确地将"世界之观念""世界之文学""世界文学史"等说法引入到《中国文学史》的著述当中，并将"世界文学"作为一种知识类型纳入词典编纂的范围。他对世界文学概念的使用及其世界文学观念与实践在20世纪初的中国具有不可磨灭的开创意义，值得后人高度重视与评价。黄人对世界文学史的理解是与文学的进化观念结合在一起的，有着以世界文学史的发展审视中国自身文学症结的比较意识。"观于世界文学史，则文学之不诚，亦初级进化中不可逃之公理。"[①] 他将"文学之诚"确立为世界文学进化的一种目标，并把它的功效夸大到"国民进步""固其国础"的位置。他认为，文学从"服从之文学变为自由之文学"，从"一国之文学变为世界之文学"的关键在于言语思想的自由平等，不能仅仅"以国界为交易"。[②] 这是晚清时期文学观念

[①] 这段话出现在1928年曾朴与胡适的通信中。参见《胡适学术文集·新文学运动》，中华书局1993年版，第44页。

[②] 这段话出现在1928年曾朴与胡适的通信中。参见《胡适学术文集·新文学运动》，中华书局1993年版，第65页。

变革中突破地域界限，获得世界意识的最直接表现。

黄人的世界文学观念不但体现在文学域外意识的获得，还表现在他参照世界各国学者的学说，产生了关于"文学"的崭新理解。众所周知，19世纪末20世纪初的许多文献中，"文学"并不总是literature的对应物。受日本用法的影响，"文学"才作为literature的译语被近代中国人逐渐接受。① 黄人在文学史写作中赋予文学很高的地位，并将文学从文明史当中重点勾画出来。他认为文学是一种美的艺术，以娱人为目的，以表现为技巧，以感情为要素。这无疑确立了文学的审美目的，承认了文学的特殊性，传递了自浪漫主义以来西方世界对于文学的理解，从而与传统的文学观念拉开了一定距离，并开始与世界接轨。得时代风气之先的黄人关心的是世界范围内对"文学"的理解，并自觉地将中国的"文学"概念纳入这个体系，寻找其确切位置，这是中国获得世界文学观念的重要一步。

这种思路在他编纂的《普通百科新大词典》（1907—1911）之中亦有集中体现。作为"清末新出现的百科辞书的知识系统的代表"②，这部词典不仅在新的知识体系中给予"文学"清晰的地位，出现了近代意义上的文学词条，而且在"教育"的大类之下将"世界文学"与"本国文学"分目并列，更是具有重要历史意义的创举。据统计，大词典共收录21条关于世界文学的条目，③ 既包括世界文学思潮的词条，如印象主义、感伤主义、自然主义、写实主义、象征主义等，还有若干世界文学家的词条，如"司底文孙"（即英国小说家史蒂芬孙）、"希宜"（即德国诗人海涅）、"司谛尔"（即法国文学家斯达尔夫人）等。显然，在黄人看来，这些就是构成"世界文学"这一知识门类的具体内容。不过，"世界文学"虽被列为一栏，但显然"世界文学"一词本身并未获得很高的概念化程度，因而大词典中未见"世界文学"词条。④ 日本学者实藤惠秀指出，这部大词典收录的大量外国新知识用语主要是取自日本的译语。大词典在对

---

① 相关研究可参阅沈国威《近代中日词汇交流研究》，中华书局2010年版，另可参阅［日］铃木贞美《文学的概念》，王成译，中央编译出版社2011年版。
② 钟少华：《中国近代新词语谈薮》，外语教学与研究出版社2006年版，第132页。
③ 钟少华：《中国近代新词语谈薮》，外语教学与研究出版社2006年版，第157页。
④ "世界文学"作为一个专门的词条，在1949年之前的文艺辞典中，鲜见收录。笔者仅见王隐编译的《文艺小词典》（中华书局1940年版）所收录的"世界的文学"一条。

词条进行解释时也明显注重了相关人事在日本的情况。由此可推测，该书"世界文学"栏的出现亦与日本的影响不无关系。黄人的文学实践实际上是在近代学科的框架下对文学加以条分缕析式的知识化表达。他不仅在文学观念上突破了狭隘的国别界限，而且试图寻求中国文学发展和研究的方向。这本身就是其世界文学观念的一个反映，也是中国近代文学转型的具体表现。

三 鲁迅、王国维的世界文学观念

黄人通过中国文学史的书写和百科词典的编纂，将世界意识纳入文学观念，使世界文学观念在近代中国的知识体系中得以呈现。以此为起点，中国知识分子不但进一步扩大了文学的域外意识，而且对文学本质的理解也开始与近代世界接轨，这其中以鲁迅和王国维的世界文学观最具代表性。

在考察了中外文学之后，鲁迅找到了"摩罗精神"作为救治中国弊病的良药。摩罗精神实际上是一种外来的、域外的文学精神，也是鲁迅眼中世界精神的表现。《摩罗诗力说》（1907）把对摩罗精神的提倡与"国民精神之发扬""世界识见之广博"联系起来，旨在启迪民众的国民思想和世界意识。他的思考虽仍以世界文明兴衰为背景，但已具有明确的世界文学维度。他评价印度吠陀是瑰丽幽琼之"世界大文"，指出其"启人生之闷机"的精神特征和"直语其事实法则"的现实意义。[①] 这既是对文学功能的强调，也是对于文学本质的确认。鲁迅对摩罗精神和世界大文的选择不仅直接表明了他的世界文学意识，而且暗含了他的世界文学判断。这种判断也体现在《域外小说集》（1909）的编选中。自梁启超等开启小说界革命以来，小说在世界文学中的地位和成就已然成为人们参照的模板。借助小说这种"文学上之最上乘"的文体对民众开展世界文学的启蒙和普及成为时代之选。《域外小说集》不仅选择了"小说"这种"世界性"的文体，而且从形式到内容都力求突出"域外"的特色。从内容上来说，编选者既考虑到了世界各国文学发展的历史成就，又注意到了收罗范围的

---

① 鲁迅：《摩罗诗力说》，见《鲁迅全集》第 1 卷，人民文学出版社 2005 年版，第 65—74 页。

广阔。这种编选原则实际上是将世界文学的时间维度和空间纬度、普适性和相对性结合了起来。他们还认识到翻译是传播"异域文学新宗"的重要途径,希望能够忠实、准确、"弗失文情"地将其传入华土。这对于后世学者研究世界文学与翻译的关系不无启示。此后周瘦鹃《欧美名家短篇小说丛刊》(1917)、胡适《短篇小说集》(1920)等,均为晚清以来译介世界短篇小说的经典文本,其渊源均可指向《域外小说集》。周作人作为鲁迅这些文学事业的重要合作者在这里得到的锻炼,更是为其以后在北京大学开设欧洲文学史课程打下了基础。小说集的关键词"域外"正反映了中国人面对世界文学之初的那种文学的地理意识。此后,周作人还编辑过专论外国文学的《异域文谈》(1915)。无论是"域外""异域",还是"异邦""异国",近代文学大潮中的世界意识正是通过这些词语体现出来的,它们所昭示的既是一种崭新的空间概念,更是一种强烈的他者意识。

与鲁迅相对照,王国维对近代中国世界文学观念的贡献在于为文学的价值评判确立了世界性的标准,进一步明确了近代的文学内涵。1904年至1907年,王国维撰写了一系列关于歌德、席勒、莎士比亚等人的传记文章,时常以"世界的文豪""世界大诗人""世界之人物"等语对这些人物做出评判,其着眼点就在于"世界性"。梁启超在19世纪末已经有了要成为"世界人"的提法,到了王国维这里,他更是将这种"世界性"标举甚高。他尤其推崇歌德和席勒,分别视之为"世界的"和"国民的"诗人的代表。[①] 他认为莎士比亚"以超绝之思,无我之笔,而写世界之一切事物者也。所作虽仅三十余篇,然而世界中所有之离合悲欢,恐怖烦恼,以及种种性格等,殆无不包诸其中"。[②] 这实际上指出了莎士比亚的作品之所以成为世界文学的本质原因。王国维不但将世界性作为文学家、文学作品的评价尺度,而且还自觉地实践着这种批评理念。从王国维对歌德的推崇来看,歌德关于文学普遍性的认识很可能影响了他的文学判断。

值得注意的是,受叔本华思想影响,王国维以主张文学和学术的无功

[①] 王国维:《王国维哲学美学论文辑佚》,华东师范大学出版社1993年版,第300—301页。
[②] 王国维:《王国维哲学美学论文辑佚》,华东师范大学出版社1993年版,第392页。

利性著称,他反对梁启超将文学视为政治的工具,倡导破除中外之见,使学问不再沦为政治的附庸。尽管在文学的功用论上王国维与梁启超并不一致,然而在突破文学的国界限制,融入世界文学方面,却又有着一致性,甚至比梁启超走得更远。作为一名教育家,王国维于1906年较早地将这些思考纳入到近代大学学科设置当中。他提出文学科下应分设"中国文学科"和"外国文学科",两个科目下均须设"中国文学史"和"西洋文学史"课程,充分显示出沟通中外文学的思想。这可谓卓有远见的一项提议,也是"外国文学"这一语汇在学科意义上的最早用例。可以说,王国维对世界文学的思考是以世界学术作为大背景的,更多地体现了文学作为一门综合性研究学科的特色。

第二节 "五四"新文化运动时期的世界文学观念与实践

一 "五四"新文化运动初期的世界文学观

近代以来,中国人了解世界文学的发展潮流是从了解欧洲文学开始的。早在1913年,李叔同《近世欧洲文学之概观》(载《白阳》创刊号)就显示出对欧洲文学发展大势的整体观照以及艺术品位。伴随着"五四"新文化运动的展开,欧洲文学因其强烈的域外色彩和异质特征而被认为是世界性的、近代性的,代表了世界近代文学发展的潮流。中国作为后发国家对世界文学的向往很大程度上表现为以欧洲文学的标准改造和翻新中国文学。"新文化运动"的主将陈独秀从敬告青年顺应世界潮流,养成世界智识出发,认为介入世界文学是达成这一目标的重要途径。[①] 他力主思想文化的革新,在"新文化运动"初期就撰文介绍欧洲现代文艺思潮,从一开始就与世界文学结缘。[②] 欧洲文艺因革命而产生"新兴而进化"的先例,成为陈独秀发起文学革命的榜样。他激烈强调文艺思想的变迁对于政治社会革新的意义,重视莎士比亚、歌德、托尔斯泰等世界文学家的思想价值,最为推重的世界性文体是戏剧。他认为只有把握"世界社会文学之趋

[①] 陈独秀:《敬告青年》,《青年杂志》1915年9月15日创刊号。
[②] 陈独秀:《现代欧洲文艺史谭》,《青年杂志》1915年11月15日第1卷第3号。

势",借助"时代之精神",才能够革新文学与政治,建立新文化。① 他的革命精神和激进特征使其在评价和处理中国文学问题时,也不忘以世界文学为参照,表现出明显的抑中扬外特色。胡适称陈独秀"洞晓世界文学之趋势,又有改革文学之宏愿",② 点出了这一时期陈独秀学术政治之精髓。

更为直接地以世界文学为参照,试图解决中国文学问题的人是胡适,这也与其世界意识密不可分。早在美国求学时期,他就把亚洲置于整个世界的格局之中,视之为重要的组成部分。③ 他也较早拥有了文学中的世界意识,获得了观察中国文学的新视角。他研究"世界有永久价值之文学"的成因,认为中国文学过去为世界文学贡献过具有永久价值之文学,现在也应该以新文学贡献于世界。世界文学不但是具有永久价值之文学,更是具有新时代精神的白话文学、国语文学。只有践行这些理念,中国新文学才能跻身于世界文学之林。他提倡短篇小说的创作与翻译,以此把握"最近世界文学的趋势"。④ 讨论文学的进化观念与戏剧改良时,他以世界文学史上的实例,说明只有吸取别人的长处,才能保持文学的进步。⑤ 可以说,从小说到戏剧,从形式到内容,胡适对世界文学的参考是多方面的。他对"世界文学"概念的使用既显示了空间层面的世界意识,又体现了时间层面的进取精神。胡适把对世界文学名著的译介视作促使中国文学新生的最佳手段,多次强调了翻译世界文学名著的重要性。他还提出许多译介的策略,如择取其中与中国人心理相接近的部分,⑥ 出版白话翻译的西洋文学丛书,先译小说、戏剧、散文,诗歌从缓。⑦ 这些建议具备很强的可行性,并充分考虑到了中国读者对于世界文学的接受,对此后的世界文学出版事业有着不小的影响。

到了"新文化运动"时期,域外文学的存在与价值已经成为一个时代常识,而且还大有从原来的"何类我史迁"或"固不逮我"的地位一

---

① 陈独秀:《文学革命论》,《新青年》1917年2月1日第2卷第6号。
② 《胡适文集》第2卷,北京大学出版社1998年版,第5页。
③ 《胡适留学日记》下册,安徽教育出版社2006年版,第169—170页。
④ 《胡适文集》第2卷,第104页。
⑤ 《胡适文集》第2卷,第115—126页。
⑥ 胡适:《胡适留学日记》下册,安徽教育出版社2006年版,第189—190页。
⑦ 胡适:《建设的文学革命论》,见《胡适文集》第2卷,第55—57页。

跃成为中国文学榜样之势。世界文学在人们心中的地位也悄然发生着变化。这种轨迹亦可从见证了此间时代风云的梁启超那里略见一斑。梁启超在"新文化运动"兴起后不久完成了从政治家到学者的重要转变。① 以1917年为界，梁启超前期主要是以政治家的身份作"辞达而已"的"觉世之文"，注重启蒙之功效。他曾劝学青年学子到国外求学要重实务，不必学文学。后期则注重学问之趣味，甚至亲身去实践文学的研究，弘扬世界文学的价值。这一转变发生于"新文化运动"时期，不禁耐人寻味。"新文化运动"卷裹着世界文学汹涌而来，曾经开风气之先的梁启超不能不为之振奋。立场之转变也带来了思考文学问题的新契机，加之梁启超此间曾游历欧洲，更是加深了域外文学对于表现社会功能和艺术成就的认识。他在《欧游心影录》（1918）、《欧洲文艺复兴史·序》、《中国韵文里头所表现的情感》（1922）、《屈原研究》（1922）等论著中重视人类情感和文学的共通性，探讨文学的想象力与风格问题。梁启超对世界文学的态度，从"文学救国"到"情感中心"，从重视文学的教化和启蒙，转为重艺术重趣味，既是他本人经历了时代风云变换之后，思想和学问凝结沉淀的结果，也是"新文化运动"时期中国知识分子文学思想更为开放、更为世界化的一个缩影。如果说晚清一代学人参照西学更多的是从文明史和政治学的角度出发，仍然无法摆脱中体西用的影子，那么，到了"新文化运动"时期，域外那些"虚文"的地位已经发生了重大逆转。以欧洲文学为代表的"世界文学"作为一种可资参考的资源，在"新文化运动"前后发生了重大的价值重估和地位转换。

从这一时期的高校课程设置来看，1913年民国政府教育部要求文学类专业均设"希腊文学史""罗马文学史""近世欧洲文学史"等课程。世界文学课程比晚清时期的设置有所增加，但都指向欧洲文学，并最终落到了实处。1917年起，周作人开始在北京大学、北京女子高等师范学校等高校讲授欧洲文学史课程，并于1918年出版了以讲义为底稿的《欧洲文学史》。这项事业既是"新文化运动"的一项历史功绩，也是中国高校世界文学学科的重要发端。不过，周作人长于写作而拙于演讲，课堂效果并不尽如人意。加之当时国文系的学生仍以传统文言学习为主，"不重视

---

① 夏晓虹：《觉世与传世：梁启超的文学道路》，中华书局2006年版。

此学科"的大有人在,① 欧洲文学课程的边缘地位可想而知。周作人也自嘲说在北大国文系他只是个帮闲的角色。② 但这丝毫不影响他的讲授和著述所具有的重要历史意义。作者注意探求了文学现象的联系及规律,贯穿了比较意识与综合意识,充满了自信从容的历史思考和判断,显示出对于欧洲文学的丰厚积累。比起此前学者的欧洲文学论述,周作人的著述在翔实性和专业性上有大幅提升。

时任北京大学校长的蔡元培在推进世界文学的传播方面也发挥了重要作用。1918 年,蔡元培指出:"治一国文学者,恒不肯兼涉他国,不知文学之进步,亦有资于比较。"③ 在他的改革下,中国文学史和西洋文学史均被列入北大文学科通科课程,并设有详细的课程方案。④ 至 20 世纪 20 年代中期,北京大学国文系的课程已包含了外国文学史、外国文学作品选读等以资比较的课程,如宋春舫"欧洲戏剧发达史"、胡适"英美近代诗选"等。这些既是我国高校中文系讲授世界文学的较早实践,也是晚清以来高等教育中世界文学课程不断发展的必然结果。

除了文化精英对世界文学观念的推动,新教育培养的普通新青年也关心世界文学问题。时为北京大学英文系学生的杨亦曾(1897—1921)所作《近代世界文学之潮流》(1919)一文是现代中国较早以"世界文学"为题的专门论文,对于传播世界文学这一概念具有积极意义。文章精练地梳理了近代世界文学的潮流,反映了新青年对世界文学的理解。如前所述,"新文化运动"时期,人们常以欧洲文学指称世界文学,难能可贵的是,杨亦曾却能自觉地把东西方各国的文学看作一个整体,认识到世界文学不止在于对国界的突破,也在于对西洋的突破。"研究中国文学的人不可单研究中国一国的文学,必要对于世界各国的文学都有一点概括观念。"⑤ 作者对世界大同时代的到来、世界文字和文学

---

① 杨亮功:《早期三十年的教学生活·五四》,黄山书社 2008 年版,第 21 页。
② 周作人:《知堂回想录·琐屑的因缘》,河北教育出版社 2002 年版,第 468 页。
③ 蔡元培:《北京大学月刊发刊词》,见《蔡元培全集》第 3 卷,中华书局 1984 年版,第 211 页。
④ 潘懋元、刘海峰主编:《中国近代教育史资料汇编·高等教育》,上海教育出版社 1993 年版,第 383—384 页。
⑤ 杨亦曾:《近代世界文学之潮流》,《新群》杂志 1919 年第 1 卷第 2 号。杨亦曾在此还发表了《新社会与新生活》《群众运动与中国社会之改造》《社会主义思想之源流及其发展》等文章。

的趋向统一充满信心:"世界文学既然有相互的关系,一致的精神,同样的进化,可以证明世界文学有共同研究的必要,近代的文学潮流有可研究的价值";"研究文学,非具有世界文学的眼光不可"。① 作者尤为强调文学的思想性,这一点可谓深受时代氛围的影响。他认为不管何种民族,只要有相同的思想,就会产生精神上相同的世界文学。这种对世界文学共通性的强调代表了这一时期中国人接受世界文学观念的重要内涵。作者一方面指出了当时提倡新文学遇到阻力的原因,另一方面提醒国人从建设文学的世界性背景入手,以世界文学的眼光进行文学研究。值得注意的是,作者对世界文学问题的思考也与其政治思想倾向密切相关。作为社会主义学说的热心追随者和提倡者,杨亦曾推崇马克思的社会主义,称其具有"国际的性质","眼光不限于一国"。这种立场促使其在观察文学时得出了"近代的文学都带了一点社会主义的色彩,都是研究社会人生问题"这样的结论。② 为了增加文章的说服力,作者连当时甚少有人注意的美国文学也有所涉及,更证明了其世界文学视野之开阔。历史地来看,杨亦曾这篇文章中体现出的世界文学观念无论从外延还是内涵都比此前有所推进,对于中国文学与世界文学的关系也提出了积极的思考。

二 郑振铎、吴宓等人的世界文学观念与实践

"新文化运动"的主将陈独秀、胡适等主要是在政治思想层面涉及文学,"五四"以后,中国才真正开始对世界文学做系统的介绍和研究。郑振铎的世界文学观念与实践最具典型性。他积极引介莫尔顿的《文学之近代研究》《世界文学论》(即《世界文学及其在一般文化中的位置》)和波斯奈特的《比较文学》等涉及世界文学问题的著作。③ 波斯奈特的著作主要给予郑振铎以文学进化观念的启示,郑振铎肯定了他对文学进化的分级(部落文学、城市文学、世界文学、国家文学)。相比之下,莫尔顿(Richard Green Moulton,1849—1924)主要在"文学的统一观"上影响了郑振铎的世界文学观念,并引发了他一系列的世界文学实践。1922 年 8

---

① 杨亦曾:《近代世界文学之潮流》,《新群》杂志 1919 年第 1 卷第 2 号。
② 杨亦曾:《近代世界文学之潮流》,《新群》杂志 1919 年第 1 卷第 2 号。
③ 西谛:《关于文学原理的重要书籍》,《小说月报》1923 年第 14 卷第 1 期。

月,郑振铎发表了集中体现其世界文学观念的重要论文《文学的统一观》。① 该文从题目到观点,都受到了莫尔顿的深刻影响。但他并没有完全沿用莫尔顿的论证逻辑,而是结合中国文学发展的实际进行了阐发。

莫尔顿强调文学与语言的综合研究,强调文学对于本国历史的反映。② 郑振铎则更强调文学表达人类情感的共通性。"新文化运动"初期文学的思想性被格外看重,到了郑振铎这里,他参照莫尔顿、韩德、文齐斯特等人的文学理论,对文学的情感属性有了深刻认识。"文学是人生的反映,人类全体的精神与情绪的反映。绝不宜为地域或时代的见解所限,而应当视他们为一个整体,为一面反映全体人类的忧闷与痛苦与喜悦与微笑的镜子。"③ 他还使用"最高精神"一词来凸显这种共通性。他相信"世界文学的连锁,就是人们的最高精神的联锁","与世界的文学界断绝关系,就是与人们的最高精神断绝关系"。中国人必须"一面努力介绍世界文学到中国,一面努力创造中国的文学,以贡献于世界的文学界中"。④ 在他的心目中,中国人有责任也有能力成为世界文学的一个积极贡献者。这些呼声成为后来学界呼吁中国文学走向世界的先声,具有重要的时代意义。郑振铎不仅提出了文学统一观的必要性,而且还具体论证了其可行性。莫尔顿曾在《文学的近代研究》中认为,翻译过程中流失的东西只与语言有关,而与文学本质无关。因此,可以用译文来教授世界文学。郑振铎关于文学翻译的见解,与莫尔顿有相似之处。他重视文学翻译及译本的作用,认为翻译是新文学与世界文学建立联系的重要途径。为了中国文学的再生,不但要努力创作,更要全力介绍,而翻译家正是"人类的最高精神与情绪的交通者"。⑤ 显然,郑振铎对莫尔顿虽有借鉴却并不盲从,显示出中国学者自己的理论思考。强调从真正整体的角度研究全世界的文学,重视人类文学统一的情感因素,反映出这一时期中国世界文学观念的

---

① 郑振铎:《文学的统一观》,《小说月报》第13卷第8期,见《郑振铎全集》第15卷,花山文艺出版社1998年版,第137—150页。
② Richard Green Moulton, *The Modern Study of Literature*, Chicago: The University of Chicago Press, 1915.
③ 郑振铎:《文学的统一观》,见《郑振铎全集》第15卷,第142页。
④ 郑振铎:《文学旬刊》宣言,见《郑振铎全集》第3卷,第388—389页。
⑤ 郑振铎:《俄国文学史·序》,见《郑振铎全集》第15卷,第415页。

一些特征，也是对"新文化运动"早期过于借重欧洲文学及其思想性的一种纠偏。

能集中反映郑振铎世界文学观念的另一项实践活动是他所编写的《文学大纲》。他曾殷切期待一部"人类的文学史的出现"。高尔基主持的世界文学出版计划，对他的启发也很大。① 在他的设想里，中国不但要有综合的世界文学史，也要有专门的外国国别文学史。"我们没有一部叙述世界文学，自最初叙到现代的书，也没有一部叙述英国或法国，俄国的文学……这实是现在介绍世界文学的一个很大的遗憾！"② 可见，郑振铎对世界文学的理解既有时间维度（从最初到现代），亦有空间维度（包含各国文学）。这一理念在《文学大纲》中得到了具体的落实。

《文学大纲》并不完全是郑振铎的"原创"，德林瓦特的《文学大纲》、约翰·梅西的《世界文学史话》、理查森与欧文合著的《世界文学史》都曾对该书的编纂出版有所裨益。特别是英国著名诗人、剧作家、评论家德林瓦特（John Drinkwater，1882—1937）的同名专著 *The Outline of Literature*（1923—1924）对其影响最为显著。20世纪初，西方世界出现了多种世界文学史著作。这些著作将东方文学视为世界文学的一个组成部分，但其择取范围仍旧十分狭窄，往往仅涉及古代文学。德林瓦特的著作也不例外，他对东方文学的关注局限在"世界的古籍"和"东方的圣书"等有限的章节。文学史的主体仍然是欧洲文学，特别是英国文学。该书还有过分渲染英国文学成就，忽视其他民族文学的倾向。但是，原著十分注意文学史发展的纵向和横向联系，各国文学之间的连带感、交叉感、整体感得以强化和突出，具有一定的比较文学批评特色。原著还尤其注意翻译文学对英国文学和欧洲文学的益处，并精心选择了大量优美的引文和华丽的插图。

对德林瓦特原著的优点和局限，郑振铎显然既有认同又有批判。因此，他吸收借鉴，更确切地说是"编译"了原著的大部分内容，同时在章节安排、史实处理、文学评论等方面又进行了重构与更新。他试图平衡

---

① ［俄］高尔基：《文学与现在的俄罗斯》，郑振铎译，见贾植芳、陈思和主编《中外文学关系史资料汇编》，广西师范大学出版社2004年版，第793页。

② 郑振铎：《俄国文学史略·序》，见《郑振铎全集》第15卷，第415页。

东西方文学整体，突出东方文学，特别是中国文学在世界文学中的格局。中国文学约占全书章节的四分之一，这一安排至少从数量上肯定了中国文学在世界文学中的地位。中国文学是"世界文学的大家族里的一员"① 成为郑振铎世界文学观的重要组成部分。

20世纪20年代初，中国的世界文学实践者还有吴宓，他的贡献主要在于通过"世界文学史"的翻译和评注进一步传播了中国学者具有东方特色的世界文学观念，丰富了世界文学这一概念的内涵。吴宓早年曾赴美留学，打下了良好的世界文学基础，回国后曾在东南大学用英语讲授世界文学。他以理查生与欧文合著的《世界文学史》（Literature of the World，1922）为主要资源，并翻译了该文学史前三个章节（东方文学、圣经义学、希腊文学）。吴宓在文化主张上重古典，对世界文学史的翻译和介绍也侧重古典部分。他时常在译文中加入按语或评注，或解释或评价或补充，表达自家看法，以至于按语数量大有超过译文之势。例如，介绍印度文学，按语不仅介绍了欧美梵语文学的研究状况，补充说明梵语文学史知识，而且总结出印度文学的七大特点。② 在翻译之外，加入大量的"书写"成分，这样的"喧宾夺主"实际上表明了译者自身的学术兴趣和研究功底。在西方文学占据世界文学史中心位置的情况下，吴宓对东方文学的介绍与研究不仅丰富和完善了世界文学史的内容，也借此表明中国学者对世界文学的理解。吴宓对东方各国文学在世界文学史中地位的重视贯穿了其整个学术生涯。他曾在西南联大开设"西方文学概论"，后改名为"欧洲文学史"，但讲课的实际内容除英、法、德等欧洲文学外，还涉及埃及、印度、巴比伦、波斯、阿拉伯、日本等东方各国的文学。后来，他的课程又改名为"世界文学史"。③ 单从这一课程名称的变化就能看出吴宓对于世界文学概念的理解及演进。从翻译语言上来看，吴宓采用了古雅的文言翻译，坚持了一贯的古典文化立场。他用文言翻译世界文学史，似乎也是想证明用传统的中国文字传达西方思想的可能性。这

---

① 郑振铎：《文艺复兴中国文学研究号题辞》，见《郑振铎全集》第5卷，第322页。
② 吴宓译：《世界文学史》，《学衡》1924年第29期。
③ 王泉根：《吴宓先生年表》，见王泉根主编《多维视野中的吴宓》，重庆出版社2001年版。

种策略既保持了与本国传统文化的联系，又联结了与世界文学的交流，具有明显的东方色彩。

三　马克思、歌德等人的世界文学概念在中国的进一步传播

如前所述，马克思的世界文学概念进入中国主要与日本的中介作用有关，"五四"以后伴随着马克思主义在中国的进一步传播，其世界文学思想客观上也获得了进一步的关注。1920年8月，陈望道参照日译本和英译本，发表了《共产党宣言》的第一个中文全译本。其主要译词，如"全世界""世界市场"等这样与世界相关的三字词、四字词，都受到了日译本的影响。"世界的文学，已经从许多国民的地方的文学当中兴起了。"① 这种将"国民文学"与"世界文学"对照使用的情况在"五四"以后较为普遍。这种情形不仅出现在译文中，而且构成了中国新文学观的一个重要部分，也反映了当时知识分子对国民性、国民文学与世界文学关系的关注。如茅盾主导的《小说月报》改革宣言也宣称"一国之文艺为一国国民性之反映，亦惟能表见国民性之文艺能有真价值，能在世界的文学史占一席地"。② 文学的使命是"发展本国的国民文学，民族文学"，"促进世界的文学"。③ 国民文学与世界文学的关系被认为是相辅相成的。不过，也有人对世界文学的概念提出了质疑。郑伯奇认为世界文学属于理想层面，而国民文学的提倡属于现实层面，铸就伟大的艺术需要从国民文学做起。④ 世界文学被归类到"不真实的、虚幻的领域"，关注"国民文学"这一相对"真实的与现在的领域"一度成为新文学界的重心。这反映了世界文学概念在现代中国遇到的挫折。⑤ 20世纪30年代以后，随着民族主义、左翼思潮的传播与深化，成仿吾、博古等人对《共产党宣言》的译词则放弃了"国民"的说法，而转向了更具人种色彩和阶级斗争意味的"民族"一词。这样与世界文学相对照的就是民族文学。世界文学

---

① 陈望道：《陈望道译文集》，复旦大学出版社2009年版，第8页。
② 茅盾：《茅盾文艺杂论集》，上海文艺出版社1981年版，第21页。
③ 茅盾：《茅盾文艺杂论集》，上海文艺出版社1981年版，第31页。
④ 郑伯奇：《国民文学论》，《创造周报》1923—1924年第33—35期。
⑤ ［美］刘禾著，宋伟明等译：《跨语际实践：文学，民族文化与被介绍的现代性》（修订译本），生活·读书·新知三联书店2008年版，第263页。

与民族文学的对立统一成为进步知识界进行各种文艺论战和思想宣传的话语表征。

马克思恩格斯的《共产党宣言》虽然提出了世界文学思想，但宣言毕竟更多的是一份政治纲领而非文学研究的对象，与之相对照，歌德、莫尔顿、马修·阿诺德等批评家的世界文学思想在"五四"以后更为文学界所关注。[①] 值得注意的是，从世界文化范围来看，歌德显然比莫尔顿有更大的影响力和知名度，他的世界文学观也影响了莫尔顿。而郑振铎主要从莫尔顿而非歌德那里获得世界文学的理论资源。当时的新文学界在谈论文学创作、文艺批评等问题时常常征引莫尔顿的观点，这是一个很独特的文学现象。这其中的原因除了历史的偶然性因素外，部分与日本作为传播西方文学理论的中介有关，而莫尔顿的文学理论自19世纪末起对日本也有过较大的影响。郑振铎在以后编纂《文学大纲》时曾给予歌德充分的重视，对其文学创作的成就和地位做了重点评述，但却并未讲到他的世界文学观。

实际上，现代中国知识分子并不是没有人触及歌德的世界文学思想。歌德的世界文学观念强调人类文学广泛的联系性，世界文学观念在"五四"时期的传播也伴随着对国别文学与世界文学广泛联系性的深入认识，出现了在世界文学语境中考察国别文学的趋向。这样的世界文学观在唐性天撰写的《世界文学中的德国文学》（1921）中有典型的体现。该文正是发表于由郑振铎等新文学家主导的《文学旬刊》。作者谈论的话题今天看来正属于世界文学语境中的德国文学。他论证了德国文学从诞生到发展所受到的充沛的世界文学的滋养以及它对世界文学的贡献。认为德国文学从一开始就处在世界文学之中，其文学要素既包括以古希腊罗马为代表的欧洲古典文化，也有东方的文化及文学，尤其是印度文学、阿拉伯文学、以圣书为代表的古希伯来文学，乃至中国和日本的小说，还包括欧洲近世各国的文学，如英国、法国乃至俄国的文学。作者对从赫尔德到歌德的世界

---

① 1879年，马修·阿诺德在为《华兹华斯诗选》撰写的序言中，曾对歌德的世界文学思想加以呼应，提出要把全世界的知识和精神作为一个整体，获得世界上最精美的知识和思想。阿诺德这一思想在1924年被介绍到中国。参见东方杂志社《文学批评与文学批评家》，商务印书馆1924年版，第83页。

文学观念都非常熟悉和推崇，认为自赫尔德开始，正是有了"德国的文学，已经生活在世界文化里了"这样的觉悟，本国文学与外国文学之间才能保持双向互动的密切交流。今天来看，这篇文章的价值不但在于较早触及了从赫尔德到歌德的世界文学思想，最为难能可贵的是作者的观察具有世界文学双向交流的超前意识，对今天我们研究世界文学语境下的中国文学，乃至中国文学的海外传播等课题有着重要启示。

　　时为北京大学英文系教授的陈西滢也曾对歌德的世界文学思想及世界文学史的编纂问题发表过看法，这些谈论集中在1926年《现代评论》杂志上发表的"闲话"文章里。陈西滢早年曾赴英留学，对世界文学的介绍和翻译有着浓厚的兴趣。在《罗曼·罗兰》一文中，作者发现了罗兰和歌德在世界意识上的共通点：罗兰说"民族太小了，世界才是我们的题目"，歌德认为"国家文学已经没有多大意义，世界文学的世纪就要到了"①。他由罗兰联系到歌德，将罗兰列为世界文学的开山鼻祖，已经可以看出他对歌德世界文学思想的了解。稍后，在《文化的交流》一文中，他极力主张中外文化和文学的交流，提倡在文学艺术方面也吸取外国的精华，抛弃中国在文化上优于西方的成见。他将庄子的河流比喻和歌德的世界文学思想联系起来，并对欧美的世界文学观念进行了反思和批判："在百余年前，哥德、希勒，看见各国的文学都互相发生和受着影响，各国大文豪的作品都互相发生和受着影响，各国大文豪的作品都不只受本国读者的馨香膜拜，就提倡过世界文学。从此以后，世界文学的趋势，一天明显一天。可是欧美人所说的世界文学，不过是欧美一系的河流。东方一系，印度一系的文学，他们没有算在里面。不用说，一定得等这几条大河汇合在一处，才有真正的世界文学。这样的趋势已经在发端了。"② 在这段充满隐喻色彩的文字中，作者不但指出了歌德等欧美文豪对世界文学的提倡以及世界文学来临的必然趋势，而且试图在"欧美一系"的世界文学中加入"东方一系，印度一系的文学"，认为这才是"真正的世界文学"。这些论述显示了论者丰富的东西方文化知识和对世界文学发展的预期，反映了中国学者的世界文学观。

---

① 西滢：《罗曼·罗兰》，《现代评论》1926年第3卷第60期。
② 西滢：《文化的交流》，《现代评论》1926年第3卷第69期。

陈西滢还以中外文学交流的具体例子来证明各国文学之间交流的益处，不但指出了欧洲文学对中国文学的影响，而且看到了中国诗歌对西方诗人的影响。这种相互影响也是作者眼中"真正的世界文学"的发端。显然，作者认同的是各民族广泛的文学交流、互相学习与借鉴，从而产生世界文学这一历史趋势。他还将这种见解用之于中国当时的文艺问题中，一方面指出中国文学需要吸纳世界文学的养分，另一方面也看到了西方世界文学思想的局限，主张将东方各国的文学汇入到世界文学的系统之中。如此明确地引用、评价和反思由歌德提出的世界文学思想，在当时中国的知识界还并不多见。《谈世界文学史》一文更为直接和集中地发表了关于世界文学和世界文学史书写的看法。和莫尔顿一样，他强调了观察点的重要，认为文学史的作者必然要受到其所在国观察点的影响，这是不可避免的。问题的关键不在于从一国观察点出发，而是不能"只见树木不见森林"，不能像德林瓦特那样过分偏袒本国。① 这些观点正好可以与同时代的郑振铎形成对比。郑振铎在编纂《文学大纲》时大量参照德林瓦特的著作，自然不会没有注意到其对于英国文学的过分偏袒，他也以中国版《文学大纲》的重新构架反驳了这一点。但是，郑振铎的理论主张具有矫枉过正的色彩，认为要达到文学的统一，必须彻底放弃一国的观察点，从全人类的角度出发。而陈西滢从中国读者对世界文学史的阅读需求出发，其看法要现实和温和许多。但是，陈西滢对世界文学谈论影响似乎要小得多，后世学者也很少有人去谈论。究其原因，或许在于，陈西滢对世界文学的看法更多地停留在了一纸"闲话"的议论上，更不曾有著述世界文学史的宏伟计划。但是，相对于郑振铎在编写《文学大纲》时对歌德世界文学思想的只字不提，陈西滢的这几篇文章在传播歌德的世界文学思想，推进中国的世界文学观方面还是起到了不可忽视的补阙之用。

歌德的世界文学观念在中国的进一步传播还与中德文化交流密不可分。1927年4月，德国汉学家卫礼贤应《小说月报》邀请撰写了《歌德与中国文化》（温晋韩译）一文。这篇文章是较早研究歌德与中国文化关系的重要论文，文章写道："哥德思想范围的推广和他的年岁同时增进，人类在他的心中渐成一个整体，东方也随着得到他的注意……他对于世界

---

① 西滢：《谈世界文学史》，《现代评论》1926年第3卷第77期。

文学底将来说:'我愈久相信,诗是人类公有的财产,它随时随地盈千累百的盈千累百的,出自群众产生下来……真的,若使我们德国人底眼光不冲出你们自己狭隘的范围射到外边去,则我们必久入于肤浅的偏见之途。故我极喜欢观察各民族,并劝告各民族在他们方面也一样的做去。国家文学已经过去了,现在是世界文学的时期了,凡人类俱要努力,促它完成这个大同。'"① 这很可能是歌德这段谈话的首次中译,是歌德世界文学观念在中国传播的明证。1929 年,梁实秋也将歌德对世界文学的谈论译出:"国家文学现在已成为一个没有意义的名词了,世界文学的时代已经到临了,人人应促其实现。"对此,梁实秋评论道:"歌德的批评意见往往是很深刻而稳健的,上面这一段便很可表现他的眼光远大。他赞美中国人的地方,由我们自己看,未免太过;但是他能以同情的态度了解别国的文学,不以狭隘的民族主义的文学自囿,我们不能不佩服他的胆量和识见。"② 这些判断表明,中国学者对于歌德的世界文学思想是颇为欢迎的,并为歌德的世界主义胸襟所感染。至此,中国的普通读者进一步了解了歌德谈论世界文学的具体语境。在这两种译文中,译者使用的译词是"国家文学"而非"国民文学"。前者强调的是政治地理属性,而后者强调的是精神主体。这种变化既反映着当时文化语境的悄然变迁,也透露了持论者对于世界文学构成的看法。

从以上梳理可以看出,尽管歌德、马克思的世界文学思想在世界学术中具有重要的价值和意义,他们的世界文学思想与中国世界文学观念的发生也不无关系,但客观来说,及至 20 世纪 20 年代,它们在中国的传播和影响还是相对薄弱和分散的,更有影响力的甚至是经由郑振铎传递的莫尔顿的文学统一观。这一曲折过程也反映了中国在接纳国外学者世界文学思想时的复杂性。值得注意的是,从早期黄人编纂《中国文学史》,到"五四"以后郑振铎编译《文学大纲》以及吴宓对《世界文学史》翻译与评注,文学史的编、写、译、评成为中国人介入世界文学的重要方式。如果说中国文学史的编纂是将中国传统的文学纳入到现代的时间逻辑之中,那

---

① [德]卫礼贤:《歌德与中国文化》,参见《歌德研究》,中华书局 1936 年版,第 284 页。

② 梁实秋:《歌德与中国小说》,《新月》1929 年第 2 卷第 8 号。

么世界文学史的编纂则是将更多的地理因素纳入到文学史这种体例当中，改变中国"宗古"的旧习。从中国文学史到世界文学史，不但是世界意识的表现，更是进化意识的表现。在中国人开始放眼看世界的时代背景下，世界文学史对于急切渴望异域文化知识的读者有着巨大的吸引力。伴随着马克思、歌德世界文学思想的传播，现代学者对世界文学的谈论，世界文学这一概念在20世纪20年代末的中国已经获得了学理层面更为深入的思考。总体来看，从"五四"新文化运动初期人们对欧洲文学及其思想性的极度推重，到稍后对文学情感属性的确认，对中国文学与东方文学在世界文学中地位和贡献的强调，对中外文学交流与价值的充分尊重，中国学者并非一味地盲从，而是适时修正和丰富着世界文学的概念，中国的世界文学观念日益呈现出更为特色鲜明的内涵与特征。

第三节　20世纪30—40年代世界文学观念的社会化进程

一　世界文学史、世界文学作品选等相关著作的编译与出版

承接郑振铎、吴宓等人对世界文学史编译的开创之功，20世纪30年代多种世界文学史和世界文学作品选的编译出版反映了世界文学观念在中国的社会化进程。其中，对日本世界文学史的翻译始于20世纪20年代末侧重国家立场和进化观念的《世界文学大纲》（木村毅著，朱应会译），20世纪30年代主要侧重于对日本学者现代世界文学史的翻译。例如，日本新潮社推出"世界文学讲座"丛书（千叶龟雄等著），张我军、徐翔、谢六逸等文艺理论家和翻译家就曾出版过各自的节译本。1934年上海光华书局又推出了由胡雪翻译的《现代世界文学小史》（成濑清著）。在这些著作中，"战争"不仅是影响世界文学发展的实际因素，也是构成文学史的重要主题。日本学者认为随着国民差异的减少，世界各国文学的差别也会逐渐减小，这反映了一种近代精神。[①] 从体例上来说，日本学者除了以国别或文学主题为划分标准，还十分重视按照文学流派来统观世界文学的发展。在研究范围上，较早地尝试将东方各国的文学发展纳入世界文学

---

① ［日］昇曙梦：《现代文学十二讲》，汪馥泉译，北新书局1931年版，第1—5页。

发展的图景当中，并不乏对世界小国文学的关注。这些均给予中国学界有益的影响。1940年，由王隐编译，神田丰穗原著的《文艺小辞典》中明确将"世界的文学"作为一个词条，收入辞典的编撰之中，更是日本影响中国世界文学观念的一个明证："世界的文学（英语 world literature）一语，创始于歌德。在现代，此语有两种意义：一指作者有意识地所作的以世界为前提的作品，即世界主义乃至共产主义的作品；二指世界知名的作品，如托尔斯泰、易卜生等的作品。"① 这一解释在理解歌德的世界文学思想时，强调"国民"之间的融合，延续了日本学者一贯注重的普遍人性论的观点。但在具体的内涵上，则又有丰富与发展。一方面把世界文学理解成世界知名作品，另一方面专指那些具有世界主义倾向，反映普世价值与主题的作品。世界文学含义的这几个要点，在翻译过来的日本世界文学史当中都有不同程度的体现。这一词条集中展示了当时日本学界对世界文学概念的理解，也反映出中国接受世界文学观念的一个侧面。

美国学者约翰·梅西（John Macy, 1877—1932）的 The Story of the World's Literature（1925）以其活泼生动的叙述、对文学独立价值的强调等优势为中国学界所看重。1931年胡仲持参照日译本最先将其译成中文。该书将世界文学分为古代、中世纪、19世纪以前、19世纪及现代四个部分，在比重上明显侧重19世纪以来的近现代文学。作者把美国文学作为世界文学的重要部分加以书写。这在当时的世界文学史著作中是较为独特的，它也为中国学者在世界文学史中添加中国文学的内容起到了示范作用。梅西认为，世界文学在一定历史条件下，只能呈现出相对的面貌。他对自身所处的学术立场毫不讳言，坦承了对英语读者的偏向性，并指出"国民文学"要想成为"世界文学"，必须倚重于翻译。翻译的缺乏导致了优秀的文学作品与世界的封闭与隔离，特别是那些没有语种优势的文学。② 梅西还从读者阅读的层面预言了世界文学对于国家、民族和语言界限的必然突破，建议读者以愉悦和兴味为标准去读书，而并非一味地追求经典。这些对世界文学的思考，今天来看仍有启示意义。《世界文学史话》自在中国出版以来，产生了极大的影响。译者胡仲持后来还推出过

---

① ［日］神田丰穗：《文艺小辞典》，王隐编译，中华书局1940年版，第17页。
② ［美］约翰·梅西：《世界文学史话》，胡仲持译，开明书店1931年版，"原序"。

一本《世界文学小史》（上海国光印书局 1949 年版），该书将中国文学、印度文学、希伯来文学、阿拉伯文学放置在较为显著的位置，对 19 世纪的俄国文学，甚至社会主义现实主义文学都有侧重，也反映出此间学者世界文学观念的变化。

苏联人柯根的《世界文学史纲》也在中国产生了相当大的影响。作为一本十月革命后的文学史著作，这本《世界文学史纲》自觉地以马克思主义的唯物史观和辩证法指导文学史的写作，对于文学发展的历史脉络的详尽剖析及冷静判断都体现着马克思主义文艺观的先进性。这一点特别为当时的中国学者所看重。[①] 该书按照古代希腊文学、中世纪文学、文艺复兴时代、17 世纪英国与德国文学、17 世纪的法国文学、18 世纪的法英文学、18 世纪的德国文学、19 世纪的文学、现代文学划分篇章，已经可以明显看出 20 世纪 50 年代对中国的世界文学史书写影响巨大的苏联模式。通过柯根的著作，中国学界得以更加深入地了解和区分世界各国文学家的思想观点，增强了对文艺批评和文艺功能的辨别能力。

中国学界在参照世界学者的世界文学史著作的同时，也开始尝试编写世界文学史，前虽有《文学大纲》的开创之功，但这项工作显然任重道远。20 世纪 30 年代出版的世界文学史可举出李菊休、赵景深合编的《世界文学史纲》（亚细亚书局 1932 年版），余慕陶编著《世界文学史》（1932）等，但这些著作的内容更多的是对此前文学史著作的借用和综合，并无更大的创新和实质性推进。有的也试图对中国文学的发展提出自己的看法，但在处理纷繁复杂的世界文学现象时，往往显得捉襟见肘。还有一些学者将精力投向世界文学史料的搜集与保存上。赵景深、李青崖等人编辑的《最近的世界文学》《一九二九年的世界文学》《一九三〇年的世界文学》《一九三一年的世界文学》都属于此类，反映了中国学者自觉获取世界文学信息的能力。这些书的内容多是对一些西方文学杂志的编译，包括文学评论、新著介绍、文坛杂讯、逸闻趣话等，有时也融入了编译者的批评，反映了世界文坛的面貌。[②] 这些实践反映了当时中国追赶世

---

① ［苏］柯根：《世界文学史纲》，杨心秋、雷鸣蛰译，读书·生活·新知三联书店 1936 年版，"后记"。

② 赵景深：《最近的世界文学·序》，远东图书公司 1928 年版。

界文学潮流,发展中国文学的迫切心态和强烈诉求,对世界文学这一语汇的频繁使用客观上也促进了这一概念的进一步传播。

值得注意的是,随着世界文学史的出版,若干各具特色的世界文学选本也相继出现,如鲁彦编译的《世界短篇小说集》(1928)、叶凤灵编译的《世界短篇杰作选》(1930)、王学浩编译的《世界独幕剧》(1933)等。这些选本在编排体例,择取范围等方面各有差异,但在题名中突出"世界"一词是其共同特征。陈旭轮的《世界文学类选》(1930)、郑振铎的《世界文库》(12卷,1936)在其中最具代表性。《世界文学类选》是现代中国冠以世界文学之名的最早的一个综合性作品选本。该书按照文学类型(诗歌、戏剧、小说和童话)选出具有代表性的世界历代文学作品十八种,篇目不多,但却称得上是精选之作,涵盖了荷马、但丁、塞万提斯、莎士比亚、歌德、拜伦、莫泊桑、易卜生、安徒生等世界文学家的经典之作。编者在每篇选文之前都附以简短的说明,介绍作家作品的背景及中译情况,也不乏编者自身的判断与评价,有的已相当成熟,显示了编选者对世界文学的较好掌握。这种格式和体例至今仍为不少世界文学作品选所采用。作为现代中国一部较早的世界文学作品选,该书实际上还是对此前出版的翻译文学作品的一个检验。所选译文的语言形式文白兼有,文体形式兼顾古典与现代。译者几乎都是名家,包括傅东华、郭沫若、钱稻孙、马君武、田汉、周作人、穆木天等。编者也将一定的个人体验带入作品选,如所选《墓畔哀歌》《涡提孩》等此前已有郭沫若、徐志摩的译文,但编者却选用了自家译文。这种情况进一步表明"世界文学选本"的动态性,它所包含的内容既受到时代环境的制约,又必然带有编选者的主观色彩,对我们今天理解世界文学与翻译的关系不无启示。《世界文学类选》是作为1935年世界书局《西洋文学讲座》的最后一部分出现的。但在编纂范围和理念上却与后者形成了对比。前者把东方文学作为重要的一部分,拓展了世界文学的空间,所选的"所罗门歌""鲁拜诗"及"天方夜谭"等都属于此类。这是它的一个重要特色与价值。这一点不但弥补了《西洋文学讲座》不讲东方文学的遗憾,而且也使"世界文学类选"的名号更加实至名归。此外,"类选"还为每个作家配备了作家小像,可谓图文并茂。总之,虽然这部《世界文学类选》的篇幅和规模虽然并不是很大,其格式和体例却相对完善,它的眼光和标准直接反映了中国人最早面对"世界文学选本"这个课题时的应对情况。

郑振铎主编的《世界文库》是这一时期最有系统、最有计划性的大型世界文学选本丛书，在推动中国人的世界文学观念方面影响最大。为了延续《文学大纲》中的世界文学精神，郑振铎不惜把一半的规模给予中国古典文学，甚至还招致了不少人的质疑，认为丛书翻印古书的做法不利于青年的进步。① 郑振铎注重的是文学本身的价值，并没有局限在一时争论之中。他认为中国文学真正伟大的遗产，"足以无愧地加入世界文学的宝库"，必须以"敏锐博大的眼光去拣选"。②《世界文库》编选的外国文学以小说和散文为主，法国、俄国、美国的文学作品篇目最多。值得注意的是，与欧洲文学相比，美国文学在世界文学中是比较年轻的一支，丛书对美国文学的关注很能说明编选者的"近代意识"。美国文学收入了欧文、霍桑、爱伦·坡、马克·吐温等作家。郑振铎还充分注意到了翻译之于世界文学名著传播的作用。入选的名著不但要经过多次讨论和商酌，才开始翻译，对于此前不好的译本还不惜进行重译，而且译者也要对原作者有详尽的介绍，对译文也要有必要的注释。蔡元培为之作序时也充分肯定了翻译"可以造成文学的世界性"。③

二 世界文学理论内涵的进一步深化

1927 年以后，伴随着中国现代学术走向成熟，世界文学在更多的学理层面受到注意和讨论。新文学家普遍认为，中国文学是世界文学的支流，受到世界文学潮流的激荡。只有顺应世界文学潮流，才能促进中国新文学的发展。中国学者对世界文学的关注还体现在对中国文学与世界文学关系、世界文学的源流及文本解读等问题的论述上。④ 这一时期国外的比较文学论著如洛里哀《比较文学史》（傅东华译，1931）、梵·第根《比较文学论》（戴望舒译，1937）等也被介绍到中国，世界文学问题在比较文学的学科范围内获得了更为理论化的品格，这在一定程度上

---

① 甘奴：《关于世界文库底翻印旧书》，《作家》1936 年第 1 期。
② 郑振铎：《中国文学的遗产问题》，见《郑振铎全集》第 5 卷，第 316—317 页。
③ 蔡元培：《世界文库·序》，见《世界文库》第 1 册，河北人民出版社 1998 年影印版。
④ 胡水波：《世界文学的两大来源》，《之江期刊》1933 年第 2 期。

促进了世界文学概念在中国的传播,引发了学界对于比较文学与世界文学关系的初步思考。例如,黎烈文认为第根的"普遍文学"是"比较文学的延长"。① 戴望舒认为第根的著作有助于获得世界文学的整体印象,确定世界文学的经纬度。② 1937 年,德国学者史特里赫(今译:施德里希,Fritz Strich)的论著《世界文学与比较文学史》也被介绍到中国,这恐怕是中国读者第一次接触现代德国学者的比较文学论著。可见,世界文学具有"跨越的""翻译的""影响的"及"相对的"诸多特征。这些要素与当今学者对于世界文学概念的理解有着诸多相似之处。应该说,通过这些译文传递的世界文学思考也构成了现代中国接受世界文学观念的重要一环。

与之相关,中国学者对"世界文学"的关注还体现在国别文学史的书写与研究对世界文学问题的考量中。国别文学史与世界文学史面对的是不同的对象,处理的是不同的问题。国别文学史是世界文学史的研究基础,但世界文学史绝不仅仅是国别文学史的简单相加。世界文学史与国别文学史在价值判断上应该有所不同。梵·第根认为"真正的国际文学史绝对不只是各本国文学史的综合体"③,施德里希等也持相似看法。这一点正与现代中国的世界文学实践尤其是文学史的书写相呼应。此前的国别文学史著述,如欧阳兰的《英国文学史》(1927)、刘大杰《德国文学概论》(1928)等都对该国文学在世界文学中的地位倍加推崇,甚至有绝对化的倾向。相比之下,20 世纪 30 年代以后的国别文学史著作对两者之间的关系看法普遍更为理性和成熟。以夏炎德的《法兰西文学史》(1936)为例,该著在广泛的世界文学背景下,从民族特点的角度分析了法国文学发达的原因,认为法国文学"是世界文学府库中一部分非常重要的宝藏"。④ 在谈现代法国文学时,还明确谈到了文学的世界化倾向:"以前的法国作家,常夸耀着他们过去文坛的光荣,埋头于古典作品中找文学;现在风气已经改变";"法国的青年作家,对于己国过去的文学并不故步自

---

① 黎烈文:《一本专论比较文学的理论和方法的新著》,《图书评论》1933 年第 5 期。
② 戴望舒:《比较文学论》,商务印书馆 1937 年版,"译者序"。
③ 刘介民选编:《比较文学译文选》,湖南人民出版社 1984 年版,第 141 页。
④ 夏炎德:《法兰西文学史》,商务印书馆 1936 年版,第 1 页。

封,他们一方面跟时代学习创造新的,另一方面也尽力吸收各国的文学,世界经济文化的交互影响愈加密切,法国文学的国界势必逐渐泯灭。这是文学世界化的趋向。"① 作者认为,法国文学的世界化发展趋向,也正代表了国别文学走向世界文学的潮流。

1932年,适逢歌德逝世百年,中国学界掀起了歌德研究的热潮,许多报刊杂志上都刊登了纪念文章,更多的学者开始关注歌德的世界文学思想。郑寿麟《歌德与中国》借助对歌德的世界文学思想阐发,激烈针砭中国的社会现实,反映了中国学者强烈的入世情怀,这一思路在现代中国具有典型性。② 艾克曼的《歌德谈话录》作为承载歌德世界文学思想的重要载体,这一时期也被以"哥德对话录"为题译为中文(周学普译,商务印书馆1937年版)。译者介绍说,这本书和歌德的自传一样,历来都是研究歌德的"珍贵名著""必读之书"。关于歌德对世界文学的谈论,周学普的译文为:"国民文学在现今没有多大意义,现今正是世界文学的时期了。"③ 与此前梁实秋等人引述这段话使用了"国家文学"一词不同,译者在这里采用了"国民文学"的说法,用它与"世界文学"相对照。在时人看来,歌德之所以是"世界文豪""世界诗人",④ 首先因为他是国民文学的代表。中国文学让人惋惜的地方就在于没有"足以代表全国民之精神"的大文学家,因此,必须"彻底介绍西洋名著,彻底考量中国文化"。⑤ 可见,人们不仅从国别文学史的编写中明确了国别文学与世界文学的关系,而且还直接从国别文学研究中获取了世界文学的理论资源。

世界文学理论化品格在这一时期更多的学术探讨中得以呈现,显示了这一时期世界文学观念社会化进程的另一个侧面。伍蠡甫主编的《世界文学》杂志在这一时期创刊,共出六期(1934.10—1935.8),旨在"介绍各国文学,估量它对于世界文学亦即新文学的价值","探寻中国文学走向世界文学的径途"。虽然它存在的时间不长,然而在世界文学观念的提

---

① 夏炎德:《法兰西文学史》,商务印书馆1936年版,第673页。
② 《歌德研究》,中华书局1936年版,第316—317页。
③ 周学普译:《哥德对话录》,商务印书馆1937年版,第121页。
④ 张月超:《歌德评传》,神州国光社1933年版。见宗白华为其所作的序言。
⑤ 李长之:《歌德之认识》,《新月》1933年第7期。

倡方面却功不可没。其最为突出的特色是强调世界意识之于新文学的重要性，强调"深化情思，泽润外貌"的新文学即是世界文学，强调世界文学是国民文学质的融合。① 世界文学被作为"新文学"的一种自身属性来对待。创刊号论文栏刊登的《世界文学的展望》（叶青）、《文学的世界性》（即高尔基为世界文学丛书所作的序言）等，也显示出中国学者对世界文学理论内涵的热情。作者表达的世界文学观念既涵盖了文学发展的普遍历史，又强调世界文学由伟大的天才作家所引领，支撑世界文学的基础是人类情感的普遍性。这些看法已经相当深入。自郑振铎开始，"统一"就成为中国学者理解世界文学的一个关键词，这篇文章也多次使用了这个词。"世界文学"成为"文学统一观"的最佳表述，中国学者不但显示出对世界文学概念的极大热情，而且对其积极修正和批判，显示出中国语境下世界文学观念的逐渐成熟。②

在教育方面，延续清末大学堂和"新文化运动"初期的历史脉络，世界文学课程也在民国的一些高校得到进一步的重视和发展。由于世界文学观念的获得离不开文学域外意识、世界意识的增强，学习和了解外国文学成为现代高等教育中的重要内容。1938年至1939年国民政府教育部颁发并修订了大学文学院中国文学系必修科目表，明确规定了中文系开设西洋文学史课程。以清华大学为例，它规定中文系学生必须修24个学分的外国语言与文学课程，在汇通中外文学，走向世界文学方面的实践最为突出。③ 这一办学策略的积极推动者杨振声、朱自清、闻一多等人无一不是具有世界意识的新文学家。他们的学术理念虽各有差别，但在重视借鉴外国文学，创造中国的新文学这一点上却是共通的。与此相应，吴宓主持下的清华大学西洋文学系也强调对中国文学的学习。在中文系中强调借鉴外国文学的重要性，在外文系中重视中国文学功底，这种课程结构的出现，代表了民国时期先进的世界文学教育趋向。这些实践对培养学生的世界文学意识，进一步传播和构建世界文学观念至关重要。这一教育理念还延续至抗战时期的西南联大，为中国文学在实践中进一步夯实了通向世界文学之路。

---

① 参见《世界文学》发刊词，1934年10月。
② 吴鼎第：《文艺影响与世界文学观》，《学术界》1943年第1卷第3期。
③ 杨振声：《为追悼朱自清先生讲到中国文学系》，《文学杂志》1948年第5期。

三 战争背景下世界文学含义的时代置换

20世纪30年代中期以后，随着民族危机的加重，"世界文学"还被赋予时代政治的含义，被纳入到整个民族的抗争事业当中。由于中国的民族解放战争本身就是世界反法西斯战争的一个重要组成部分，中国文学前所未有地感受着世界文学的召唤和联结。中国的世界文学观念更具国际意识、开放色彩和斗争精神，其直接表现之一就是将"世界文学"与"民族解放""国防文艺"相联系。1936年初，文艺界为响应建立抗日民族统一战线的号召，提出了"国防文学"的口号，号召各阶层、各派别的爱国作家，都来创作抗日救国的作品。世界文学被赋予"以国际社会上所发生的人类的大问题做主题的文艺作品"这一新的含义。① 对"世界文学"的提倡已非单纯的文艺之举，而是有着明确的社会政治目的。

民族意识的空前高涨也促使理论家在论述民族与世界的关系问题时更多地反思此前的世界文学热情，更侧重于以自身的文化建设为时代政治服务。在当时关于民族形式等问题的讨论中，这种世界文学表述是一个很明显的特点。周扬指出："我们要在对世界文化的关心中养成对自己民族文化的特别亲切的关心和爱好，要在自己民族历史文化的基础上去吸取世界文化的精华。"② 显然，与"新文化运动"时期陈独秀等人对旧文化的彻底否定以及对世界文化的绝对推崇相反，周扬在世界文化的语境中表现出对民族历史文化的坚挺。"只有最坚定地把定民族的立场，最高度地发挥民族精神的文学，才能成为伟大的文学。"③ 这种立论很能反映当时文论家的态度。萧三也谈道："我们细研古今中外的文艺作品可以得到一个真理：愈是民族的东西，它便愈是国际的。愈有民族风格、特点的，便愈加在国际上有地位。"④ 可见，这个时候，民族的意味着世界的，区分文学的只有政治上的侵略性与反侵略性。在民族面临危机的生死关头，中国知识分子在文学观念上，将战时文学的世界主义、国际主义特征进行了充分

---

① 徐懋庸：《怎样从事文艺修养》，三江书店1936年版。
② 周扬：《我们的态度》，《文艺战线》1936年第1卷第1号。
③ 周扬：《从民族解放运动中来看新文学的发展》，《文艺战线》1939年第1卷第2号。
④ 萧三：《论诗歌的民族形式》，《文艺战线》1939年第1卷第5号。

张扬。这种文学中的国际主义精神还被引向了一个更大的领域"国际艺术"。中国学者强调的是民族特色对世界艺术的贡献,以及世界艺术的有机统一。①

更能说明问题的是茅盾对民族文学与世界文学关系的诠释和利用。"五四"时期,茅盾就表现出对国民文学走向世界文学的促成之意。随着时代语境的转换,国民性的说法淡出,民族的提法则越来越突出。茅盾对马克思世界文学论述的引用和评述最直接地表明了他的转变:"我们相信迟早会出现这样一个世界。这种世界性的文学艺术并不是抛弃了民族文艺的成果,而凭空建立起来的,恰恰相反,这是以同一伟大理想但是不同的社会现实为内容的各民族形式的文艺各自高度发展之后,互相影响融合而得的结果。是故民族文学之更高的发展,适为世界文学之产生奠定了基础。"② 马克思预示的由生产力发展而导致的世界文学结果带有批判色彩,而茅盾则将其转换为一个"伟大理想",既强调理想的同一性,又强调各民族文学独立发展与相互融合的必要性。其论述立足于中国的文学发展的现实,具有鲜明的辩证色彩。

与之对照,战国策派的重要人物陈铨倡导的"民族文学运动"对世界文学资源的借用也旨在宣扬"民族文学"的产生。"所谓世界文学,并不是全世界清一色的文学,或者某一个民族领导,其余的民族仿效的文学,乃是每一个民族发挥自己,集合拢来成功一种文学。我们可以说,没有民族文学,根本就没有世界文学;没有民族意识,也根本没有民族文学";"在某一个时代,民族意识还不够强烈,时代精神把一般作者领导到另外一个方向,使他们不能认识他们自己。在这种时候,真正的民族文学就不容易产生,它对于世界文学的贡献,因此也不能伟大。"③ 这些结论的得出以对意大利、法国、英国、德国等西欧国家文学运动的深入考察为基础,有着广阔的世界文学背景支持。显然,在学理层面,中国学者普遍认为,民族文学是世界文学的基础,世界文学是民族文学发挥其民族意识,共同集聚而来的。只有表现了民族特性和时代精神的文学才能够贡献

---

① 光未然:《文艺的民族形式问题》,《文学月报》1940 年第 1 卷第 5 期。
② 茅盾:《旧形式、民间形式与民族形式》,《中国文化》1940 年第 2 卷第 1 期。
③ 陈铨:《民族文学运动》,《大公报》副刊《战国》1942 年 5 月 13 日第 24 期。

于世界文学。

在为时代政治服务的大语境下，世界文学的概念也被赋予了新的含义。"世界文学"被作为世界文化的一部分来认识。危难中的中国可以通过"世界文化"和"世界文学"这样的宏大概念，凸显出自身民族文化建设的国际主义意义。而"进步的""无产阶级的"等修饰语和关键词的添加，也表现出这一时期中国的世界文学观念具有鲜明的阶级倾向性。这里牵涉的不仅仅是概念的置换，而是包含了更大的话语权力。这种话语权力的运用在毛泽东的《新民主主义的文化》（1940）中最具号召力和纲领性。他把世界文化分为"资产阶级的"和"无产阶级的"两个对立的部分，区分出"帝国主义反动文化"与"外国的进步文化"，辨别了世界当前的文化和古代的文化，分解出"精华"与"糟粕"。这里出现的一系列对立的概念都突出了文化的政治意义。与此相应，世界文学自然也有"世界资产阶级文学"与"世界无产阶级文学"两个部分。[①] 这种文化的政治解读为各种文学论争确立了风向标。特别是对世界进步文化的强调，更是引发了世界文学评价指标的转向，"世界进步文学"的概念应运而生。以群认为应系统翻译"世界进步文学的主要部分——'现实主义'文学"，至于"十月革命后的苏联文学以及现代世界各国的进步文学就更有介绍和学习的必要"。[②]"世界进步文学"是对毛泽东世界进步文化理念的进一步发挥。它的含义既包括了欧洲的现实主义文学，也包括十月革命后的苏联文学以及现代世界各国的进步文学。在论者的理解中，现实主义文学应该是世界进步文学的主要组成部分。但是，在强调文学进步性的同时，论者还试图超越阶级的局限，将文学自身的价值独立出来，指出对世界文学的借鉴要指向思想和艺术上有成就的作品。

现实主义文学成为世界进步文学的主要组成部分，集中反映了中国革命文艺家的文学诉求。对现实主义文学的重视还扩大到解放区的文学教育

---

① 这一区分有着明显的苏联背景。1934年8月，在莫斯科召开的苏联作家第一次代表大会上，拉狄克发表了《关于现代世界文学与无产阶级艺术的人物的报告》，认为世界文学已经分化成了资产阶级文学和无产阶级文学两大部分。参见［美］拉狄克《论世界文学》，杨哲译，《清华周刊》1934年第8期。

② 以群：《略论接受文学遗产问题》（1943年3月），见《以群文艺论文集》，上海文艺出版社1983年版，第34页。

层面。20世纪40年代初,周立波在延安鲁迅艺术文学院曾开设"名著选读"的课程,也特别注重用马列主义的文艺观分析普希金、果戈理、托尔斯泰、司汤达、巴尔扎克、高尔基等属于"世界文学"的作家作品。[①] 何其芳指出:"在接受遗产的过程中,文学史应该配合着或者包括具体作品的选读。而一般的中国文学史、外国文学史只限于必要的历史知识与作品。史的方面,应该着重的是中国新文艺运动史。作品方面,应该着重的在外国19世纪欧洲尤其是俄国的旧现实主义的文学和苏联的社会主义现实主义的文学;在中国是白话的作品、'五四运动'以来的作品和民间文学。"[②] 这些表述已经可以显示出当时作家对现实主义文学的自觉追求,预示了新中国成立之后相当长的一段历史时期内对世界文学的接受与批判。

正是在时代政治的旋涡中,世界文学的概念发生了含义的置换。从20世纪20年代末即出现的"革命文学""无产阶级文学""普罗文学"等说法,在30年代以后,无不增添了"世界的"维度。"世界普罗文学""世界无产阶级文学""世界革命文学""世界革命文艺"和"国际文学"等说法在文艺论著中时有出现。这是国际国内政治力量主导下的世界文学观念产生的特殊话语实践,也是中国语境中世界文学概念的又一次重要建构。作为世界无产阶级文学和世界革命文艺的一部分,中国文学正以崭新的姿态参与到广泛的国际革命斗争与交流中。认识到中国文学已经是世界文学之一环的现实,甚至有人高呼"世界文学已踏入第五个阶段了","中国青年应该主盟世界文坛",其中的民族情绪更是显露无余。[③] 世界文学从"五四"时期注重人类精神、情感的统一性、普遍的人性为核心,被引向注重阶级性、思想性与战斗性的轨道,这也是世界文学观念在中国多元化的一个表征。它强调不同国家之间阶级文学的交流与联系,力求使全世界文学,特别是无产阶级文学,成为一个团结的整体。这种世界文学观念更为极端地体现了"世界文学"概念诞生之初对各民族文学联系性的强调。世界文学在这一时期被赋予的新内涵一直持续到新中国成立后的相当长的一段时期。

---

① 周立波:《周立波鲁艺讲稿》,上海文艺出版社1984年版。
② 何其芳:《论文学教育》,《解放日报》1942年10月16日、17日。
③ 易君左:《中国青年与世界文学》,《中国青年》1944年第4期。

第四节　新中国成立至 20 世纪 70 年代的
　　　　世界文学观念与实践

一　从"五四"的世界文学观到"苏联化"的世界文学观

1949 年 10 月 1 日，中华人民共和国成立，中国历史从此开辟了一个崭新的时代。从 20 世纪中国文学史的发展来看，新中国成立后至"文化大革命"前的文学是"五四"以来革命文学的直接继承，与社会主义革命的曲折进程紧密相连，呈现出鲜明的政治性和曲折性，被定性为社会主义文学。① 从文艺思潮和观念的演变来看，自"五四"以来形成的以启蒙主义为特征的文化传统，经由全民族解放战争的洗礼，至此已经形成了一种新的以阶级斗争、二元对立、民族主义、爱国主义等为思维特征的抗战文化传统。② 1949 年以后的中国文学发展主要受到这两种传统或隐或显的影响，中国文学对世界文学的择取和利用也在两种传统的互动与冲突的过程中展开。自"五四"以来形成的世界文学观与新文化传统相协调，世界文学观念的提倡者和实践者以具有启蒙主义理想的新文学家为代表，强调世界文学概念对以情感为共同基础的人类文学的统一作用，并试图建构中国新文学乃至东方文学在世界文学中的地位。他们的观念与实践更多的是一种知识分子的个人行为，其呼吁和倡导在内忧外患的时代背景下虽弥足珍贵，但总体来说其影响力还是相对有限的。随着民族危机的日益加深，世界文学的含义在国际国内的战争背景下发生了重要置换，更为强调世界文学的阶级性、战斗性、进步性等特征。这是在中国共产党领导和参与下构建起来的一种新的世界文学传统，属于抗战文化规范与结构的重要组成部分。新中国成立后的世界文学观念与实践在多个方面继承和延续了抗战以来形成的世界文学内涵，表现出鲜明的革命文化和社会主义特征，产生了深远的影响。

1949 年 7 月，中华全国文学艺术工作者代表大会（即第一次文代会）召开，正式确立了毛泽东《在延安文艺座谈会上的讲话》所规定的中国

---

① 陈其光主编：《中国当代文学史》，暨南大学出版社 1998 年版，第 3 页。
② 参见陈思和《中国当代文学史教程》，复旦大学出版社 1999 年版，"绪论"。

文艺新方向，即以为人民服务、为工农兵服务的方向为新中国成立后全国文艺工作的总方向。负责筹备这次大会的主要文艺界代表郭沫若、茅盾、周扬等纷纷回顾和总结"五四"以后新文艺的历史，自觉地以革命的、进步的文艺观对新文艺的发展进行批判与评价，肯定在党的领导下抗战以来解放区的文学经验，呼吁为建设新中国的人民文艺而奋斗。在这些报告中，抗战以来所形成的革命的、进步的、具有国际主义精神的世界文学观又一次被强调。郭沫若提出："我们要批判地接受一切文学艺术遗产，发展一切优良进步的传统，并充分地吸收社会主义国家苏联的宝贵经验，务使爱国主义和国际主义发生有机的联系"；"必须批判地接受中国的外国的文学艺术遗产，吸收那些适合于表现人民，并为人民所容易接受的东西，而抛弃那些相反的东西。"① 这些观点是对《讲话》精神的直接运用，同时突出了对世界文学的借鉴、批判和吸收都要以人民的需要为标准。这既是一种艺术标准，也是一种政治标准。茅盾围绕文艺与政治的关系，批判了过去对西欧资产阶级古典文艺盲目地介绍甚至崇拜的做法，肯定了其中"比较健全的现实主义的创作方法"和"若干进步的思想因素"，② 表现出鲜明的世界文学阶级倾向性。周扬把人民英雄称为"世界历史的真正主人"，必须"十分重视而且虚心接受中外遗产中一切优良的有用的传统，特别是苏联社会主义文学艺术的经验"，必须把"任何外来的艺术形式""变形为自己民族的人民的艺术"③。丁玲则谈道："要有计划有组织有领导有批判地学习西洋文学，尤其是学习苏联文学，以及中国文学的优良传统，更要学习研究民间形式。"④

这次文代会在 20 世纪中国文学的发展进程中，常常被视为当代中国文学的起点。历史地来看，大会发言所体现出的世界文学观是党领导下的马克思主义世界文学观的一次总结和继承。用马克思主义理论批判地接受

---

① 郭沫若：《为建设新中国的人民文艺而奋斗》，见东北师范大学中文系编《中国现代文学参考资料》，东北师范大学函授教育处 1956 年版，第 6、7 页。
② 茅盾：《在反动派压迫下斗争和发展的革命文艺》，见上书，第 21 页。
③ 周扬：《新的人民的文艺》，见东北师范大学中文系编《中国现代文学参考资料》，东北师范大学函授教育处，第 29、32 页。
④ 丁玲：《从群众中来到群众中去》，见中华全国文学艺术工作者代表大会宣传处编《中华全国文学艺术工作者代表大会纪念文集》，新华书店 1950 年版，第 182 页。

世界文学,成为其精神要义。"中国的""人民的""民族的"与"外国的""世界的""外来的""苏联"等关键词的对照使用在时代政治语境中凸显的更多的是一种爱国主义与国际主义精神的互照。虽然聚焦中国文学问题,洋溢着革命文化的精神,但世界文学仍然是重要的参照背景。它实际上从意识形态角度进一步明确了世界文学的择取范围和评价标准问题,肯定世界文学中具有进步因素的优秀遗产,加强与世界进步文学的联结,并尤为强调苏联经验的重要性,提出向苏联文学学习。

曾在西南联大与杨振声一起编辑过《世界文艺季刊》的文学家李广田在抗战以后受到进步思潮影响,大量阅读马列主义理论著作和苏联文学作品,这一时期也明确表达过对中国文学和世界文学关系的看法。他认为,中国文学的发展包含了世界文学的因素,过去是知识分子创作的"为人民的文学",今天应提倡"中国人民的文学","创造人民自己的文学"。"而这一切,都是要开着大门作的,这开着的大门是和整个的世界相通的";"从中国的文学,到世界的文学或国际的文学,这正是一条大道,正如同从民族的国家到大同的世界是一样,乃是我们人类的共同理想。"① 这一说法虽有对新文学发生以来世界文学观的继承,但更引人注目的是"人民"这一谈论世界文学的出发点和立足点。显然,并没有人否认中国文学是世界文学的一部分,区分符合自身标准的世界文学对中国的意义更多的是服务本国文学的发展。不同于"五四"时期以人类情感共通性为基础的世界文学观,这是一种以民族、国家、人民为基点构建的世界文学观。

新中国成立之初,中国全方位向苏联学习,苏联文学在世界文学中被列入最先进的文学序列。对苏联文学的这种认识事实上是新文学发生以来学习世界文学的一个主动选择的结果。"五四"以后的新文学家有不少人曾翻译和介绍过俄罗斯文学,具有世界主义精神的俄国诗人爱罗先珂还对鲁迅、周作人等产生过重要影响。1922年,爱罗先珂在北京大学发表演讲,对俄国文学在世界文学中的位置已有高度肯定和积极展望。② 俄国文

---

① 李广田:《人民文学和世界文学》(1948年5月),见刘兴育等编《李广田论教育》,云南人民出版社2013年版,第270页。
② [俄]爱罗先珂演讲,周作人口译:《俄国文学在世界文学的位置》,《北京大学日刊》1922年12月5日。

学作为被压迫民族文学的代表,成为"我们的导师和朋友",它以"内容和技术的杰出",给了广大读者许多有益的东西。鲁迅曾高度评价苏联文学在世界文坛中的地位,并密切关注苏俄文坛的动向,认为苏联无产阶级文学让读者"知道了变革,战斗,建设的辛苦和成功"①。20 世纪 30 年代以后,在革命文化浪潮的影响下,苏联文学的先进性受到充分重视,被誉为"世界文学前哨"。② 与 20 世纪前两个十年相比及同期其他国家文学的译介相比,对苏联文学的译介也达到 20 世纪以来的一个高潮。③ 可以说,中国的革命文学就是在苏联文学的影响下成长起来的。而苏联文学模式作为建构新中国文学体制的一种资源借鉴,所表现出来的世界文学观,在新中国成立后得到了进一步的发展和延续。

新中国第一次"文代会"后,向苏联文学学习形成一种政治文化氛围。1953 年,创刊不久的官方文学刊物《人民文学》专门译载了高尔基在 1934 年苏联第一次作家代表大会所作的结束语,可视为这种氛围的一种重要表征。编者在按语中指出,这篇文章既是研究苏联文学的重要历史文献,又对当前的文学工作有重要借鉴意义,认为高尔基对苏联文学国际意识的强调,对世界进步作家在反法西斯斗争中任务的论述等宝贵经验对中国有重要意义。④ 对中国学界来说,苏联文学在这一时期是真正的世界文学的代表,向苏联文学学习的态度是真诚的。1954 年,苏联作家第二次代表大会召开,以吉洪诺夫的发言为代表,进一步肯定了苏联文学作为世界进步文学代表的正统和领导地位,区分出世界进步文学的不同等级和层次,描绘了一幅苏联领导下的世界文学版图。在这个世界文学体系中,以苏联文学为中心,东欧人民民主国家的文学,中国、蒙古、越南、朝鲜

---

① 鲁迅:《南腔北调集·祝中俄文字之交》,参见福建师范大学中文系编选《鲁迅论外国文学》,外国文学出版社 1982 年版,第 24、25 页。
② Ludkevich 原作:《世界文学前哨的苏联文学》,裴立昂译,《世界论坛》1934 年第 17 期,第 19 期。20 世纪 40 年代末,由苏联大使馆新闻处编印的《新闻类编》多次刊载肯定苏联文学在世界文学中先进地位的文章,如《世界上最进步的文学》(1947 年 10 月,第 1620 期)、《苏联文学是世界上最优秀的文学之一》(1948 年 3 月,第 1642 期)。
③ 参见李今《二十世纪中国翻译文学史·三四十年代(俄苏卷)》,百花文艺出版社 2009 年版,第 2、3 页。
④ [俄]高尔基:《在苏联第一次作家代表大会上的结束语》,曹葆华、张礼修译,《人民文学》1953 年第 12 期。

等人民民主国家的文学,东方的印度、土耳其、伊朗等国家的进步文学,以及资本主义国家乃至拉美各国的进步文学,都获得了不同程度的发展。他还强调了苏联文学与世界进步文学其他部分之间牢不可破的友谊。① 社会主义现实主义成为世界进步文学创作和批评的最高原则,这也是苏联世界文学版图划分的重要甚至是唯一依据。这一理论因其所具有的"世界性",对东欧、中国等社会主义国家的文学创作和批评都有深刻影响。

二 东西方二元世界文学观的形成

20世纪50年代中期以前,中国从作家到读者都以极大的热情接受和学习以苏联为中心的世界文学,实践苏联化的世界文学观。这种对苏联文学在世界文学中地位的强调深刻影响了高校体制中的世界文学教育。尽管自晚清至民初,新教育的实践者已经开始设计和规划有关外国文学的教育内容,成为中国的世界文学学科的发端。但在1949年之前,现代大学中的世界文学教育以欧洲文学为主,总体来看是零散的,不成体系的,还谈不上真正的学科建设。除了延安的"鲁艺"外,几乎没有对苏联文学的观照。20世纪50年代以后,中国模仿苏联进行大规模的院系调整,在课程制度和体系的建立上也参照苏联,聘请苏联专家来华直接参与教育政策的制定和高校教学。仿照苏联模式,师范院校中文系成为世界文学教育的主要阵地,这是苏联世界文学观在中国的一次大规模实践。苏联文学作为世界文学中的领导者,在这一时期被格外突出和强调。

以北京师范大学为例,1949—1950年,北京师范大学中文系开设"世界文学史"必修课,由黄药眠主讲,在课程宗旨中已经强调"用马列主义的观点讲述世界文学"。② 20世纪50年代初,曾留学苏联的作家、翻译家彭慧(1907—1968)来到北京师大中文系工作,在四年级开设了苏联文学的选修课,这是全国高校第一次系统讲授俄罗斯和苏联文学。课程旨在向学生说明学习苏联文学的阶级性和布尔什维克的党性,着重说明苏

---

① 人民文学出版社编辑部编:《苏联人民的文学——第二次全苏作家代表大会报告、发言集》,人民文学出版社1955年版,第280—314页。

② 据笔者所查北师大档案:《中文系课表(预拟)》(1950年5月)、《中文系课程草案》(1950年8月)等。

联文学是俄国 19 世纪批判现实主义文学优秀传统的继承和发展，对苏联文学的发展道路和重点作家，如高尔基、马雅可夫斯基等人都进行了系统的讲授。院系调整后，外国文学课程方面，"苏联文学"改为必修课，"世界文学史概要"则设为选修课。"苏联文学"在中文系外国文学课程全部 200 个学时中占据 120 个学时，第四学年上下学期全部讲授苏联文学（包括 19 世纪俄罗斯文学）。古代至 18 世纪末、19 世纪的外国文学（不含俄国文学）等仅占 80 学时。① 这一比重具有明显的"厚今薄古"的特点，可见苏联文学受到的重视。在有关外国文学的教学计划中，明确指出文学课目设置的目的之一是"使学生具有中国文学和世界文学的基本知识和历史知识"；学习"外国文学"的目的是"使学生初步认识世界文学发展进程"，"认识苏联文学是世界文学中最有思想性、最革命、最先进的文学，认识它的教育作用和世界意义"，学习苏联文学社会主义现实主义的创作方法，同时认识和学习苏联人的国际主义和爱国主义精神等。② 不仅如此，在外国文学史的编写、外国文学教研室的设置、外国文学研究生的培养等方面，俄罗斯和苏联文学也被单列出来，与其他外国文学相区别。这些现象充分说明中国学界对苏联文学的重视及对其世界文学观的接受，同时，这里正式奠定的将世界文学基本等同于外国文学，中国文学与世界文学对举但存而不论的实践范式，此后也深刻影响着人们对于世界文学的看法。

1958 年，《人民日报》刊载了周扬在第一次亚非作家会议上的报告，认为亚非两大洲的作家讨论东西方文化关系标志着人类历史进入了一个新的阶段，充分肯定了人类历史上东西方文化交流产生的文明成果。他特别讲到歌德与中国文化的关系，并引用了歌德的世界文学谈话，认为歌德并没有否定民族文学，"而是否定那种把自己的民族文学当作世界上唯一文学的狭隘观念。相反地，他是推崇其他民族文学的成就的，他从遥远的中国文学得到了新的启示。他所说的'世界文学'应该理解为世界各个民族文学优秀产品的集合，因为它们是'人类共同的财产'"③。这可以说是

---

① 教育部档案 9801954—Y—75.0002。
② 教育部档案 9801954—Y—75.0001。
③ 世界文学社编：《塔什干精神万岁——中国作家论亚非作家会议》，作家出版社 1959 年版，第 65 页。

新中国成立后马克思主义文艺理论家对歌德世界文学的一次明确的阐释。周扬注意到东西方文化交流之于世界文学、世界文化的意义,在反抗帝国主义和大国霸权,东西方对抗的时代语境中,强调世界文学是"世界各个民族文学优秀产品的集合",具有积极的国际主义精神。周扬对世界文学概念的理解也体现在20世纪50年代初他对《译文》杂志创刊的支持中,他特别谈到马克思所说的世界文学。在与杂志筹建者冯雪峰等人的谈话中,他建议刊物可以命名为《世界文学》,因为这个说法在《共产党宣言》中就已经出现,创办介绍世界各国文学的刊物,就要以马克思这个观点为出发点。而且他认为世界文学这个概念当然应该包括中国文学在内,但杂志不登中国文学作品,可以刊载一些有关中外关系的文章。他还对杂志编辑提出要求:一是要广泛收集有关各国文学的图书报刊等各种资料;二要利用这些资料了解和研究世界各国文学的发展状况。[①] 这些建议说明世界文学概念在中国的马克思主义文论家那里已经得到了充分的关注。

随着新中国各项建设的开展,世界文学的翻译、研究和教育工作不仅被提升至国家的高度充分加以重视,而且对世界文学的相关理解也在进行着与时代相应的调整。1962年,茅盾、夏衍等代表中国还参加了在开罗举办的第二次亚非作家会议。会议不仅讨论了亚非国家面临的反殖民主义、反帝国主义,追求民族独立与发展的共同局势和任务,而且重新评估了亚非人民的历史和民族文化,强调东方文学艺术的风采和亚非各国之间的文化交流,更重要的是把亚非作家从精神上更紧密地联系在了一起,客观上来说推动了世界文学的进一步形成,在世界文学史上具有重要意义。中国作为亚非国家当中的一员,积极呼应着世界文学的这种召唤。至"文化大革命"前,伴随着对东方文学的重视,中国大幅增加了东方国家文学的译介工作,成就惊人。在外国文学史的编写中常常将社会主义国家

---

① 《译文》杂志创刊最初采用"译文"这个名称,主要是为了纪念和继承鲁迅开创的文艺传统。茅盾在发刊词中,强调解放了的人民迫切需要从外国文学作品中了解各国人民的生活和斗争,我国的文艺工作者迫切需要从外国文学得到借鉴。1958年在"大跃进"的高潮中,杂志的编辑方针做出重大调整,在翻译世界各国文学作品的同时,加强对世界各国文学的评论。因此,根据周扬的建议改名为《世界文学》。参见陈冰夷《忆〈世界文学〉的创办经过》,《世界文学》1993年第3期。

的东方文学或亚非文学放置在前,与西方文学分列对待。西方文学中又格外重视无产阶级文学、进步文学。这些做法在实践中回响不断。如1963年河南师范大学中文系曾编印《外国文学研究资料索引》,该索引"包括苏联文学以外的所有国家和地区的文学研究资料","思想倾向和政治立场错误或反动的研究文章亦作为资料收入",以供研究工作者参考。① 1979年又扩充重印,产生过重要影响。在资料排序上,这本索引将亚非文学首先列出,亚洲文学中,将朝鲜文学、越南文学、蒙古文学等社会主义国家文学排在前面,而将日本文学、印度文学置于其后。欧洲文学中,将保加利亚文学、捷克斯洛伐克文学、匈牙利文学、波兰文学、罗马尼亚文学等首先列出,将法国文学、英国文学等资本主义国家的文学放在其后。在具体国别文学中,日本文学中单列德永直、宫本百合子、小林多喜二等左翼作家,法国文学单列巴黎公社文学、巴比赛、阿拉贡等进步文学。这些编排序列和原则带有浓厚的时代特征,也可大致看出在"文化大革命"之前中国对于世界文学的择取范围和关注重心。与此同时,由于苏联文学受到批判,意味着中国的世界文学观发生了重大调整,对此前对苏联文学的过度推崇进行纠偏。苏联文学的文学地位一落千丈,至1964年,所有的俄苏文学作品从中国的一切公开出版物中消失,② "文化大革命"时期更多地作为内部研究对象出现,这也影响了20世纪80年代以后俄苏文学研究的恢复与发展。

  总之,从新中国成立至20世纪70年代末,中国的世界文学观总体来看是政治力量因素主导下的世界文学观,强调世界文学的进步性、革命性、国际性等特征,从向苏联文学学习,到注意加强亚非文学之间的联系,从以苏联文学为主导的世界文学观进而演变为重视亚非等东方文学在世界文学中的独立地位,乃至形成东西二元对立的世界文学思维模式。这既是中国文学发展主动择取世界文学的一个必然结果,也是对世界文学观念在中国发生以来进行有意扬弃的结果,是新中国成立以后特殊时代语境下基于具体国情对世界文学观念的进一步建构和实践。中国的世界文学观从来都

---

① 参见中文系外国文学教研室编《外国文学研究资料索引》,开封师范学院1964年版。
② 陈众议主编:《当代中国外国文学研究(1949—2009)》,中国社会科学出版社2011年版,第143页。

不仅仅是停留在观念领域的一种话语言说,而是与历史发展和社会现实息息相关。这一演变过程带有浓厚的时代色彩和历史痕迹,代表了相当长一段时期中国人典型的世界文学观,直到今天仍然有着重要影响。但也应该看到,过去一些对世界文学的既有规则正在被完全抛弃,客观来说,那些规则也带有不可避免的历史局限性,里面的经验和教训格外值得人深思。

第五节 20世纪80年代以后中国语境中的"世界文学"

一 比较文学复兴与"世界文学热"

1976年,"文化大革命"结束。1978年,中国共产党第十一届三中全会召开,在政治上确立了"全党工作重点转移到社会主义现代化建设"的方针,从此,"抗战以来影响了中国文化建构四十年的战争文化规范被否定,中国真正进入了和平经济建设时代,思想解放路线与改革开放路线相辅相成地推动和保证了中国向现代化目标发展的历史进程"。[①] 1979年10月,中国文学艺术工作者第四次代表大会(简称"第四次文代会")召开。对于中国文学的发展来说,这些事件意义重大,中国文学的发展迎来了一个生气勃勃的新时期,并再次汇入世界文学发展的大潮。"五四"新文学传统又渐渐恢复了活力,并在新的历史条件下融入了时代精神与现实意义,获得了新的发展。人们常常用"春天""黄金时代""文艺复兴"等充满希望的词汇来描绘20世纪80年代以后中国的人文学术生态,自此开始的历史阶段也成为今天中国思想、文学与文化研究最具活力与深度的领域之一。1983年,邓小平提出教育要面向现代化、面向世界、面向未来。这一精神可以视为文学领域面向世界、走向世界热潮的政策指引。从世界范围来看,拉美文学热在世界文学中的兴起也给了中国文学发展很大的刺激。这一时期的"世界文学"观念与实践,不但与中国文学自身的发展息息相关,而且深刻地显现出文学发展与社会文化变革之间的关联,它所开启的"世界文学热"也直接影响了21世纪以来我们对世界文学的理解和思考。

---

① 陈思和:《中国当代文学史教程》,复旦大学出版社1999年版,第8页。

在文艺理论领域，歌德、马克思的世界文学观念在这一时期得到了更为广泛的传播和思考。1978年，朱光潜翻译的《歌德谈话录》由人民文学出版社出版，认为歌德的世界文学思想是基于"唯心的普遍人性论"。①1979年，朱光潜的《西方美学史》围绕历史发展中的民族文学与世界文学的关系，对歌德的世界文学思想进行了较为全面的论述。"歌德并不是从一个狭隘的民族主义者的观点去提倡民族文学，他是第一个瞭望到'世界文学'的产生，并且号召'每个人都应该努力促使它快一点来临'。他所理解的'世界文学'不是把某一'优选'民族的文学强加于世界，把各被统治的民族的文学全压下去，如帝国主义者为着侵略，在'世界主义'口号之下所宣传的……歌德对于世界文学的主张是辩证的：他一方面欢迎世界文学的到来，另一方面又强调各民族文学须保存它的特点。……世界文学愈能吸收各民族文学的特点，它也就会愈丰富，不应为一般而牺牲特殊。"② 朱光潜进一步指出："世界文学的产生，像马克思在《共产党宣言》里所指出的，是资本主义时代交通贸易发展的必然结果。歌德值得钦佩处在嗅觉灵敏，在世界文学刚露头角时，就已嗅得出它将要到来，并且提出正确的方针，有意识地指导它走上正常发展的路径。"③朱光潜以历史辩证唯物主义的态度看待歌德和马克思的世界文学思想，这些看法对以后学界影响颇大。1983年，学者钱念孙较早地专题论述了马克思的世界文学思想。他从各国文学互相交流和互相影响的角度，把文学发展分为三个阶段：一是不同民族的文学彼此隔绝，单独发展的阶段；二是邻近国家或同一语系的一组文学交往与联系的阶段；三是各民族文学普遍联系和互相影响阶段，即世界文学兴起和发展阶段。世界文学兴起之后的一国文学，是整个世界文学汇流中的一个支流。马克思的世界文学"指的是既根植于民族土壤之上，又在全球性的互相交往和影响中消除了民族的狭隘性和片面性（不是消除民族性），从而使各个分散的民族文学在整个世界范围内产生普遍联系的这样一种国际性的文学现象。"④ 马克

---

① ［德］爱克曼辑录，朱光潜译：《歌德谈话录》，人民文学出版社1978年版，第104页。
② 朱光潜：《西方美学史》，人民文学出版社1979年版，第424—455页。
③ 朱光潜：《西方美学史》，人民文学出版社1979年版，第455页。
④ 钱念孙：《马克思"世界文学"思想初论》，《复印报刊资料（文艺理论）》1984年第10期。另可参见钱念孙《重建文学空间》，安徽教育出版社2003年版，第12、16页。

思所阐述的"世界文学"和"世界历史""世界市场""世界贸易""世界经济"等同一系列概念紧密联系在一起,是对进入一个新的历史发展阶段后的人类社会的全面概括。"马克思从制约着整个社会生活的物质生产方式出发,在生产力的发展和由这种发展所引起的整个社会结构的变化中,精辟论述了世界文学的成因。"① 伴随着对歌德和马克思的世界文学观念的讨论,学界开始取得了更多的共识:歌德的世界文学观念被理解为一种伟大的文学理想,马克思的世界文学观念则被认为科学地论证了世界文学发展的历史必然。

20 世纪 70 年代末 80 年代初,伴随着比较文学的复兴,世界文学的问题才真正获得了可以充分讨论的学术平台。1984 年,中国人自己撰写的第一本比较文学教材,由卢康华、孙景尧撰写的《比较文学导论》出版。世界文学作为一个理论术语,第一次明确地在教材中得到讨论,并梳理出它的三个主要含义,第一是歌德提出的世界文学和其后各国学者的阐释,其主旨是通过文学交流来增进各民族和国家间的相互了解,是一种伟大的文学理想。马克思的世界文学是指正在发展的文学事实。第二,世界文学应理解为全世界各民族最优秀的作品。第三个含义由第二个含义派生,可以指讲授这类文学作品的世界文学课程,并且特别指出,在我国不称它为"世界文学",而称"外国文学"。论者还尝试从空间因素、实践因素、质量和感染力因素的差别诸方面来区分比较文学和世界文学。在这个意义上,世界文学显然是指世界文学研究。

20 世纪 80 年代中期以后许多国外比较文学论著被译介至国内,它们一般都会对"世界文学"的含义做出专节论述,② 这也成为此后许多中国大陆出版的比较文学教材对世界文学进行术语讨论的一个重要参照。在论述比较文学历史、给比较文学尝试下定义的过程中,中国学者都强调了世界文学的意义,比较文学的出现与世界文学的关系等问题。如乐黛云强调:"比较文学的出现不仅要有民族文学的确立,而且要有世界文学意识

---

① 钱念孙:《重建文学空间》,安徽教育出版社 2003 年版,第 26 页。
② 如〔日〕大冢幸南:《比较文学原理》,陕西人民出版社 1985 年版,第 49 页。〔瑞士〕约斯特:《比较文学》,湖南文艺出版社 1988 年版,第 18—21 页。他们都专门探讨了世界文学的含义。

的觉醒。……比较文学就是适应世界文学时代的要求,在各民族文学相互往来,相互影响不断加强的情况下发展起来的。"① 在借鉴和吸收国外学者观点的基础上,国内学界逐渐区分出了世界文学作为"全人类文学作品的总和",作为"具有世界声誉的优秀作品",以及"人类文学广泛的联系性"这样三条基本含义。由于这一时期中国比较文学的重心在于清理中外文学关系,尤其是中国现代文学与外国文学之间的关系,世界文学作为比较文学学科中的一个关键词,正如此后研究者所指出的那样,更多的是作为一种不可或缺的话语背景存在的。②

比较文学学科中对世界文学概念的重视,由它而生发的世界文学的理想图景,加之中国文学自身发展的强烈渴求,给了20世纪80年代以后的中国极大的渴望与期许,人们充满希望地接受歌德、马克思的世界文学预言。这一时期出版的"走向世界丛书"(钟叔河主编,1985—1986)专收1840—1911年中国人到欧美日本通商、留学、出使、游历和考察等所留下的日记、笔记和游记,让人们看到了中国人开始走向世界的早期脚印,影响深远。钱锺书为"走向世界丛书"的序中写道,"中国走向世界,也可以说是世界走向中国","咱们开门走出去,正是因为外面有人推门、敲门,甚至于破门跳窗进来"③。因此,中国文学更应该主动走出去,这有利于民族文学遗产的保存,也有利于提高民族自信,这样的声音在20世纪80年代就已经出现。"走向世界"成为联结历史和现实的时代精神的呼喊与见证。正如此后有的学者所总结的那样,"走向世界"代表的是刚刚结束"十年内乱"的中国急欲融入世界、追赶西方先进潮流的渴望,是中国社会对冲出自我封闭,迈进当代世界文明的诉求。人们发现,以"五四"为起点的中国现代文学,其主要的文学史意义常常不能在"阶级斗争"的政治视角中获得证明,恰恰是走向世界的选择赋予了它有别于传统的"现代价值";"走向世界文学"这一口号同时带动了比较文学研究、中国现代文学研究两个学术领域的勃兴,使之形成了"最亲密最默契的配合关系"。④

---

① 乐黛云:《中西比较文学教程》,高等教育出版社1988年版,第21页。
② 刘洪涛:《文学关系还是世界文学?》,《北京师范大学学报》(社科版)2003年第2期。
③ 钱锺书:《走向世界丛书序》,《人民日报》1984年5月8日。
④ 李怡:《走向世界、现代性与全球化——20年来中国现代文学研究的三个重要语汇》,《南京大学学报》(社会科学版)2004年第3期。

1986年，曾小逸主编的《走向世界文学——中国现代作家与外国文学》由湖南文艺出版社出版，这本让许多学者印象深刻的蓝皮书揭开了此后"走向世界文学"讨论热潮的序幕。这本书的长篇导言《论世界文学时代》可视为20世纪80年代世界文学观念的一个集中反映。这种世界文学观念主要体现在对世界范围内的人类文学发展历程及未来趋势的划分和认识上。作者论述了人类文学发展的四个时代。第一，民族文学时代，是各地方和各集团的文学在交流中融合为民族文学的时代，是文学的内部交流时代，是各民族文学在世界范围内的多中心、分途发展的时代。这一时代近代意义上的世界文学概念诞生。第二，近现代文学时代，是各民族的近现代文学在交流和融合中的诞生及其组合为世界文学总体的时代，是各民族文学之间的外部交流取代了内部交流所据有的主导地位的时代，是各民族文学之间的交流成为一种自觉的而不是盲目的、独立的而不是依附于人类其他历史活动的交流的时代。这一时代最重要的文学现象是西方文学与东方文学空前地接近、交流和融合，及其促成的东方现代文学的诞生。中国"五四"以来的新文学正处于这一历史进程中，意味着"现代意义上的文学自觉"。第三，总体文学时代，是各民族文学在世界文学总体之内的交流不断地深入和扩大的时代，是各民族文学在各自传统基础上的多元的发展趋势及其在交流中融为一体的趋势之间此消彼长的时代。第四，人类未来是一体化的世界文学时代。世界性的文学交流所促成的人在审美意义上的不断解放，意味着人类审美群体化时代的结束和审美个体化时代的诞生。[①] 可以看到，这种划分和总结是对世界文学发展历程和特质的宏观描绘。尽管这本书的内容集中在中国现代文学与外国文学关系的研究上，更多地属于比较文学影响研究的范畴，今天看来，它不仅以理论纲领，更以具体案例突出了文学交流与联系的必要性和重要性，不禁让人联想到20世纪40年代有关"文艺影响与世界文学观"的谈论。这应该被理解为世界文学观的一种特殊实践，由它正式开启的"走向世界文学"的讨论也成为中国文学界普遍关心的话题。

"走向世界文学"这一视角给了作家研究更为开阔的角度，从而使作

---

① 曾小逸主编：《走向世界文学：中国现代作家与外国文学》，湖南人民出版社1985年版，第3—4页。

家专论往往能升华为突破性的全论。孟悦认为,"走向世界文学"在广义上可被看作一种选择、一种行为,透露出一代人在摆脱历史印象和自身潜藏的"集体无意识"时所遇到的艰难和痛苦。它所体现的既有学术价值,也有行为价值,即它所表达的意义和这种表达本身的意义。而这两种意义在中国从来就是交织在一起的。这种研究有助于我们帮助自身观念、文化意识走出囿而不自知的历史阴影,真正走向世界与未来。① 这些评论让我们体会到了走向世界的欣喜与收获,艰难与不易。除《走向世界文学》这本书之外,陈思和《中国新文学整体观》(1987),黄子平、陈平原、钱理群《二十世纪中国文学三人谈》(1988)作为对此后文学史总体构架影响深远的著作,都饱含了走向世界的激情。陈思和认为,中国新文学整体属于世界文学框架中的体内经络与动脉。② 20 世纪的中国文学也被描述为"中国文学走向并汇入世界的一个进程"。③ 世界文学成为中国人文学术言说必须考量的一个宏大背景。至此,世界文学观念在中国的接受可以说达到了前所未有的深入程度。

二 "走向世界文学":对世界文学观念的讨论与推进

围绕着"走向世界文学"这一话题,学界展开了对中国文学发展,主要是新时期以来中国文学与世界文学关系的诸多探讨,从中亦可见出对世界文学这一概念的理解与接受。在"走向世界"的热潮中,民族性与世界性的关系也重新得到思考,对世界文学的发展规律和趋势也有进一步清晰的认识。人们认为,民族文学的特有素质在世界文学时代并不在与他民族的世界性联系中削弱或消亡,而是表现得更加明晰。20 世纪文学的发展,一方面由于相互之间加强影响,一体化的趋向有所明显,另一方面由于各民族强烈的寻根意识,又呈现出多样化的趋势。必须寻求和建构走向世界文学的正确基点,这个基点就是从中国社会历史发展的现实需要出发,从对民族文化传统的批判性认同出发。④ 也有学者提出应"让世界向

---

① 孟悦:《走向世界文学——一个艰难的进程》,载《读书》1986 年第 8 期。
② 参见陈思和《中国新文学整体观》,上海文艺出版社 1987 年版。
③ 参见黄子平等《二十世纪中国文学三人谈》,人民文学出版社 1988 年版。
④ 李俊国、张晓夫:《寻求、建构走向世界文学的基点》,载《文学评论》1986 年第 4 期。

我们走来",世界文学更应理解为一种在相互联系和影响中具有共通性的文学发展过程。如吴元迈认为,"欧洲中心主义或西方中心主义的世界文学概念,已经成为历史陈迹";今天的世界文学概念已不再是各个民族文学的加和或汇集,而是表现为"各国文学在相互联系和相互影响所发生的那些共同的或近似的同步的或不同步的变化",表现为世界文学发展中所形成的重要过程、重要思潮、重要倾向和重要特点。没有任何一个国家的文学发展能处于世界文学发展的某些主要过程和主要思潮之外。一个国家的文学如果不参与且不去解释世界历史进程中与世界文学进程中的重要方面,是不可能走向世界的。反之,世界也不会向它走去。他反驳了所谓的"一体化的世界文学"的说法,认为尽管世界文学在发展过程中某些共同趋势是不可避免的,但这并没有导致也不可能导致民族文学的独特性的泯灭。走向世界和让世界走来是一个二而一的统一过程。① 这些见解充分反映出中国学者在建构世界文学概念时的独立思考和主体意识。

中国文学与世界文学的关系应该是双向的交流互动的关系,主张文学之间的平等对话,许多学者就这些问题发表看法。如陈辽认为,中国文学三次走向世界,鸦片战争、"五四"运动以后和新中国成立后,尤其是新时期以来,都包含着将外国文学引进、介绍到中国,也包括把中国文学介绍到国外。为提高新时期文学在世界文学格局中的地位,他提出作家不应该仅仅满足本国读者,还要争取世界读者。认为"文艺为人民服务"中的"人民"应理解为"世界人民",并以苏联文学既服务了本国,也提高了世界人民的觉悟做类比。这里面的论述逻辑不言而喻,中国作家应该有成为世界性作家的雄心壮志。他还注意到翻译对成为世界文学的重要性,提出"有必要培养和建立一支高水平的翻译队伍",甚至要主动走出去,"完全被动地等待外国翻译家翻译我国新时期的文学作品,而不主动地、大量地把新时期的文学作品译介出去,这一情况再也不能长此以往了。"② 这些观点得到学界的呼应。如黄国柱认为,一方面,由于文化和语言、政

---

① 吴元迈:《走向世界和让世界向我们走来》,载《文艺争鸣》1986年第5期。
② 陈辽:《走向世界以后——谈新时期文学在世界文学格局中的地位》,载《文艺评论》1986年第4期。

治差异，走向世界是一个自然的也是漫长的历史积淀的过程。另一方面，走向世界必须有一个不可缺少的前提，就是对世界和人类命运的关心。走向世界最根本的前提在于具备和世界及其文学进行平等对话的能力。① 再如，蒋卫杰认为，不但要研究本民族文学接受外民族文学影响的现象，而且要研究本民族文学影响外民族文学的现象，后一种研究同样重要和不容忽视。世界文学时代，任何一个民族文学的发展变化，既受到整个世界文学的影响，又反馈影响于整个世界文学。当代中国文学应当以强者的姿态走向世界。中国文学走向世界的出发点和根据地就是丰富、悠久而独具特色的民族文学。② 这些观点可以说是 21 世纪以来倡导中国文学走出去的一种先声。

回顾这一时期的争论，可以看到关于文学要不要、应不应走向世界的回答是较为肯定和一致的，问题在于：什么是世界的？衡量文学走向世界的标准是什么？中国文学走向世界的道路在哪里？相关讨论一直延续至 20 世纪 90 年代乃至 21 世纪。③ 不少人已经意识到了中国文学在世界文学中的尴尬地位，外国人"似乎只认识我们死了好几千年的祖宗。老子、孔子似乎就是还在喘气的当代作家。"④ 由于中国文学与西方文学之间的差异问题，评价标准问题，国家的政治地位、经济强弱的问题，最重要的还有语言差异带来的难以翻译的问题，许多人对中国文学走向世界充满忧虑。作家冯骥才甚至明确反对"走向世界文学"的提法，认为这个口号看似开放实则糊涂，从起点到终点，仍未摆脱直线式乃至封闭式的思维模式，容易陷入中国本位主义或西方本位主义。⑤ 不少作家或学者对这样的口号保持了警惕，认为"以世界文学为新的终极价值尺度的造神倾向"，"反映了当代中国文化心理的不成熟性和追求大一统价值尺度的传统性"，会使世界文学沾满实用主义的污泥。⑥ 还有人认为，对中国文学来说更有

---

① 黄国柱：《世界意识和世界眼光——兼谈中国文学走向世界》，载《小说评论》1987 年第 1 期。
② 蒋卫杰：《走向世界的沉思》，载《外国文学评论》1987 年第 1 期。
③ 参见吴俊《走向世界：中国文学的焦虑》，载《文艺争鸣》2012 年第 8 期。
④ 邓刚：《走向世界的忧虑》，载《世界文学》1987 年第 1 期。
⑤ 参见冯骥才《一个糊涂的口号：中国文学要走向世界》，载《文艺报》1989 年 2 月 18 日。
⑥ 陈泓、熊黎辉：《关于"走向世界文学"及其他》，载《文学评论》1989 年第 1 期。

建设意义的是将"世界文学走向中国"与"中国文学走向世界"结合起来,创造"世界中的中国文学"这一氤氲完美的文化世界。① 翻译在走向世界文学中的作用受到越来越多的重视。如钱念孙以大量的实例证明翻译是走向世界文学的桥梁:用西班牙语写作的马克尔斯真正轰动西方主要得力于美国杰出翻译家格雷戈里·拉巴萨的英文翻译。福克纳在世界文学中的声名鹊起,得益于著名翻译家莫里斯·库安德罗的法译本,得益于萨特、加缪等法国作家的推崇。因此,一个作家、一个民族的文学要走向世界,翻译是其前提条件之一,若离开了翻译,即使再优秀的文学,也无法被广大异域读者所感知。翻译的好坏能直接决定作品在外国的命运。② 这些讨论与新世纪以来对世界文学与翻译问题的重视遥相呼应。今天看来,这些争论所提供的有意义的结论在于:强调世界文学应该是相互交流、互动复合的良性循环系统,中国文学走向世界的前提是具有与世界平等对话的素质和能力。中国文学走向世界的道路是漫长的,不能以功利主义的眼光(如是否获得诺贝尔文学奖)简单视之。不管讨论具体内容如何,这种讨论或行为本身的意义实质上证明了中国文学与世界文学早已形成了离开彼此就无法完整言说的话语格局。

更多对世界文学概念的理解这一时期也开始引起人们的注意。如1988年《文艺理论研究》第6期发表任一鸣选译的《世界文学杂论》,集中展示了歌德关于世界文学的七段短论,为学界研究提供了重要的论据。③ 1989年《国外社会科学》第7期发表苏联戈尔斯基《世界文学的两种概念》(李吟波译)一文,涉及苏联文艺界对世界文学(所有民族和地方的文学)和世界性文学(前者的最优秀部分)的区分问题。这一时期,中国学者开始尝试构建主体色彩鲜明的世界文学理论,最引人注意的是钱念孙在《文学横向发展论》(1989)中沿着文学横向发展这一思路,

---

① 参见全国权、徐东日《"中国文学走向世界"之质疑》,载《延边大学学报》1995年第1期。与20世纪90年代中国学者提出的"世界中的中国文学"这个说法可对照思考的是,2017年哈佛大学出版的《新编中国现代文学史》导言正是由主编王德威撰写的《"世界中"的中国文学》。

② 钱念孙:《文学由民族走向世界的外因条件》,载《文艺理论研究》1988年第3期。另参见钱念孙《文学横向发展论》,上海文艺出版社1989年版,第315页。

③ 这篇《世界文学杂论》译自 H. J. Schulz 与 P. H. Rhein 合编的 *Comparative Literature*, *The Early Years*, The University of North Carolina Press, 1973。

提出建立"世界文学学"的构想。他认为可以对"世界文学学"从世界文学史和世界文学理论两个方面展开独立研究。"世界文学学"把世界各民族文学视为相互关联的有机整体，自觉地应用系统方法对它进行整体把握。他既批判比较文学中的"总体文学概念"，又试图建构更高层次的"世界文学学"体系，并大胆预测"21世纪将是诞生世界文学史和世界文学理论的世纪"。① 这一预言已经在今天持续升温的世界文学讨论中开始实现。

从某种程度上来说，20世纪80年代的世界文学热，世界文学更多的是作为谈论中国文学的一种目标、背景或语境存在的，世界文学常常被描述成一种视野、立场甚至情怀。"走向世界文学"成为20世纪80年代中国文艺思潮和文学观念方面最重要的声音之一。应该说，人们对世界文学的理解在这种争论和思考中大大向前推进了。它的出现既是新时期以来时代文化心理诉求的一种表征，又是中国文学与世界对话的过程中产生的问题意识的必然反映。这个命题背后所反映出的世界文学观念，恰是对20世纪以来中国人思考世界文学问题的一种历史延续，是世界文学观念在中国发展深化的重要表征。

同时，随着比较文学理论的探讨和学科建制的展开，世界文学在中国作为实践问题也进一步凸显出来。20世纪80年代初，"世界文学"在以北京大学、北京师范大学等为代表的高等院校中已经成为一个具有硕士学位授予权的学科和专业。由于历史原因，世界文学在中国常常被视为"外国文学"的代名词，这种代用在高校的学科和课程设置中尤为明显。中文系的世界文学课实为不讲中国文学的外国文学课，而外文系的文学课又常常局限在国别语种文学之内。这样的学科和课程设置实际上问题重重，某种程度上也造成了中国学者的自我封闭，阻碍了中国文学走向世界的进程。1998年教育部将"比较文学"与"世界文学"两个二级学科合并，又引发了更多的争议和反思，主要的争议点就在于世界文学作为一个学科或专业的合法性问题。这种争议的实质也反映了人们对世界文学的理解问题。有的学者否认世界文学学科的存在，其主要理由是认为一人之力无法穷尽世界上各个国家的文学。"世界文学"和"世界文学学科"是无法定性的空

---

① 钱念孙：《文学横向发展论》，上海文艺出版社1989年版，第397、402页。

疏概念。① 还有学者认为世界文学不可能是一门独立的学科，认为它只能落实到具体的国别、民族文学中去。② 有的学者主张将世界文学作为一种文学现象来研究，而非作为一个学科名称来规范。但更多的人认为世界文学学科在中国高校，特别是师范院校是客观存在的，而且有着悠久的历史传统，对这门学科的特性、现状与展望及实践做出了总结。③ 应该说，今天看来，这一认识已为世界文学观念在中国的发展和实践的历史所证明。

进入20世纪90年代以后，伴随着全球化进程的加快，中国进入市场经济迅速发展的历史时期。世界文学观念在实践方面可资一提的一项功绩是人民文学出版社策划出版的《世界文学名著文库》。它的编选出版历经多年，横跨20世纪90年代初到新世纪初，代表了全球化时代中国文学重构世界文学的努力。这套书共二百种，约八千余万字，"旨在汇总世界文学创作的精华，全面反映包括我国在内的世界文学的最高成就，为读者提供世界一流的文学作品。"④ 既然各国都按照自己的观点和标准来评价世界文学，这套文库也力求体现出中国特色，中国文学部分为四十部，占这套文库的五分之一，编者认为这反映了中国文学在世界文学中的地位和成就。从20世纪初郑振铎编纂《世界文库》到世纪末集中国家专业出版力量出版这套《世界文学名著文库》，中国对世界文学的编选和思考始终和中国的具体国情、审美特色、文化心理等因素密切相关。

在理论方面，学界对20世纪80年代的走向世界文学热也展开了不少反思，并进一步在反思中推动了世界文学观念在中国的发展。这种反思以王一川的观点最具代表性。他反省了"走向世界"这个口号的文化无意识渊源。从深层次来说，"走向世界"反映了中国人特有的文化无意识——"文化中心主义"。这种文化无意识是"一种存在于特定文化结构内部的历史的暗中传承的社会性语言—心理机制。"⑤ 古代的"天下"概

---

① 严绍璗：《对"比较文学与世界文学专业"名称的质疑》，见严绍璗：《比较文学与文化"变异体"研究》，复旦大学出版社2011年版，第12—20页。
② 谢天振：《正视矛盾，保证学科的健康发展》，见谢天振：《比较文学与翻译研究》，复旦大学出版社2011年版，第75页。
③ 参见马晓翙、马家骏《世界文学真髓》，中国社会科学出版社2002年版，第1—24页。
④ 胡真才：《世界文学名著文库出版始末》，载《新文学史料》2015年第3期。
⑤ 王一川：《与其"走向世界"，何妨"走在世界"》，载《世界文学》1998年第1期。

念所蕴含的文化自信在近代被打破之后,在强烈的中心主义焦虑的驱使下,转为文化的无意识。它在古典生成,又在现代发挥作用,成为丰富的文化想象资源和动力。"走向世界"具体包含着走向西方中心和走向(重建)中国中心两个意义,两者的主要标志都是为西方所承认和容纳。值得注意的是,作者还表达了一种与时俱进的崭新的世界意识。他指出,20世纪90年代以来,随着中国与世界交往的增多,"中国"和"世界"的形象也都在发生变化,"世界"不再是过去那种可望而不可及的"无意识梦中的神圣幻象","而就是文化交往的平常对象和环境"。中国文学与西方文学尽管有差距问题,但真正具有根本意义是差异问题。这种差异是由两者不同的民族文化—审美特性决定的,是它们各自的立身之本,是不可抹去或消除的。在世界文学的格局中,中国文学需要的是在与其他文学的交往过程中保持和发展自身富于独特魅力的文化审美特性,为世界文学的多样性和丰富性做出自己的独特性贡献,而非抹杀个性,以求走向西方。更何况,全球化就是一种世界化的特殊方式,我们已然置身世界化的格局之中。中国文学生活在与全球各种文化紧密交融的当下生存状态之中。在他看来,最重要的是全力发展中国自己的现代性文学,为世界文学的多样性承担起自己那部分责任。

的确,从20世纪过渡至21世纪,"全球化"成为理解"世界文学"的另一个关键词。如果说20世纪80年代的"走向世界文学"突出了文学的同一性、一体性、人类性等内涵,全球化语境中对世界文学的理解又增添了差异性、多样性、动态性、变异性等色彩。全球化也是一个走向世界的过程,从这个角度看,它似乎并不意味着中国的社会文化又进入到一个全新的阶段。全球性的文化交流成为必然,揭示了跨国民族的"精神共享"的真实性,而对自身民族文化的崇尚与固守或自身的特殊性成为精神共享的基础。在全球化的语境下,马克思的世界文学论述获得了新的生命力,被认为是"文化全球化"的一种预言,暗含着对文化侵略的批判,同时包含着"复数"的世界文学的理念。[①] 复数的世界文学是通过不

---

① 参见姚鹤鸣《文化全球化和马克思的"世界文学"》,载《广西师范大学学报》(哲社版)2007年第2期;高建平:《马克思主义与复数的世界文学》,载《马克思主义美学研究》2004年第7辑。

同的语言来表达的,既指作为总体的世界文学（world literature）,也指具体的各国文学（world literatures）。① 全球化营造的是一个宽阔的思考背景,提示我们对当下生存的关注,世界文学的问题也置身其中,成为一个具有导向性的问题概念。伴随着中国综合国力的增强和国际地位的提高,中国文化走出去、中国文学走出去又成为时代的最高呼声。学界对马克思和歌德的再次征引,对世界文学的热情讨论仿佛又让我们回到了那个高呼"走向世界"的年代,只不过这一次中国文学与世界文学的关系从注重吸收、引进转向注重文学的域外传播,乃至思考世界文学语境中的中国文学,这样的问题导向毫无疑问正在重构当下的世界文学。随着21世纪以来国际上更多的世界文学理论的兴起,中国学者也积极参与到与世界文学的理论对话中来,并在这一过程中凸显出强烈的主体意识。中国学者对世界文学的思考以中国的具体国情和中国文学的发展为立足点,探讨世界文学概念对中国的积极意义,思考界定世界文学的标准,力图重构世界文学中的中国版图。② 世界文学在中国今天还被看成一种关系结构,作为关系的世界文学,提醒我们关注其过程性。世界文学并不存在而是在发生,中国今天的世界文学热,正是在参与世界文学的互动,努力融入发生中的世界文学。③ 伴随着这些持续的讨论,可以说,世界文学问题在今天的中国激发出前所未有的学术活力。

回顾世界文学概念进入现代中国以来这段历史,可以发现它的演变与实践是一个贯穿了近现代文学史、文化史、教育史乃至政治史的综合命题。它不仅仅是一种文学观念,而且是与时代社会变迁息息相关的意识存在。从本质上来看,中国人世界文学观念的获得主要是基于民族国家危亡时刻世界意识的产生与文学观念的现代转型,世界文学这一概念对中国人来说首先更多地指向文学地理空间意识的拓展,随后才是文学永久历史价

---

① 参见王宁《"后理论时代"的文学与文化研究》,北京大学出版社2009年版,第242页。
② 这方面以王宁先生的系列研究最具代表性,21世纪以来他在国内外期刊发表了大量文章探讨世界文学问题,与世界学者展开了广泛的对话。参见王宁《比较文学、世界文学与翻译研究》,复旦大学出版社2014年版,等相关著作。
③ 参见方维规《历史形变与话语结构:论世界文学的中国取径及相关理论问题》,载《文艺争鸣》2019年第7期。

值、文学共通性等内涵的确认。这一过程也伴随着中国人从天下走进万国，进而走向世界、融入世界的整个过程。近代中国人在世界意识的洗礼下，在接纳世界知识的过程中，在创立近代大学教育体制的尝试中，将世界意识引入文学变革，获得了近代意义上的文学观念，发现并确认了"世界文学"的存在，并逐步开启了一系列形态多样、内涵丰富的世界文学实践。从中国文学与世界文学关系的角度看，中国学者一开始就在世界文学中努力寻找中国文学的位置，试图参与到与世界文学的对话中。中国文学被认为是世界文学的一个重要组成部分，它的发展受到了世界文学的影响和激荡。世界文学不仅是中国文学热情追赶的现代潮流，更是中国文学发展的最高理想。从理论建设来说，中国学者注意对国外学者世界文学理论的借鉴和改造，重视文学的综合研究，强调各国文学发展的相互联系。中国学者还认识到了世界文学的多样性和丰富性，并强调东方国家文学对于世界文学的贡献，力图为世界文学的观念谱系增加东方维度。从学科发展与实践来说，中国学者重视高校世界文学课程的建设，重视中外文学的互补，在文学史料的翻译和保存上面有诸多努力。究其本质，中国的世界文学观念是一种借助文学，走近世界、参与世界、了解世界，与世界对话的近代意识。这种世界文学观念始终贯穿着中国人自身的主体意识与普世情怀，反映着中国的特殊国情，是中国近代化大潮中人们精神生活的一种表征。通过对"世界文学"这一话语的运用，中国文学逐步改变了自身的封闭状态，成为世界文学的重要组成部分，为后人留下了深远的历史启示。

第 二 章

"世界文学"概念的双向旅行

在当今的比较文学和文学理论界,讨论世界文学问题已经成为一个新的前沿学术理论课题。人们也许会问,为什么在这个全球化的时代,精英文学及艺术受到大众文化和文学艺术的挑战,比较文学的领地日益受到文化研究的侵蚀,而世界文学却长驱直入,从西方旅行到东方,然后又带着东方的补充和建构成分重新回到西方和其他地区?因为说到底,"世界文学"也如同现代性、现代主义、后现代主义、后殖民主义、全球化、世界主义等来自西方的理论概念一样,本身就是一个旅行的概念,但是这种旅行并非率先从西方到东方,而是其基因从一开始就来自东方,或在非西方世界也有着一些类似的现象,之后在西方逐步形成一个理论概念后,又旅行到东方乃至整个世界的。因此它不同于赛义德所谓的"理论旅行"(traveling theory),因为后者一开始就是从西方旅行到东方,并在旅行的过程中发生某种形式的变异,最终在另一民族文化的土壤里产生了新的变体。应该承认,理论的旅行很少体现为双向的旅行,然而世界文学的旅行却是极少数例外之一。诚然,要对"世界文学"这一旅行的概念做一番清晰的描述,我们首先就得追根溯源。也许在一般人看来,世界文学应该是全世界各国和各民族文学的总汇,但实际上并不尽然。这里应该指出的是,如果它确实包含了各国/民族文学总汇之因素的话,那么这种总汇也至少不应该是一个大杂烩,它必定有进入这个领地的准入证,或者说有一定的遴选标准。也即究竟什么样的文学才能算作是世界文学?关于这一标准的确立,本书绪论中已做了初步的阐释,这里毋庸赘言。这里只想强调指出,本书所提及的世界文学必定是具有世界性意义的文学,或者是这些文学作品出自一些世界级作家之手笔,因此它所面对的读者也应该是超越了自己特定的国别/民族的世界性读者的，它的生产、流通以及由此所产生的批评效应也必定超越了特定的国别和民族，因而具有一定的普遍性。因此被称为"世界文学"的作品所探讨的必定是各民族的人们所共同关心的具有普适意义的问题。本章的讨论涉及"世界"和"文学"这两个关键词。它赋予文学以更加广阔的意义，同时也使世界通过文学的表现变得更加丰富多彩，并得以重新建构。这就是本章所要探讨的世界文学之真谛。

第一节 "世界文学"概念的形成和具体化

提到"世界文学"这个概念，我们必然无法绕过最早创造并使用这个术语的德国思想家和作家歌德。诚如本书绪论中所言，德国哲学家赫尔哲和诗人魏兰在歌德之前就使用过"世界文学"或"世界的文学"等术语，但是，歌德是率先从理论上对其加以概念化的。歌德之所以于1827年在和艾克曼的谈话中提出"世界文学"这个概念，在很大程度上得益于他对包括中国文学在内的非西方文学作品的阅读和联想。这也是歌德的视野明显高于他的同时代人的地方。当年逾古稀的歌德通过翻译读到一些东方文学作品时，对各民族文学所共有的美学特征有所感悟，同时也对未来文学发展的美好前景做了大胆的猜测和构想。因此当青年学子艾克曼远道前来拜访他时，他便兴致勃勃地接待了这位崇拜者，并和他一起探讨了民族文学和世界文学等理论问题。

也许人们会问，为什么别的作家也阅读了一些非西方文学作品，但却没有想到各民族文学的共同审美特征，而歌德仅仅依靠几本翻译过来的次要东方文学作品就一下子萌发了"世界文学"的构想？我们认为这绝不是偶然的或一时的冲动所致，而正是这位伟大的思想家和文学家一以贯之的"超民族"（transnational）和"世界主义"（cosmopolitan）意识的升华。长期以来，在"东方主义"思维定式的影响下，西方的读者总是带有一种居高临下的姿态透过有色眼镜来阅读和理解东方以及东方文学。在他们眼里，东方本来就是十分落后的，尽管东方有着绮丽神奇的景致，但东方人民却是"未开化的"和愚昧的，因此这样的民族是产生不出伟大的文学的。而歌德则不同，他认为各民族的文学都是平等的，都是通过交流而互相影响和互相启发的,因而这种交流是一种双向的交流。正如美国的文学和文化批评家莱昂内尔·特里林(Lionel Trilling)在讨论弗洛伊德与文学的关系时所颇具洞见地指出的,弗洛伊德的精神分析学说影响了西方的文学,但弗洛伊德首先受到包括古希腊悲剧在内的西方文学的熏陶和影响,因此这种影响是"相互的,弗洛伊德影响文学,文学也同样影响着弗洛伊德"。[1] 无独有偶,这位对 20 世纪的世界文学和文化理论思潮产生了持久性影响的德语国家的思想家和精神分析大师也与他的前辈歌德"相遇"了:弗洛伊德不仅阅读了大量歌德的作品,深受其影响和启迪,而且他自己还于 1930 年,由于其深厚的文学造诣和对当代文学的巨大影响,再加之他本人的清新优美的散文文体而获得"歌德文学奖"。可见,弗洛伊德对文学的影响得到了应有的回报。和他的德语文学前辈一样,自幼酷爱文学的弗洛伊德在逐步形成自己的文学观后反过来又以其独具一格的文学观念影响了全世界的文学,甚至对包括中国文学在内的东方文学也产生了巨大的影响。因此弗洛伊德与文学的关系是一种双向的和相互的关系,这一点也应该成为我们考察歌德与世界文学之关系的参照点。如果我们据此来描述歌德与世界文学的双向关系,也照样可以指出,歌德之所以能够提出"世界文学"的假想,首先是由于他广泛涉猎了世界文学,不仅限于欧洲文学,而且还包括那些在一般的欧洲人看来不登大雅之堂的东方国家的文学。正是那些来自欧洲以外的民族和国家的文学激发了他的想象力,使他感觉到各民族文学都有着某种共同的特征,因而通过相互之间的交流最终才有可能出现一种"世界的文学"。据此他对未来文学的前景做出了大胆的猜测和憧憬,预示了世界文学时代的来临,并呼吁每一个人都要为其早日到来而努力奋斗。其次,歌德在提出世界文学的构想之时,自己也受益于世界文学,尤其受益于那些翻译过来的世界各民族文学的作品。而当歌德晚年逐渐在自己的国家淡出批评界时,他的不少作品也通过翻译在英语和法语世界产生了巨大的影响,从而使他成为一个超越日耳曼民族和德语世界的欧洲著名作家。而在"欧洲中心主义"占统治地位的年代,蜚声全欧洲实际上就等于蜚声全世界。在成为全欧洲最富有盛名的

---

[1] Cf. Lionel Trilling, "Freud and Literature", in Hazard Adams, ed. *Critical Theory since Plato*, New York: Harcourt Brace Jovanovich, 1971, p. 949.

作家之后，歌德的作品继续通过翻译的中介向广袤的东方各国旅行，尤其是他的作品在有着悠久的历史和辉煌的文化遗产的中国受到了礼遇。最终，在歌德去世前后，他又开始对欧洲乃至包括中国在内的全世界的文学产生了广泛的持久的影响。今天，肩负在全世界推广德语和德国文化之使命的"歌德学院"之所以以歌德的名字来命名，大概已经不难为我们所理解了。因此，我们可以推断，歌德与世界文学的关系正是经历了这样三个阶段。今天，我们在全球化的语境下重温世界文学这一持续"旅行的"概念，不禁更加珍视这位先驱者早年对世界文学的憧憬和构想。

由此可见，歌德与世界文学的不解之缘绝不是偶然的。据美国当代歌德研究专家简·布朗考证，歌德对世界文学的涉猎非常之广，即使在歌德的时代许多世界文学作品并没有被译成德文，但他依然如饥似渴地通过其他主要的欧洲语言译本，阅读了所能读到的东方文学作品，其中也包括一些在今天的文学史家看来并不重要的中国文学作品。歌德对东方的情怀也并非一时的冲动，实际上，早在他对波斯感兴趣之前，就开始了对中国的研究。对于一个不懂中文的欧洲人而言，歌德的研究应该说是很认真的，他尽可能充分利用自己所掌握的欧洲主要语言，收集关于中国的材料。同样，他的研究是以游记和他所能接触到的其他零散的文学作品为基础的。1781 年他读到一篇法国的中国游记之后开始对儒学发生了兴趣。1796 年他通过英文读到他的第一本中国小说《好逑传》，1817 年他读到英译本戏剧《老生儿》，1827 年读了英译本小说《花笺记》及其附录《百美新咏》。同年还读了法译本中国故事选集和另一本小说《玉娇梨》。除此之外，他与中国文学的接触还促发了他的进一步思考和探讨，并写出优美的抒情诗——《中德四季晨昏杂咏》。① 虽然被他阅读的那些中国作品也许在文学史上并没有什么地位，甚至连专事中国文学研究的学者也不见得读过那些作品，但是它们毕竟影响了一代文豪，并且引起了他对东方文学的强烈兴趣，最终激发他写下了这段至今仍被人们不断引证的话：

---

① 美国（西雅图）华盛顿大学日耳曼语文学系教授简·布朗（Jane Brown）于 2006 年 3 月 10 日应邀在清华大学外语系作了题为"歌德与世界文学"的演讲，她的演讲稿经修改后由刘宁译成中文，发表于《学术月刊》2007 年第 6 期，第 32—38 页。

> 诗是人类共有的精神财富，这一点在各个地方的所有时代的成百上千的人那里都有所体现……民族文学现在算不了什么，世界文学的时代已快来临。现在每一个人都应该发挥自己的作用，使它早日来临。①

显然，也和他的古希腊前辈亚里士多德一样，歌德在这里以诗来指代整个文学，以世界文学作为文学创作和研究的最高境界。这不能不说是这些作品的一大功绩，也不能不承认歌德的远见卓识。近二百年过去了，从历史的发展来看，歌德的许多同时代作家几乎早已被人们遗忘，而歌德这位最早构想了"世界文学"概念的作家之一，却再次受益于世界文学，他在文学理论界被当作世界文学研究的奠基人，在比较文学学科领域内，他也被誉为比较文学的先驱，他的作品几乎入选所有主要的权威性世界文学选集，尤其是英语世界的《诺顿世界文学选》（*The Norton Anthology of World Literature*）和《朗文世界文学选》（*The Longman Anthology of World Literature*）。而在中国学者编撰的所有世界文学或欧洲文学选集中，歌德的作品也都赫然在列。因此就这个意义而言，他是世界文学与中国之关系的直接牵线人和培育者。之后，他的德国同乡马克思和恩格斯在描述资本主义在全世界扩展时又进一步发展了歌德早年构想的带有乌托邦色彩的"世界文学"概念，在那部不朽的著作《共产党宣言》中，马恩将其概括为资本主义全球化运作在文化和知识生产上的一个直接后果："物质的生产是如此，精神的生产也是如此。各民族的精神产品成了公共的财产。民族的片面性和局限性日益成为不可能，于是由许多种民族的和地方的文学形成了一种世界的文学"。② 虽然马恩并没有接下去进行深入的论述，而且在当时也不大可能再做进一步的阐发，但他们在这里所提及的"世界文学"之范围却极为广阔，实际上涵盖了包括文学在内的整个文化知识和精神产品的生产和流通过程的"世界性"特征。这就说明，被称为"世界文学"的文学作品绝不能仅仅局限于狭窄的精英文学圈，它必须关

---

① 引自 David Damrosch, *What is World Literature?* Princeton and Oxford: Princeton University Press, 2003, p. 1.

② 参见马克思恩格斯《共产党宣言》，人民出版社1966年版，第30页。

注整个世界以及生活在这个世界上的每个民族的人们。同样，被称为世界文学的作品必定有着较广泛的传播渠道和较大的读者群体，尤其是要为母语以外的广大读者所诵读。这应该是衡量一部作品是否堪称世界文学的一个标准。尤其应该指出的是，马克思和恩格斯对"世界文学"概念的简单提及至少促使其从早先的一个乌托邦想象逐步演变成为一个切实存在的审美现实。应该说，20世纪的西方马克思主义者在进一步发挥阐释世界文学时也是基于这一点的，① 对此我们已在其他场合做了讨论，这里毋庸赘言。②

第二节　世界文学的内涵与文学经典的重构

诚然，"世界文学"这个概念自其诞生之日起，就经历了不同时代的文学研究者和作家的不同定义和描述，不同的理论家也在歌德的最初建构之基础上对其不断地予以补充、发展和重构。毫无疑问，它一开始显然有着浓厚的欧洲中心主义色彩，甚至莫瑞提在提到早期的比较文学研究者对世界文学的讨论时，也不无讽刺地讥笑道："比较文学并没有实现这些开放的思想的初衷，它一直是一个微不足道的知识事业，基本上局限于西欧，至多沿着莱茵河畔（专攻法国文学的德国语文学研究者）发展，也不过仅此而已。"③ 确实，在歌德和马克思恩格斯之后诞生的比较文学学科，曾一度陷入狭隘的"欧洲中心主义"的泥淖，尽管后来由于美国学者的发难，比较文学的视野有所拓宽，但很快又陷入"西方中心主义"的桎梏。在今天的全球化时代，欧洲中心主义早已解体，西方中心主义的思维定式也不断受到新一代比较文学学者的质疑和诟病。世界文学的概念已经大大地拓宽了，甚至一度变得无所不包。当然，这是一种囊括一切的

---

① 这方面可参阅两位当代杰出的马克思主义和左翼理论家的论述：Franco Moretti, "Conjectures on World Literature", *New Left Review*, 1 (January-February 2000), p. 54 – 68; Fredric Jameson, "New Literary History after the End of the New", *New Literary History*, Vol. 39, No. 3 (summer 2008): 375 – 387。

② 参阅王宁的文章《"世界文学"：从乌托邦想象到审美现实》，《探索与争鸣》2010年第7期，第3—9页。

③ Franco Moretti, "Conjectures on World Literature", *New Left Review*, 1 (January-February 2000), p. 54.

再简单不过的做法,很容易为一般的文学读者所接受和认可,但这不应该是我们所讨论的世界文学,而是一种"世界的文学",当然,这种囊括一切的宽泛界定也为后来的学者和理论家对之的质疑以及就这个问题展开的讨论甚至争鸣留下了较大的空间。①

人们不禁要问,难道世界文学只是世界各民族/国家的文学的总汇吗?如果不是如此简单的话,那又该如何对之界定?我们虽然在其他场合做过论述,但这里仍想进一步强调:在我们看来,能够被称为世界文学的作品必定是那些流传甚广的文学杰作,它的流通必定跨越了特定的民族/国家和语言的界限,从而使得一部文学作品能够在另一个或另一些使用不同语言的国家和民族流传,其中介自然首先是翻译。因此认为世界文学必须是那些在翻译中有所获的文学是颇有见地的,因为正是有了翻译的中介,一部原本在某一民族和国家的范围内流通的文学作品才得以在另一民族/国家的不同语境中获得持久的生命或来世生命。毫无疑问,世界文学这杆标尺对不具有世界性意义的作家作品的淘汰也是无情的,它使得一大批曾经在某一国度显赫一时的作家作品在另一语境中始终处于"边缘化"甚至"缺席"的状态。因为这些作家作品未经过翻译的中介而走出国门,在另一文化语境中流传,因此它们显然是不能被称作世界文学的。因此,我们今天衡量一个作家是否具有世界性的意义或影响,或者说一部作品是否超越了自己的国界或语言的界限,在另一国家或另一语言文化语境中产生影响,首先要看该作家或作品是否被翻译成另一种或另几种文字。显然,不经过翻译的作品是不可能成为世界文学杰作的。当然,翻译并不能确保被译成外文的作品就一定能被国外读者所接受,它只能提供一个使之能够走向世界的中介,因此并非所有被翻译成外文的作品都能够成为世界文学,它还取决于另外几个因素:文选的收入、批评的反应以及教学中有选择的使用。只有对上述诸种因素进行综合考察,我们才能判定一部作品是否能

---

① 这方面的英文著述甚多,除了上面提及的莫瑞提和詹姆逊的论文外,还应该参考下列重要文献:David Damrosch, *What is World Literature?* (Princeton, NJ: Princeton University Press, 2003); Cf. Douwe Fokkema, "World Literature", in Roland Robertson and Jan Aart Scholte eds., *Encyclopedia of Globalization* (New York and London: Routledge, 2007), pp. 1290 – 1292; 以及 Wang Ning, "World Literature and the Dynamic Function of Translation", *Modern Language Quarterly*, Vol. 71, No. 1 (2010), pp. 1 – 14.

被称为世界文学。因此这就涉及文学本身的质量和美学价值：优秀的文学杰作必定有着广大的读者，并且有可能会流芳百世，永载文学史册，从而始终留存在人们的记忆中。有些作品，比如荷马史诗、但丁的《神曲》、莎士比亚的悲剧和喜剧、陀思妥耶夫斯基的小说、艾略特的《荒原》、曹雪芹的《红楼梦》以及乔伊斯的《尤利西斯》等，甚至在今天仍在不断地为学者们所讨论，并且引发批评性论争，从而成为文学学术研究的永不衰竭的课题。而拙劣的文学作品或许可以在短时间内吸引人们的眼球，甚至在某个特定时期的图书市场走红，但批评界和文学研究界可以忽视它，因此随着时间的推移，它终将被后来的人们所遗忘。因此，就这一点而言，世界文学又是一种民族的文化记忆。当我们提及世界文学佳作时，这些作品一下子就会出现在我们的脑海里，浮现在我们的眼前，因而优秀的作品终将留存在读者大众的记忆中，而浅薄的拙劣作品则很快就被读者所忘却。因此世界文学的经典性是不可忽视的，尽管形成世界文学经典的因素有多方面，但是不能只强调其普及性而忽略其文学质量和经典性。但是这种经典作品的意义和价值要想被广大读者所接受和认可，又必须得助于它的另一方面，也即可读性。一部只有极少数读者的作品很难成为经典，这样看来，将世界文学的经典性与可读性相结合来考察应该是很有必要的。

我们都知道，任何一部文学作品要想进入世界文学的高雅殿堂，自然离不开翻译的中介，但是一部文学杰作若想永载文学史册，还得经过另一些评价标准的筛选。应该说，我们对衡量一部文学作品是否能成为世界文学应有一个大致相同的标准，也即这种标准应该具有一定的普适意义；但是另一方面，我们又必须考虑到各国/民族文化之间的巨大差异，兼顾到世界文学在地理上的分布，也即这种标准之于不同的国别/民族文学时又有其相对性。否则一部世界文学发展史就永远摆脱不了"欧洲中心主义"的藩篱。佛克马在为《全球化百科全书》撰写"世界文学"词条时，曾一针见血地指出了一些西方学者故意对东方文学价值的忽视，[①] 他认为由此带来的一个后果就是，不少西方读者，甚至包括一些比较文学学者，根

---

① Douwe Fokkema, "World Literature", in Roland Robertson and Jan Aart Scholte eds., *Encyclopedia of Globalization* (New York and London: Routledge, 2007), pp. 1290–1291.

本不具备东方文学的知识，或者不屑于了解非西方的文学作品。而对于东方的文学学者而言，要想使自己的民族/国别文学走向世界，就得大规模地翻译处于强势地位的西方文学，唯有这样，才能加速自己的民族/国别文学的现代化。这一点尤其体现在中国"五四"时期对外国文学，尤其是西方文学及其理论思潮的大规模翻译和引进。在鲁迅的"拿来主义"策略的号召下，一些二、三流的作品也得到了翻译并进入中国读者的视野。应该指出的是，尽管在当今的全球化时代，"欧洲中心主义"的思维模式早已解体，但是唯西方马首是瞻的观点在相当一部分东方学者的头脑中仍然占据重要的地位。已故东方文学专家季羡林早就清醒地看出了这种单向译介外国文学的局限性，也即仅仅单向地从西方到东方，具体地说从西方世界到中国，这样造成的一个结果，就是在"今天的中国，对西方的了解远远超过西方人对中国的了解。在西方，不但是有一些平民百姓对中国不了解，毫无所追，甚至个别人还以为中国人现在还在裹小脚，吸鸦片。连一些知识分子也对中国懵懂无知，连鲁迅都不知道"[①]。同时，欧洲中心主义也是中国的西方文学研究很少得到西方学界承认的原因所在。实际上，季羡林这位在中国当代学界如雷贯耳的国学大师和外国文学学者也曾和鲁迅一样在国外受到冷遇，即使在他的母校哥廷根大学也只有少数人因为偶然读了他的回忆录《留德十年》的德文译本后才知道季羡林这个名字，而他的《糖史》等体现他深厚学术造诣的许多著作至今却连英译本都没有，更不用说那些二流的中国作家和学者的著述了。一些优秀的人文学术著作在得到中华学术外译项目的资助后有幸被译成了外文，但是走出中国以后是否能够走入他国的读者大众中？或者说，能否进入他国的读者大众的视野？这仍然是许多人抱有怀疑态度的一个问题。这其中的复杂因素我们当另外分析。

鉴于中外文化翻译界的这种巨大反差，作为中国学者，我们应该有所作为，主动地向世界介绍中国自己的文学作品和文化理论。因此在季羡林看来，"我们中国不但能够拿来，也能够送出去。历史上，我们不知道有多少伟大的发明创造送到外国去，送给世界人民。从全世界的历史和现状

---

① 季羡林：《季羡林谈义理》，人民出版社2010年版，第39页。

来看，人类文明之所以能发展到今天这个样子，中国人与有力焉"。① 他还形象地称这种做法为"送出主义"，与鲁迅当年提出的"拿来主义"策略形成一种互补关系。当然，在考察世界文学时，带有这种"欧洲中心主义"或"西方中心主义"狭隘视野的也绝不只是上面提及的那些文学史家，我们自己的一些文学史家和文学课的教师长期以来也难以摆脱这种局限性。一个明显的缺陷就是中国的世界文学史和文学选集的编著者常常有意地将中国文学排除在外，因此一部世界文学选集实际上就等同于一部外国文学作品选集。在今天的全球化语境下，解构主义的利器完全能够帮助我们将这种"欧洲中心主义"或"西方中心主义"的思维模式消解，从而使我们能够真正从一个全球的视野来考察包括中国文学在内的世界文学。就这一点而言，我们今天重提世界文学并积极地参与到国际性的关于世界文学概念的讨论中应该是具有特殊意义的。它除了有助于开阔我们的视野外，同时也可以帮助我们更加客观地考察我们自己的文学在世界文学大语境中的地位和价值。也即我们经常所说到究竟在何种意义上中国文学具有世界性特征？中国文学如何才能有效地走向世界？等等。对此，我们将在本章的最后一部分加以讨论。

第三节　世界文学时代的真正到来？

十多年前，在中国当代文坛，曾发生过一起"顾彬事件"，也即同为歌德和马克思恩格斯同乡的德国汉学家顾彬（Wolfgang Kubin）针对中国当代文学提出了尖锐的批评。我们曾一度对此一直保持沉默，但在今天这种白热化的争论冷却之时，应当可以做出我们的理性反思和回应。应该承认，作为一位一流的德国汉学家，顾彬本人的外语技能确实是令人佩服的，他的中国文学知识也高于一般的汉学家，也许正因为如此，据《青年报》记者的报道，顾彬才觉得中国当代文学最大的问题，是作家的语言太差了："因为他们大多不懂外语，不懂外语就无法直接从外国文学的语言吸取养分，而只限于自己的摸索。顾彬告诉记者，在1949年以前，很多中国作家的外语都非常好，这使得他们写出了很多优秀作品，比如鲁

---

① 季羡林：《季羡林谈义理》，人民出版社2010年版，第39页。

迅和郭沫若的日文就很好，林语堂的英语也很棒。"① 反对顾彬这番话的人完全可以从另一方面进行反驳：尽管顾彬所提到的这些作家确实能用不止一种外语进行阅读，但除了林语堂能够并且已经用英文在国外发表作品外，其余的作家的外语水平也仅仅停留在阅读或将外国作品译成中文的有限水平。但这并没有妨碍他们走向世界进而成为世界性的大作家。因此就这一点而言，顾彬的观点近乎偏颇。

但也许人们并没有意识到，顾彬在批评中国当代文学的同时，其出发点并非是中国文学本身，而是世界文学。也即他是用了一种很高的世界文学的评判标准来要求中国当代作家，因而便引发了一些中国作家的不满。中国当代作家，尤其是出生于20世纪40、50年代的那一代作家，由于其所生长的特定时代和知识之局限，其外语水平显然不可与他们的"五四"前辈相比，但他们大都有着强烈的求知欲望，设法通过翻译来阅读一切优秀的外国文学作品，其中的少数优秀作家试图效法他们的西方同行，在作品中探讨人类的一些共同关心的问题，并以此引起了国际汉学界的瞩目。当然，通过翻译的中介，这些作家中的少数佼佼者的杰作也有幸成为世界文学，对此恐怕顾彬是无法否定的。因此他希望中国作家充分利用外语的优势广泛地阅读世界文学名著，以便使自己的创作得以跻身世界文学杰作的行列，应该说这一良好的初衷也是无可非议的。但是人们要问的是，是否一个作家外语好就一定能顺利地走向世界进而成为世界文学大家？我们也可以举出相反的例子来证明顾彬观点在某种程度上的偏颇。

我们都知道，在世界主义理论思潮于20世纪初叶进入中国时，曾有两位当时的中国青年作家对之十分着迷：巴金和叶君健。为了与世界文学直接对话，或者说，早日使自己的作品跻身世界文学，他们都学了世界语，叶君健的世界语水平大大高于巴金，甚至达到了用这种人造语言进行文学创作的境地。但巴金却坚持用汉语创作，并且十分幸运地遇到了一些优秀的翻译者，从而使他的作品更为成功地走向了世界，而叶君健虽然世界语水平较巴金更胜一筹，他同时也用英语从事文学创作，但是他的影响

---

① 关于顾彬对中国当代文学的评述，参阅《青年报》2008年9月17日号，上述引文就是出自那篇报道，题为"德国汉学家顾彬推新书：不提'垃圾论''中国当代文学最大问题是语言'"。

力主要还是在英语世界,在汉语世界,并没有像巴金那样成为一位世界文学大家。在当代中国读者的记忆里,叶君健的知名度主要在于他是一位曾经把安徒生的童话译成汉语的优秀翻译者。① 这就说明,一部作品如果真有价值,即使是用自己的母语写作的,也会有优秀的翻译者将其译成外文并使之成为世界文学。我们同样可以将鲁迅与林语堂作比较:前者尽管不能用外语创作,但其作品的世界性影响却大大超过了后者,尽管后者的英语水平应该说几乎达到了母语的程度。就其作品所反映的时代精神和文化内涵而言,前者显然高于后者。因为鲁迅和巴金等人深深地知道,他们的外语水平远未达到用外文写作并在国外发表作品的水平,因此他们宁愿用母语从事创作。但他们也十分幸运地遇到了一些优秀的译者,将他们的作品译成了多种世界语言,从而使他们成为具有世界意义的大作家。因此顾彬在这里所说的中国作家的外语水平显然指的是他们的阅读水平,他并没有不切实际地去要求中国作家用外语去写作并发表。这应该说是顾彬的原意,也可以说是对中国现当代作家的一个较高的要求。

不可否认,对于严肃的中国作家而言,花上一些时间去学习一两门外语,要达到阅读的水平并不困难,当然这也许会影响他们作品创作的数量,但从长远的观点来看,却更加有助于他们写出不朽的杰作进而跻身世界文学之行列。从文学史的角度来看,我们在数量上并不缺少文学作品,但是却缺少那些能够令人震撼进而成为世界文学的佳作。因此若从正面来理解顾彬的批评不仅无害于中国文学,反而能够矫正我们作家中的一些浅薄和浮躁心理。无独有偶,我们在这里还应该提及顾彬的另一位德国同乡瓦尔特·本雅明,他不仅是一位杰出的文学理论批评家,而且对当代翻译研究也有着持久的影响。他在讨论翻译之于世界文学的作用时颇为中肯地指出:

> 正如生命的各种形式与生命现象本身紧密关联而对生命并没有什么意义一样,译作虽来源于原作,但它与其说来自原作的生命,倒不如说来自其来世的生命。因为译作往往比原作迟到,又由于重要的世界文学作品在其诞生之时都没有发现适当的译者,因此它们的翻译就

---

① 参阅王宁《"世界文学"与翻译》,《文艺研究》2009年第3期,第23—31页。

标志着它们的生命得以持续的阶段。艺术作品中的生命和来世生命的看法应该得到不带任何隐喻的客观性的看待。①

确实，本雅明的生命及写作生涯并不长，但他在学术界以及广大读者中的"来世生命"却是漫长的，而且仍将持续下去。对于一个对自己要求十分严格的作家来说，他确实应该尽可能多地了解本国和外国同行的写作，因为在过去，正如本雅明所言，"重要的世界文学作品在诞生之时都没有发现适当的译者"，他自己就是缺乏翻译的中介而未能在有生之年读到自己著作的外文译本。虽然他作为一位杰出的翻译家，生前曾和别人合作将法国意识流小说家普鲁斯特的小说《追忆逝水年华》译成法文，并曾为另一本译文集撰写过一篇题为《译者的任务》的序言，但令他没有想到的是，他曾经下过很大功夫的译文早已被后来者所超越，倒是这篇短短的序言被译成英文和法文后广为流传，并得到解构主义理论大师德里达和德曼的阐释，从而使他本人被认为是解构主义翻译理论的先驱。因此就此而言，按照顾彬的说法，如果作家能够直接通过外语读到原著将会尽早地受益，进而从世界文学杰作中汲取营养和创作灵感，使自己的作品不同凡响。单单就这一点而言，顾彬的话并不失其正确性。

因此我们这里首先要思考的是，顾彬所说的上述这番话是不是事实？其次，作为作家，尤其是作为严肃的具有广阔的国际视野的作家，我们也应该问一下自己，我们是在为所有的读者写作还是仅仅为自己民族/国家的读者所写作？如果果真像有些作家所坦言的那样，他们的创作仅仅是针对国内读者的，那我们就无法接下去讨论了。如果一位作家心目中的读者并非仅仅是自己的同时代人，或者说并非是自己的同胞，那么他就应该在写作前考虑一下自己所写的题材是否首创，是否具有普遍的意义，否则的话，即使他/她没有抄袭前人，也至少不能算是首创。在这方面，我们还可以从来自挪威这一小民族的大作家易卜生的创作道路见出端倪。

众所周知，易卜生在今天已经被公认为世界性的经典作家和"现代

---

① Walter Benjamin, "The Task of the Translator", in *Theories of Translation: An Anthology of Essays from Dryden to Derrida*, edited by Rainer Schulte and John Biguenet, Chicago and London: The University of Chicago Press, 1992, pp. 72 – 73.

戏剧之父",他的不少作品已经载入世界文学宝库,但是他生前却与他同时代的批评界格格不入,其中的一些原因就在于他那很难为同时代人所理解的先锋思想和超前意识,另一部分原因则在于其剧中所隐匿的富有预见性的思想观念。他的一些至今仍为我们所热烈讨论的剧作在当时并不为观众和批评界所接受,其中就包括《群鬼》和《人民公敌》。当他的《群鬼》发表时,他受到了同时代批评家的猛烈批评。面对这些恶意中伤式的"批评",易卜生毫不退让,反而十分自豪地宣称:"所有这些抨击我的剧作的小人和骗子们总有一天会在未来的文学史上受到毁灭性的审判……我的著作是属于未来的。"[1] 确实,他为未来而写作的思想是十分正确的,这已被今天的文学史编写者的实践所证明。也就是说,易卜生的艺术绝不是短命的,而是向未来时代的不同解释开放的、并具有永恒魅力的艺术。与那些生前并不为同时代的人们所重视而嗣后却又被后来的学者和批评家"重新发现"的所有中外文学大师一样,易卜生的剧作中虽不乏深受当时观众欢迎之作,但他的意义更在于,他的作品是面向未来的读者和观众的。所以他虽已逝世一百多年,但他的作品却依然被陆续译成数十种文字,不断地在当代各国的舞台上演出,并在批评界和学术界得到持久的讨论。

另一方面,我们从中国现代戏剧的兴起以及易卜生所起到的重要影响也不难看出,在"五四"时期所有那些译介过来的西方文学大师中,易卜生的地位是最为突出的,正是有鉴于此,《新青年》于 1918 年推出了由胡适主编的一期"易卜生专号",专门讨论易卜生的文学和戏剧艺术成就以及他的思想的影响。也许在很大程度上正是这本"易卜生专号"所产生的持久性影响使得这位戏剧艺术大师在中国被认为是一位革命的思想家和坚定的人文主义者,他的思想预示着中国的妇女解放运动。更有意思的是,在中国的语境下竟出现了一种具有中国特色的"易卜生主义"(Ibsenism)。我们可以很容易地发现,这种易卜生主义的建构具有更大的实用性,而非基于他的戏剧艺术成就和影响。因此易卜生不仅与中国的政治和文化现代性密切相关,同时也更为深刻持久地影响了中国的作家和戏剧

---

[1] 参阅 Einar Haugen, *Ibsen's Drama: Author to Audience*, Minneapolis: University of Minnesota Press, 1979, p. 3。

艺术家。我们甚至可以肯定地认为，中国现代话剧几乎就是在易卜生及其作品被译介到中国之后很快诞生的。因此就这一点而言，我们应该指出，伟大的世界文学大家不仅本身应写出具有世界性意义的杰作，而且也应该产生广泛的世界性影响。

因此，我们认为，伟大的作家必定预示着未来，这应该是他的理想主义倾向的集中体现。易卜生就是这样一位具有强烈的理想主义倾向的作家。虽然他的理想主义倾向与诺贝尔文学奖的评奖原则不谋而合，但在他的有生之年，他却因为思想意识过于激进和超前而与当时保守的文学批评界格格不入，甚至产生了激烈的矛盾和冲突，其戏剧创作的价值终未能被他的斯堪的纳维亚同胞们发现。他在进入20世纪第六个年头不久就去世了。诺贝尔文学奖于1903年授予了与他齐名的挪威作家比昂松。但是一百多年过去了，即使在斯堪的纳维亚各国，知道比昂松的人也不太多了，更不用说在中国了。多年后，诺贝尔文学奖评委终于发现了易卜生的价值，但由于诺贝尔文学奖不授予已经去世的作家，因而当易卜生的文学价值被重新发现时，他也无缘这一由北欧自己的文学机构颁发的文学奖了。但易卜生的声名却经久不衰，他无疑是在中国最著名的西方剧作家之一。类似的例子也可以在法国小说家斯汤达、爱尔兰小说家乔伊斯、奥地利小说家卡夫卡的境遇中见到。他们没有像歌德那样幸运地在生前就读到自己作品的多种译本，但死后却成了经久不衰的世界性大作家，他们的作品也载入了世界文学史册和各种权威性的选集。现在我们再回过头来看看歌德本人的语言修养吧。

美国学者简·布朗（Jane Brown）在考察歌德与世界文学的不解渊源时，颇为令人信服地揭示了这样一个事实：

> 歌德在自传中说大约十二岁时，他练习用七种语言写成小说——德语、法语、意大利语、英语、拉丁语、希腊语和当地德国犹太人的方言。他能驾御的文学体裁则更为广泛。他的抒情诗包括歌曲、赞美诗、颂歌、十四行诗、民歌和讽刺短诗。他的戏剧采用诗歌体和散文体，包括喜剧、悲剧、讽刺性短剧、长剧、宫廷假面剧，甚至小歌剧——当然，还包括规模宏大的史诗剧《浮士德》（长度是《哈姆雷

特》的三倍)。①

即使歌德不懂中文，他也可以借助于英文和法文阅读当时并未译成德文的中国文学作品，进而促发了他的"世界文学"构想的诞生。这一点确实得助于他的语言天才。因此，作为一位专事外国语言文学教学和研究的学者，我们应当也深有体会：掌握一门外语，就等于打开一扇了解世界的窗口。对世界了解得越多，对自己的创作就有着越高的要求。我们不妨设想，假如一些当代作家能够直接通过原文或至少是英文早早地读到一些世界文学名著或当代杰作的话，至少他们不会把大量的时间花在写一些浅薄之作上了。当然这是我们对作家提出的最高要求，但是像顾彬这样要求每一位中国当代作家都掌握外语知识显然是不现实的，因此顾彬在中国当代文学界受到诘难就不足为奇了。我们的看法是，尽管作家不可能掌握娴熟的外语技能，但对于文学研究者而言，尤其是从事比较文学与世界文学的学者而言，掌握一两门外语的阅读技能应该是进入这一学科领域的起码的准入证吧。

在对"世界文学"这一概念的探索中，一些学者还注意到，这一概念的"世界"与"文学"作为两个具有同等意义的关键词分别反映了世界文学的两个功能：通过文学的想象性来建构世界，同时也借助于世界性来弘扬文学。② 它使人们认识到，今天的世界已经不是过去那个与世隔绝的狭隘封闭的小世界，而是一个广袤无垠的大世界。但另一方面，由于交通通信工具的发达，人为的地理空间大大地缩小了，我们仿佛生活在一个硕大无比同时又十分渺小的地球村里。在这里，我们吃着大致相同的食物，穿着相同品牌或式样的服装，甚至使用着同样的语言（英语），谈着一个相同的话题（世界文学），仿佛一切均带有某种趋同性似的。其实不然，全球化之于文化的另一极就是多样化，也即同样品牌的麦当劳进入了中国，就必须受制于中国的接受条件；同样商标的奥迪牌汽车经过中国工

---

① [美] 简·布朗：《歌德与"世界文学"》，刘宁译，《学术月刊》2007年第6期，第34页。

② 参阅《诺顿世界文学选》第二版总主编、哈佛大学英文教授马丁·普契纳（Martin Puchner）在第五届中美比较文学双边讨论会上的发言，中译文题为《世界文学与文学世界之创造》，汪沛译，《学习与探索》2011年第2期，第214—218页。

厂的组装，也打上了中外合资的标志；同样的世界性语言——英语经过中国人的使用便带有了中国的腔调和中国特有的术语和词汇，等等。据此推论，同样一个"世界文学"的旅行的概念，其所到之处必然和当地的民族文化因素相碰撞，因而就完全有可能产生出新的变体。这样看来，世界文学就绝不只是一个单数，而应该同时具有单数和复数的形式：作为一般意义上的（总体）世界文学和作为指向具体国别的世界（各国/民族的）文学，前者指评价文学所具有的世界性意义的最高水平的普遍标准，后者则指世界各国的文学的不同再现形式，包括翻译和流通的形式。因此我们从一种"全球本土化"的视角来进一步推论：同样是世界文学，在不同的民族/国家的语言中，其内容也不尽相同。像荷马史诗、莎士比亚戏剧、托尔斯泰的小说也许会出现在不同版本的世界文学选集中，而一些具有争议的或更带有本民族特色的次经典作品或地区性经典（regional canon）作品也许会收入某个民族/国家的世界文学选集，但却会被另一些版本的世界文学选集所遗漏或淘汰。这也说明，世界文学也应该有不同的形式。对于中国的文学研究者来说，建构世界文学的中国版本确实势在必行。这也正是我们今天在中国的语境中讨论世界文学及其与中国现代文学的关系的主要原因。

第 三 章

世界主义与世界文学

在全球化进程日益向前推进的时代，越来越多的人感到，我们所生活的世界早已不是孤立的一隅，而是一个彼此依附和相互关联的硕大的"地球村"或"想象的共同体"，人类正是出于其共同的命运而使其成为这样一个"共同体"的。因此在这样一个时代，世界主义这个并不算太新的话题又重新进入了人文社会科学研究者的视野，并在学术界引起了广泛、热烈的讨论。毫无疑问，在当今这个全球化的时代谈论世界主义并不会让人感到无的放矢，因为人们彼此之间的交流确实大大地快捷便利了。因此，毫不奇怪，今天的"世界主义已经成为一个极其流行的修辞载体，并一度用来主张已经具有全球性的东西，以及全球化所能提供的极具伦理道德意义的愿望"①。但对于究竟什么是世界主义，它与我们所生活的这个时代和社会有何直接的关系，它与民族和国家的命运关系如何，它在当今全球化时代的新的形态以及它在何种程度上有利于我们的社会和文化事业的发展，等等，这些复杂的关系都是我们需要厘清的。此外，在文化领域里谈论全球化和世界主义，必然涉及另外两个现象：全球文化和世界文学。我们从文化和文学的角度来讨论世界主义现象，自然要涉及世界文学问题，这些应该说都与世界主义有着密切的关联。本章将首先回顾世界主义这一概念在西方的出现、其历史演变以及当下的形态和特征，然后着重讨论世界主义在文化上的反映：世界文学，最后提出中国文学的世界性特征以及如何促使中国文学和人文学术有效地走向世界的策略。

---

① Craig Calhoun, "Cosmopolitanism and Nationalism", *Nations and Nationalism* 14 (3), 2008, p. 427.

第一节 世界主义的概念及其历史演变

如同现代性、后现代主义以及全球化这些在当今学界热烈讨论的理论概念,世界主义在西方乃至当下的国际学界的热烈讨论也绝非偶然。它虽然主要是在 20 世纪 90 年代复兴于西方学界,但它并不是一个全新的话题,而是有着漫长的历史。作为一个跨越学科界限的理论概念和批评话语,世界主义也绝非出现在 20 世纪后半叶的一个现象,它经历过的发展演变的历史,其源头最早甚至可以追溯到约 2400 年前古希腊时期的哲学思想。我们现在所使用的"世界主义"(cosmopolitanism)这个英文词的前半部分 cosmos 就出自希腊语 Κόσμος(the Universe),意指宇宙和世界,后半部分 polis 来自 Πόλις(city),意指城市和城邦,二者合在一起就意味着世界城市或世界城邦,而持有这种信念和伦理道德信条的人被称为"世界主义者"(cosmopolite),他们所持有的这种主张和概念就被称为"世界主义"。这应该就是世界主义的起源。我们在本章中将世界主义的历史演变分为三个阶段:古希腊阶段是它的"前历史",启蒙时期康德的发展和贡献标志着它的"高涨期",而 20 世纪以来的全球化时代则是世界主义发展的巅峰期。

诚然,世界主义主要是一个政治哲学概念,其伦理道德色彩十分浓厚,它的基本意思为:所有的人类种族群体,不管其政治隶属关系如何,都属于某个大的单一社群,他们彼此分享一种基本的、跨越民族和国家界限的共同伦理道德和权利义务。按照当代著名社会学家克雷格·卡尔霍恩(Craig Calhoun)的归纳,世界主义并非单一的意思,它意为专门关注作为整体的世界,而非专注于某个特定的地方或社群,它也意味着持有这种信念的人在一个多样化的社群中感到十分自在,如同在家中一样。[①] 这种打破民族/国别界限的世界主义显然与另一些有着强烈民族主义概念的术语诸如爱国主义(patriotism)和民族主义(nationalism)等截然相对。因此,讨论世界主义可以在三个层面进行:哲学层面的世界主义、政治学和社会学层面的世界主义以及文化艺术层面的世界主义。前两个层面经常交

---

① Craig Calhoun, "Cosmopolitanism and Nationalism", *Nations and Nationalism* 14 (3), 2008, p. 428.

叠重合，因此本章的述评也就依照这条路径展开。

首先我们从哲学上来理解世界主义。诚然，就世界主义的哲学层面而言，在柏拉图和亚里士多德的著作里，他们并不信奉世界主义的教义，其原因在于，他们都生活在自己特定的城邦，信守特定的政治教义，因此很容易与之相认同。一旦自己的城邦遭到外敌入侵，毫无疑问，生活在城邦里的公民就会自发地参与保卫自己城邦（祖国）的战斗，因为一个"好的公民"是不会和外邦的人分享共同利益或为他们服务的，这样一种观点发展到后来就成了所谓的"民族主义"和"爱国主义"。实际上，他们的这些思想早在苏格拉底那里已得到预示。另一些常常到异国他邦去旅行的知识分子则有着较为开阔的视野，他们往往信奉一种更带有普遍意义的价值观念和伦理道德。按照《斯坦福哲学百科全书》（*Stanford Encyclopedia of Philosophy*）中"世界主义"词条的描述，西方第一位对世界主义给出较为详尽描述和界定的哲学家是生于公元前4世纪的犬儒派哲人第欧根尼（Diogenes），他受到苏格拉底的启迪，并不把自己的归属局限于某个特定的城邦。当被别人问到他从哪里来时，他毫不含糊地回答道，"我是一个世界公民"（I am a citizen of the world ［*kosmopolitês*］）。从此，世界公民就成了持有世界主义信念的人们所共同追求的理想。同样，对于持有世界主义信念的人来说，对人类的忠诚不一定非把自己局限于某一个特定的民族/国家，他们所要追求的并非是某一个特定民族/国家的利益，而是更注重整个人类和世界的具有普遍意义的价值和利益。这种普世的价值和意义并非某个民族/国家所特有，而是所有民族和国家的人民都共有的东西。后来的斯多葛学派或犬儒学派传人们发展了这一思想，将其推广为跨越国界的和对整个人类族群的博爱。

虽然现代讨论世界主义的学者们很少引证古代哲人的这些论述，但他们的不少思想依然在现代哲学家那里得到响应和发展。启蒙时期应该是世界主义的一个高涨期，德国哲学家康德在这方面做出了重要的贡献。1795年，康德在一篇题为《永久的和平》的论著中提出了一种世界主义的法律/权利，并以此作为指导原则，用以保护人们不受战争的侵害，他主张在普遍友好原则的基础上遵守一种世界主义的道德和权益准则。康德认为，只有当国家按照"共和的"原则从内部组织起来，并且当这些国家为了持久的和平而从外部组织成联盟时，同时也只有在它们不仅尊重自己公民的人权而且也尊重外国人的人权时，真正的世界和平才有可能实现。当代哲学家德里达、哈贝马斯等思想家也颇受其启发。晚期的德里达甚至主张用一个法语词"世界化"（mondialisation）来取代备受争议的"全球化"（globalization）概念。当然，康德的这种观点也受到另一些人的反对，他们认为康德的观点前后不一致，这自然与世界主义的概念本身所具有的张力相关。此外，康德还引入了一种"世界法律"（cosmopolitan law）的概念，这种所谓的"世界法律"实际上指的是除了宪法和国际法之外的第三种公共法的领域。根据"世界法律"，国家和个人都具有一定的权利，作为个人，他们具有的是作为"地球公民"（citizens of the earth）所享有的权利，而非某个特定国家的权利。显然，这里的"地球公民"就是从早先的"世界公民"概念发展演变而来的，其范围更加广泛，甚至包括除了人以外的其他有生命的物种。应该说，康德的这些思想为当代世界主义者的不少主张奠定了一定的哲学基础，同时也为当代学者的质疑提供了一个靶子。因此可以说，在世界主义的发展史上，康德是一个无法绕过的人物，今天的不少学者就是从质疑康德的世界主义思想作为起点进而提出自己的新主张的。

如果说，19世纪前的世界主义大多停留在哲人们的假想和争论层面上的话，那么19世纪以来则是世界主义真正被付诸实施和逐步成为现实的时代。世界主义的哲学假想被政治上有所抱负的人们付诸实践。自哥伦布发现美洲新大陆以来，资本的海外扩张，弱小国家的民族工业的被吞并，以及跨国资本和新的国际劳动分工的形成等，都为经济全球化的进程做好了准备。马克思恩格斯在《共产党宣言》中，描述了市场资本主义打破民族/国家的疆界并且大大扩展自己势力的行为，这样带来的一个后果就是生产和消费已经不仅仅限于本国，还包括遥远的外国甚至海外的大陆。在《共产党宣言》中，马恩富有远见地指出：

> 美洲的发现、绕过非洲的航行，给新兴的资产阶级开辟了新的活动场所。东印度和中国的市场、美洲的殖民化、对殖民地的贸易、交换手段和一般的商品的增加，使商业、航海业和工业空前高涨……大工业建立了由美洲的发现所准备好的世界市场……不断扩大产品销路的需要，驱使资产阶级奔走于全球各地。它必须到处落户，到处创业，到处建立

联系。资产阶级,由于开拓了世界市场,使一切国家的生产和消费都成为世界性的了……古老的民族工业被消灭了,并且每天都还在被消灭。它们被新的工业排挤掉了,新的工业的建立已经成为一切文明民族的生命攸关的问题;这些工业所加工的,已经不是本地的原料,而是来自极其遥远的地区的原料;它们的产品不仅供本国消费,而且同时供世界各地消费。旧的、靠国产品来满足的需要,被新的、要靠极其遥远的国家和地带的产品来满足的需要所代替了。过去那种地方的和民族的自给自足和闭关自守状态,被各民族的各方面的互相往来和各方面的互相依赖所代替了。物质的生产是如此,精神的生产也是如此。各民族的精神产品成了公共的财产。民族的片面性和局限性日益成为不可能,于是由许多种民族的和地方的文学形成了一种世界的文学。①

马恩在《共产党宣言》中虽然没有使用"全球化"这一术语,但是却使用了"世界主义的"(cosmopolitan)这一术语,用以描述文化知识生产和流通的世界性特征。显然,在他们眼里,世界主义是对资本主义的一种意识形态意义的反映。从今天的研究视角来看,我们不难得出结论,马恩的贡献不仅在于发现了资本主义社会剩余价值的规律,同时还在于,他们也发现了资本主义全球化的经济和文化运作规律,他们的论述成了20世纪的政治哲学学者们讨论现代性、全球化以及世界主义诸问题的重要理论资源。

马克思恩格斯不仅探讨了资本主义生产的"世界性"特征,同时也认为,各国的无产阶级也分享一些基本的特征,并有着共同的利益,因此他们在《共产党宣言》的结束部分呼吁"全世界无产阶级联合起来"。此外,他们还认为,"无产阶级只有解放全人类才能最后解放自己",等等,这些都是带有鲜明的世界主义倾向的论述。再者,马克思本人就是一个世界主义者,他的犹太血统和后来带有的共产主义信念决定了他必定要作为一个世界公民,四海为家、为全人类谋利益的使命。在马克思思想的影响下建立的"第一国际"和"第二国际"就是带有这种世界主义倾向的政治和组织实践。

进入20世纪以来,经济全球化的特征日益明显,从而也加速了政治

---

① 参见马克思和恩格斯《共产党宣言》,人民出版社1966年版,第26—30页。

上和文化上全球化的步伐。按照当代国际政治学者扬·阿特·肖尔特（Jan Aart Scholte）的概括，从20世纪60年代开始，尤其是20世纪80年代起，对全球化术语的使用在各种语言、社会部门、职业与学术学科间迅速传播。像全球、全球的、全球主义这样的术语有很长的使用历史，其最早的使用可追溯到拉丁语的globus。但是，"全球化"则暗含一种发展、一个过程、一种趋势和一种变化，它相对而言是一个新词，在20世纪后半叶才得到推广和使用。若用当代术语对全球化进行概述，可以将其描述为四个主要方面：国际化、自由化、普遍化和星球化。这四个观念相互重叠互为补充，因为它们都在广义上指超越民族/国家界限的社会关系的增长。因此很多人也用这个术语同时指这四种观念中的几个含义。但是这四个观念又有不同的侧重点和含义，有时这些含义彼此之间甚至差别很大。因此在这些含义中选择不同的侧重点对我们了解和实践全球化观念极其重要。在这个四个定义中，国际化（internationalization）主要指跨越国界，常用于描述不同的民族和国家之间在政治、经济和贸易上的往来，带有"跨国的"和"国别间的"意思；自由化（liberalization）则常常为经济学家所使用，意为摆脱了政府的行政干预、完全按照市场经济规律运作的"自由主义的"经济模式，这样全球化就指"开放的""自由的"国际市场的产生；普遍化（universalization）常常为文化研究学者所使用，主要涉及特定的价值观念，因而全球化被解释为普遍化的观念经常基于这一假设：一个更加全球性的世界在本质上是文化上倾向于同质的世界，这种论述经常将全球化描述为"西方化""美国化"和"麦当劳化"；星球化（planetarialization）则涉及信息的传播和互联网的普及，例如，电话和互联网使横穿星球的通信成为可能；气候变化包含横穿星球的生态联系；美元和欧元等货币成为全球性的货币；"人权"和"宇宙飞船地球"等话语深化了横跨星球的意识。① 毫无疑问，全球化现象在当代社会的凸显客观上为世界主义的再度兴起提供了必要的生存土壤，而世界主义则为全球化的实践提供了理论话语。因此，乌尔利希·贝克（Ulrich Beck）提醒人们，我们应该考虑两个连接为一体的过程，在这里，他把世界的相互连接

---

① 参阅［英］罗兰·罗伯逊、扬·阿特·肖尔特主编《全球化百科全书》，中文版（王宁主编），"全球化"词条，译林出版社2011年版，第304—308页。

称作"世界主义化"(cosmopolitanization)。他用"世界主义"来指称将这些现象当作每个人的伦理责任之源头的情感和态度。① 一些跨国的国际组织的成立就是这样一种实践。例如 20 世纪上半叶的国际联盟以及战后成立的联合国就是这样一些带有"全球管理"性质的国际组织。当然,这些国际组织的职能并不能取代国家的功能,更不能充当所谓的"世界政府"之职能。这也是哲学和政治社会学层面的世界主义常常遭到人们批评的一个重要原因。

对于世界主义的这种多元取向和矛盾性,已有学者洞悉并做了分析,正如卡尔霍恩所概括的,人们在使用"世界主义"这一概念时常常显得前后矛盾:

> 有时,"世界主义"被当作一种政治计划的主张:建立一个适于当代全球一体化的参与性机构,尤其是外在于民族/国家的框架之外。有时它则被当作个人的伦理道德取向:也即每个人都应该抱着对整个人类的关怀来思考和行动。有时它又被当作一种能够包含各种影响的文体能力,有时则是一种能够在差异中感到自在并赞赏多样性的心理承受力。有时它用来指所有超越地方(其依附的地方可以从村庄扩展至民族/国家)的计划。在另一场合,它又被用来指全球整体性的强有力的总体愿景,如同潜在的核能和环境灾难强加给它的风险社会概念那样。在另一些场合,它又被用来描述城市而非个人,例如纽约或伦敦,当代的德里或历史上的亚历山大,这些城市所获得的生机和特征并非来自于其居住者的相同性,而更是来自于它们学会与不同的种族、宗教、民族、语言和其他身份互动的具体方式。②

细心的读者并不难发现,卡尔霍恩在提及世界城市的世界主义特征时,忽视了中国的两个最具有世界主义特征的国际化大都市:香港和上海。也许对于香港的世界主义特征卡尔霍恩会予以认同,但是上海的世界主义特征也是十分明显的,而且随着全球化在中国的驻足,这种世界主义

---

① Cf. Ulrich Beck and Edgar Grande, *Cosmopolitan Europe*, Cambridge: Polity, 2007, pp. 5 – 6.
② Craig Calhoun, "Cosmopolitanism and Nationalism", p. 431.

特征已经变得愈益明显。我们完全可以这样说，在上海这座城市里，世界主义的因素与本土的因素常常混杂在一起，相互抵牾同时又相互补充。由于世界主义，特别是文化上的世界主义，有着对其他文化或外来文化的宽容和开放的态度，因而这一点也尤其可在上海的现代性（modernity）中见出端倪。与北京这座有着丰富民族文化底蕴的国际大都市相比，上海要年轻得多，历史也短得多。它远不如北京那样有着悠久的历史和牢固的传统。在过去相当长一段时期，它甚至隶属于江苏省，直到1927年才成为一个独立的特别市，从那时起它便很快成为一座现代化的世界性大都市，其中一个明显的特色就是城市里分布着过去的一些外国殖民主义者建立的租界。也许对于这一点，曾在北京工作过的卡尔霍恩并没有注意到，但是一些华裔文化研究学者却考察得十分仔细。

关于上海的世界主义特征，李欧梵在他的专著《上海摩登》中特别开辟了专章予以讨论，并将第九章的题目定为"上海世界主义"。虽然限于篇幅，李欧梵并没有就这个现象展开深入的讨论，但其中一些具有启迪意义的洞见对于我们从世界主义的视角来重建上海摩登和上海后现代性不无裨益。在李欧梵看来，上海的世界主义特征恰恰在于其（中国）本土性和西方化的同时并存，也即"正是也仅是因为他们那不容质疑的中国性使得这些作家能如此公然地拥抱西方现代性而不必畏惧被殖民化"①。但是李欧梵同时又指出：

> 如果说世界主义就意味着"向外看"的永久好奇心——把自己定位为联结中国和世界的其他地方的文化斡旋者——那上海无疑是30年代最具这一特色的一个世界主义城市，西方旅游者给她的一个流行称谓是"东方巴黎"。撇开这个名称的"东方主义"含义，所谓的"东方巴黎"还是低估了上海的国际意义，而且这个名称是按西方的流行想象把上海和欧美的其他都市联系起来的。②

---

① ［美］李欧梵：《上海摩登：一种新都市文化在中国 1930—1945》，毛尖译，牛津大学出版社2000年版，第291页。
② 李欧梵：《上海摩登：一种新都市文化在中国 1930—1945》，毛尖译，牛津大学出版社2000年版，第293页，译文略有改动。

当然，也许在李欧梵看来，上海不仅具有巴黎的一些特征，更带有中国的世界主义城市自身的文化特征。由于世界主义这一概念本身的张力和不一致性使其经常受到人们的质疑和反对。反对世界主义的人首先从政治角度入手，他们认为，就民族主义和爱国主义所赖以建基的民族和国家而言，世界主义者并没有这样一个作为实体的世界民族或世界政府，因此主张世界主义实际上无甚意义。但是为之辩护的人马上就拿有着不同背景和民族来源的美国、加拿大和欧盟来作为世界主义治理有效的明证。我们都知道，如果以美国和加拿大为例还可以说得通的话，那么用欧盟为例就难以服众了。众所周知，美国和加拿大虽然都是联邦国家，但是联邦政府对外有着很大的权力，而欧盟也主张用一种声音对外发言，但实际上却很难做到。在美国和加拿大，单一的货币一直在延续，而在欧盟国家，这种单一的货币却很难实行。当前，欧盟成员国的经济和债务危机使得欧元几乎难以为继，不少人甚至认为，如果不是德法两国的强有力支撑，欧元很快就会消亡。再者，实属虚位的欧盟主席根本无法扮演十多个欧洲主权国家共同的元首之角色，因为毕竟各个欧盟成员国首先是一个主权国家。而至于联合国的作用，那就更是无法与任何主权国家相比了。由此可见，世界主义在不少人看来就是一种乌托邦。

其次，经济上的世界主义也受到一些人的质疑。人们以各种论点来表明，经济上的世界主义并非一种可行的选择。马克思和后来的东西方马克思主义者都曾论证道，从长远的观点来看，资本主义在大力发展自身的同时，却有着自我毁灭的因素，它对贫困的国家和人民的剥削和掠夺最终将激起无产阶级和人民大众的反抗和革命，而资本主义的一个自我毁灭的作用就是为自己培育了一大批掘墓人。另外，资本主义的一味发展也给人类的自然环境带来了巨大的灾难，因为毕竟地球上的自然资源是有限的，过度的发展和消费必将穷尽地球上的自然资源。因此批评经济上的世界主义的人认为，经济上的世界主义者或全球主义者未能关注全球自由市场带给人们的副作用，全球化的实践加大了本来就已经存在的贫富差别和南北差别，酝酿了新的矛盾和危机，如此等等。而为其辩护者在承认这些现象和问题的同时也指出，既然这些现象产生于资本的全球运作过程，那么运用全球治理的手段则可以对之进行约束和治理。而这在单一的民族/国家之内则是无法实现的。作为经济上的世界主义的组织实践，世界贸易组织和国际货币基金组织的成立客观上起到了加快全球经济一体化的作用，但是对于那些置身于这些组织之外的国家也就束手无策了。

再者，伦理道德上的世界主义也受到人们的批评。对这种形式的世界主义持批评态度的人认为，指向一种伦理世界主义的心理学假想是行不通的。一般人往往对自己国家或民族的成员有着更为强烈的热爱和依恋，若为了以全人类的名义来褒奖某个道德社群而淡化对本国同胞的依恋无疑会损害我们同胞的感情。因为这样一来，伦理道德上的世界主义就会使很大一部分人无法发挥自己的作用。因此人们主张，需要一种特殊意义上的民族认同来发挥作用，而那种民族认同需要的就是对另一些有着与之相同的认同的人也给予必要的依恋。这也许超越了民族/国家的界限，但实际上仍然仅局限于有着相同文化背景的不同国别或民族的成员，例如西欧国家的人就有着共同的文化背景，他们在一起交流有着很大的便利，也很容易取得彼此之间的认同。瑞典、挪威和丹麦三个北欧国家的人在一起交流时，虽然各自说自己的语言，但彼此间都能够听懂和理解。英联邦成员国的人说的都是英语，因此其认同也大致相同。如此等等。一些伦理道德上的世界主义者认为采取一种发展心理学的态度来平衡世界主义和爱国主义之间的关系是可行的：他们认为，爱国主义可以通向世界主义，因为一个人若要对其他国家和民族的人也有爱心，他首先应当热爱自己的同胞。一个连自己的同胞也不热爱的人是很难达到世界主义的境界的。随着人们的逐步发展成熟，他们便发展出了更为广泛的忠诚，从对自己亲人的忠诚发展为对更大的社群乃至整个人类的忠诚，但这些不同形式的忠诚依然是程度不同的，并不存在彼此间的竞争。因此适度的伦理道德世界主义还是可行的。

鉴于世界主义的超越国界性和居无定所之特征，人们还将其分为"有根的"（rooted）世界主义和"无根的"（rootless）世界主义：前者指那些在国内有着牢固根基同时又具有广阔的世界视野的人，后者则指那些如同浪迹天涯居无定所的波西米亚人；前者既有着负责任的民族担当又不无开放的胸怀和广阔的视野，后者的民族文化身份则模糊且不想承担任何责任。我们当然更倾向于前者。

当前，世界主义作为一个热门话题，正在学界不断地被人们讨论，而在中国的语境中，讨论世界主义常常与构建人类命运共同体相关联。我们通过这样的讨论，完全可以提出世界主义的中国版本，从而以中国的经验和智慧对国际学界的世界主义讨论做出中国学者的贡献。

第二节　世界文学的评价标准再识

长期以来，人们虽然承认有一种谓之"世界文学"的文学现象存在于世，但是对于究竟什么才能算得上世界文学却难以达成共识，这自然是所有人文学科的一个特征：也即人文学科的成果往往并非追求相同，而是追求差异和标新立异。既然我们不否认世界文学是一个动态的概念，而且它在不同时代和不同的语境中可以呈现为不同的形式，那么评价一部文学作品是否属于世界文学也就应当有不同的标准。这无疑是不错的。也就是说，问题要从两方面来看。一方面，我们主张，任何一部文学作品要想进入世界文学的范围，我们对之的衡量标准就应该是共同的，也即这种标准应当是具有普适意义的，或者至少要得到大多数人的认可；但是另一方面，我们又必须考虑到各国/民族文化之间的巨大差异，兼顾到世界文学在地理上的分布，也即这种标准之于不同的国别/民族文学时又有其相对性。否则一部世界文学发展史就永远摆脱不了"欧洲中心主义"的阴影。正如苏联的文学史家共同编撰的《世界文学史》中所言，"历史的发展是不平衡的：在社会经济发展的共同道路上一些民族前进了，另一些民族落后了。这样的不平衡性是历史过程的动力之一。"[①] 正是由于这种历史发展的不平衡性和差异性，文学创作也难免受其影响。由于文学是一种独特的意识形态形式，因此对之的评价难免受到政治和意识形态倾向性的干预。但是尽管如此，判断一部文学作品是否属于世界文学，仍然有一个相对客观公认的标准，也即按照我们的看法，它必须依循如下几个原则：（1）它是否把握了特定的时代精神；（2）它的影响是否超越了本民族或本语言的界限；（3）它是否收入后来的研究者编选的文学经典选集；（4）它是否能够进入大学课堂成为教科书；（5）它是否在另一语境下受到批评性的讨论和研究。在上述五个方面，第一、二和第五个方面是具有

[①] ［俄］高尔基世界文学研究所编撰：《世界文学史》第1卷上册，陈雪莲等多人合译，上海文艺出版社2013年版，第23页。

普遍意义的，第三和第四个方面则带有一定的人为性，因而仅具有相对的意义。但若从上述五个方面来综合考察，我们才能够比较客观公正地判定一部作品是否属于世界文学。下面我们就这些标准稍稍做一些阐发。

1. 伟大的文学作品必须把握特定的时代精神，并把握时代的脉搏和反映特定的时代风貌。应该说这是判定一部作品是否伟大的重要标准。这一特征尤其体现在莎士比亚、歌德、托尔斯泰、易卜生、乔伊斯以及中国的曹雪芹、鲁迅等具有世界性影响的伟大作家的作品中，他们的作品不仅超越了特定的时代和地域，在本民族的语境中广为人们阅读和讨论，而且还在全世界范围内广为人们阅读和讨论。这也正是这些伟大作家的作品经过翻译的中介能够旅行到世界各地，在不同的时代和不同的语境下吸引数以千万计的读者和研究者的原因所在。当然，伟大的作家不仅能够把握自己所生活在其中的时代精神，而且有时还具有前瞻性，也即具有理想主义的倾向。因此作为其代价，他们中的一些人，如上述易卜生和乔伊斯以及中国作家曹雪芹，生前并不受到同时代人的重视，甚至因与同时代的批评风尚和原则格格不入而被公然排斥在文学经典之外，但是正是由于他们把握了自己所处的时代精神并对未来具有前瞻性，因而即使他们去世多年后仍没有被人们遗忘，他们的作品的价值仍然被后来的研究者"重新发现"而跻身世界文学之林。

2. 伟大的作品必须超越国别/民族和语言的界限。任何一部文学作品要想成为世界文学，就必须走出自己的国门，为本国/民族以外的更广大的读者所诵读，甚至为使用另一种语言的外国读者所诵读，并且为他们所研究。这样看来，翻译所起到的中介作用就是不可忽视的，但是这种翻译应该带有译者的主体意识和创造性转化，因而应是一种"能动的"忠实。有时这种能动的作用甚至是干预性的，它使得一部原本在本国/民族已经有一定知名度的作家及其作品在另一语境下变得更为著名。当然，拙劣的翻译也会对一部作品在另一语境的流传起到副作用：一部原本十分出色的作品经过拙劣的翻译反而在另一语境下黯然失色，这样的例子在中外文学史上并不鲜见。总之，一种民族/国别文学，不管其在民族的语境中多么有影响，不经过翻译而仅仅在本国/民族或单一的语言中流传的作品绝对算不上是世界文学。

3. 文学选集的编选对于一部作品的经典化过程也有着不可忽视的作

用。众所周知,这方面比较有影响的一些世界文学选集包括英语世界的诺顿和朗文等国际出版机构出版的经典性版本,以及更多的出版社出版的国别文学选集。虽然这些文选的主编们的初衷并非是要对文学的经典化做出贡献,但是他们的编选实践实际上本身就是一种对众多文学作品的筛选:首先,受到这些出版机构邀请编选世界文学选集的学者必定是著名的文学研究者或名牌大学的著名教授,如诺顿和朗文这两部世界文学选集的主编现在都在世界一流学府哈佛大学任教,诺顿英国文学选集的主编现在也在哈佛任教,这大概并非偶然吧。其次,经过筛选的作品至少是具有国际性影响的某个国别/民族文学的上乘之作,而出版社约请著名学者来承担文选的编选工作本身就体现了出版机构试图对文学作品进行经典化的一种尝试。因此,这些著名的文学选集实际上已经对世界文学经典的形成做出了不可估量的贡献,至少对进入高等院校的文学专业学生起到了世界文学的启蒙教育作用。面对每日剧增的一大堆文学作品,学生们往往无所适从,这时文选所起到的导引作用就是不可忽视的,即使是某部长篇巨制中的一个片段,一旦诱发了学生们的文学兴趣,他们自己就会找来原作阅读。

4. 如上所说,世界文学选集的编选工作的另一个重要作用就是为文学专业的学生提供教材或教学参考书。进入全球化时代以来,各大学的文学专业已经越来越重视世界文学的教学,除了英语国家的世界文学选集外,在汉语世界,中国的大学一般都同时在中文系和外语系开设类似的世界文学必修课或选修课,也即用汉语通过翻译的中介或者用外语讲授世界文学。这对于我们的研究者把中国文学放在一个世界语境下来考察和评价是必须的。根据上面提及的公认的标准,中国的文学研究者也编选了具有自己特色的多卷本《外国文学作品选》,从而使得不通外语的学生也能在有限的时间内对世界文学的概貌有一个大致的了解。因此,通过考察不同的语境中所出现的不同版本的世界文学选,我们大概不难得出这样的结论,即世界文学可以有不同的版本,尤其是不同国家的文学研究者对文学经典的选择自然有其自己的独特标准。但无论如何,在每一种版本的世界文学选集中,像但丁、莎士比亚、歌德这样公认的世界文学大师的作品都不会被漏掉,而次于这一级别的二流大师或一些有争议的作家往往会出现在某一部文选中,但却会被另一些文选编者所忽视。这就说明了判定世界文学的标准也具有一定的相对性。

5. 任何一部伟大的文学作品都会在不同的语境下和不同的批评或研究群体中产生批评性的反响。纵观国际莎学研究的历史，我们仍记得几次大的"倒莎"尝试，即使到了20世纪也有一些新的批评学派试图通过贬低莎士比亚来达到解构既定的文学经典之目的。因此很难设想，一部具有很高的文学价值的作品竟会受到批评界或学术界的"冷遇"，因为这样的沉默实际上隐含着批评家和研究者对该作品之价值的根本忽视。即使是引起很大争议的作品也至少说明了该作品所具有的批评价值和客观的社会和美学影响。而严肃的批评家和学者们对于有着较大影响的文学作品是不会保持沉默的，他们至少会对之做出自己的批评性回应，或使之进入文学研究的视野。由此可见，衡量一部作品是否具有世界性影响的一个标准就是看它是否能在另一国别/民族或另一语境受到批评性的研究，因为翻译的中介只能促使一部作品走出国门进入到另一语境，但若是一部作品在另一语境下仅仅在一般读者中短时间地流传而受到批评界的"冷遇"，那么这部作品也很难成为世界文学。而倘若它能够激发另一语境中的批评性反应甚至理论争鸣，这部作品至少具有普世意义的理论批评价值，因而也就应当被当作世界文学。

综上所述，我们不难得出这样的结论：评判世界文学的标准既有其绝对的普遍性标准，同时这种标准也因时因地而显示出其不可避免的相对性。不看到这种二元性，仅仅强调其普世性而忽视其相对性就会走向极端；反之，过分地强调世界文学的相对性而全然忽视其共同的美学原则，也会堕入虚无主义和相对主义的泥淖。

第三节　世界文学语境中的中国文学

本章之所以要讨论世界主义和世界文学，其目的并非是为了跟在西方学者后面亦步亦趋，而是要在西方学者说得不全面、不准确的地方对着他们说，甚至在对着他们说的过程中提出自己的理论建构，从而引领他们跟着我们说下去，我们认为这应该是中国的人文学科研究的最高境界。此外，我们讨论世界主义和世界文学也并非无的放矢，而是要以此作为出发点来反观我们自己的文学。因此我们接下来要发问的就是，中国文学在当今世界究竟处于何种地位？通过仔细的调研，我们大概不难得出令人沮丧的结论。不可否认,长期以来,中国文学在世界文学的版图上一直处于相对边缘的地位。许多在国内盛名赫赫的古典和当代作家竟然不为国外的文学研究者和批评家所知。那么中国文学中究竟有多少作品已经跻身世界文学之林?答案是:过去很少,现在已经开始逐步增多,但与中国文学实际上应有的价值和意义仍是很不相称的。许多作品在得到中国政府的各种资助后被翻译成了外文,也即走出了国门,但人们要问的是,这些作品"走出去"以后有没有真正进入到另一文化语境中呢?也即有没有为译入语的读者大众所阅读?这应该是我们跟踪考察研究的现象。针对那些西方学者带有偏见的世界文学布局,连一些欧洲的学者都觉得实在是有失公允,那么我们将采取何种策略有效地使中国文学跻身世界文学之林呢?这正是我们目前从事的一个研究课题。

如果我们承认,全球化已经或多或少地影响了民族/国别文学的研究,那么与其相反的是,它从另一个方面则促进了比较文学与世界文学的教学和研究:它使得传统的精英文学研究大大地扩展了自己的研究领域,同时使得比较文学与文化研究和世界文学相融合。在今天的东西方比较文学界,普遍出现了这样一种具有悖论意义的现象:一方面,比较文学学科的领地不断地被其他学科的学者侵占而日趋萎缩;另一方面,比较文学学科的学者又十分活跃,他们著述甚丰并频繁地参加各种学术会议,但其中大部分人都不在研究文学,或至少不涉及传统意义上的文学,而更多地涉及大众文化甚至影视传媒。但他们的文学功底和文学知识却使他们明显地高于一般的学者,或者如美国比较文学学者苏源熙(Haun Saussy)所自豪地声称的,"我们的结论已成为其他人的假想",[1] 因为在他看来,比较文学研究在诸多人文学科中扮演的是"第一小提琴手"的角色,只是他们把文学研究的范围大大地拓展了,使其进入了文化研究的领地。如果我们仍然过分地强调早已过时的形式主义—结构主义的原则而拘泥于文学形式分析的话,我们就很可能忽视文学现象的文化意义。也就是说,我们完全有可能将文学研究放在一个广阔的文化研究的语境下来考察,这样我们就

---

[1] Huan Saussy, ed. *Comparative Literature in an Age of Globalization*, Chapter One, "Exquisite Cadevers Stitched from Fresh Nightmares: Of Memes, Hives, and Selfish Genes", Baltimore: The Johns Hopkins University Press, 2006, p. 3.

能超越文学自身，达到使比较文学与文化研究对话和互补的境地。

辩证地来说，全球化给中国的文学和文化研究带来了两方面的影响：它的积极方面在于，它使得文化和知识生产更接近于市场经济机制的制约而非过去的社会主义计划经济的管束。但是另一方面，它也使得精英文化生产变得越来越困难，甚至加大了精英文化与大众文化之间的鸿沟。在当今时代，形式主义取向的文学理论已经为更为包容的文化理论所取代。任何一种产生自西方语境的理论要想成为普适性的或具有世界性影响的理论，那就必须要能够被用于解释非西方的文学和文化现象。同样，任何一种产生自非西方语境的理论要想从边缘走向中心进而产生世界性的影响，那就不得不首先被西方学界"发现"并翻译到英语世界。在一个强势的英语存在的世界上，走向世界在某种程度上首先应该走向英语世界，中国的文学翻译目前就处于这样一种状况。

确实，回顾历史，我们认识到，在过去的一百年里，在西方文化和文学思潮的影响下，中国文学一直在通过翻译的中介向现代性认同进而走向世界。但是这种"走向世界"的动机多少是一厢情愿的，其进程也是单向度的：中国文学尽可能地去迎合（西方中心主义的）世界潮流，仿佛西方有什么，我们中国就一定要有什么。久而久之，在那些本来对中国文学情有独钟的西方汉学家看来，中国现当代文学并不值得研究，因为它过于"西化"了，值得研究的只是19世纪末以前的中国古典文学。因此，在中国的保守知识分子看来，这种朝向世界的开放性和现代性不谛是一种将中国文化和文学殖民化的历史过程。比如，在他们看来，"五四运动"开启了中国的现代性进程，破坏了习来已久的民族主义传统。对于许多人来说，在这样一种"殖民化"的过程中，中国的语言也大大地被"欧化"或"西化"了。但在我们看来，这是不同于西方的另一种形式的现代性——中国的现代性的一个直接后果，其中一个突出的现象就是大量的外国文学作品和理论思潮被翻译到了中国，极大地刺激了中国作家的创造性想象。中国现代文学与世界文学的距离变得越来越近了。甚至鲁迅这位中国文化和文学的先驱，在谈到自己的创作所受到的外来影响时，也绝口不提传统中国文化对他的影响。

我们知道，鲁迅有着深厚的中国文化功底和文学造诣，但他仍然试图否定他的创作所受到的传统文化和文学的影响，这在很大程度上是出于他试图推进中国文学和文化现代化的强有力动机。实际上，对于鲁迅这位兼通中西的大文豪，主张全盘"西化"只是一种文化和知识策略。众所周知，他本来是想学医的，试图通过医学来救国，但后来却改学文学，因为他知道，文学也可以通过唤起民众反抗吃人的封建社会而达到救国的目的。在他的小说《狂人日记》中，他生动地讽刺了旧中国的人吃人的状况。他唯一的希望就是新一代的孩子，因此他呼唤"救救孩子"，因为在他看来，孩子们仍然天真无邪，并未被传统的封建文化毁坏，孩子们很容易接受一个变革的社会和世界。当然，鲁迅决不想全然破坏传统的中国民族主义精神，他试图弘扬一种超越本民族的文化精神，从而在一个广阔的全球文化和世界文学的大语境下重建一种新的中国民族和文化认同。

另一些"五四"作家，如胡适和郭沫若等，也通过翻译大量西方文学作品试图解构传统的中国文学话语。经过这种大量的文化翻译，中国现代文学更为接近世界文学的主流，同时，也出现了一种中国现代文学经典：它既不同于中国古典文学，也迥异于现代西方文学，因而它同时可以与这二者进行对话。在编写中国现代文学史时，我们应该充分认识到翻译所扮演的重要角色。但是这种形式的翻译已经不再是那种传统的语言学意义上的语言文字之间的转换，而更是通过语言作为媒介的文化上的变革。正是通过这种大量的文化翻译，一种新的文学才得以诞生并有助于建构一种新的超民族主义。应该说，这只是中国文学走向世界的第一步，而且是十分必要的一步，但它却不是我们最终的目标。

另一方面，世界文学始终处于一种旅行的状态中，在这一过程中，某个特定的民族/国别文学作品具有了持续的生命和来世生命。这一点尤其体现于中国近现代对西方和俄苏文学的大量翻译。我们可以说，在中国的语境下，我们也有我们自己对世界文学篇目的主观的能动的选择。[①] 当然，我们的判断和选择曾一度主要依据马克思主义经典作家对一些西方作家的评价，现在看来，对于西方20世纪以前的经典作家，这样的判断基本上是准确的。但是对于20世纪的现代主义和其后的后现代主义作家作

[①] 关于中国的文学翻译实践的实用主义目的，参见 Sun Yifeng, "Opening the Cultural Mind: Translation and the Modern Chinese Literary Canon", *Modern Language Quarterly*, Vol. 69, No. 1 (March 2008): 13–27。

品的选择,则主要依赖我们自己的判断,同时也参照他们在西方文学研究界实际上所处的客观地位以及他们作品本身的文学价值。正是这种对所要翻译的篇目的能动性选择才使得世界文学在中国不同于其在西方和俄苏的情形。这也是十分正常的现象。我们可以说,超民族主义在中国也有着自己的独特形式:当旧中国处于贫穷状况、中国文化和文学由于自身的落后而难以跻身世界文学之林时,我们的作家只能呼吁大量地将国外先进的文学翻译成中文,中国现代文学从而得以从边缘向中心运动进而走向世界;而在今天,当中国成为一个经济和政治大国时,一个十分紧迫的任务就是要重新塑造中国的文化和文学大国的形象。在这方面,翻译又在促使中国文学更加接近世界文学主流方面起到了更为重要的作用。但是在当下,中国的文学翻译现状又如何呢?可以说,与经济上的繁荣表象形成了鲜明的对比:迄今只有为数不多的古典文学作品被译成了外文,而当代作品被翻译者则是凤毛麟角。有的作品即使被翻译成了外文,也大多躺在大学的图书馆里鲜有人问津。这自然不能完全归咎于翻译,其中的复杂因素需另文分析。但无论如何,我们当下翻译的重点无疑应该由外译中转向中译外,尤其是要把中国文学的优秀作品翻译成世界主要语言——英语,这样才能真正打破全球化所造成的语言霸权主义状况。在这种中译外的过程中,为了更为有效地实施"本土全球化"的战略,我们尤其需要国外汉学家的配合和帮助,这样才能真正有效地使中国文学走向世界。①

显然,如果我们从今天的角度来重新审视"五四运动"带来的积极的和消极的后果,我们完全可以得出这样一个结论:在把西方各种文化理论思潮引进中国的同时,"五四"作家和知识分子忽视了文化翻译的另外一极:即将中国文化和文学介绍给外部世界。同样,在砸烂"孔家店"的同时,他们也把传统儒学中的一些积极的东西破坏了。对此我们确实应该深刻地检讨"五四运动"之于今天的意义。中国语境下的文化全球化实践绝非要使中国文化殖民化,其目的恰恰相反,是要为中国文化和文学在全世界的传播推波助澜。因此在这一方面,弘扬一种超民族主义和世界主义的精神恰恰符合我们的文学和文化研究者将中国文化推介到国外的目的。因为正是在这样一种世界主义的大氛围下,世界文学才再度引起了学

---

① 参阅王宁《中国文学如何有效地走向世界》,《中国艺术报》2010年3月19日。

者们的兴趣。① 但人们也许会提出另一个问题：在把中国文学和文化推介到国外时，翻译将扮演何种角色？

确实，不管我们从事文学研究还是文化研究，我们都离不开语言的中介。但是在形成中国现代文学经典的过程中，翻译所起的作用更多的体现在文化上、政治上和实用主义的目标上，而非仅仅是语言和形式的层面上。因此中国现代语境下翻译所承担的政治和文化任务大大多于文学本身的任务。毫无疑问，全球化对文化的影响尤其体现于对世界语言体系的重新绘图。在这方面，英语和汉语作为当今世界的两大语言，最为受益于文化全球化的进程。众所周知，由于美国综合国力的强大和大英帝国长久以来形成的殖民传统，英语在全世界的普及和所处的强势地位仍是不可动摇的。那么人们不禁要问，全球化给汉语带来何种后果呢？我们已经注意到，汉语也经历了一种运动：从一种民族/国别语言变成一种区域性语言，最终成为一种主要的世界性语言。汉语目前在全世界的普及和推广无疑改变了既定的世界文化格局和世界语言体系的版图。② 而中国学者对中国现代性的建构同样也消解了带有西方中心主义印记的"单一现代性"的神话，为一种具有中国特色的"他种现代性"的形成奠定了基础。③ 因此全球化时代的到来更是致使民族/国家的疆界以及语言文化的疆界变得愈益模糊，从而为一种新的世界语言体系和世界文学经典的建构铺平了道路。在这方面，中国学者应该做出自己的独特贡献。

---

① 尤其应该指出的是，由于哈佛大学和耶鲁大学的领衔作用，世界文学的教学也进入了一些西方大学的课堂，尽管目前在很大程度上仍依赖翻译的中介。

② 杜维明在2008年的中国比较文学学会年会上的主旨发言中对他早先所鼓吹的"文化中国"的范围又做了新的扩大和调整，他认为有三种力量：(1) 中国大陆、香港、澳门和台湾的华人；(2) 流散海外的华裔侨胞；(3) 研究中国文化的外国人。我们也可以据此提出一个"汉语中国"的概念，详细的讨论将在另外的场合展开。

③ 关于"单一现代性"的解构和"他种现代性"的建构，参阅 Wang Ning, *Translated Modernities: Literary and Cultural Perspectives on Globalization and China*, Ottawa and New York: Legas Publishing, 2010。

第 四 章

"世界文学"与翻译

　　如前所述，在当前的国际比较文学和文学理论界，讨论世界文学已经成为一个非常重要的前沿理论话题。虽然学者们也许对全球化究竟对世界文学的发展产生着积极的还是消极的影响意见不一，但我们应当承认，世界文学的构想正是在全球化从经济到文化和知识生产各领域的出现的直接影响下诞生的。而在今天的全球化语境下，随着欧洲中心主义和西方中心主义的逐渐解体和东方文学的崛起，比较文学发展到其最高阶段也自然应当是世界文学阶段。既然文化全球化同时带来了文化上的趋同性和多样性，那么翻译在建立民族和文化认同方面不仅起着越来越重要的作用，而且在建构世界文学的过程中也举足轻重。因此，将翻译纳入世界文学讨论的范畴无疑是十分重要的，这一点尤其体现在翻译在全球化时代的文化交流和互动中所起到的沟通和协调作用：它不仅跨越了语言和民族的界限，同时也跨越了文学和文化传统的界限，使得世界文学在不同的文化语境中出现了不同的版本。此外，世界文学在不同民族/国家的不同版本也消解了所谓单一的"世界文学"一体化的神话。本章接着前面几章所提及的世界文学与翻译的关系，拟做进一步深入探讨。

第一节 "世界文学"重新思考

　　在前面几章的讨论中，我们已经指出，世界文学这一话题在当今时代并非是全新的话题，而是一个存在了近两百年的老话题，但是它为什么在当今这个全球化的时代再度成为一个热门话题呢？这自然与前面所提到的时代背景和文化氛围相关。确实，在当今时代，世界文学这个话题不仅为比较文学学者所热烈讨论，而且也为不少国别/民族文学研究者所谈论。但是对于世界文学在这里的真实含义究竟是什么仍然不断地引发讨论甚至争论。正如前所述，在歌德之前，世界上不同的民族/国别文学就已经通过翻译开始了交流和沟通。但是在当时，包括歌德在内，呼唤世界文学时代的到来只是一种乌托邦式的幻想。后来，马克思和恩格斯在《共产党宣言》（1848）中，描述了资本主义全球化在经济、政治和社会等领域的影响和后果之后，也用这一术语来描述了作为全球资本化的一个直接后果的文学和文化生产的"世界主义特征"。显然，马克思主义创始人已经清楚地指明，随着经济全球化步伐的加速和世界市场的扩大，一种世界性的文学已经诞生。在这里，马恩并不期望建立一种大一统的世界文学，而是更强调各民族文学的相互交流和相互影响，这既接近歌德的原意，同时又超越了以往的狭隘的"欧洲中心主义"的文学领地，进入了整个人文社会科学知识的生产和流通之境地。因此，我们今天从学科的角度来看，世界文学实际上在某种程度上就产生自经济全球化的过程。为了在当前的全球化时代凸显文学和文化研究的作用，我们自然应当具有一种比较的和国际的视野，这样我们就有可能在文学研究中取得进展。早在20世纪80年代，就有中国学者称世界文学时代的来临实际上是一种"总体的"世界文学：

> 总体文学时代，是"交流意味着一切"的时代：一切在交流中生成，一切在交流中存在；不在交流中发展，就被交流所淘汰。
> ……
> 总体文学时代，是各民族文学在世界文学总体之内的交流不断地深入和扩大的时代，是各民族文学在各自传统基础上的多元的发展趋势及其在交流中融为一体的趋势之间比消此长的时代。①

显然，这也许是这位学者的美好愿望，希望通过各民族文学的交流逐渐形成一种一体化的世界文学。因为确实，强调交流正是当年歌德提出

---

① 曾小逸：《导言：论世界文学时代》，曾小逸主编《走向世界文学：中国现代作家与外国文学》，湖南文艺出版社1985年版，第24、25页。

"世界文学"概念的初衷；近二百年后，他的这种乌托邦幻想已经逐渐在当今这个全球化的时代得到了证实。这也许正是我们要把文学研究放在一个广阔的全球文化和世界文学语境下的重要意义。同样，世界文学再度浮出历史的地表，成为一个广为人们关注和讨论的新话题就不足为奇了。

如果我们说，歌德对世界文学的概念化仅仅建构的是一种乌托邦形式的世界文学的话，那么在今天的全球化语境下，随着世界文化和世界语言版图的重新绘制，重新强调世界文学的建构就有着特别重要的意义。确实，在今天的文学研究中，传统的民族/国别文学的疆界已经变得越来越模糊，没有哪位文学研究者能够声称自己的研究只涉及一种民族/国别文学，而不参照其他的文学或社会文化背景知识，因为跨越民族疆界的各种文化和文学潮流已经打上了区域性或全球性的印记。在这个意义上来说，世界文学就不仅意味着"超民族的"或"翻译的"意义，还意味着共同的审美特征和深远的社会影响。由此看来，世界文学更是一个旅行的概念，在其旅行和流通的过程中，翻译扮演了重要的角色。但是在这里，翻译并不仅仅局限于两种语言之间的转换，更在于两种文化思想和话语的转换和再现。

在当今的国际比较文学界讨论世界文学问题，人们总免不了要引证莫瑞提和戴姆拉什的著述，但是这两位西方学者都有一个明显的局限：不懂任何西方世界以外的语言，也没有对东方文学做过深入的研究。应该指出的是，他们的这一局限早已有人做过弥补，那就是在国际比较文学界有着广泛影响的已故荷兰比较文学学者和汉学家杜威·佛克马。但是令人遗憾的是，人们在讨论世界文学问题时却忽视佛克马早先的著述和贡献。不可否认，佛克马专门讨论比较文学理论问题的专著并不是很多，但他的比较文学研究却有着鲜明的理论性和跨文化性，并有着扎实的经验研究作为基础，对于当今具有理论争鸣意义的论题均有着自己的独特见解。他的见解大多散见于发表在期刊或文集的论文之中，出版于1987年的《总体文学和比较文学论题》（*Issues in General and Comparative Literature*）则是他自己精选的一本专题研究论文集。这部论文集由十篇论文组成，其具体篇目如下：第一篇为《文化相对主义重新思考：比较文学与跨文化关系》（Cultural Relativism Reconsidered: Comparative Literature and Intercultural Relations），第二篇为《文学史：关于文学撰史学问题的一些评论》（Literary History: A Comment on Some Problems in Literary Historiography),第三篇为《青年艺术家的肖像,狗和猿猴:关于接受理论的一些思考》(The Portrait of the Artist as a Young Man, a Dog, and an Ape: Some Observations on Reception Theory),第四篇为《比较文学和新的范式》(Comparative Literature and the New Paradigm),第五篇为《审美经验的符号学定义和现代主义的分期代码》(A Semiotic Definition of Aesthetic Experience and the Period Code of Modernism),第六篇为《文学研究中的符码概念》(The Concept of Code in the Study of Literature),第七篇为《文学理论中成规的概念与经验研究》(The Concept of Convention in Literary Theory and Empirical Research),第八篇为《作为解决问题之工具的经典》(The Canon as an Instrument for Problem Solving),第九篇为《比较文学的教学法和反教学法》(Didactics and Anti-Didactics of Comparative Literature),第十篇为《论文学研究的可靠性》(On the Reliability of Literary Studies)。从上述这些标题就可以看出,佛克马所关注的主要理论问题大都在当今的学术界有所反响,上述这些文章中有多篇涉及世界文学问题,并与文学经典的建构和重构相关联。可惜的是这部专题研究文集是由一家不太知名的印度出版社出版的,因而远未产生应有的影响。但其学术理论价值却促使我们不得不在此对这本书中的主要观点做一评介。

这部论文集之所以以《总体文学和比较文学论题》为标题,恰恰体现了作者在这两方面的思考。所谓总体文学(general literature),主要指欧洲一些大学的非国别/民族文学研究,探讨的是一般的理论问题,类似于中国的文艺学。与那种传统的 X 加 Y 式的类比式研究迥然不同,佛克马从一开始就致力于比较文学的理论研究,因此他的研究特色体现了总体文学的风格和精神。同时,由于他的研究总是跨越国别/民族和语言界限的,因而又充满了比较的特征。他的著述开始的切入点总是提出问题,最后的归宿也是在对这些问题进行一番反思之后提出一种理论假设或建构。这种研究特色始终贯穿于他的这本文集中的各篇文章。尽管该文集所收论文主要以理论探讨为主,但仍体现了作者所受到的两种文化传统的学术训练:中国现代文学和西方文学理论。正如作者在"序"中所不无遗憾地表达的:"我曾作为一位汉学家受过训练,因此早期的部分研究是关于中国现代文学的。当然,那些文章不得不在本集中略去,但是读者可以注意到，本文集所收论文在参照现代主义和后现代主义文献时有时也参照中国的材料。"① 因此，这本书仍具有一定的体系性和跨东西方文化的比较文学研究的理论性。

作为一位受过严格的理论训练的比较文学学者，佛克马从不屑于进行那些表面的比附式研究，他认为正是那些所谓的比附式"研究"才使得比较文学的声誉受到严重的损害。他总是以提出问题为讨论的对象和核心。早在20世纪80年代后期，他就针对中国学界所热衷于谈论的"法国学派"和"美国学派"之长短的争论一针见血地指出，我们现在无需讨论什么学派问题，而是要讨论理论问题，探讨各民族文学的一些审美共性。他的著述所涉及的一些国别/民族文学文本仅作为理论探讨的材料，正是在对这些广为学界人们关注的理论问题的讨论中作者不时地提出自己的理论建构。可以说，这本文集中的各篇论文体现了作者的这一著述特色。虽然从上述论文的标题就可以看出这本文集所讨论的主要理论问题，但我们在此还是稍加归纳，梳理出作者的一些主要观点，具体体现在下列几个方面：（1）对文化相对主义的反思；（2）世界文学的新含义；（3）文学史的写作和经典的建构与重构；（4）比较文学与新范式；（5）关于文学研究的符码问题；（6）文学成规与经验研究。作者对这些问题的思考比较早，并且在各种场合均提出自己的前瞻性见解。因而即使在今天的全球化语境下，这些写于20世纪80年代的论文仍没有成为"明日黄花"。这里仅将上述前三个方面的主要观点概括如下。

（1）关于文化相对主义及其在比较文学研究中的意义。作为欧洲比较文学学者中最早关注文学经典问题的学者之一，佛克马对文学经典的构成的论述首先体现在他对西方文化思想史上由来已久的"文化相对主义"的重新阐释，这无疑为他的经典重构实践奠定了必要的理论基础。众所周知，文化相对主义最初被提出来是为了标榜欧洲文化之不同于他种文化的优越之处，后来，由于美国综合国力的不断强大，它在文化上的地位也与日俱增，有着"欧洲中心主义"特征的文化相对主义自然也就演变为"西方中心主义"，这种情况一直延续到包括中国文化在内的整个东方文

---

① Douwe Fokkema, *Issues in General and Comparative Literature*, Calcutta: Papyrus, 1987, "Preface", vii.

化的价值逐步被西方人所认识。① 在比较文学领域，佛克马是最早将文化相对主义进行改造后引入比较研究视野的西方学者之一。在理论上，他认为，"文化相对主义并非一种研究方法，更谈不上是一种理论了"，但是"承认文化的相对性与早先所声称的欧洲文明之优越性相比显然已迈出了一大步"②。显然，这种开放的眼界和广阔的胸襟决定了他在日后的研究中尤其关注包括中国文学在内的东方文学的发展。在实践上，他率先打破了国际比较文学界久已存在的"西方中心主义"传统，主张邀请中国学者加入国际比较文学协会并担任重要职务；在他主持的《用欧洲语言撰写的比较文学史》(*The Comparative History of Literature in European Languages*) 的后现代主义分卷《国际后现代主义：理论和文学实践》(*International Postmodernism: Theory and Literary Practice*, 1997) 的编写方面，他照样率先邀请中国学者参加撰写，因而使得一部用英文撰写的多卷本（世界）比较文学史第一次有了关于当代中国文学的历史描述。③ 这不能不说是比较文学学者在文学史编写方面的一个突破，而这对我们重新审视既定的经典之构成和经典的重构也不无启迪意义。

毫无疑问，经过佛克马等人的努力以及国际学术界的一系列理论争鸣，文化相对主义的内涵发生了本质的变化。在今天的语境下，它旨在说明，每个民族的文化都相对于他种文化而存在，因而每一种文化都有自己的初生期、发展期、强盛期和衰落期，没有哪种文化可以永远独占鳌头。所谓全球化时代的文化趋同性实际上是不可能实现的，全球化在文化上带来的两个相反相成的后果就是文化的趋同性和文化的多样性并存。有了这种开放的文化观念，对有着西方中心主义色彩的文学经典提出质疑乃至重构就顺理成章了。他的这一思想在 20 世纪末和 21 世纪初的一系列著述中也得到进一步的发挥。

---

① 关于文化相对主义和文化相对性的定义及其作用，Cf. Ruth Benedict, *Patterns of Culture*, London: Routledge & Kegan Paul, 1935, p. 200。

② Douwe Fokkema, *Issues in General and Comparative Literature*, Calcutta: Papyrus, 1987, p. 1.

③ Cf. Wang Ning, "The Reception of Postmodernism in China: The Case of Avant-Garde Fiction", in *International Postmodernism: Theory and Literary Practice*, Hans Bertens and Douwe Fokkema eds., Amsterdam and Philadelphia: John Benjamins Company, 1997, 499–510.

（2）关于世界文学的新含义。由于佛克马的比较文学研究从一开始就具有总体文学的视野，因而他对世界文学的关注就不足为奇了。他从考察歌德和艾克曼的谈话入手，注意到歌德所受到的中国文学的启发，因此歌德在谈话中多次参照所读过的中国传奇故事。在歌德看来，"中国人的思想、行为和情感和我们的是何其相似；而且很快地，我们也会发现我们与他们的也十分相似"。在收入这本文集的一些论文中，佛克马也涉及了世界文学问题，认为这对文学经典的构成和重构有着重要的意义。可以说，他的理论前瞻性已经为今天比较文学界对全球化现象的关注所证实。受歌德的"世界文学"概念的启发，马克思和恩格斯在1848年的《共产党宣言》中指出，始于1492年哥伦布发现美洲新大陆时资本的运作和向海外的扩张，从那时起，全球化就已经开始了，而在文化方面，这一过程也许开始得更早。虽然在《共产党宣言》中，马克思主义创始人并未明确指明，而且在那时也不可能指明经济全球化可能带来的文化上的趋同现象，但是，他们却隐隐约约地向我们指出，全球化绝不是一个孤立的只存在于经济和金融领域里的现象，它在其他领域中也有所反映，比如说在文化上也有所反映。各民族文化之间的相互交流和渗透，使得原有的封闭和单一的国别/民族文学研究越来越不可能，于是世界文学就应运而生了。进入21世纪以来，已有更多的西方学者对世界文学进行了专门论述，可见佛克马的理论前瞻性再次得到了印证。

（3）讨论世界文学问题，必然涉及文学经典的建构和重构，对此佛克马也有着自己的独特见解。我们都知道，经典原先在希腊语中并非只有今天的明确含义。按照美国比较文学学者约翰·吉勒理（John Guillory）的解释，"'经典'从古希腊词 kanon 衍生而来，其意义是'芦苇秆'（reed）或'钓竿'（rod），用作测量工具。后来，kanon 这个词逐渐发展成为其衍生义'尺度'（rule）或'法则'（law）。这个对文学批评家有着重要意义的词首先出现于公元4世纪，当时 canon 被用来指一组文本或作者，尤其指早期的基督教神学家的圣经一类书籍。"[①] 也就是说，经典一开始出现时，其宗教意义是十分明显的，发展到后来才逐步带有了更加

---

① Cf. John Guilory, "Canon", in Frank Lentricchia et al., eds., *Critical Terms for Literary Study*. 2nd ed. Chicago and London: University of Chicago Press, 1995, 233.

世俗的文化和文学方面的意义，而在今天，后两者的意义甚至比前者的用途和含义更广，因而更容易引发我们的理论思考和争鸣。在今天的全球化语境下，我们所讨论的大多是文学经典的形成和重构问题。在这方面，西方的比较文学和文学理论学者已经做过许多界定和论述。早在20世纪80年代后期，佛克马就涉足了经典的建构与重构问题，他提请人们注意接受美学对经典的形成所做出的历史性贡献。此外，由于经典的形成往往有着跨文化和跨语言的因素，也即一个民族文学中的非经典文本通过翻译的中介有可能成为另一个民族的文学中的经典。因而对经典问题的讨论必然也引起了比较文学学者的兴趣。比较文学学者首先关注的问题是究竟什么是经典？经典应包括哪些作品？经典作品是如何形成的？经典形成的背后是怎样一种权力关系？当经典遇到挑战后又应当做何种调整？等等。这些均是比较文学学者以及其后的文化研究学者们必须回答的问题。

正如佛克马所注意到的，当我们谈到世界文学时，我们通常采取两种不同的态度：文化相对主义和文化普遍主义。他从考察歌德和艾克曼的谈话入手，注意到歌德所受到的中国文学的启发，因为歌德在谈话中多次提及所读过的中国传奇故事。在这本论文集的一些论文中，佛克马也多处论及了世界文学问题，认为这对文学经典的构成和重构有着重要的意义。[①]虽然"世界文学"的不同文选编辑者们经常用这一术语来指向一个大致限于欧洲的文学经典的市场，但在最近的三十年里却产生了一种大大扩展了的文学兴趣和价值。因此，在佛克马看来，在讨论世界文学时，往往会涉及"普遍主义与文化相对主义之间的困难关系"[②]。同样，在面对文化全球化的加速发展时，我们往往只会看到其趋同的倾向而忽视其多样性，实际上后一种趋向在文化全球化的过程中已经变得越来越明显。这样，我们不妨采用一种文化相对主义的态度来对待世界各国的文化和文学，因为在我们看来，这样一种世界文学正是通过不同的语言来表达的，因此世界文学也应该是一个复数的形式。

---

① Cf. Douwe Fokkema, *Issues in General and Comparative Literature*, Calcutta, 1987, 尤其是这几篇文章："Cultural Relativism Reconsidered: Comparative Literature and Intercultural Relations" (1 – 23) and "The Concept of Code in the Study of Literature" (118 – 136)。

② Douwe Fokkema, "World Literature", in *Encyclopedia of Globalization*, edited by Roland Robertson and Jan Aart Scholte, New York and London: Routledge, 2007, p. 1291.

虽然佛克马早于莫瑞提和戴姆拉什涉及世界文学问题，但是当时的全球化进程尚未达到后来的那种广阔的辐射面，再加之他在讨论世界文学时只是将其当作比较文学和文学理论诸问题之一进行讨论的，并未像后来的那两位学者那样专攻世界文学问题，并对世界文学概念提出全新的界定和描述，因而后来参加世界文学讨论的学者也就逐渐忘记了佛克马早期的那些努力。但毫无疑问，所有上面提及的这三位西方学者都对世界文学的建构和重构做出了卓越的贡献，使其成为当今国际文学理论和比较文学界的一个前沿理论话题，因而也都值得我们做更进一步的深入探讨。但是本章限于篇幅，只能把着重点放在翻译对世界文学建构和重构的作用上。

第二节　重新界定翻译：跨文化的视角

既然我们从世界文学的视角来讨论翻译问题，就应该超越语言中心主义的思维方式，将翻译当作两种文化之间的协调性力量，而不仅仅是两种语言之间的转换。当然，这就涉及翻译的基本定义，只有从其根基颠覆语言中心主义的思维模式才能对世界文学视野下的翻译做出新的界定。但是讨论翻译的定义问题，我们还是免不了从雅各布森的语言学翻译定义开始，按照他从语言学角度所下的定义或所做的描述，翻译可以在三个层面得到理论的界定：（1）语内翻译（intralingual translation），（2）语际翻译（interlingual translation），（3）语符翻译或符际翻译（intersemiotic translation）。[1] 由于雅各布森认为语际翻译才是真正的翻译，因而人们一直认为，翻译在很大程度上就是两种语言之间的相互转换，并无甚理论可言。这是一种翻译中的语言中心主义思维模式在作祟。不突破这种既定的思维模式，从世界文学的视角来重新界定翻译就无从谈起。

实际上，随着现代翻译学的崛起以及接踵而来的翻译研究的"文化转向"，人们已经越来越感到，仅仅从语言的层面来定义翻译显然是远远不够的，因为它在某种程度上将翻译禁闭在语言的囚笼中；从学科的划分

---

[1] Roman Jakobson, "On Linguistic Aspects of Translation", in Rainer Schulte and John Biguenet ed., *Theories of Translation: An anthology of Essays from Dryden to Derrida*, Chicago and London: The University of Chicago Press, 1992, pp. 144–151.

来看，它长期以来被置于外国语言学及应用语言学二级学科之下，仅作为一个相当于三级学科的研究领域或方向，很少与人文社会科学的其他相关学科对话甚至联系。而一个不可忽视的悖论恰恰在于，翻译研究本身并没有自己理论，它几乎完全从其他学科引进或借鉴理论，然后加以改造后用于翻译现象的研究。由于文学研究生产出大量的理论，因而对翻译，尤其是对文学和文化翻译的研究便有了一种比较文学和跨文化的视角，这也就是我们经常提到的翻译研究的"文化转向"。[①] 但是这种翻译研究的"文化转向"并没有自然而然地使翻译走出传统的"语言中心主义"的窠臼。因而人们不禁要问，面对各种社会和文化变革，翻译所能起到的作用仍然仅仅在语言层面上吗？

要回答这个问题，就要从我们所处的时代氛围和大环境来看。近年来，高科技、网络以及人工智能的飞速发展使得人们的阅读习惯发生了极大的变化，尤其是当代青年已经不那么习惯于沉静在图书馆里尽情地享受阅读的乐趣。他们更习惯于在手机、平板电脑上下载网上的各种图像来阅读和欣赏。有鉴于此，一些恪守传统阅读习惯的老知识分子不禁慨叹：万众读书的时代已经过去，一个"读图的时代"已经来临了。这虽然不是整个社会的状况，但至少向我们提出了这样的警示：既然传统的阅读习惯已经发生了变化，（书本）语言中心主义还那么坚不可摧吗？如果不是的话，我们如何面对这一变化？翻译作为一种跨语言和跨文化的阅读和阐释方式，是否也会发生相应的变化？对此，我们应该对翻译做出新的界定。在国际同行的已有研究之基础上，我们不妨从下面七个方面来重新界定翻译：

> 作为一种同一语言内从古代形式向现代形式的转换；
> 作为一种跨越语言界限的两种文字文本的转换；
> 作为一种由符码到文字的破译和解释；
> 作为一种跨语言、跨文化的图像阐释；
> 作为一种跨越语言界限的形象与语言的转换；
> 作为一种由阅读的文字文本到演出的影视戏剧脚本的改编和再创作；

[①] 关于翻译研究的"文化转向"，参阅王宁的专著《翻译研究的文化转向》，清华大学出版社 2009 年版。

作为一种以语言为主要媒介的跨媒介阐释。

当然，其他学者也可以从其他方面做出更多方面的界定，但至少从上述的多元视角得出的定义已经走出了"语言中心主义"的翻译模式，进入到了符号、图像、媒介以及文化的界面。我们这里着重从当今图像时代语言文字功能日益萎缩的角度来讨论作为一种跨语言、跨文化的图像阐释的翻译形式。因为这种形式的翻译几乎是我们每个人每天都面对的现实。作为翻译研究者，我们理应给出我们的解释。

既然我们现在接触的很多图像和文字并非用中文表述的，这就涉及跨语言和跨文化翻译的问题。若从翻译这个词本身的历史及现代形态来考察，我们便不难发现，它的传统含义也随之发生了很大的变化，它不仅包括各种密码的释读和破译，而且也包括文学和戏剧作品的改编，甚至在国际政治学界的关于国家形象的建构，都可被纳入广义的"隐喻式"翻译的框架内来考察。当然，有学者会说，这并不属于翻译的本体。那么究竟什么是翻译的本体呢？我们是不是还得将自己禁锢在语言的囚笼中才算是执着于翻译的本体呢？

显然，在当今这个"读图的时代"仍然拘泥于雅各布森五十多年前提出的"语言中心主义"的翻译定义是远远不够的。因此我们仍然要从质疑雅各布森的翻译三要素开始，着重讨论当代翻译的一种形式：图像的翻译和转换。我们认为，翻译以及翻译研究经过"文化的转向"已经彻底打破了传统的"语言中心主义"的思维定式，这既是对传统的翻译领地的拓展和翻译地位的提升，同时也有助于促使翻译研究成为人文社会科学的一门独立的分支学科。经过"文化转向"之后，翻译的功能再次发生了质的变化，如果说"文化转向"依然与语言不可分割的话，那么在当今这个全球化的时代翻译则发生了介质的变化，它与视觉文化的建构紧密关联，并形成一种视觉文化现象。目前讨论视觉文化现象，已经成为近几年文学理论和文化研究界的一个热门话题。这应该是翻译领域拓展的一个新的增长点。毫无疑问，面对这一不可抗拒的潮流的冲击，传统的拘泥于文字的翻译多少也应逐步将其焦点转向图像的翻译了。

鉴于翻译在当今时代发生的变化，我们认为，我们从事翻译工作的学者，面临这样两个问题：如果当代文学艺术批评中确实存在这样一种

"图像的转向"的话，它与先前的文字创作和批评又有何区别？另外，我们如何将一些用图像来表达的"文本"翻译成语言文字的文本？如果说，将同一种语言描述的图像译成文字文本仍属于语内翻译的话，那么将另一种文字描述的图像文本译成中文，那就显然属于语际和符际的翻译了。这样一来，翻译的领地便扩大了，对翻译者的知识储备和技能又有了新的要求。如果将后现代性仅用于文学艺术批评的话，那我们不妨将其当作一种超越时空界限的阐释代码，因为由此视角出发，我们便可以解释不同时期和不同文化背景下的文学艺术现象，而在一个跨越语言和文化界限的层面上阐释这些现象实际上就是一种翻译。

那么，上述翻译所发生的变化给我们的文学研究以何种启示呢？我们认为，它的启示就在于：翻译者在当今时代所发挥的作用不仅仅是所谓的被动地"忠实"于原作，而更是一种能动地对原作的"再创造"（recreation）和"再表现"（representation）。他所赖以出发的原点就是图像和对图像加以解释的文字描述。我们都知道，后现代主义在很大程度上是对现代主义的部分性继承和更大的反叛。同样，后现代主义的文学艺术文本往往留给读者巨大的阅读和阐释空间，因而赋予他们进行创造性阐释和能动性建构的权利。在翻译史上，任何能够载入史册的具有主体能动性和独特翻译风格的译者都不是原文的被动忠实译者，而是基于原文、高于原文的再创造者。这一点尤其见于诗歌的翻译和一些实验性很强的文学文本或"超文本"的翻译。本雅明的一个重要观点就是，译者通过自己的独具一格的翻译使原文具有了"持续的生命"和"来世生命"。[①] 他的这种观点可以从中国的语境中的这一事实中见出：今天的法国读者大都认为，由于傅雷的翻译，巴尔扎克在中国的读者中有了大大超过在法国的那种广泛的影响和知名度。当代翻译家许渊冲则走得更远，在他看来，翻译应与原文竞赛，进而最终超过原文。所有这些难道仍是一种被动的"忠实"吗？

显然，在图像翻译领域，译者的阐释作用更为重要，但也不能离开原文滥加发挥。后现代意义上的译者既是文本的读者同时又是其阐释者，他

---

① Walter Benjamin, "The Task of the Translator", in *Theories of Translation: An Anthology of Essays from Dryden to Derrida*, edited by Rainer Schulte and John Biguenet, Chicago and London: The University of Chicago Press, 1992, pp. 72 – 73.

们往往从多元的视角对文本进行阐释,以发掘出文本中所可能蕴含的不同意义,然后再通过另一语言的中介建构出源于原文又不完全等同于原文的译文。我们认为这应该是我们从事任何蕴含丰富的文字和图像文本所应达到的目的,同时也应该是今后相当长的时间内翻译研究者所必须关注和研究的对象。总之,我们对翻译的重新界定绝不是为了全然摒弃已有的定义,而是对它的扬弃和完善。既然(文学)翻译本身就是一个未完成的过程,对翻译的任何界定都是必须的,它的最终目的是使这门学科领域更加完备。另一方面,对翻译的重新界定也有助于我们理解翻译在世界文学建构和重构中的重要作用:没有翻译就实现不了交流的目的;同样,没有翻译,就没有世界文学经典的形成,也更谈不上世界文学的时代了。因此我们对翻译的重新界定实际上为我们在下一部分讨论超越"逐字逐句"模式的翻译铺平了道路。

第三节 超越逐字逐句的翻译

讨论翻译的作用及其文本的可译性历来是翻译理论家和研究者们争论不休的一个重要课题,他们一般分别从语言学的层面和文化的层面来研究翻译。虽然比较文学学者也对翻译予以了相当的重视,但比较文学学者更为注重一国文学通过翻译而在另一个国家的传播和接受。最近出现的一个趋向就是研究世界文学的学者们也开始重视翻译对于世界文学经典重构的重要作用。这在戴姆拉什等人的著作中尤为明显。诚然,在讨论翻译对文学作品在外国语言中的走红和经典化的作用时,我们必须首先想到本雅明的贡献,他在讨论(文学)翻译者的任务时,曾十分中肯地指出:"因为译作往往比原作迟到,又由于重要的世界文学作品在其诞生之时都没有发现适当的译者,因此它们的翻译就标志着它们的生命得以持续的阶段。艺术作品中的生命和来世生命的看法应该以不带任何隐喻的客观性来看待。"[①] 在本雅明看来,翻译绝不仅仅止于语言上的相互转换,或者说逐

---

① Walter Benjamin, "The Task of the Translator", in *Theories of Translation: An Anthology of Essays from Dryden to Derrida*, edited by Rainer Schulte and John Biguenet, Chicago and London: The University of Chicago Press, 1992, p. 73.

字逐句的翻译。翻译还有着另一些功能,它可以帮助一部文学作品成为具有国际性和世界性意义的不朽之作。因此按照本雅明的看法,正是翻译才赋予文学作品以"持续的"生命或一种"来世生命"。

确实,当我们决定翻译一部我们自认为具有超民族性或国际性意义的作品时,我们必须预测这部作品原作的内在"可译性"(translatability)以及潜在的市场价值。如果一部作品在另一种语言中具有"持续的"生命的话,它就具有了一种可译性,这就能够确保这部作品被翻译成另一种语言后有所获。在这个意义上,本雅明指出:

> 可译性是某些作品的本质特征,但这并不是说对于正在被翻译的作品本身是本质的。它意味着内在于原作中的某种特定的含义在可译性中得以自我展示。显然,任何译作不管多么优秀,较之原作都不具有任何意义。然而,它确实由于原作本身的可译性而接近原作;事实上,这种关联更加紧密,因为它不再对原作具有重要的意义。我们可以将它叫作一种自然的关联,或更具体地说,一种至关重要的关联。正如生命的各种形式与生命现象本身紧密关联而对生命并没有什么意义一样,译作虽来源于原作,但它与其说来自原作的生命,倒不如说来自其来世的生命。因为译作往往比原作迟到,又由于重要的世界文学作品在其诞生之时都没有发现适当的译者,因此它们的翻译就标志着它们的生命得以持续的阶段。艺术作品中的生命和来世生命的看法应该得到不带任何隐喻的客观性的看待。①

显然,在本雅明看来,译者绝不只是原作的被动的接受者,而更应是原作的能动的阐释者和创造性再现者。确实,一旦一部作品已经发表或出版,它就不再仅仅属于原作者,而且原作者甚至都无法对其可能的"持续"生命和来世生命产生任何影响。因为它的意义只能够被它的同时代或后代的不同读者/阐释者发掘出来。这样看来,译者就同时扮演了三种

---

① Walter Benjamin, "The Task of the Translator", in *Theories of Translation: An Anthology of Essays from Dryden to Derrida*, edited by Rainer Schulte and John Biguenet, Chicago and London: The University of Chicago Press, 1992, pp. 72-73.

不同的角色：价值判断者，他可以确定他试图翻译的这部作品是否值得或是否会有潜在的市场或是否具有可译性；趋向原作品的一位仔细的读者，因为优秀的译作一定是译者与原作者配合默契而共同完成的产品；试图完成原作者未竟事业的能动阐释者和创造性再现者，尤其是在文学翻译中，译者自身的文学修养和语言再现技能往往能决定他的译作是否能够获得成功。因此在这个意义上，译者的作用应当被看作与原作者具有同等的价值和地位。

除去上述种种作用外，译者的作用也许还体现于这样一个事实：一部译作的好坏将直接决定原作是否将在另一种语言和文化背景中获得"持续的"生命或来世生命。根据当今中国的翻译现状，我们不难看出，在译者与原作者之间的关系存在着下列三种情形：（1）译者的水平高于原作者；（2）译者的水平与原作者相当；（3）译者的水平低于原作者。显然，在第一种情况下，译者最有可能对原作进行过多的干预和创造性改写，就像19世纪末20世纪初的中国翻译家林纾所做的那样。如我们在绪论中所述，林纾虽不通任何外文，但其古文功底扎实，在和懂外文者合作翻译作品时，总是把任何一种文体的作品都纳入他的古汉语的强势之下，最终所有的译文，不管其原作出自何人之手，统统带有了鲜明而强烈的林纾风格。所以在那些注重语言转换作用的翻译研究者那里，林纾的译文质量总是受到怀疑：不仅文字上的误译和任意添加的成分比比皆是，而且所有原作者的风格都被他本人的语言风格统一了。上述第二种情况其实是最为理想的境地，因为这样一来，译者可以与原作者配合默契，共同完成对作品的理解，在翻译的过程中，译者不仅将原作的字里行间甚至文字背后的隐含意义转达出来，而且还能再现原作者的风格。这尤其体现在20世纪50—60年代中国的翻译家傅雷对巴尔扎克作品的翻译中，经过傅雷翻译的中介，巴尔扎克成了中国最有名的法国文学经典作家。而与其地位相当甚至在法国文学史上地位略高于巴尔扎克的雨果则没有这个运气，因而他至少在中国的地位和知名度远不如巴尔扎克。这当然与傅雷的翻译风格有关。第三种情况在当今的中国翻译界十分普遍，由于翻译高手的短缺，一大批初出茅庐的新手仅仅粗通外文就匆匆上阵，他们十分胆大，仅借助于一两本词典就敢于翻译世界文学和人文学术著作，因而生产出大量粗制滥造的翻译作品，更有甚者，他们还染指文学名著和重要学术著作的翻译。这也就是不少外国文学及其理论著作的中译本不堪卒读甚至令人费解的原因所在。

由此可见，译者的作用远比仅作为信息的忠实传达者更为重要。优秀的译者完全可以使原本的佳作更为出色，乃至成为目的语中的经典，而拙劣的译者则不仅会把一部原本优秀的作品损坏，进而有可能使这部佳作在目的语中失去原来的经典地位。这种例子在中国和西方文学中不胜枚举。作为解构翻译理论的先驱者，本雅明的那篇讨论译者任务的短文影响了当今整个一代翻译理论家或文学研究者：保罗·德曼（Paul de Man）不仅在很大程度上赞同他的看法，后来还发展了他的一些观点。① 在解构主义大师德里达看来，翻译是既"必不可少同时又不可能做好的"（inevitable and impossible），但是只要译者去努力实践，最终还是有可能达到"确当的"（relevant）翻译之境地的。德里达总结道，"简而言之，一种确当的翻译就是'好的'翻译，也即一种人们所期待的那种翻译，总之，一种履行了其职责、偿还了自己的债务、完成了自己的任务或尽了自己义务的翻译，同时也在接受者的语言中为原文铭刻上了比较准确的对应词，所使用的语言是最正确的、最贴切的、最中肯的、最恰到好处的、最适宜的、最直截了当的、最无歧义的、最地道的，等等"。② 虽然德里达的翻译理论并不被认为能够直接指导翻译实践，但至少为译者的继续探索开辟了可能的空间，同时也为后代译者重译优秀的原作提供了合法性和必要的理论依据。因为在他和另一些解构主义者看来，你不可能说你已经掌握了真理（忠实），你只能说你所做到的只是更接近了真理（原作）。因此，翻译始终是一个未完成的过程，它需要一代又一代的译者去共同努力完成。在勒弗菲尔（André Lefevere）看来，翻译是一种"改写"（rewriting），它甚至能操纵原作及其作者的名声。③ 由此可见，对翻译的这种作用我们决不可小视。

---

① Cf. Paul de Man, "'Conclusions': Walter Benjamin's 'The task of the translator'", in *The Resistance to Theory*, Minneapolis: University of Minnesota Press, 1986, pp. 73 – 105.

② Jacques Derrida, "What is a 'Relevant' Translation?" *Critical Inquiry*, Vol. 27, No. 2, p. 177.

③ André Lefevere, *Translation, Rewriting and the Manipulation of Literary Fame*, London and New York: Routledge, 1992, p. 9.

也许在20世纪能够真正操控作者及其作品的最有力量的机构性权威当推诺贝尔文学奖，因为它完全可以使一个不甚有名的作家在短时间内成为蜚声世界的大作家，他的作品也随之被"经典化"。但经过多年来的实践，人们发现，诺贝尔文学奖的权威性已经不断受到挑战，它所被人们公认的"普适性"权威正在逐渐萎缩。人们可以从世界文学的角度发问，在已经获得这一奖项的一百多位作家中，有多少人的作品今天仍属于世界文学经典？正如瑞典文学院前终身秘书贺拉斯·恩格达尔（Horace Engdahl）所坦然承认的那样，尽管人们总认为诺贝尔文学奖掌握着文学经典化的权力，但实际上，"诺贝尔文学奖基本上依赖于由施莱格尔兄弟形成的西方文学的概念"①。而关于它是否拥有经典化的权力，他接着指出，"经典性是一种力量的作用，它是不可控制的，而且也不会形成一个封闭的可识别的系统。文化权威只是这些力量中的一个方面，也许都不是最强有力的力量。这一百多年来诺贝尔奖金所积累下来的象征性权力显然还不足以使一位作者成为经典作家，虽然能够足以唤起后代人对他的兴趣。"②如果他是出于谦虚而贬低了诺贝尔文学奖在使一部作品经典化方面的权力的话，那至少其最后一句话是千真万确的：获得诺贝尔文学奖将至少能使该作者一度获得很大的世界性声誉，同时他的作品也随之畅销并有可能成为世界文学的一部分。而他本人及其作品也将得到后代的批评家和学者研究。③在这方面，翻译无疑起到了十分重要的作用：在中文的语境下，高行健所据以获奖的作品《灵山》十分幸运地遇到了优秀的英文翻译者和汉学家陈顺妍（Mabel Lee），而他的不少中国同行却无缘遇到这样的译者，因而他们只好忍受继续被"边缘化"的境遇。同样，2012年诺奖得主莫言也是如此，试想，如果没有汉学家葛浩文和陈安娜分别将他的主要

---

① Horace Engdahl, "Canonization and World Literature: The Nobel Experience", in *World Literature, World Culture*, edited by Karen-Margrethe Simonsen and Jakob Stougaard-Nielsen, Aarhus: Aarhus University Press, 2008, p. 204.

② Horace Engdahl, "Canonization and World Literature: The Nobel Experience", in *World Literature, World Culture*, edited by Karen-Margrethe Simonsen and Jakob Stougaard-Nielsen, Aarhus: Aarhus University Press, 2008, p. 210.

③ 确实，这种情况在当今的中国尤为明显。许多出版社对出版诺贝尔文学奖获奖作家的作品表现出极大的兴趣，他们甚至能够在短时间内组织人力赶译出获奖作家的代表作以便获得较大的经济效益和社会效益。

作品译成优美的英文和瑞典文的话，莫言的获奖至少会延后十年左右甚至更久。这样的例子在20世纪的世界文学史上并不少见，可见翻译的作用是多么重要。中国当代作家中并不乏与莫言同样优秀的作家，所以说莫言确实是十分幸运的，葛浩文的翻译不仅在相当程度上用英语重新讲述了莫言的故事，而且还提升了原作的语言水平，使其具有美感而能打动读者。不看到这一点我们就不能实事求是地评价文学翻译的巨大跨文化认知作用和传播功能。

当年瑞典文学院宣布将2012年度的诺贝尔文学奖授予中国作家莫言的理由是，他的作品"将梦幻现实主义与历史的和当代的民间故事融为一体"，取得了别人难以替代的成就。按照时任文学院常任秘书彼得·昂格伦德的看法，莫言"具有这样一种独具一格的写作方式，以至于你读半页莫言的作品就会立即识别出：这就是他"。这确实是很高的评价，虽然其中不免带有一点夸张之意。但是人们不禁要问，昂格伦德究竟是读了莫言的原著，还是葛浩文的英译本或陈安娜的瑞典文译本？显然是后二者，因为我们都知道，在瑞典文学院的十八位前任院士中，懂中文者只有马悦然，但是马悦然并没有说过此话。可见成功的翻译已经达到了有助于文学作品"经典化"的境地，这也正是文学翻译所应该达到的"再创造"的高级境地。毫无疑问，莫言获得诺贝尔文学奖一事在国内外文学界和文化界产生了很大的反响，绝大多数中国作家和广大读者都认为这是中国文学真正得到国际权威机构承认的一个令人可喜的开始。实际上，莫言的获奖绝非偶然，早在20世纪90年代初，葛浩文就开始了莫言作品的翻译，并于1993年出版了第一部译著《红高粱》（*Red Sorghum*），而那时莫言刚刚在国内文坛崭露头角，其文学成就也并未得到国内权威文学机构的充分认可。但西方的一些卓有远见的文学批评家和学者就已经发现，他是一位有着巨大的潜力的优秀作家。佛克马十年后从比较的视角解读了莫言的作品，在他发表于2008年的一篇讨论中国后现代主义小说的论文中，探讨了中国的一些代表性作家，而莫言就是他讨论的第一人。[①] 这大概也并非偶然。

确实，莫言从其文学生涯的一开始就有着广阔的世界文学视野。他不

---

① Cf. Douwe Fokkema, "Chinese Postmodernist Fiction", *Modern Language Quarterly*, Vol. 69, No. 1 (2008), pp. 141 – 165.

仅为自己的故乡高密县的乡亲或中国的读者而写作，而更是为全世界的读者而写作，这样他的作品在创作之初就已经带有了某种程度的"可译性"，因为他所探讨的是整个人类所共同面对并关注的问题。在他所读过的所有西方作家中，他最为崇拜的就是现代主义作家威廉·福克纳和后现代主义作家加西亚·马尔克斯，他毫不隐讳地承认自己的创作受到这两位文学大师的启迪和影响。确实，正如福克纳的作品专门描写美国南部拉法叶县的一个小城镇上的故事，莫言也将自己的许多作品聚焦于他的故乡山东省高密县。同样，像马尔克斯一样，莫言在他的许多作品中创造出一种荒诞的甚至近乎"梦幻的"氛围，在这之中神秘的和现实的因素交织一体，暴力和死亡显露出令人不可思议的怪诞。在很大程度上，正是由于他的精湛的叙事技艺，莫言成为中国当代作家中极少数有着广泛国际声誉和众多读者的作家之一，几乎他的所有重要作品都被译成了英文、法文、德文、西班牙文等主要的世界性语言，同时也译成瑞典文。而且还有一些讨论其作品的批评性论文也发表在国际文学和学术期刊上。这在中国当代作家中是十分罕见的。这再一次证明，翻译不仅具有转换的作用，更具有认知和传播的作用，优秀的翻译可以使本来写得很好的文学作品变得更好，并加速它的经典化进程，而拙劣的翻译有可能破坏本来很好的作品的形式，使之继续在另一种语境下处于"死亡"的状态。正是在这个意义上，我们说优秀的译作应该与原作具有同等的价值，而优秀的译者也应该像优秀的作者一样得到同样的尊重。由此，我们不妨对这样一个现象进行思考，假如莫言的作品不是由葛浩文和陈安娜这样优秀的翻译家来翻译的话，莫言能否获得2012年度的诺贝尔文学奖？答案应该是否定的，尽管我们可以说，他们若不翻译莫言作品的话，别的译者照样可以来翻译，但是据我们所知，像上述这两位译者如此热爱文学并且视文学为生命的汉学家在当今世界确实屈指可数。

因此，我们不可能指望所有的文学翻译家都娴熟地掌握中文，并心甘情愿地将大量的时间和精力放在将中国文学译成主要的世界性语言上。就这一点而言，我们应该果断地转移当下中国翻译界的重点：从外译中转向中译外，也即致力于将中国文化和文学的优秀作品译成世界上的主要语言，尤其是英语。但尽管如此，将优秀的外国文学作品译成中文在今后的相当长一段时期仍然是必要的，只是重点应该有所转移。这样才能更加有利于中国文化和文学真正有效地走向世界,加速中国文学和人文学科研究国际化的进程。另一方面,我们也不能忽视在海外推广和普及汉语的重要性,尽管对于外国人来说,掌握汉语要比中国人掌握英语难得多。如果我们加强与我们的国际同行的合作,我们就肯定能成功地提升汉语作为仅次于英语的世界第二大语言的地位。但是这又离不开翻译的中介,没有翻译的参与或干预我们是无法完成这一历史使命的,因为翻译能够帮助我们在当今时代和不远的未来对世界文化进行重新定位。在这方面,正是葛浩文和陈安娜这样的优秀翻译家和汉学家的精彩翻译才使得莫言的作品在域外有了"持续的生命"和"来世生命"。

文学翻译的情况确实如此,而理论的翻译又如何呢?我们在绪论中所提及的后殖民理论家赛义德的"旅行中的理论"之概念就完全可以说明一种理论及其理论家在另一语境中的地位和影响。当今世界有着广泛影响的一些人文学者或理论家就得益于翻译和跨文化阐释的推介:解构主义者德里达在世界上的巨大声誉和影响在很大程度上取决于他的重要著作的英文翻译,因为正是通过翻译的中介他才有可能成为一位享誉世界的人物。而他的一些法国同行虽然在本国的地位和他不相上下,但终因缺乏英文翻译和美国学术界的推介而未能走向世界。

众所周知,德里达的解构主义在美国的传播和接受在很大程度上得益于三位学者的努力:加亚特里·斯皮瓦克、乔纳森·卡勒和希利斯·米勒。斯皮瓦克的功绩在于她以一种近似理论阐释式的翻译方法再现了德里达的重要著作《论文字学》的精神,从而使得那些看不懂德里达的法文原著的读者通过查阅她的英译文就能对德里达的晦涩内容有所理解。卡勒则是英语文论界对德里达的思想理解最为透彻并阐释最为恰当的美国文论家,但是卡勒的阐释已经超出了翻译的界限,加进了诸多理论发挥的成分,因此只能算作是一种广义的文化翻译或转述。而米勒作为一位解构批评家,他的贡献主要在于创造性地运用解构的方法,并糅进了现象学的一些理论,将解构的阅读和批评方法发展到了炉火纯青的地步。而他也运用自己在美国学界的影响力使德里达确立了在英语文学理论界的学术地位。从文化的角度来看,英语和法语虽然不属于同一语支,但是都是出自欧洲文化语境中的语言,因而跨文化的成分并不是很多。而从翻译的角度来看,斯皮瓦克的翻译属于地地道道的语际翻译,因为她始终有一个原文作为模本，即使她对德里达的理论进行了某种程度的阐释和发挥，也仍未摆脱"戴着镣铐跳舞"的阐释模式，其发挥的空间是有限的，因而可以称作有限的阐释，或一种文化阐释式的翻译。而卡勒在阐释德里达的解构理论时，则没有一个明确的模本，他往往大量地参照德里达的一系列著作，并从整体上把握德里达的学术思想和理论精髓，然后用自己的话语加以表达。所以他的这种阐释带有鲜明的"卡勒式"的解构主义阐释的成分，理论阐释和叙述的成分大大地多于翻译的成分。因而若从翻译的角度来看，他的阐释并非那种有限的阐释，而是一种"过度的阐释"，所产生的结果是带来了一个"新的开始"，也即使得德里达的解构主义在英语世界获得了更大的影响力和更为广泛的传播。米勒等耶鲁批评家对解构主义的推介和创造性运用使得解构主义在美国成为独树一帜的批评流派，而德里达的直接参与更是使得这一理论在美国获得了持续的影响。这也正是德里达的理论在英语世界的影响力大大超过其在法语世界的影响力的原因。

既然我们认识到了英文翻译的重要性，那么我们中国的翻译家在将中国文学译介到全世界进而为重绘世界文学的地图提出中国的智慧和方案时将采取何种积极的对策呢？关于这一点，我们将在下一节进行讨论。

第四节　全球化语境下的中国文学翻译

如果我们承认，全球化已经或多或少地影响了民族/国别文学的研究，那么与其相反的是，它也从另一个方面促进了比较文学和世界文学的教学和研究：它使得传统的精英文学研究大大地扩展了自己的研究领域，同时使得比较文学与文化研究和世界文学相融合。只是一些学者已经把文学研究的范围大大地拓展了，使其进入了文化研究的领地。如果我们仍然过分地强调早已过时的形式主义—结构主义的原则而拘泥于文学形式分析的话，我们就很可能忽视文学现象的文化意义。也就是说，我们完全有可能将文学研究放在一个广阔的文化研究的大语境下来考察，这样我们就能超越文学自身。

辩证地来说，全球化给中国的文学和文化研究带来了两方面的影响：它的积极方面在于，它使得文化和知识生产更接近于市场经济机制的制约而非过去的社会主义计划经济的管束。但是另一方面，它也使得精英文化生产变得越来越困难，甚至加大了精英文化与大众文化之间的鸿沟。在当今时代，形式主义取向的文学理论已经为更为包容的文化理论所取代。任何一种产生自西方语境的理论要想成为普世性的或全球性的理论，那就必须要能够被用于解释非西方的文学和文化现象。同样，任何一种产生自非西方语境的理论要想从边缘走向中心进而产生世界性的影响，那就不得不首先被西方学界"发现"并翻译到英语世界。中国的文学翻译目前也处于这样一种情况。

如果从今天的角度来重新审视"五四运动"前后的大规模翻译运动带来的积极的和消极的后果，我们完全可以得出这样一个结论：在把西方各种文化理论思潮引进中国的同时，"五四"作家和知识分子忽视了文化翻译的另外一极：即将中国文化和文学介绍给外部世界。同样，在砸烂"孔家店"的同时，他们也把儒学中的一些积极因素破坏了，这也预示了中国当代出现的"信仰的危机"。① 对此我们确实应该深刻地检讨"五四运动"之于今天的意义。在中国语境下的文化全球化实践绝非要使中国文化殖民化，其目的恰恰相反，要为中国文化和文学在全世界的传播推波助澜。因此在这一方面，弘扬一种超民族主义和世界主义精神确实符合我们的文学和文化研究者将中国文化推介到国外的目的。正是在这样一种世界主义的大氛围下，世界文学再度引起了学者们的兴趣。②

我们认为，不管我们从事文学研究还是文化研究，我们都离不开语言的中介。但是在形成中国现代文学经典的过程中，翻译所起的作用更多的是体现在文化上、政治上和实用主义的目标上，而非仅仅是语言和形式的层面上。毫无疑问，全球化对文化的影响尤其体现于对世界语言体系的重新绘图。在这方面，英语和汉语作为当今世界的两大语言，最为受益于文化全球化的进程。而汉语目前在全世界的普及和推广无疑改变了既定的世界文化格局和世界语言体系的版图。③ 同样，对中国现代性的建构也消解

---

① 关于全球化语境下儒学的重建，参阅王宁《"全球本土化"语境下的后现代性、后殖民性与新儒学重建》，《南京大学学报》（社会科学版）2008年第1期，第68—77页。
② 尤其应该指出的是，由于哈佛大学和耶鲁大学的领衔作用，世界文学的教学也进入了一些西方大学的课堂，尽管目前在很大程度上仍依赖翻译的中介。
③ 杜维明在2008年的中国比较文学学会年会上的主旨发言中对他早先所鼓吹的"文化中国"的范围又做了新的扩大和调整，他认为有三种力量：（1）中国大陆、中国香港、中国澳门和中国台湾的华人；（2）流散海外的华裔侨胞；（3）研究中国文化的外国人。我们也可以据此提出一个"汉语中国"的概念，详细的讨论将在另外的场合展开。

了带有西方中心印记的"单一的现代性"的神话。全球化的到来更是导致民族/国家的疆界以及语言文化的疆界变得愈益模糊,从而为一种新的世界语言体系和世界文学经典的建构铺平了道路。在这样一个新的世界语言文化格局中,中国语言和文化的超民族性将进一步凸显,因而我们完全可以考虑既从语际的层面(interlingual level),同时又从跨文化的层面(intercultural level)来向世界译介中国:因为后者将更为有效地把中国文学和文化推向世界,而前者则有助于中国文学为更多的非汉语世界的读者所知。

第 五 章

作为问题导向的世界文学与世界戏剧

在前几章中,我们分别对世界主义和世界文学做了总体性的描述和理论分析,并阐释了翻译之于世界文学的作用。在本章中,我们将讨论两个问题:世界文学究竟仅仅是一个固化的理论概念还是一个不断引发人们讨论甚至争鸣的问题导向的论题?受到歌德和戴姆拉什关于世界文学建构的启发,我们也尝试着建构一种世界戏剧,并在其后的章节中讨论世界戏剧与中国现代戏剧的关系及其中国现代戏剧的世界性特征。

第一节 作为问题导向的世界文学概念

虽然经过当代学者们的考证,"世界文学"这一术语并不是歌德最先使用的,因为根据现有的研究,在歌德之前,哲学家赫尔德、文学理论家施罗哲和诗人魏兰也都曾在不同的场合使用过类似的术语,① 但是歌德却无疑是在对这个术语加以概念化和理论阐释方面最有影响力的文学家和思想家。我们今天的世界文学研究者大都从讨论歌德的"世界文学"概念开始自己的进一步研究。确实,从今天的角度来看,不管是谁先使用了世界文学这个概念,至少说明,这一概念本身是具有历史意义和现实价值的,因此我们今天在讨论这一概念时毕竟无法绕过歌德对它的阐释和建构,而歌德在阐释这一概念时也留给我们对其进行进一步阐释和讨论的广阔空间。我们认为这恰恰是歌德提出这一概念的真正价值和意义,也即歌

---

① Cf. Wolfgang Schamoni, "'Weltliteratur' —zuerst 1773 bei August Ludwig Schlözer", *Arcadia*: *Internationale Zeitschrift für Literaturwissenschaft / International Journal of Literary Studies* 43.2 (2008): 288–298.

德对世界文学的概念化在一定的意义上使之成为一个问题导向的理论概念。中国学者在过去的十多年里,也以极大的热情投入了关于世界文学问题的讨论,有关世界文学概念在中国的引进和发展流变,国内已有学者详细讨论,① 本章不再重复。

正如弗朗哥·莫瑞提所指出的,在当今时代,"世界文学不能只是文学,它应该更大……它应该有所不同";确实,由于不同的人们的思维方式和出发点不尽相同,因此他们在对世界文学的理解方面也体现出了不同的态度。有鉴于此,莫瑞提认为,世界文学的范畴"也应该有所不同"。② 此外,他还进一步指出:"世界文学并不是目标,而是一个问题,一个不断地吁请新的批评方法的问题;任何人都不可能仅通过阅读更多的文本来发现一种方法。那不是理论形成的方式;理论需要一个跨越,一种假设——通过假想来开始。"③ 显然,莫瑞提在这里试图将世界文学描述为一个问题导向的理论概念,而不仅仅是一个简单的文学现象。它的理论和学术价值就体现在它能够并且已经引发了国际学界的理论讨论甚至辩论,通过这样的讨论,使得被人们认为已经"死亡"的文学又在全球化的时代获得了新生,并使得世界文学这个并不算全新的话题在当今的全球化时代成为一个崭新的前沿理论话题。既然世界文学是一个问题导向的理论概念,那么我们完全可以据此提出问题以便就此进一步深入讨论。关于世界文学的定义及范围,我们已经在前面几章中做过较多的讨论和阐发,此处无需赘言。在这一章中,我们将概括世界文学这一概念所得以引发当代学者进一步讨论的几个方面,并尝试在世界文学的语境中提出"世界戏剧"的概念。

首先,关于文学经典的建构与重构。我们尽管在前面已经讨论了佛克马对文学经典的形成和重构所做的贡献,但此处仍想进一步由此拓展这一讨论,因为这不仅是比较文学学者所热衷于讨论的一个话题,同时,这个话题也吸引了文学理论研究者对之进行反思。由于比较文学学者进行的是

---

① 这方面可参阅本书第一章的资料追踪。
② Franco Moretti, "Conjectures on World Literature", *New Left Review*, 1 (January-February 2000): 55.
③ Franco Moretti, "Conjectures on World Literature", *New Left Review*, 1 (January-February 2000): 55.

两种或两种以上的民族/国别文学的比较研究，而且常常还涉及文学与其他学科门类的比较研究，这样看来，比较文学研究者对经典问题的敏感和关注就不足为奇了。在过去的几十年里，比较文学学者就这一问题发表了大量著述，对于我们今天从跨文化的视角重新建构新的经典做出了重要的奠基性贡献。此外，文化研究学者所做出的贡献也不容忽视。自20世纪80年代后期以来，经过后现代主义理论争鸣和后殖民主义理论思潮的冲击，文化研究逐步形成了一股强劲的思潮，有力地冲击着传统的精英文学研究。在文化研究大潮的冲击下，比较文学学科也发生了变化，它引入了文化研究的一些课题，如性别研究、身份研究和后殖民研究等，并有意识地对既定的"西方中心主义"的文学经典进行质疑，同时也试图从一个新的角度来对既有的经典进行重新建构。当然，在一些人看来，文化研究的崛起也对比较文学学科的生存构成了严峻的挑战，致使一些学者预见了这门"学科的死亡"。[①] 但是具有讽刺意味的恰恰是，世界文学的再度兴起反而使得比较文学学科迅速地摆脱了"危机"，进入了一个新的繁荣发展时期。这一点我们完全可以从世界文学在近十多年里在中美两国的兴起和所引发的讨论中见出。在讨论文学经典的形成和重构等问题时，比较文学学者往往关注这样几个问题：究竟什么才算作是世界文学经典？经典应当包括哪些作品？经典作品是如何形成的？经典形成的背后是怎样的一种权力关系？当经典遇到挑战后我们应当做何种调整？等等。这些均是比较文学学者以及其后的文化研究学者们所面临的问题。在这方面，两位恪守精英立场的欧美比较文学和文学理论批评界的重量级学者的观点影响最大，也颇中国学者的重视。

首先是前几年刚去世的美国批评家哈罗德·布鲁姆（Harold Bloom）。他在出版于1994年的宏篇巨著《西方的经典：各个时代的书籍和流派》（*The Western Canon: The Books and School of the Ages*）中，一反以往所持的"解构"立场，从传统派的视角出发，表达了对文化批评和文化研究的反精英意识的极大不满。但他并不止于对文化批评和文化研究者的抨击，而是试图对经典的内涵及内容做出新的"修正"和调整。他认为，"我们一旦把经典看作为单个读者和作者与所写下的作品中留存下来的那部分的关

[①] Cf. Gayatri C. Spivak, *Death of a Discipline*. New York: Columbia University Press, 2003.

系,并忘记了它只是应该研究的一些书目,那么经典就会被看作与作为记忆的文学艺术相等同,而非与经典的宗教意义相等同。"① 也即在布鲁姆看来,文学经典是由历代作家写下的作品中最优秀的部分所组成的,因而毫无疑问有着广泛的代表性和权威性。正因为如此,经典也就"成了那些为了留存于世而相互竞争的作品中所做的一个选择"。② 显然,布鲁姆的精英立场对恪守世界文学"经典性"和审美价值的学者有着重要的影响,因此他本人坚信经典构成的历史性和人为性。但是长期以来比较文学和文学理论学者所争论不休的另几个问题则是,经典究竟是怎样形成的?它的内容应当由哪些人根据哪些标准来确定?毫无疑问,在我们看来,确定一部文学作品是不是经典,并不取决于广大的普通读者,而是取决于下面三种人的选择:文学机构的学术权威,有着很大影响力的文学史家和理论批评家和受制于市场机制的读者大众。在这方面,布鲁姆身体力行,他不仅就文学经典问题著书立说,此外,他还大量地为在他看来属于经典的文学作品撰写序言或导言,推广他的经典评判标准。但在我们看来,上述三方面的因素中,前二者可以决定作品的文学史地位和学术价值,后者则能决定作品的流传价值,当然我们也不可忽视,后一种因素有时也能对前一种因素做出的价值判断产生某些影响。

另一位较早就开始关注经典的构成和重构的理论家就是我们前面提及的欧洲比较文学学者杜威·佛克马。尽管我们在前面已经讨论了他对世界文学问题的有关论述,但是他对文学经典的构成所做的论述也不容忽视。这些论述的意义首先体现于他对所谓"文化相对主义"的重新阐释,这为他的经典重构实践奠定了必要的理论基础。在他看来,"承认文化的相对性与早先所声称的欧洲文明之优越性相比显然已迈出了一大步"③。可以说,佛克马正是从这一点切入世界文学研究的。早在 1987 年,他就出版了一部专题研究文集——《总体文学与比较文学论题》。这本书中的主要内容我们在前面的章节中已经做了一些介绍,这里面的各篇文章主要讨

---

① Harold Bloom, *The Western Canon: The Books and School of the Ages*. New York: Harcourt Brace & Company, 1994, p. 17.

② Harold Bloom, *The Western Canon: The Books and School of the Ages*. New York: Harcourt Brace & Company, 1994, p. 18.

③ Douwe Fokkema, *Issues in General and Comparative Literature*. Calcutta: Papyrus, 1987, p. 1.

论了总体文学和比较文学的一些理论问题，例如文学经典的形成与重构，文学史的写作，文学分期的代码问题等。收入该书的一些论文也涉及世界文学问题，他认为世界文学这个话题对文学经典的构成和重构也有着重要意义。可以说，作者的理论前瞻性已经为今天比较文学界对全球化和世界文学现象的关注所证实。尤其值得称道的是，作者自觉地把马克思主义创始人关于世界文学的论述与当前的世界文学研究结合起来，提出了自己的独特见解。此外，该书还将世界文学与文学经典的重构结合起来讨论，解构了长期以来占据西方主流学界的"欧洲中心主义"或"西方中心主义"的藩篱，使更多的人去关注西方世界以外的文学，尤其是中国文学的经典作品。可以说该书是在世界文学作为一个理论概念再度于20世纪初兴起前的一部具有学术前瞻性的著作。

其次，关于文学史的写作问题。我们都知道，历史总是胜利者所编写的，因而按照克罗齐的著名命题，一切历史都是当代史。这其中隐匿着鲜明的意识形态性和权力关系。作为中国的比较文学和世界文学学者，我们理所当然地更为关心中国文学在世界文学版图上的地位如何，其目的是要让国内外学者知道：中国文学在世界文学史以及在世界文学版图上究竟占据何种地位？经过仔细的考察和研究，我们得出的初步答案是，中国文学在世界文学史上地位远不如它应有的地位那样突出，在世界文学版图上所占的地位更是相对边缘的。在历时四十多年的改革开放时代，随着越来越多的中国文学作品被翻译成世界上的主要语言，中国文学的地位逐步上升，但是依然不尽如人意。那么，也许人们要接下去再问道，中国文学中究竟有多少作品已经跻身世界文学之林？它对世界文学产生了何种影响？我们虽然在本书后面的章节中做了一些展示，但我们的答案仍是，中国文学作品过去很少被译成外文，现在已经开始逐步增多，但与中国文学实际上应有的价值和意义仍是很不相称的。众所周知，由于中国在世界上拥有最多的人口，中国作家的数量也是世界上任何一个国家的作家的数量所无法比拟的。中国文学每年的出产量也是巨大的，但主要在中文的语境下流通，这样便促使我们中国学者在今后数年内将致力于从事一项工作：努力通过各种途径将中国文学推向世界，使之在世界文学的版图上占据越来越重要的位置。关于中国文学在当今的世界文学版图上的地位问题，佛克马曾为我们提出过一个例证。他在为劳特里奇版《全球化百科全书》撰写的"世界文学"条目中指出,在西方中心主义的主导下,世界文学的版图的绘制是极不公正的,① 它公然将有着悠久历史和辉煌遗产的中国文学置于边缘的地位。

不仅像佛克马这样一位浸淫于西方文化的欧洲学者对这种基于欧洲中心主义立场的世界文学版图感到不满,就连那些美国学者和其他一些非西方学者也是如此。2008 年,当我们邀请美国学者戴姆拉什前来出席中国比较文学学会第九届年会时,他提供的主旨发言题目是《作为世界文学的美国文学》(American Literature as World Literature),这至少表明了美国学者对欧洲中心主义的不满和致力于在国际场合弘扬美国文学的愿望。不仅戴姆拉什在一切国际场合都不遗余力地弘扬美国文学和文学批评,他在哈佛大学的同事劳伦斯·布伊尔(Lawrence Buell)也写过类似作为世界文学的美国文学方面的专著,② 可见,美国学者早已发现自己的文学在世界文学中的地位远远谈不上显赫,于是便不遗余力地在各种国际学界弘扬美国文学。这种热爱自己祖国的文化和文学的立场是值得钦佩的,对我们中国学者认识我们自己的文学的价值无疑也有着重要的启示。但美国学者由于其独特的语言与文化优势而迅速地掌握了英语世界的世界文学研究和编史的话语权,两部在英语世界影响最广泛的世界文学选集就出自哈佛大学的两位教授之手:由马丁·普契纳领衔主编的《诺顿世界文学选》秉持了文学经典的精英立场,兼顾欧美国家以外的文学;而戴姆拉什担任创始主编的《朗文世界文学选》则致力于挑选那些流通较广的经典或非经典文学作品。这两部文选相得益彰,可以供我们在考察世界文学的全貌时起到互证互补的作用。好在这两位世界文学选集的主编对中国文学都有些好感,因而在他们主编的世界文学选集中,数十位中国古代和现当代作家得以跻身其中。但是较之美国作家在其中的地位,有着几千年历史和辉煌传统的中国文学仍未得到公正的对待。随着时间的推移和我们的研究成果的影响愈益扩大,将来一定会有中国学者参与未来的世界文学史编撰或

---

① Douwe Fokkema, "World Literature", in Roland Robertson and Jan Aart Scholte eds., *Encyclopedia of Globalization*, New York and London: Routledge, 2007, pp. 1290–1291.

② Cf. Lawrence Buell, *Shades of the Planet: American Literature as World Literature*, Princeton, NJ: Princeton University Press, 2007.

文学选集编选的工作,而我们现在就应该做好知识和理论上的准备。此外,世界文学作为一个问题导向的理论概念完全可以使我们据此从中国文学的视角展开进一步讨论,以促使世界文学版图绘制的相对公正性和客观性得到保证。

世界文学所引发的第三个重要问题即是世界文学的评价标准。对此我们在前面的章节中已有所讨论,这当然也是中西方学者们长期以来争论不休的一个理论问题。但是我们应该承认,就这一问题,虽然中国学者在中文语境下发表了大量的著述,但是在国际学界仍陷入相对的失语状态。如前所述,佛克马虽然早在20世纪80年代或更早些时候就探讨了世界文学问题,但是他对其评价标准始终持一种文化相对主义的态度,也即他一方面承认世界文学假设了全世界从事文学创作的人都具有一定的文学资质,但另一方面又主张对待不同国家和地区的文学成就不能绝对地以一种标准来衡量,否则一部世界文学史就完全有可能成为以欧洲文学为主的文学史。[①] 这在某种程度上挑战了欧洲中心主义或西方中心主义的思维定式,使得我们对世界文学的界定可以更为宽泛一些,把目光放在那些长期以来被西方的文学史家有意忽视甚至放逐到边缘的小民族或弱势民族的文学。众所周知,诺贝尔文学奖的评奖原则长期以来就秉持了这样一个原则,也即一方面,诺奖应当授给那些(在全世界范围内)写出具有"理想主义倾向"的作品的作家,但另一方面,它也考虑到不同国家和民族的文学的发展状态的不平衡性,又希望照顾国别和语言的不同分布,以便亚非拉美澳一些相对边缘地区的作家也能获奖。我们认为这一原则也比较接近当年歌德所提出的"世界文学"概念的初衷,也即打破"欧洲中心主义"的藩篱,强调各民族文学之间的沟通和交流。这种对既有的西方中心主义经典的解构尝试在戴姆拉什的那本专著中得到了充分的体现。

在讨论世界文学是如何通过生产、翻译和流通而形成时,戴姆拉什提出了一个关注世界、文本和读者的三重定义。虽然他并未强调这就是他心目中的世界文学的评价标准,但是他的这种思想贯穿在他的著作以及他所领衔主编的《朗文世界文学选》中,实际上隐含了他所认为的世界文学

---

① Douwe Fokkema, "World Literature", in Roland Robertson and Jan Aart Scholte eds., *Encyclopedia of Globalization*, New York and London: Routledge, 2007, pp. 1290–1291.

的标准。这当然标志着西方主流的比较文学学者在东西方文学比较研究方面所迈出的一大步。既然世界文学是通过不同的语言来表达的,那么人们就不可能总是通过原文来阅读所有优秀的作品。因此从这个意义上来说,翻译在重建不同的语言和文化背景中的世界文学的过程中就扮演了一个必不可少的角色。针对戴姆拉什的这一定义,我们也从中国学者的立场出发,提出我们对世界文学概念的理解和重新界定。在我们看来,强调世界文学的经典性仍是必不可少的,因为一个人不可能在自己的有限生命中阅读所有的文学作品,他只能有选择地去读那些在他看来最值得阅读的优秀作品。所以文选编辑者的一个任务就是为这些读者提供一个阅读指南和书目。根据目前各种世界级的文学奖项的评选和一些主要的世界文学选集的编选原则,我们也提出了我们的评价标准。我们从中国的世界文学教学和研究的实践出发,并参照国际学术同行对世界文学概念的建构提出自己的观点。我们认为,判断一部文学作品是否属于世界文学应依循的原则包括以下几个方面:把握时代精神;超越本民族或本语言的界限;收入文学经典选集;进入大学课堂;在另一语境下受到讨论和学术研究。我们之所以提出上述评价世界文学的标准,并非又想回到过去的精英立场,而是在强调世界文学的经典性的同时注重其在被阅读、翻译、流通以及批评性选择中的作用。这与我们将世界文学当作一个问题导向的理论概念引入中国是不矛盾的。当然,我们在承认上述评价标准有着部分的合理性时,实际上也为我们研究世界文学确立了一些基本的方法。我们在这里仅根据我们的理解和研究中的实践,将这些方法具体概括为下面三个方面。

首先,世界文学概念的提出,为我们提供了一个了解世界的窗口,使我们通过阅读世界文学作品了解到生活在遥远的国度里的人们的民族风貌和文化习俗。我们都知道,歌德之所以提出"世界文学"的概念,在很大程度上就受到他所阅读的包括中国文学在内的东方文学的启发。同样,当我们阅读一部作品时,我们并非生活在真空中,我们必然会依循那部作品所提供的场景去联想,那里的场景究竟与我们所生活的国度有何不同,那里的生活习惯与我们的生活有何差异。西方人长久以来所形成的"东方主义"的思维定式在很大程度上就是通过阅读一些东方文学作品逐渐形成的;同样,东方人头脑里的"西方主义"的定式也在很大程度上依赖于人们通过阅读西方文学进而接触西方文化而逐渐形成的。因此就这一点而言，阅读世界文学为我们打开了一扇了解世界的窗户，使我们的阅读处于一种开放、想象和建构的状态中。而那些世界文学佳作的意义在我们不同民族的读者的阅读过程中又得到了新的阐释和建构，因而它们才得以保持长久不衰的经典作品的地位。

其次，世界文学赋予我们一种阅读和评价具体文学作品的比较的和国际的视角，使我们在阅读某一部具体作品时，不至于仅仅将自己局限于民族/国别文学的语境，而能够跳出这一狭隘的语境，自觉地将这些作品与我们所读过的世界文学名著相比较，从而得出对该作品的社会和美学价值客观公正的评价。尤其是对于我们中国学者来说，我们是在中国的语境下从事世界文学研究的，因此我们更应该具有一个广阔的国际视野，这样我们的研究就不会重复国际同行已经做过的工作，更不会被人们指责为"翻译"或抄袭国际同行的著述了。例如，当我们在编写世界文学史时，我们除了基于国内现已出版的文学史的主要观点和方法外，还要仔细考察目前已经出版的国际上，至少是英语、德语和法语世界的同类著述，这样我们才能写出中国的特色。因此可以说，这一评价标准是很高的，尽管它在当下还难以实现，但应该是我们今后努力的目标。

再次，世界文学赋予我们一个广阔的视野，同时它也在另一方面使得我们在对具体的作品进行阅读和评价时，有可能对处于动态的世界文学概念本身进行新的建构和重构。当我们在研究世界文学时，我们常常头脑里总是躲不过本民族文学的影响，并常常会自觉或不自觉地将这些世界文学名著与本民族的一些作品相比较。这样，我们有时便会发现，我们本民族也有这样的写法，因为正如歌德早就发现的那样，人类的文心和诗心都是共通的，人类的审美标准虽然千差万别，但是总有一个大致相同的目标，也即所写出的作品必须能打动读者，而要想打动读者则首先要使自己感动。例如，当我们阅读一部当代文学作品时，如果我们的期待视野里有着数百部世界文学名著，那么我们一眼就可以看出这部作品在广阔的世界文学语境中处于什么地位，它的创新性又体现在哪里。这样，世界文学实际上就成了我们从事民族/国别文学研究的一个不可缺少的参照系。没有这个参照系，至少我们的批评和研究就不全面。

最后，我们作为中国的比较文学和世界文学学者，我们的一个重要任务就是要在广阔的世界语境中大力弘扬中国文学，为新的世界文学版图提供中国的元素和中国的方案。鉴于此前我们讨论的文学体裁或者文类主要局限于小说、诗歌等，这就在某种程度上忽视了另一种重要的文学体裁——戏剧，而戏剧在世界文学研究和理论概念阐释方面也有着独特而不可或缺的作用，故此，我们将在下一节简要讨论"世界戏剧"这一很少有论者涉及的重要概念。

第二节 世界文学中的"世界戏剧"

世界文学最近十多年来已经成为国际学界的一个讨论得十分热烈的前沿理论课题，这当然主要得助于三位欧美学者的著述和大力推进：引发学界讨论和争议的弗朗哥·莫瑞提的论文，① 前面各章多次引证的戴维·戴姆拉什的专著②以及西奥·德汉（Theo D'haen）的世界文学简史。③ 作为中国的比较文学和世界文学研究者，我们也从中国的和比较的视角参与了这场国际性的讨论，并在不同的场合就世界文学这个概念阐述了我们的看法。同时我们也认为，研究世界文学不仅要研究具体的文学文本和文学现象，还要从理论上有所创新和突破，于是我们在本书中又提出了我们自己建构的世界诗学概念，试图借此引发学界对之的讨论。当然我们对世界诗学建构主要基于中国的和比较的理论视角，据此我们试图提出一种具有相对普适意义的文学阐释理论，或曰诗学。随着世界文学和世界诗学讨论的日益深入，我们越来越感到，文学作为一门语言的艺术，有着多种不同的文类，其中戏剧较之其他文类而言更接近艺术，而且更容易得到跨越语言和国别界限的世界性传播，因而戏剧的表现除了人物的对白外，同时还诉诸人物的形象和唱腔，这一点尤其在中国的各种地方戏曲中见出其鲜明的特色。我们可以很容易地看到，一些并不懂得中文的外国人对京剧情有独钟，甚至还能用中文唱上一两段京剧。因而我们认为，世界戏剧这一现象

---

① Franco Moretti, "Conjectures on World Literature", *New Left Review*, Vol. 1 (2000), pp. 54–68.

② David Damrosch, *What is World Literature?* Princeton and Oxford: Princeton University Press, 2003.

③ Theo D'haen, *The Routledge Concise History of World Literature*, London and New York: Routledge, 2012.

确实是存在的,但是它并没有得到研究世界文学的学者们的重视,也未得到戏剧理论家的重视,尽管中国的戏剧较之小说和诗歌更容易走向世界。有鉴于此,我们在西方同行戴姆拉什和莫瑞提等人的启迪下,尝试提出我们对世界戏剧(world drama)的理论构想。

首先,提出一个理论概念必须涉及对之进行界定。我们在对之进行理论阐述之前,暂且对世界戏剧做一个简略的概括和界定:世界戏剧并非各国戏剧的简单相加,而是一种理论研究的范畴,它既要探讨世界文学大框架下的一种独特的文类——戏剧,同时它也属于戏剧研究这一学科领域的一个分支,也即超越特定民族/国别的戏剧之局限,考察研究那些具有世界性特征和世界性影响并在全世界范围内广为传播的优秀戏剧。我们知道,文学是语言的艺术,文学创作只能通过语言的媒介来完成。也即中国文学走向世界在很大程度上取决于翻译的作用。尽管我们经常听到这样一些耸人听闻的哀叹声:"文学已经死亡",或者"小说已死",或者"诗歌已死",等等,但是文学依然存在,它仍在不断地向我们提供着丰富的文化精神产品和审美愉悦。因此在当今这个后现代社会,随着图像的崛起和普及,语言的很多传统功能确实受到挑战而呈萎缩状态,这也必然影响到印刷文学的生存,现在我们听到实体书店倒闭的报道已经不足为奇。但是十多年过去了,文学非但没有死亡,反而一直在朝着不同的方向发展,尽管它不可能达到过去那样的繁荣状态和受读者大众欢迎的程度。不过,在过去的十多年里,我们仍然欣喜地注意到,文学创作和文学研究并没有死亡,它们仍是我们当代人文知识分子生活中的一部分。进入全球化时代以来,世界文学再度崛起并且迅速进入学术研究的前沿,这在某种程度上起到了挽救比较文学并使之走出危机之境地的作用。显然,正如对世界文学始终给予强有力支持的已故美国文论家 J. 希利斯·米勒所言:"与其相反,新兴的世界文学学科可以被视为是拯救文学研究的最后一搏。它暗示研究全世界的文学正是理解全球化的一种方式。这样一种理解使我们成为世界公民、世界主义者,而不仅仅是某个单一语言的地方族群的公民。"[①]也就是说,在全球化的时代,文学再也不只是用单一的语言来表达,而是超越了语言和民族的界限。借助翻译的中介,某个产生自特定民族/国别

---

① J. Hillis Miller, "Globalization and World Literature", *Neohelicon*, 38.2 (2011), 251–65.

的文学作品可以在另一语境中获得"持续的生命"甚至"来世生命"。①当代读者和学者需要世界文学,而当今这个全球化的时代也为世界文学在过去十多年里的兴起和长足发展提供了适应的时代和文化语境及阅读氛围。

诚然,上述这些现象只是各种文学文类的个案,或者更确切地说,主要是关于小说和诗歌的状况,因为这两种文类在异域的传播主要取决于语言的转换。而戏剧作为一种文学和艺术体裁,就其作为印刷出版的戏剧文学文本而言,它所受到的阅读范围从来就无法与小说相比,这一点在中国更是如此。但是戏剧也有自己的独特优势:广大戏剧观众只需聆听人物的对白和唱段而无须去阅读印刷出来的戏剧文学文本就可以对其进行欣赏。即使在中国的语境下,那些热衷于某个剧种的戏剧票友也不去阅读戏剧剧本,他们仅仅将戏剧当作一种艺术来观赏。那么戏剧在当今这个时代的境遇又是如何呢?可以说,作为可供阅读的戏剧文学的境遇远不如小说。但是作为一种表演艺术的戏剧则仍有着相对稳定的观众和爱好者,因为它主要诉诸人物的对白、形象、行动和唱腔,因此它所受到的广大观众的观赏则是其他文学体裁所无法比拟的。它可以更为生动地得到表现而且又更容易超越语言和国别的界限而得到更为广泛的传播。广大戏剧观众和爱好者无需阅读剧作家的某个戏剧文本就可以通过观赏该剧的演出而得到巨大的审美享受。这一点尤其见诸于中国的一些地方戏曲,例如越剧和昆曲等在海内外的传播。因此在广义上来说,这些中国的传统地方戏曲也应该归纳到广义的戏剧之范畴。我们今天在剧院里观看到的剧作实际上与剧作家创作的原作往往相距甚远,它之所以能在舞台上演出,在很大程度上取决于导演的改编和再创作。事实上,由于中国各地有着众多的方言,即使对于中国的观众而言,我们仍然很难听懂一些地方戏曲的对白,但是这并不妨碍我们对这些戏曲的观赏,作为热爱这些戏曲的观众,我们完全能够欣赏剧中人物的行动和唱腔,甚至还能跟着人物的唱腔哼上几段。因此我们首先要承认,世界戏剧这个概念是可能的而且也是客观存在的,因为它不仅

---

① Walter Benjamin, "The Task of the Translator", in *Theories of Translation: An Anthology of Essays from Dryden to Derrida*, edited by Rainer Schulte and John Biguenet, Chicago and London: The University of Chicago Press, 1992, p. 73.

是世界文学的一部分,而且也是艺术表演的一种独特形式。世界戏剧的出现也如同一般意义上的世界文学,并不意味着世界上各种地方戏剧或戏曲的简单相加,它必定有着自己的选取标准和世界性特征和世界范围的传播,同时也应具有很高的审美价值和艺术质量。

在描述世界文学的本质特征和远大目标时,莫瑞提曾中肯地指出:"世界文学不能只是文学的扩大……它必须有所不同。这一范畴(categories)必须有所不同。"① 他在这里试图表明:"世界文学并不是目标,而是一个问题,一个不断地吁请新的批评方法的问题:任何人都不可能仅通过阅读更多的文本来发现一种方法。那不是理论形成的方式;理论需要一个跨越,一种假设——通过假想来开始。"② 尽管莫瑞提知道一个人不可能通过原文来阅读世界上所有的文学作品,即使是通过翻译也无法做到这一点,因而他提出了一种"远距离阅读"(distant reading)的方法,并认为这仍是了解世界的一种更为有效的方式;通过这种方式我们至少可以了解自己国家以外的一些事情。他本人曾经就世界小说做过一些尝试性的实验,希望广大读者至少可以在有限的时间内了解关于这些数量众多的小说的一些大意。因此按照我们的理解,世界文学的兴起并不仅仅意味着文学和文学研究在当下的复兴,而应该有着更为远大的目标和计划。它正如我们在上一节所论述的,是一个问题导向的理论概念,它不仅促使当代文学走出低谷,同时也对文学经典的形成和重构以及文学史的书写都有着重要的意义。因此就这个意义而言,莫瑞提等人挑起世界文学讨论的初衷至少已经部分地达到了,来自不同国家的文学研究者纷纷撰文参加讨论,从而使得世界文学这个理论话题在沉寂了多年之后终于在当今的全球化时代再度成为一个热门话题。而对于中国文学而言,这场讨论也激励着中国的文学理论批评家和研究者致力于在全世界弘扬中国文学和文学理论批评。

当年歌德提出"世界文学"的假想后很快就在马克思恩格斯那里得到响应,马克思主义创始人曾经就世界文学问题做过一些简略的阐述,并就欧洲文学的一些经典作家的创作发表过自己的评点意见。西方马克思主

---

① Franco Moretti, "Conjectures on World Literature", *New Left Review*, Vol. 1 (2000), p. 55.
② Franco Moretti, "Conjectures on World Literature", *New Left Review*, Vol. 1 (2000), p. 55.

义理论家在这方面也多有论述。① 按照詹姆逊的看法,歌德创造出"世界文学"这个概念,不仅要告诉人们,文学并不只是一种语言或一种文化环境中产生出的东西,而且也意味着通过翻译的中介,文学可以旅行到世界各地不同的国度。如果我们并不否认这一事实,也即如果小说和诗歌确实无法为外国读者所阅读和欣赏的话,那么翻译就不可避免地扮演了一个重要的和不可缺少的角色。同样,如果我们将其运用于戏剧的翻译、改编和传播的话,也许更为恰当。因为一部在广大观众中产生巨大反响的剧作必定要经过翻译/改编后才有可能为更为广大的观众所欣赏并打动他们。在描述世界文学何以通过生产、翻译和流通而形成时,戴姆拉什曾提出一个聚焦于世界、文本和读者的关于世界文学的三重定义,② 在他的定义中,戴姆拉什除了提出另一些颇有理论洞见的创新性见解外,还用了这样的关键词:"在翻译中有所获"。也即通过翻译的中介,一部原先具有"地方"特色并且仅仅在某个民族/国家和文化语境中传播的作品有可能在另一种语言或文化环境中具有"持续的生命"或"来世生命"进而产生国际性的影响。如果我们将这一见解用于描述一部戏剧作品的持续生命或来世生命的话,或许更为恰当,因为所有的戏剧作品要想在另一个国家或另一种文化语境中上演并得到观赏都必须经过翻译和改编的中介。之于戏剧导演而言,改编也是另一种形式的翻译,它导致的结果是使得原先的剧作有可能在另一语境中有所收益,这一点尤其适用于跨越两种或两种以上文化传统的戏剧的改编。正如德国戏剧理论家厄丽卡·费希尔 – 李希特(Erika Fischer-Lichte)在描述易卜生的剧作所经历的全球化过程时所正确指出的:

> 在这一语境下,我们切不应忘记易卜生的剧作都是翻译,因为并不存在所谓的"原作"。事实上,即使是挪威语也只是在挪威于1905年获得独立后才成为其官方语言的,而挪威语也明显地与易卜生的剧

---

① Fredric Jameson, "New Literary History after the End of the New", *New Literary History*, Vol. 39 (2008), No. 3: 375 – 87.

② David Damrosch, *What is World Literature*? Princeton and Oxford: Princeton University Press, 2003, p. 281.

作所用的语言差异很大。所有的翻译又都是改编。这样看来，每一代人都要求一些用外国语言或死去的语言而写作的经典作品有新的翻译，不管它是古希腊悲剧还是莎士比亚、易卜生、契诃夫或布莱希特的剧作都是如此。①

这就告诉我们，一部剧作从文本到舞台演出其中必然无法回避改编这个中介，缺乏这个中介，戏剧的传播就会大受影响。考虑到戏剧的这一特征，同时也受到戴姆拉什的启迪，我们不妨在此提出我们自己建构的关于世界戏剧的一个三重概念：

（1）世界戏剧是民族/国别戏剧中最优秀的经典剧作之总汇；
（2）世界戏剧必须是那些在改编和创造性再生产和演出中有所获的剧作；
（3）世界戏剧必定是那些通过翻译或者改编而超越时空局限，为本国文化之外的人演出、欣赏并加以批评性讨论的剧作。

尽管这三条标准还可以进一步商榷，但有了这三条临时性的标准，我们就可以据此继续讨论，并推出这样的结论：古希腊悲剧和喜剧、莎士比亚的剧作和易卜生的剧作以及其他经典剧作家的剧作都应当被视为世界戏剧，因为它们不仅在本国广为人们观赏和欢迎，而且还受到自己国家以外的广大观众的观赏、讨论和研究。一些最优秀的非西方剧作也应当被视为世界戏剧，如印度的古典诗句《沙恭达罗》、中国的明代戏剧《牡丹亭》等，因为它们被不同国家的人们翻译和改编，其影响早已经超越了本民族/国家的界限，也受到自己国家以外的观众的欣赏以及批评家和学者们的讨论和研究。

我们都知道，西方文学，包括其戏剧，长期以来在中国通过众多译者和艺术家的翻译、改编和演出在中国观众中受到了广泛的欢迎和追捧。在

---

① Erika Fischer-Lichte, "Introduction", in Fischer-Lichte, Erika, Barbara Gronau, and Christel Weiler. eds., *Global Ibsen: Performing Multiple Modernities*, New York and London: Routledge, 2011, p. 5.

当今中国，莎士比亚、易卜生这些伟大的剧作家在中国几乎成了家喻户晓的艺术大师。这些译者和艺术家所付出的巨大努力在很大程度上促进了中国现代戏剧的诞生。这一新的现代戏剧传统与中国固有的传统戏曲迥然不同，它在某种程度上也与西方同一时代的戏剧有着很大的差异，也即从西方引进了话剧这个形式，但讲述的却是实实在在发生在中国的故事，这就加速了中国现代戏剧的国际化步伐。因此就这一点而言，中国现代戏剧可以同时与其过去的传统以及西方乃至世界戏剧进行对话。作为文学创作和艺术生产的一种重要体裁，戏剧在中国也有着漫长的历史和光辉灿烂的遗产，它往往以地方戏曲的形式在民间十分流行，但令人遗憾的是，由于缺乏应有的翻译/改编以及再创造，它在外部世界却很少为人所知。这就是目前中国的戏剧界所出现的进口和出口的极不平衡的状态，这也如同中国当代小说的译出远不如从外国的，尤其是西方的，小说的译入。

任何熟悉中国文学发展史的人都无法否认这一事实，即中国戏剧不仅在中国文学史上占有重要的地位，同时在世界戏剧的版图上也占有重要的一席。在2016年纪念莎士比亚逝世四百周年的日子里，中国的戏剧研究者不禁更加怀念被誉为"中国的莎士比亚"的戏剧艺术大师汤显祖，尽管国内学者也大张旗鼓地举办了各种纪念活动，并且以不同的戏剧或戏曲形式排演汤显祖的剧作，但实际上由于翻译和改编的缺乏，汤显祖在世界戏剧的版图上依然处于相对的边缘地位，直到近年由汪榕培等翻译的《汤显祖全集》的问世和在英国的再度出版，汤显祖及其《牡丹亭》才逐步走出国门，从边缘向中心移动。[①] 可见中国戏剧走向世界还有漫长的路要走，但是中国现代戏剧确实已经很接近西方戏剧和世界戏剧了。这一点我们应有所认识。作为中国戏剧艺术中一个十分流行和重要的体裁，我国的话剧就是在西方戏剧的影响和启迪下诞生的，或者更为确切地说，是在易卜生以及另一些重要的西方剧作家的影响和启迪下诞生的。这方面也出现了诸如郭沫若、曹禺、欧阳予倩、洪深、田汉这样一些蜚声海内外的戏剧艺术大师。但是他们与西方戏剧艺术大师在中国的知名度和影响力相比

---

① 我们欣喜地读到一篇报道，由汪榕培和张玲翻译并编辑的《汤显祖全集》（英文版）（上海教育出版社2014年版）由英国布鲁姆斯伯里出版公司在海外出版发行。这显然标志着这部由中国译者自己翻译的中国文学名著得到了英语世界的承认。

也相差太远。由此可见,世界戏剧概念的提出对于中国戏剧走向世界也有着重要的意义。有鉴于此,本书也将辟出一章专门讨论作为世界戏剧的中国现代戏剧及其代表人物曹禺的剧作,我们通过这一个案试图证明,世界戏剧并非凭空杜撰的,而是有着深厚的积淀和众多的戏剧文本所支撑的,因此它也可以作为一个问题导向的理论概念引起更多学者的讨论甚至争论。

第六章

诺贝尔文学奖与中国当代小说

在中国当代文学走向世界的进程中,诺贝尔文学奖始终起到了一个风向标的作用,这个话题也是中国当代文学界和比较文学与世界文学研究界不断讨论的一个话题。当人们谈到当今世界各种名目繁多的文学奖项时,首先想到的就是诺贝尔文学奖。毫无疑问,诺贝尔文学奖作为当今世界的第一大文学奖项,总是与包括中国在内的各国文学界有着密切的关系。不管我们今天从中国的视角对这项文学奖持何种态度,我们都不能否认,至少在全球华人世界,我们尚没有任何文学奖项可与之相比。因此我们也就自然而然地格外关注每一年的诺奖得主信息的发布。随着这一信息的发布,接下来就是各大出版社争相购买诺奖得主的作品中译文版权。再接下来人们便会提出这样一些问题,究竟诺奖与当今的世界文学关系如何?诺奖果真能左右世界文学经典的形成吗?诺奖能左右当今中国的文学创作吗?这些都是困扰我们中国文学批评家和比较文学研究者的一些问题。本章在国内外学者以往的研究基础上,[①] 再次从诺奖本身的价值和意义以及评奖原则和标准谈起,通过对诺奖之于世界文学经典建构的意义和影响的评价,最后在世界文学的大背景下审视中国当代文学。

---

① 这方面可参阅王宁《诺贝尔文学奖获奖作家述评》,《外国文学》1987 年第 11 期;《诺贝尔文学奖与中国:质疑与反思》,《外国文学》1997 年第 5 期;以及《多丽丝·莱辛的获奖及其启示》,《外国文学研究》2008 年第 2 期。

第一节　诺贝尔文学奖、文学经典的构成与中国文学

我们至今仍记得,早在20世纪80年代中期,已故瑞典文学院院士马悦然在上海的一次中国当代文学研讨会上就诺贝尔文学奖与中国文学的关系问题,受到与会的中国作家质询,他当时的回答十分巧妙,认为中国当代作家之所以长时期未能获得诺奖,在很大程度上并不是因为缺少优秀的作品,而是缺少优秀的译本。当然,他的回答虽然避免了对当代作家进行价值判断,但仍激起一些中国作家的强烈不满。他们当即问道,诺奖评委会究竟是评价作品的文学质量还是翻译质量,马悦然并未立即回答,因为他自己心中也有不少令外人难以想到的苦衷。后来,我们在一篇报道中读到,2004年,当他再一次被问到"中国人为什么至今没有拿到诺贝尔文学奖,难道中国文学和中国作家真落后于世界么"时,马悦然干脆做了这样的回答:"中国的好作家好作品多得是,但好的翻译太少了!"[①] 他进一步解释道:"如果20世纪20年代有人能够翻译《彷徨》《呐喊》,鲁迅早就得奖了。但鲁迅的作品只到30年代末才有人译成捷克文,等外文出版社推出杨宪益的英译本,已经是70年代了,鲁迅已不在人世。而诺贝尔奖是不颁给已去世的人的。"[②] 这样的回答虽然一时仍难以服众,但却让人有了认真思考的余地,同时也道出了诺奖的评奖原则和机制上的一个问题。它既是一个世界范围内的第一文学大奖,但长期以来却又仅仅在一个有限的小圈子里评选,由于评委本身的知识结构和所掌握的语言之局限,对西方世界以外的作家的评价就不得不依赖翻译,这显然是一个悖论。我们可以从后来沈从文的案例中见出端倪。1987年和1988年,沈从文曾两次被提名为诺贝尔文学奖候选人,而且1988年,诺贝尔文学奖委员会已经准备颁奖给沈从文,但就在当年的5月10日,台湾文化人龙应

[①] 王洁明:《专访马悦然:中国作家何时能拿诺贝尔文学奖?》,《参考消息特刊》2004年12月9日号。

[②] 王洁明:《专访马悦然:中国作家何时能拿诺贝尔文学奖?》,《参考消息特刊》2004年12月9日号。

台打电话告诉马悦然,沈从文已经过世,马悦然给中国驻瑞典大使馆文化秘书打电话试图确认此消息,随后又给他的好友文化记者李辉打电话询问这一消息是否确切,最终得到确认:沈从文已过世了。① 这样,按照诺奖的评奖原则,已故的作家是无缘获奖的。之后马悦然虽然几次试图改变这一原则,但终未能奏效。②

我们都知道,在瑞典文学院的十八位院士中,只有马悦然可以直接通过阅读中文原文来判断一个中国作家及其作品的优劣,而其他评委只能依赖阅读主要的西文译本来判断进入推荐名单的中国作家的作品是否属于一流。当然,如果语言掌握多一点的院士还可以再参照法译本、德译本、意大利文或西班牙文的译本。但是问题是,如果一个作家的作品没有那么多译本怎么办?那他也就自然而然地出局了。这确实是诺奖评选的一个局限,而所有的其他国际性奖项,如龚古尔奖、卡夫卡奖以及中国的茅盾奖和鲁迅奖等,它们的评选或许还不具备诺奖评选的这种相对公正性和广泛的国际性,其奖金也远不能与诺奖相比。因此我们只有综合考虑到上面这些因素,才不会一味指责诺奖的评选为何在很大程度上依赖翻译的质量了。这种依赖翻译的情形在诺奖的其他科学领域内则是不存在的:科学是没有禁区的,所有的科学奖候选人至少能用英文在国际权威刊物上发表自己的论文,或者像中国的诺奖得主屠呦呦那样,其发现具有世界性影响并且有强有力的推荐者的支持,而所有的评委都能直接阅读候选人的英文论文或推荐报告,因而语言基本上不成为障碍。而文学作为语言的艺术,则体现了作家作品独特的民族和文化精神以及作家本人的风格,同时也包含着一个民族/国别文学的独特的、丰富的语言特征,因而语言的再现水平自然就是至关重要的,它的表达程度如何在很大程度上决定着这种再现的准确与否。正如我们所指出的,优秀的翻译能够将本来已经写得很好的作品从语言上拔高和增色,而拙劣的作品则会使本来写得不错的作品在语言表达上黯然失色。因此译文质量如何就自然会影响评委对一个作家及其作品做出最终的评判。我们只有考虑这一系列因素才能对诺奖的公正性和客

---

① 参见报道《沈从文如果活着就肯定能得诺贝尔文学奖》,《南方周末》2007 年 10 月 10 日 16 版。

② 曹乃谦:《马悦然喜欢"乡巴佬作家"》,《深圳商报》2008 年 10 月 7 日号。

观性做出评判。

今天，随着越来越多的诺奖评审档案的揭秘以及网络信息的普及，我们完全可以从一个新的角度替已故的马悦然院士进一步回答这个老问题：由于诺奖的评委不可能懂得世界上所有的语言，因而在很多情况下他们不得不依赖译本的质量，尤其是英文译本的质量。这对于作为语言艺术的文学是无可厚非的，这也正是诺奖评选的一个独特之处。就这一点而言，泰戈尔的获奖在很大程度上基于他将自己的作品译成了优美的英文，因而能通过英译文的魅力打动诺奖的评委。莫言的获奖也可以说在很大程度上基于他的作品的英译的数量、质量和影响力。对于这一客观的事实我们不应该回避，而应该加以充分认识，因为这对于我们今后更加重视中国当代文学的外译和推介有着直接的借鉴和指导意义，同时也有助于我们争取第二位中国作家在不远的将来再度荣获诺奖。无论如何，中国当代文学走向世界的进程总是离不开翻译和评论界在国际场合的大力推介。尽管是否得到诺奖并非衡量一个国家的文学水平和质量的唯一标准，但是诺奖所起到的"风向标"作用也不容忽视。此外，为了更为有效地促使更多的中国当代作家问鼎诺奖，我们需要对这一奖项的评选机制和原则有较为详细的了解。

首先，就诺贝尔文学奖的评奖原则和标准而言，它确实与不同时期的评委们的审美情趣不无关系：文学和批评的风尚总是在不断变化的，因而致使昨天备受冷落的作家作品完全有可能在今天大受推崇并走红；评奖委员本身的个人偏好、语言的局限以及涉猎范围的局限都是一些难以估计的因素；还有一个重要的原因就是诺贝尔文学奖不授给死去的作家。据说当年托尔斯泰的未获奖是因为当时的一些评奖委员认为他是一个无政府主义者，缺乏基本的伦理道德追求；左拉的未获奖是因为其作品的自然主义倾向掩盖了其应有的理想主义倾向，易卜生则因为其后期剧作在当时的批评界有着较大的争议而未能进入最后的名单。后来虽然有鉴赏趣味可能不同的新一代院士进了评奖委员会，但令人遗憾的是，上述三位大师级的作家都已经离开了人世，从而在诺贝尔文学奖的评奖史上留下了无尽的遗憾。而乔伊斯和普鲁斯特的意识流小说的价值则更是在其生前根本不为批评界所认可，甚至一度被列为禁书（如《尤利西斯》），等到他们身后被新一代批评家和文学研究者"重新发现"时也已经为时过晚。这显然是目前诺贝尔文学奖评选机制的一个十分无奈的局限。

此外，诺奖评选也不能排除其中复杂的政治因素。例如，2004年耶利内克的获奖在不少人看来就是出于政治的考虑，因为这位女作家对奥地利社会的严厉批判已尽人皆知，但评奖委员会却对此予以了否认。近年的白俄罗斯记者斯维特兰娜·阿列克谢耶维奇的获奖也被许多人认为是出于政治因素，①但诺奖评委会照样予以否认。实际上，评奖委员们在各种场合已做过多次声明，"评奖委员会是不带任何政治偏见的"，但正如评委会前主席埃斯普马克所坦言的，有时主观意图未必能导致与之相一致的客观政治效果，因而难免"产生一定的'政治效果'"。人们都清楚地记得，当年诺贝尔在其遗嘱中宣称，文学奖应授给写出"具有理想主义倾向的优秀作品"的文学家，但对这个"理想主义倾向"究竟做何理解或解释，这在各个时代的不同评委那里都不尽相同，有时甚至是"截然相反的"。因而就"导致了一些真正伟大的作家未能获奖，而一些成绩并不十分突出、并未做出最大贡献的作家倒被提名获了奖"。这样的例子我们还可以举出不少，但是评奖委员们为其辩护的理由也同样充足：我们有我们自己的评奖标准和原则。诺贝尔文学奖只不过是瑞典文学院颁发的诸多奖项之一，评奖委员会从来就未宣布过它是世界文学界的最高奖项，也不想承担"文学经典化"的沉重压力，②只是它的相对客观性、评奖原则的独特性、评奖程序的严格性以及奖金的丰厚则使它成了20世纪以来世界文坛上的第一大奖，并被认为对文学经典化有着重要的推进作用。

也许人们会问，什么才是诺贝尔文学奖的评奖标准和原则呢？它的评选程序究竟有何独特之处呢？我们这里不妨引证多年前担任过诺奖评奖委员会主席的谢尔·埃斯普马克的说法，诺贝尔文学奖的评选，主要根据这样几个原则：（1）授给文学上的先驱者和创新者；（2）授给不太知名、但确有成绩的优秀作家，通过授奖给他/她而使他/她成名；（3）授给名气很大、同时也颇有成就的大作家。同时也兼顾国别

---

① 对于这一点，中国不少作家和评论家都有过讨论，最近的一篇文章可参阅《曹亚瑟：文学被政治绑架 越来越看不懂的炸药奖》，http：//book.sohu.com/20151009/n422772537.shtml。

② 参阅谢尔·埃斯普马克《诺贝尔文学奖内幕》，李之义译，漓江出版社1996年版。

和地区的分布。① 尤其是最后一条原则就导致了该奖的成功与失误同时并存，并使得许多获奖者都引起较大的争议。

根据和埃斯普马克有过交往的国内研究瑞典文学的专家李之义先生的披露以及我们多年的考察，诺贝尔文学奖的评奖程序确实有着不同于世界上所有其他奖项的独特之处，诺贝尔评奖委员会的各位委员的工作确实是十分认真和细致的，他们有时为了研究一位有可能获奖的候选人，甚至可以花上十多年的时间读完该作家的所有作品和所能见到的绝大部分评论文章，然后写一份论证报告提交委员会。但这样的努力却会往往由于该作家的早逝而流产。② 这种独特的程序体现在下面几个方面。首先，它不接受个人的申请。一般的情况是，每年获奖者的有关推荐建议应在2月1日前报送诺贝尔评选委员会，当然建议必须附带理由。瑞典文学院的院士、其他国家的相应机构的院士、大学的文学和语言学教授、过去的诺贝尔文学奖获得者、各国的作家协会，都有资格推荐。中国作家和学者中就有一些人曾收到过瑞典文学院邀请推荐候选人的信函，我们也确实向瑞典文学院推荐过一些中国当代作家，其中就包括莫言等当代著名作家，但毕竟大多数都未能如愿以偿。评奖委员会每年大约可收到300多份这样的推荐，最多时据说甚至达到2000份推荐信。4月，这份名单缩小到20个左右；9月，名单缩小到5人。某个候选作家获奖与否，与瑞典文学院十八名院士中有无专人研究有相当大的关系，而这十八名院士是终身制，去世一名增补一名。当然他们不可能把世界各国的优秀作品读遍，其中不少作品得借助于英文及其他主要欧洲语言译本。因此对于一位非欧美作家能否获奖，在很大程度上取决于他的作品有没有主要的西方语言尤其是英语的译本。就这一点而言，如果法籍华裔作家高行健的代表作《灵山》没有英文译本，不用说他不可能获得2000年度的诺贝尔文学奖，甚至他的中文原作

---

① 参阅王宁《诺贝尔文学奖、中国文学和文学的未来——访诺贝尔文学奖评奖委员会主席埃斯普马克教授》，收入王宁《20世纪西方文学比较研究》，人民文学出版社2000年版，第397—403页。

② 本文在介绍诺贝尔文学奖内幕时，除标明出处外，其他文字均出自我们和埃斯普马克等人的谈话。

恐怕都只能长期躺在书店里。①但是一旦他获得诺奖的消息发布，这本书立即就变成畅销书了，因此有人认为诺奖对于一个作家名声有着某种操控作用，对于其作品能否成为经典也能起到很大的作用。尽管诺奖的评委予以否认，但客观上所产生的效果却不容忽视。

众所周知，曾有相当长的时间，瑞典文学院的院士中一直没有懂中文者，考虑到这一点，文学院于20世纪80年代初补选了著名汉学家和中国文学翻译家马悦然为院士。马悦然在当选后，为了让文学院的其他院士们了解中国当代文学，确实做出了巨大的努力，包括筹措资金邀请多位中国当代作家前往瑞典访问等。但迄今除了华裔法国作家高行健外，中国本土作家只有莫言有幸荣获这一崇高的奖项。据我们所知，另外还有不少人入围，如"文革"期间的老舍，20世纪80年代的沈从文和北岛，20世纪90年代的王蒙等。而获得提名并进入大名单的则包括林语堂、闻一多、艾青等。

另一个不可忽视的现象就是，评奖委员本身的文学修养和对新理论思潮的接受程度也决定了他们能否鉴别出真正有理想主义倾向并能在未来的文学史上占有一席之地的大作家。正如埃斯普马克所披露的，早期的评奖委员们大都比较保守，远离当时的现代主义文学运动，因而致使不少有着锐意创新精神和先锋意识的文坛大师被遗漏。可以说，现任的十八位院士都是有着强烈精英意识的文学家或研究者，他们有着一定的超前意识，关注当代文学批评和文学研究的最新成果，并且及时地追踪新的理论思潮，把握当下主要的文学创作倾向，因而不少富有创新意识的获奖者能够脱颖而出，并进而迅速成为当代文学研究的对象。我们若考察近三十多年来的诺贝尔文学奖获得者的情况，便可以发现一个有趣的现象：20世纪80年代以来的获奖者大多数是后现代主义作家，20世纪90年代前几年则当推有着双重民族文化身份的后殖民作家，到了20世纪90年代后半叶，大部分则是擅长跨文化写作的流散作家。而前几年的诺奖得主阿列克谢耶维奇的写作则大多属于非虚构文学创作。可以说，在这个意义上，诺奖确实在某种程度上起到了世界文学创作和批评的风向标的作用。把握这一内

---

① 据台湾佛光大学教授马森的介绍，高行健的《灵山》刚写完时，甚至在台湾都很难找到出版商，他慧眼识珠，动员联经出版公司出版了该书，但直到高获奖之前的十年内，该书仅卖出不到1000册，而高获奖的消息一经宣布，该书立即重印10多万册，并很快进入畅销书的行列。

在规律,也许有助于我们对未来的获奖作家做出相对准确的预测。因此,就这个意义上而言,我们完全可以对诺贝尔文学奖的相对权威性和客观性有一个基本的了解:既不应该盲目地对其推崇以至于忘记自己是在为人生和时代而写作,也不应该不加分析地就对这一严肃的奖项持否定的态度。

第二节 诺奖与世界文学及文学的经典化

如前所述,诺贝尔文学奖既然是一项世界范围内的重量级文学奖项,那么它与世界文学的关系就是十分密切的。在当前的中外文学理论和比较文学界,"世界文学"已经成为一个前沿理论话题,毫无疑问,世界文学概念的再度提出并引发广泛的讨论,为我们的比较文学和中国当代文学研究提供了一个广阔的平台和参照系。尽管在全球化时代,一个新的"世界文学热"已再度兴起,但是人们对于世界文学在这里的真实含义究竟是什么仍然不断地进行讨论甚至争论。"世界文学"这一术语并不是一个全新的术语和概念,而是歌德在1827年和青年学子艾克曼谈话时加以概念化的一个带有"乌托邦"色彩的概念。从文学史的角度来看,在歌德之前,世界上不同的民族/国别文学就已经通过翻译开始了交流和沟通。[①] 但是在当时,世界文学在相当长的一段时间内只是停留于一种乌托邦式的幻想和推测阶段。马克思和恩格斯在考察了资本在全世界范围内的扩张和发展后沿用了"世界文学"这个概念,但是马恩所说的世界文学较之歌德早年的狭窄概念已经大大地拓展了,实际上是指一种包括所有知识生产的世界文化。即使我们从事中国当代文学批评和研究,也不能仅仅关注单一的民族/国别文学现象,还要将其置于一个更加广阔的国际视野下来比较和考察。为了在当前的全球化时代凸显文学和文化研究的作用,我们自然应当具有一种比较的和国际的眼光来研究文学现象,这样我们才有可能在文学研究中取得进展。这也许正是我们为什么要将中国当代文学放在世界文学的大语境下来考察研究的重要意义。

在一个越来越具有"全球化"特征的时代,我们每一个人都或主动或被动地与这个世界连接为一体:互联网和智能手机可以在瞬间就使我们与生活

---

① Cf. Douwe Fokkema, "World Literature", in *Encyclopedia of Globalization*, edited by Roland Robertson and Jan Aart Scholte, New York and London: Routledge, 2007, p.1290.

在世界各地的学术同行取得联系，我们通过电子邮件就可以进行深度的学术理论对话，并使之得以在国际学术期刊上发表。正如佛克马所注意到的，当我们谈到世界文学时，我们通常采取两种不同的态度：文化相对主义和文化普遍主义。前者强调的是不同的民族文学所具有的平等价值，后者则更为强调其普遍的共同的审美和价值判断标准，这一点尤其体现于通过翻译来编辑文学作品选的工作。他的理论前瞻性已经为今天比较文学界对全球化现象的关注所证实。例如，戴姆拉什的《什么是世界文学？》就把世界文学界定为一种文学生产、出版和流通的范畴，而不只是把这一术语用于价值评估的目的。因此，以一种国际公认的标准来评价不同的民族和语言所产生出的文学作品的价值就成了包括诺贝尔文学奖在内的不少重要国际文学奖项所依循的原则。但是，在对待具体民族/国别的文学及其作家作品时，我们仍应采用一种文化相对主义的态度来评价产生自不同民族和国家的文学。因此在我们看来，只有将上述两种态度结合起来，我们才能得出较为公允的结论：一种世界性的文学正是通过不同的语言来表达的，因此世界文学也应该是一个复数的形式。戴姆拉什就曾经提出一个专注世界、文本和读者的三重定义。①

戴姆拉什在讨论世界文学时有时直接引用原文，而在多数情况下则通过译文来讨论，这显示出西方主流的比较文学学者在东西方文学的比较研究方面所迈出的一大步。既然世界文学是通过不同的语言来表达的，那么人们就不可能总是通过原文来阅读所有优秀的作品。因此在这个意义上来说，翻译在重建不同的语言和文化背景中的世界文学的过程中就扮演了一个十分重要同时又必不可少的角色。在我们看来，我们中国的文学研究者不能仅仅满足于引进西方的理论概念并在中文语境下进行批评性讨论的层次，而更应该带有积极主动的意识与国际主流的理论家和学者进行直接的对话和讨论，并取得进一步的进展和突破。如果说，中国文学是世界文学不可分割的一部分的话，那么中国的文学理论批评也应该是世界文学理论批评不可或缺的重要资源。既然中国的一些作家能够以其作品影响西方一代文豪歌德，使其对世界文学这个概念进行理论阐述，中国的文学理论家和学者为什么就不能以中国文学创作及理论批评经验来影响当代国际学界的文论大家呢？在这方面，中国当代的文学批评家和研究者应当充当国际

---

① David Damrosch, *What is World Literature?*, p. 281.

文学理论对话和批评性讨论的先锋。

任何一个作家要想成为具有世界意义的大作家，都必须将自己创作的作品放在一个广阔的世界文学的语境下来审视，自觉地将自己与那些世界文学大师的作品进行比较，这样他才有可能获得成功，或者说才有可能写出具有永久不衰的价值并获得世界性影响的文学名著。作为文学批评家，我们这样要求中国当代的优秀作家并不过分。当然，对于那些只瞄准市场而写作的畅销书通俗作家，他们完全可以不理会文学批评家的忠告，但可以断定，随着时间的推移，他们完全可能只领一两年的风骚就很快被人遗忘，更遑论成为世界文学名家了。

文学批评更是如此，如果说文学作品的走向世界在相当程度上取决于翻译的话，那么中国当代文学理论和批评的走向世界则在很大程度上取决于理论家自己的自觉意识。20世纪80年代初期，在中国的语境下兴起过一场关于西方现代派文学的讨论，从今天的角度来看，尽管那场关于现代派文学问题的讨论理论水平并不高，完全是一种关起门来自说自话式的独白，也没有达到与西方乃至国际理论批评同行进行交锋和对话的境地，更没有自觉地引证西方学界已经发表的成果，因而留下来的真正有价值的著作和论文并不多，但是那场讨论却使得一些国内的外国文学批评家和学者脱颖而出，成为蜚声国内学界的批评大家，不过却还没有达到应有的国际知名度。而在20世纪80年代末和90年代初兴起的关于后现代主义的讨论中，这种现象便有了一些改观。其中一个重要的标志就在于，参加这场讨论的少数具有国际前沿理论意识的学者和批评家通过总结后现代主义在中国的接受以及其对中国当代文学创作和理论批评的启迪和影响，积极地投入国际学界关于后现代主义文学与文化问题的讨论，并用英文撰写论文发表在国际权威学术刊物或文集上。① 可以说，那场关于后现代主义文学问

---

① 参阅下列英文期刊专辑或论文：Arif Dirlik and Xudong Zhang eds. *Postmodernism and China*, a special issue in *boundary* 2, 24.3 (1997)，在这本主题专辑中，除了王宁的首篇长篇论文"The Mapping of Chinese Postmodernity"外，中国批评家陈晓明、张颐武、戴锦华等也有文章收入。Wang Ning, "The Reception of Postmodernism in China: The Case of Avant-Garde Fiction", Hans Bertens and Douwe Fokkema eds., *International Postmodernism: Theory and Literary Practice*, Amsterdam and Philadelphia: John Benjamins Company, 1997, pp. 499–510. Brian McHale and Len Paltt eds., *Cambridge History of Postmodern Literature*, Chapter 28: "Postmodern China", by Wang Ning, New York: Cambridge University Press, 2016, pp. 465–479.

题的讨论标志着中国的文学批评已经从封闭的"自说自话"式的独白状态摆脱出来，进入了一个与国际同行平等对话和讨论的境地。① 我们从今天的视角来看，便不难发现，那场讨论的学术价值和意义是深远和重大的，其中一个最主要的特征就在于，中国的学者和文学批评家已经走出国门，以清醒的对话意识和国际视野参与到国际性的文学理论争鸣中，并开始发出"中国的声音"。而在当下关于世界文学的讨论中，更有一批有着自觉的理论意识和广阔的世界视野的学者型批评家积极地用英文著述并在国际学界发出中国的声音。

第三节　世界文学语境下的中国当代文学再识

中国当代文学在很大程度上继承了现代文学的传统，把走向世界进而跻身世界文学主流当作自己的重要任务，而且在过去的三十多年里，中国当代文学确实在走向世界的进程中取得了令世人瞩目的成就，赢得了包括瑞典文学院在内的国际权威的文学评价和研究机构的青睐。出于中国文学近几十年来所取得的成就以及其他诸方面的考虑，2012年，瑞典文学院终于把目光聚焦中国当代文学。10月11日，文学院常任秘书彼得·恩格伦德宣布，将该年度的诺贝尔文学奖授予中国作家莫言，理由是他的作品"将梦幻现实主义与历史的和当代的民间故事融为一体"，取得了别人难以替代的成就。我们都知道，莫言的小说创作受到拉丁美洲魔幻现实主义（magic realism）的影响和启迪，但是在诺奖委员会的授奖词中，却用了"梦幻现实主义"（hallucinatory realism）这一新的术语，这样便清楚地向世人昭示了莫言在文学创作中的独创性。他虽然受到马尔克斯等拉丁美洲魔幻现实主义作家的影响和启迪，但是他又不同于前者，他同时也是中国古典和现代文学的继承者，因此在他的作品中就有着古今中外文学的巨大张力。不同的读者可以从不同的视角来阅读他的作品并获得不同的感受和教益。而他的作品被译成多种外文后又在异国他乡赢得了更多的读者和研究

---

① 关于中国的后现代主义理论讨论的成败得失的总结，参阅王宁《后现代主义论争在中国：反思与启示》，《中国文学批评》2020年第3期；曾军《西方后现代思潮中国接受四十年：历程及其问题》，《中国文学批评》2020年第3期。

者的青睐。莫言作品的译本主要包括葛浩文的英译本和陈安娜的瑞典文译本，因为这两个译本在跨文化阐释方面应该是忠实和成功的。尤其是葛译本准确地再现了莫言的叙事风格，并且使之增色，并且得到莫言本人的认可。这样看来，我们完全可以认为，葛浩文的英译本与莫言的原文具有同等的价值。就总体译文而言，葛译本最大限度地再现了莫言原文本的风姿，消除了其语言冗长和粗俗的一面，使其更加美妙高雅，具有较高的可读性。可见成功的翻译确实已经达到了有助于文学作品"经典化"的境地，这也正是文学翻译所应该达到的"再创造"的高级境地。在这方面，翻译确实起了很大的、在某种程度上甚至是决定性的作用。翻译的"再创造"作用是不可否认的。

　　毋庸置言，莫言的获奖在国内外文学界和文化界产生了很大的反响，绝大多数中国作家和广大读者都认为这是中国文学真正得到国际权威机构承认的一个可喜的开端。也有些自认为距离诺奖很近的中国和亚洲当代作家也许会感到十分不安，因为在他们看来，莫言的获奖至少使得诺奖评委会在短时间内不会将这一大奖授给另一位中国或亚洲作家了。但是实际上，知道内情的人都明白，情况并非如此绝对。1976年和1978年接连两位美国犹太小说家先后获得这一奖项，这一点也并非偶然，而是诺奖评委会早就盯住了这两位美籍犹太作家，此外他们确实成绩非凡，因此他们的接连获奖说明了一种偶然中的必然。① 同样，莫言的获奖也绝非偶然，而是由多种因素共同构成的：他的原文本的质量奠定了使他得以被提名的基础，批评家和学者对他的作品的评论和研究则使他逐步受到瑞典文学院院士们的关注，而英文、法文和瑞典文译本的相对齐全更是使得诺奖评委们可以通过仔细阅读他的大多数作品进而对其文学质量做出最终的判断。在这方面，翻译家和批评家在两条战线上都发挥了重要的作用，而葛浩文的作用确实应得到肯定，尽管不应被夸大到一个不恰当的地步。就葛浩文翻译莫言的作品来看，这其中也有着电影的中介作用。据葛浩文所说，早在20世纪90年代初，他偶然在一家中国书店里买到了莫言的《红高粱》，

---

① 1976年，索尔·贝娄由于"对当代文化富于人性的理解和精妙分析"，获得诺贝尔文学奖；1978年，艾萨克·巴什维斯·辛格则由于"他的充满激情的叙事艺术，这种艺术既扎根于波兰犹太人的文化传统，又反映了人类的普遍处境"，获得诺贝尔文学奖。

他随即便被莫言的叙事所打动,并开始了莫言作品的翻译。而在那之前他就已经看过张艺谋执导的电影《红高粱》,并深为其内容和艺术所打动,因此一直想读一读原著,并亲手将其译成英文。当他于1993年出版第一部译著《红高粱》时,莫言刚刚在国内文坛崭露头角;后来知名学者佛克马从一种比较的视角重读了莫言的作品,在他发表于2008年的一篇讨论中国的后现代主义小说的论文中,就首先讨论了莫言。[①] 毫无疑问,有着独特的比较文学和世界文学眼光的佛克马之所以能在众多的中国当代文学作品中一下就选中莫言的作品并不是偶然的。实际上,在这方面,他并没有与葛浩文做过任何沟通,也没有对该专辑主编做过任何暗示。可见真正优秀的作家一定会同时得到同行作家、译者和评论家的认可的。

当然,莫言的作品中还蕴含着一种世界主义和民族主义的张力,也即他从其文学生涯的一开始就有着广阔的世界文学视野,这实际上也为他的作品能够得到跨文化阐释提供了保证。也就是说,他的作品蕴含着某种"可译性",但是这种可译性绝不意味着他的作品是为译者而写的,对于这一点莫言曾在多种场合予以辩解。应该承认,莫言的作品同时具有民族性和世界性,因为这二者如果处理得当是不矛盾的。也即他不仅为自己的故乡高密县的乡亲或中文读者而写作,而且也更是为全世界的读者而写作,这样他的作品在创作之初就已经具有了某种"可译性"和"普适性",因为他所探讨的都是整个人类所共同面对和密切关注的问题。而他的力量就在于用汉语的叙事和独特的中国视角对这些具有普遍性和世界意义的主题进行了寓言式的再现,这应该是他的叙事无法为其他人所替代的一个原因。可以说,这些特征都一一被葛浩文的英译本和陈安娜的瑞典文译本所保留并加以发挥,这便无可辩驳地说明,优秀的翻译可以使本来写得很好的文学作品变得更好,并加速它的经典化进程,而拙劣的翻译则有可能破坏本来写得很好的作品的形式。

随着世界文学概念再度进入中国,一些中国文学批评家一直试图将中国当代文学放在一个广阔的全球文化和世界文学的语境中来审视,并讨论了世界文学语境中的中国当代文学,我们若从宏观的视角描述中国当代文

---

① Douwe Fokkema, "Chinese Postmodernist Fiction", *Modern Language Quarterly*, 69.1 (2008): 151.

学在世界文学版图上的地位,便不难看出当代中国有三位作家最有希望获得诺奖,他们是余华、贾平凹和阎连科。但是我们的目的并非要对未来有希望获得诺奖的中国作家做出预测,而是试图以诺奖作为世界文学的一面镜子来折射中国作家在其中的位置。当然,在中国当代文坛上,远不止上述三位优秀作家,只是他们在现阶段最为吸引国际文坛和学界的瞩目。人们不难看出,另一位作家格非最近也开始逐步以自己的创作实力和成就吸引了文学评论界的瞩目,并将继续引起国际学界的重视。作为早期的先锋小说代表人物之一,格非的创作并非十分多产,但他的积累却十分厚实,一般人往往只看到他早年所接受的西方后现代主义的影响,但实际上他更加关注中国百年来的历史沧桑和社会变迁。他从 20 世纪中期开始酝酿构思、自 2011 年陆续推出的长篇小说系列"江南三部曲"就是这样一部史诗般的小说。他在坚守文学艺术的精英意识和审美价值的同时,用厚重的笔触描述了自民国初年开始的一个世纪以来中国社会的历史变迁和内在精神的发展轨迹,有力地回击了世界文坛早已发出的"小说之死"或"长篇小说之死"的噪声。因此毫不奇怪,莫言称格非的"江南三部曲"第二部《山河入梦》是"一部继承了《红楼梦》的小说",因为"书中主人公谭功达就是现实的贾宝玉"。这显然是莫言从中国文学的历史角度得出的结论,而在我们看来,若从一个更为广阔的世界文学视角来看,格非的整个三部曲则是一部中国近现代知识分子心灵历程的"史诗",它可以与马尔克斯的《百年孤独》相比美。其不同之处在于马尔克斯以"魔幻现实主义"的手法来描写世间不可能发生的东西,格非则更进了一步,用了"梦幻现实主义"的手法再现了不可能发生的事情中所蕴含的必然因素。那么人们不禁要问,格非的创新之处体现在哪里呢?诚然,除去他的那种书写历史的勃勃雄心外,还有他对未来理想的憧憬。他通过书中人物对创立"大同世界"的动机,夹杂着另一个人物对"桃花源"的迷恋,表达了作者本人的世界主义倾向和普世性的审美理想。这也许正是格非的创作更接近诺贝尔当年所推崇的理想主义精神的方面。

格非的"江南三部曲"在以最高票荣获四年一度的茅盾文学奖后,他的心态依然很平常,并在接受学生采访时毫不隐晦地表示,"没有文学的人生太可惜"。① 这不禁再次使我们想起埃斯普马克多年前说过的一句话,"文学在未来的世纪是不会消亡的",他认为,因为文学本身是一种独特的精神文化产品,它所赖以生存的语言媒介的作用是任何其他媒介所无法替代的,人们不可能通过看电影和电视来欣赏文学作品,他们需要阅读文学作品,从中获得审美快感和艺术享受。因此,"只要人类社会还存在,文学就不会消亡"。② 这也是所有对文学情有独钟的学者和作家所抱有的坚定信念。

我们现在再回过头来看看诺贝尔文学奖这个话题,并结合其与中国文学的复杂微妙关系发表我们的看法。毫无疑问,探讨诺贝尔文学奖与中国文学的关系一直是20世纪80年代以来文学创作和理论批评界的一个热门话题,国内一切对世界文学和诺奖敏感的批评家也确实在这方面发表了不少文字。当然预测中国作家获得诺贝尔文学奖的概率始终是媒体最为关注的话题。我们为很多中国作家与诺贝尔文学奖的失之交臂感到愤愤不平,并就此问题和诺贝尔文学奖的评奖委员做过多次探讨,但得到的回答是,诺贝尔文学奖只是瑞典文学院颁发的诸多文学奖项中的一种,为什么中国作家如此看重这一奖项呢?这个问题击中了中国当代作家中长期存在的一种"诺贝尔情结"。针对这一情结,我们不禁要问,为什么是"诺贝尔情结"而非其他情结呢?正是因为诺贝尔文学奖在当今世界各种繁多的文学奖项中影响最大,所享有的权威性也相对最高。它可以使得一个不太知名的作家在瞬间成为世界级的文学大家,并使他的作品在一段时间内畅销走红,此外还能吸引评论界的关注。但即使如此,我们也应该看到,文学创作方面的竞赛绝不同于体育竞技:后者有着绝对的标准,而前者没有绝对的标准,只有相对的标准。也就是说,在后者,如果你跳高跳过了某一高度,而别人跳不过,你就是当然的世界冠军,除非未来有人打破你的这项纪录而成为新的世界冠军。而文学方面的竞赛则不同,因为它没有绝对客观的标准,所有的标准都是人制定的,给它打分的也是人,也就是说,

---

① 参阅程曦、曲田《格非:没有文学的人生太可惜》,http://news.tsinghua.edu.cn/publish/news/4205/2015/20151012172802401366549/20151012172802401366549_.html。
② 参阅王宁《诺贝尔文学奖、中国文学和文学的未来——访诺贝尔文学奖评委委员会主席埃斯普马克教授》,收入王宁《20世纪西方文学比较研究》,人民文学出版社2000年版,第402页。

除去评奖委员本人的素质外，评奖的原则以及评奖者的审美趣味和评选角度等都会对评奖的结果产生作用。因此我们评判文学作品所能做到的就是大致框定一批第一流的作家及其作品，从中再评选出委员会认为是最好的作家，最后通过讨论和投票表决来决定谁成为获奖者。这大概就是文学奖评选所能达到的最为客观公正的地步了。因此这样评选出来的作家无论通过怎样公正透明的程序，都会在广大读者中产生不同的反响。而诺奖的评选恰恰是秘密进行的，直到获奖者信息公布的前一刻人们都很难猜测到结果。因此便有人认为诺奖评委会不按正常规律出牌，但这正是诺奖的独特之处。当然，不可否认的是，有时衡量某一年度的诺贝尔文学奖评选是否公正客观，最后还得看大多数人的反应如何，或著名的文学评论家和研究者的反应如何。从各方面的反映来看，人们对近几年的获奖者莱辛、莫言、门罗的获奖基本上持肯定的态度，其很大因素在于他们的不少作品经过长时间的考验和文学史的筛选已经成为经典，因此把诺贝尔文学奖授给这样一批作家当然不会有太大的争议。而对近年阿列克谢耶维奇和鲍勃·迪兰的获奖则争议颇多，这在很大程度上有三个原因，其一，她/他本人在此前的"博彩赔率"上呼声并不那么高，被认为是脱颖而出的"黑马"；其二，则在于她/他的创作并非属于纯文学创作，许多毕生从事精英文学创作的大作家都败在了她/他的手下，这在某种程度上说明了纯文学在当今时代所处的尴尬境遇；其三则是她/他本人处于的政治旋涡或大众文化的潮流中。但是如果我们冷静地考虑一下阿列克谢耶维奇和迪兰的文学成就和意义，就不难理解诺奖评委会的良苦用心了。

我们现在再来看看诺奖对于世界文学经典的形成究竟有何影响。毫无疑问，20世纪中各种能够操控作者及其作品的最有力量的权威性机构当推诺贝尔文学奖，因为它可以使一个不甚有名的作家在短时间内成为蜚声世界的大作家，他的作品也随之被"经典化"。但即使对于这一点人们也有着不同的看法。在一个多世纪以来的颁奖实践中，人们逐渐发现，诺贝尔文学奖的权威性总是在不断地受到挑战，它被人们公认的"普世性"权威正在逐渐萎缩。人们可以从世界文学的角度发问，在已经获得这一奖项的一百多位作家中，有多少人的作品今天仍属于世界文学经典？但我们也不能不承认，获得诺贝尔文学奖至少能使这位获奖者得到很大的世界性声誉，同时他的作品也随之畅销并有可能成为世界文学的一部分。

　　最后我们再来看看新世纪中国文坛的状况。毫无疑问，在繁荣的表象背后，仍有着种种令人不安的因素：全球化的浪潮极大地冲击了中国的精英文化及其产品——文学艺术，人们对纯文学的兴趣再也不像以往那样浓厚了，而是把更多的时间放在网上阅读和用智能手机进行人际交流上。不可否认的是，网络的发达为我们获取信息提供了很大的方便，但是对于那些涉世未深的青年人来说，要在海量的信息中去芜存菁进而从事更为有效的阅读则是一个很大的挑战。至少我们可以看到，文学再也不像20世纪80年代改革开放初期那样能够产生轰动的效应了，作家经不起商品经济的诱惑，或者走上了为媒体和市场写作的道路，或者一味取悦众多的读者。他们不是引导读者进行有效的阅读和欣赏，而是一再迁就低层次读者的欣赏趣味，有的作家甚至以自己写作的速度和产品的数量以及挣得的版税的多少而感到骄傲。这当然是一个世界性的问题，连从事文学研究数十年的美国学者J. 希利斯·米勒都感到忧心忡忡，但他却依然潜心文学研究。这样一种浮躁的创作心态怎能促使我们的作家写出划时代的巨著呢？显然是不可能的。因此中国作家要想在近十年内再度问鼎诺贝尔文学奖，就必须沉下心来，排除各种外界干扰，潜心创作出厚重的文学巨著。另一方面，文学批评界也应该及时发现优秀的作家及其作品，不仅在国内给他们以应有的评价，同时也在国际文学理论批评界为他们所取得的成就做宣传和介绍。在这方面，我国的文学研究者过去所做的工作实在太少了，以至于不少在国内声名赫赫的大作家在国外，尤其在英语文学界，却很少有人知道。中国经济的飞速发展已经取得了令人瞩目的成就，中国同时也应该成为一个文化大国和文学大国，中国不仅应该输出劳动力，更应该输出自己的文化产品和理论。而现今衡量文学质量的标准是多元的，我们在找不出另一个可以与诺奖相比的世界性文学大奖之前，中国作家的问鼎诺贝尔文学奖就有着重要的意义。令人欣慰的是，瑞典文学院的院士们早已经开始关注中国当代有实力的作家及其优秀作品了，不少西方著名出版社也争相购买中国作家的优秀作品的版权，并组织优秀的翻译家去翻译，一些西方著名的文学研究刊物也积极约请国内学者编辑关于中国文学研究的专辑。① 这一切均可以影响诺贝尔文学奖的评奖委员,因此我们可以预言,在下一个十年内,中国作家再度问鼎诺贝尔文学奖应该是很有可能的。

---

① 客观地说,最近十多年来,随着中国经济的腾飞,越来越多的西方人文学者开始关注中国文化和文学了。这里仅列举几个例子:自20世纪90年代以来,瑞典文学院院士马悦然就得到北欧航空公司的支持,邀请了一批颇具创作实力的中国当代作家前往访问,瑞典的翻译界也组织翻译了莫言等人的作品;美国的一些出版社也购买了余华、徐小斌、姜戎等当代实力派作家的代表作的版权,并组织翻译出版。国际文学研究期刊 *Modern Fiction Studies*, *Neohelicon*, *Narrative*, *Comparative Literature Studies*, *Modern Language Quarterly* 等也邀请中国学者编辑研究20世纪中国文学和中国现代小说的主题专辑。所有这些努力都将有助于中国当代文学走向世界和问鼎诺贝尔文学奖。

第 七 章

从比较诗学到世界诗学的建构

"世界文学"在近二十年来已成为国际人文学科的又一个热门话题。① 我们都知道,当年歌德之所以提出世界文学的构想,在很大程度上是因为他在读了包括中国文学在内的一些非西方文学作品后受到极大的启发故提出了这一带有乌托邦色彩的构想。同样,中国的文学理论也曾对西方学者的比较诗学理论建构产生过较大的影响,但对于这一点,大多数主流的西方文学理论家却全然不知或者拒不承认。在这方面,美国学者刘若愚(James J. Y. Liu,1926—1986)、法国学者艾田浦(René Etiemble,1909—2002)、荷兰学者佛克马(1931—2011)以及美国学者孟而康(Earl Miner,1927—2004)等人则做过一些初步的尝试。孟而康甚至提出一种跨文化的比较诗学理论模式,但他的诗学理论并未上升到总体文学和世界文论(诗学)建构的高度。② 其原因在于,在当时的西方中心主义占主导地位的情况下,非西方的文学和批评理论经验并未被当作建构一种普适性世界文论的基础。而在今天世界文学已成为一种审美现实的情况下,文学理论也进入了一个"后理论时代"。关于"后理论时代"的理论情势已有不少

---

① 虽然关于世界文学问题的讨论自歌德提出其构想以来一直有所讨论,但真正作为一个热门话题引起学界广泛关注和讨论则始自 20 世纪初,尤其是戴姆拉什出版专著《什么是世界文学?》之后这方面的著述才不断增多。

② 他在这方面的一部集大成之著作就是出版于 20 世纪 90 年代的专著:*Comparative Poetics: An Intercultural Essay on Theories of Literature*, Princeton, New Jersey: Princeton University Press, 1990。

学者做过讨论，这里无须赘言。① 我们在提出一种世界诗学建构之前想再次强调，"后理论时代"的来临使得一些原先被压抑在边缘的理论话语得以步入前台，认知诗学在当今时代的兴盛就是一个明证。此外，"后理论时代"的来临打破了西方中心主义一统天下的格局，使得来自小民族的或非西方的文学理论家和文学研究者得以与我们的西方乃至国际同行在同一个层次上进行平等的对话。有鉴于此，我们完全可以基于世界文学和比较诗学这两个概念建构一种同样具有普适意义的世界诗学。

第一节 从比较诗学、认知诗学到世界诗学

在当今时代，由于文化研究的冲击，谈论含有诸多审美元素的诗学早已被认为是一种奢侈品。即使在国际比较文学界，讨论比较诗学问题也只是在一个很小的圈子里进行，而且还要与当下的社会和文化问题相关联。人们或许会认为，在文化研究大行其道、文学理论江河日下的情形下，文学面临着死亡的境地，文学理论（literary theory）也早就演变成了漫无边际的文化理论（cultural theory），谈论比较诗学还有何意义？讨论诗学问题是否有点不合时宜？但这只是西方文论界的情形，并不代表整个世界的文学理论状况。尤其是在中国的文学理论界，经过近百年来对西方理论的学习和对比较文学的弘扬，再加之近几年来世界文学理念和认知诗学的引进和发展，中国的文学理论家已经娴熟地掌握了西方文论建构的路径和方法，此外，我们在大量引进西方文论时，也从未忽视发展我们自己的文学批评和理论实践，可以说现在已经到了建构自己的理论话语并在国际学界发出强劲声音的时候了。

当然，建构一种具有普适意义的文学阐释理论，或曰世界诗学，首先

---

① 这方面可参阅王宁的一系列著述《"后理论时代"的文学与文化研究》，北京大学出版社 2009 年版以及论文《"后理论时代"的文化理论》，《文景》2005 年第 3 期；《"后理论时代"西方理论思潮的走向》，《外国文学》2005 年第 3 期；《穿越"理论"之间："后理论时代"的理论思潮和文化建构》，台湾《"中央"大学人文学报》第 32 期（2007 年 10 月），《"后理论时代"中国文论的国际化走向和理论建构》，《北京大学学报》2010 年第 2 期，《再论"后理论时代"的西方文论态势及走向》，《学术月刊》2013 年第 5 期以及《"后理论时代"的理论风云：走向后人文主义》，《文艺理论研究》2013 年第 6 期。

要通过对中国和西方以及东方主要国家的诗学进行比较研究，才能站在一个新的高度提出自己的理论建构，否则重复前人或外国人早已做过的事情绝不可能取得绝对意义上的创新。因此本章首先从比较诗学的视角切入来探讨不同的民族/国别文学理论的可比性和综合性。通过这种比较和分析，我们通过各民族/国别诗学或文论的差异之表面窥探其中的一些共性和相通之处，这样建构一种具有普适意义的世界诗学就有了合法性和可行性。当然，建构世界诗学有着不同的路径，它具体体现在下面几个方面：（1）世界诗学必须突破西方中心主义的局限，包容产生自全世界主要语言文化土壤的文学理论，因此对它的表达就应该同时是作为整体的诗学体系和作为具体的文学阐释理论；（2）世界诗学必须跨越语言和文化的界限，不能只是西方中心主义或"英语中心主义"的产物，而更应该重视世界其他地方用其他语言发表的文学理论著述的作用和经验，并且及时地将其合理的因素融入建构中的世界诗学体系；（3）世界诗学必须是一种普适性的文学阐释理论，它应该能用于解释所有的世界文学和理论现象，而不管是西方的还是东方的、古代的还是现当代的文学和理论现象；（4）世界诗学应同时考虑普适性和相对性的结合，也即应当向取自民族/国别文学和理论批评经验的所有理论开放，尤其应该关注来自小民族但确实具有普适意义的文学和理论；（5）世界诗学作为一种理论模式，在运用于文学阐释时绝不可对文学文本或文学现象进行"强制性阐释"，而更应该聚焦于具体的文学批评和理论阐释实践，并及时地对自身的理论模式进行修正和完善；（6）世界诗学应该是一种开放的理论话语体系，它应该能与人文学科的其他分支学科领域进行密切的深度对话，并对人文科学理论话语的建构做出自己的贡献；（7）世界诗学应该具有可译性，以便能够对英语世界或西方语境之外的文学作品和文本进行有效的阐释，同时在被翻译的过程中它自身也有所获；（8）任何一种阐释理论，只要能够用于世界文学作品的阐释和批评就可跻身世界诗学，因此世界诗学也如同世界文学概念一样永远处于一个未完成的状态；（9）世界诗学既然是可以建构的，那它也应处于一种不断地被重构的动态模式中，那种自我封闭的且无法经过重构的诗学理论是无法成为世界诗学的，因此每一代文学理论家都可以在实际运用中对它进行质疑、修正甚至重构。总之，世界诗学构想的提出，使得比较诗学有了一个整体的视野和理论高度，同时也有助于世界文学理论概念的进一步完善。它也像世界文学这个理论概念一样,可以作为一个由中国学者提出并值得讨论甚至争论的理论话题引发国际性的理论讨论,同时也能在一定程度上改变和修正现有的世界文学和文论的格局。

在当前的国际比较文学和文学理论界,尽管许多学者以极大的热情投入了关于"世界文学"概念的讨论,但却很少有人去深入探讨与世界文学相关的理论问题,这些学者也不企望建构这样一种具有普适意义的世界诗学。① 另一方面,世界文学伴随着世界主义这个大的论题的再度出现,已经变得越来越吸引东西方的比较文学和文学理论研究者,一些有着重要影响力的学者也参与讨论并且提出了关于这一颇有争议的概念的各种定义。同样,不少学者已经试图将世界文学研究与文学经典的形成和重构以及重写文学史等论题相结合,以便取得一些突破性的进展。但是在我们看来,国际学界迄今所取得的成果远远不能令人满意,其原因在于至今尚无人提出自己的全新理论建构。对文学理论问题的讨论也依然停留在比较诗学的层面,并没有在孟而康的比较诗学研究基础上做出理论上的升华和建构。因此在提出我们的理论建构之前,简略地回顾一下孟而康的比较诗学概念和他已经做出的开拓性工作仍有必要。因为在我们看来,正是在西方中心主义的思维模式主导国际比较文学研究的那些年代里,孟而康力挽狂澜,颇有洞见地提出了"跨文化的比较诗学研究",他也曾经引领着一批学者褴褛筚路,朝着一个世界诗学建构的方向在前进。

孟而康在对东西方文学和理论著作进行比较研究时,从东西方文学和理论著作中收集了大量的例证,从而发现了"一种生成性诗学",② 虽然

---

① 西方的世界文学研究者在这方面发表了大量的著述,其中最有代表性和影响力的主要有:Emily Apter, *The Translation Zone: A New Comparative Literature*, Princeton and Oxford: Princeton University Press, 2006; Theo D'haen, *The Routledge Concise History of World Literature*, London and New York: Routledge, 2012; David Damrosch, *What is World Literature?*, Princeton, NJ: Princeton University Press, 2003; David Damrosch, *How to Read World Literature*, Oxford: Wiley-Blackwell, 2009; Moretti, Franco. "Conjectures on World Literature", *New Left Review*, 1 (January-February 2000), pp.54 – 68. 这些著述大都围绕着世界文学这个话题进行构想(Moretti)、讨论(Damrosch)、争论(Apter)并总结(D'Haen),但是都没有涉及世界诗学或文学理论问题。

② [美]厄尔·迈纳:《比较诗学:文学理论的跨文化研究札记》,王宇根、宋伟杰等译,中央编译出版社1998年版,第314页,译文略有改动。

他没有使用诸如"世界"(world)或"普世的"(universal)这类词,但他实际上意在突破西方中心主义或者所谓的"东""西"二元对立的思维模式,从而建立起某种具有普遍意义的诗学体系。因为在他看来,这样一种普遍的或系统性的诗学首先应当是"自满自足的",不应该受制于特定的时代和批评风尚的嬗变,这样它才有可能成为具有普适意义和价值的美学原则。显然,孟而康仍然持有一种充满精英意识的(比较)文学研究者的立场,集中讨论一些在文学史上已有定评的经典文学作品,但却很少讨论当代文学作品和文学现象。另一方面,孟而康在20世纪90年代初出版专著《比较诗学》后不久就患病,后来由于英年早逝而未能实现他已经开始萌发的世界诗学构想,这无疑是他的比较诗学建构的一个局限。[①]他的另一个局限则在于,作为一位有着精英意识的日本学研究者,他头脑里考虑最多的是日本的古典文学和文论,虽然他在书中也稍带提及了中国的文学理论著作,但却全然不提现代文论,故而他的研究更具有史的价值而并不能引发当下的理论讨论。因此,后来在文化研究异军突起并迅速步入学术前沿时,比较诗学便逐步被"边缘化"了。我们都知道,在孟而康的《比较诗学》出版的20世纪90年代初,正是文化研究崛起并对比较文学学科产生强有力冲击的年代,尤其是美国的比较文学学者,更是言必称文化研究。而且在研究对象方面,文化研究也反对传统的习俗,挑战精英意识,以当代非精英文化和通俗文化为研究对象,这就更与有着精英和经典意识并排斥当代文论的比较诗学大相径庭,因此比较诗学很快就被淹没在文化研究的"众声喧哗"声中,只是在一个狭窄的小圈子里发挥有限的功能和影响。

有鉴于此,我们认为,从历史的角度来看,古代文论基本上是自满自足和相对封闭的,它要想在今天依然发挥其应有的理论争鸣和阐释作用,那就应当被今天的文学和批评实践激活,通过它的现代转型来实现它的当代功能。而19世纪后半叶以降的现代文论无疑是开放和包容的,虽然在很大程度上带有欧洲中心主义或西方中心主义的色彩,并有着跨学科和非文学化的倾向,但它已经被东西方的文学批评实践证明是行之有效的,当

[①] 关于孟而康的比较诗学价值以及理论建构上的局限,参阅 Wang Ning, "Earl Miner: Comparative Poetics and the Construction of World Poetics", *Neohelicon*, 41 (2014) 2: 415-426.

然它也是很不完备的。在当今这个跨文化的语境下它很难显示出其普适意义和价值，因此建构一种具有相对普适意义的世界诗学势在必行。

此外，我们之所以要提出世界诗学的理论建构，还受到当代认知诗学的启迪，这也是我们提出自己的世界诗学理论建构的一个基础。因为在我们看来，提出世界诗学的建构，如果没有广泛深入地对中外诗学或文学理论进行比较研究的话，就如同一座空中楼阁那样不攻自垮。而认知诗学则是近十多年来从边缘逐步进入中心的一个新的研究领域，它介入文学和语言之间的界面研究，专注文学的语言因素考察和研究。它提醒人们，文学既然是语言的艺术，对它的研究就不可能忽视从语言形式入手的经验研究。因此认知诗学的崛起实际上起到了文化理论衰落之后的某种反拨作用。它近几年在中国的兴盛更是说明了这种理论模式的阐释力和可行性。本章的目的并非专门讨论比较诗学和认知诗学，但这二者在我们的理论建构中却是无法回避的。它们对我们的启迪也是十分重要的。

首先我们从比较诗学谈起。比较诗学（comparative poetics）质言之，就是比较文论研究，它是一个以文学理论的比较为核心内容的研究领域，是比较文学的一个分支学科，它既包括了不同国家、不同民族诗学的影响研究和平行研究，也包括了跨学科、跨文化诗学的比较研究。但是比较诗学并不意味着仅仅采取比较的方法来研究文学理论，它还可以将文学的理论阐释作为其观照的对象，因此它同时也是诗学的一个分支。而认知诗学（cognitive poetics）则是近十多年来十分活跃的一个文学批评流派，它将认知科学的原则，尤其是认知心理学的原则，用于文学文本的阐释。它与读者反应批评，尤其是注重读者的心理反应作用的那一派密切相关；此外，它也与专注文学的语言学界面研究的文体学关系密切，常常被欧洲的一些崇尚文学经验研究的学者用来分析文学文本的语言因素。认知诗学批评家也像当年的英美新批评派批评家那样，致力于文学文本的细读和分析。但与他们不同的是，认知诗学批评家并不仅仅满足于此，他们同时也认识到语境的重要性，尤其关注对文本意义的发掘。因此认知诗学也突破了新批评派那种封闭式者专注文本的做法，同时也超越了结构主义者专注语言形式的做法，它所显示出的生命力已经越来越为当代理论界所认可。

如果说，比较诗学理论家孟而康是一位来自精英文学研究的美国学者的话，那么认知诗学的奠基人鲁文·楚尔（Reuven Tsur）则是一位地地道道的来自小民族和小语种的理论家,他所出生的国家是东欧的罗马尼亚,远离西欧的文学理论主流,所操持的母语更是不入主流。后来他所工作的国家以色列是一个远离欧美中心但却与欧美学界有着密切关系的边缘地区。楚尔在写于1971年的博士论文中发展了一种被他称之为"认知诗学"的方法,试图将其推广到所有的文学和诗学研究中。作为一种跨学科的文学研究方法,认知诗学涉及的范围极广,包括文学理论、语言学、心理学和哲学的多个分支。就文学研究而言,认知诗学探讨的是文本的结构与人类感知性之间的关系,并对发生在人的大脑里的各种作用充当协调者。楚尔的贡献就在于将这种认知诗学应用于格律、声音的象征、诗歌的节奏、隐喻、诗歌本身以及变化了的意识状态的研究,他从探讨文学的"文学性"乃至"诗性"入手进行研究,但又不仅仅局限于此;他所建构的认知诗学还被用于更广泛的领域,诸如某个时期的风格、文类、建筑范式、翻译理论、批评家的隐含风格、批评能力以及文学史等领域的研究。当然这种美好的愿景能否在实际文学阅读和批评实践中得到有效的运用还有待于实践的检验。

但是,在文化理论和文化研究大行其道的"黄金时代",一切专注于文学文本的语言因素考察研究的批评和阐释都被边缘化了,认知诗学也是如此。而在当今的"后理论时代",文化理论的黄金时代已经过去,文化批评的批判锋芒有所锐减,文学研究再度收复一些失地,但与以往不同的是,后理论时代的文学研究更加注重文学的经验研究,这显然为认知诗学的兴盛奠定了基础。

我们在提出世界诗学理论建构时,之所以要提及认知诗学,其原因有两个:其一,作为对某些大而无当的文化理论的一种反拨,认知诗学依然专注文学文本,并注重文学的语言因素,因而与诗学的关注对象比较接近;其二,既然鲁文·楚尔被认为是认知诗学的奠基人,那么他的双重边缘身份也值得我们重视,他的出身背景(罗马尼亚)和工作环境(以色列)都是典型的小民族。但是他却有一种世界主义的胸怀,善于采用世界通行的语言——英语作为写作的媒介,通过英语的影响力和流通渠道把自己的理论建构传播出去,这无疑对我们中国学者的理论建构是一种启示。于是这一来自小民族的边缘地区的理论在当今这个"后理论时代"从边缘走向中心,经过英语世界的中介又对汉语世界的文学和语言学研究产生了重要的影响。因此这也是我们在提出世界诗学理论建构时可以借鉴的一个重要启示。

第二节 世界诗学的构想和理论建构

如前所述,本章的重点是要提出我们的世界诗学理论建构。当然,由于篇幅所限,我们不可能全面阐释我们所要建构的世界诗学的内容,但我们将尝试在本章中提出这一构想并对之进行初步的论证,以便在今后的著述中逐步加以拓展和完善。首先,我们想强调的是,提出世界诗学或世界文论这一理念究竟意味着什么?在一个"宏大叙事"已失去魅力的"微时代",理论建构还有何意义?它还能起到何种作用?实际上在我们看来,它的意义和价值就在于建构一种有着共同美学原则和普适标准的世界性的文学理论。也许人们会问,既然世界各民族/国别的文学和文化千姿百态,能有一个普世公认的审美标准吗?我门的回答既是否定的同时又是肯定的:在绝对意义上说来这显然是不可能的,但依循一种相对普适的审美标准来进行理论建构还是可以做到的。多年前,当歌德在阅读了一些非西方文学作品后发现了各民族文学之间的一些共通因素,对于这一点我们完全可以从他对世界文学的理念的建构中见出端倪。当歌德于19世纪上半叶提出这一理论构想时几乎被人们认为是一个近乎乌托邦式的假想,尽管歌德从表面上看来摆脱了欧洲中心主义的桎梏,但他同时又陷入了德意志中心主义的陷阱,认为德国文学是世界上最优秀的文学。之后马克思和恩格斯在《共产党宣言》中再次提到"世界的文学"概念时才将其与资本主义的世界性扩张和文化的全球化特征联系起来。[①] 在后来一段漫长的时间里,由于民族主义的高涨,世界主义的理念被放逐到了边缘,尽管一些有着比较意识和国际视野的文学研究者大力提倡比较文学研究,但早期的比较文学研究依然缺乏一个整体的和世界文学的视野,正如莫瑞提所讥讽的,"比较文学并没有实现这些开放的思想的初衷,它一直是一个微不足道的知识事业,基本上局限于西欧,至多沿着莱茵河畔(专攻法国文

---

① 参见[德]马克思、恩格斯《共产党宣言》,人民出版社1966年版,第30页。

学的德国语文学研究者）发展，也不过仅此而已。"① 我们今天提出世界诗学的构想也应吸取这一历史教训，切忌故步自封和唯我独尊，也不能将世界诗学建构成为西方中心主义的有限扩展版。因此在我们看来，这样一种世界诗学或文论不能简单地来自西方文学，也不能只是来自东方文学，更不能是东西方文学和文论的简单相加。它应该是一种全新的文学阐释理论，应该是经过东西方文学批评和阐释的实践考验之后切实可行的理论概念的提炼和抽象，应该在对优秀的世界文学和理论的扎实研究之基础上加以建构，这样它才有可能被用于有效地解释所有的东西方文学现象。这也许正是我们应该超越前人未竟的事业所应做的工作。

第一，世界诗学必须突破西方中心主义的局限，包容产生自全世界主要语言文化土壤的文学理论，因此对它的表达就应该同时是作为整体的诗学体系和作为具体的文学阐释理论。既然世界诗学意指全世界的文学理论，那么它就应该像世界文学那样，同时以单数和复数的形式来加以表述。由于"诗学"（poetics）这一术语在英文中无法区分其单复数形式，我们便使用"文学理论"来加以表述：作为总体的世界文论（world literary theory）和具体的世界（各民族/国别的）文论（world literary theories）。前者指这样一种总体的世界文论所具有的普适意义的较高准则，也即它应该是世界优秀的文学理论的升华和结晶，后者则应考虑来自不同的民族/国别文学的具体文论和范畴。但是那些能够被视为世界诗学的理论必定也符合普适性的高标准，必须可用于解释世界各民族文学中出现的所有现象。因此，仅仅基于某个民族/国别的文学和文论经验而建构的理论如果不能在另一个民族/国别的文学研究中得到验证就算不上世界性的诗学或理论。

第二，世界诗学必须跨越语言和文化的界限，不能只是"英语中心主义"的产物，而应重视用其他语言撰写并发表的文学理论著述的作用和经验，并且及时地将其合理的因素融入建构中的世界诗学体系，这样世界诗学便具有了跨越语言和文化之界限的特征。我们都知道，西方文化传统中由亚里士多德提出，后来又经历代理论家发展完善起来的诗学理论就

---

① Franco Moretti, "Conjectures on World Literature", *New Left Review*, 1 (January-February 2000), p. 54.

经历了不断的挑战、补充和重构，它在用于东方文学作品和现象的阐释时也被"东方化"进而具有了更多的普适意义和价值。而相比之下，在英语世界出版的几乎所有讨论文学理论史的主要著作中，非西方国家的文学理论或者受到全然忽略，或者简单地被稍加提及，根本没有占据应有的篇幅。尽管中国有着自己独特的、自满自足的诗学体系（其标志性成果就是刘勰的《文心雕龙》），但迄今为止西方的主要理论家却几乎对此全然不知，即使在孟而康的题为《比较诗学》的专著中对之也很少提及。而相比之下，在中国，从事中国古代文论研究的学者若不知道亚里士多德的《诗学》和贺拉斯的《诗艺》至少是不能登上大学讲台讲授文学理论课的。这与西方学者对中国文学和文论的微不足道的了解简直有着天壤之别。因此，对中国以及东方诗学的忽略和不屑显然是西方学者在探讨世界文论或诗学过程中的一个严重缺陷。作为中国的比较文学和文学理论研究者，我们要强调指出的是，编撰一部完整的世界文论史或诗学史应该包括符合这一标准的主要非西方文论著作，尤其是像《文心雕龙》这样一部博大精深的文论著作，更不应该被排斥在世界诗学经典之外。

第三，世界诗学既然被认为是一种普适性的文学阐释理论，那么它就应能用于解释所有的世界文学现象，不管是西方的还是东方的，亦或是古代的还是现当代的文学现象。实际上，长期以来，东方文化和文学对来自西方的理论一直持一种包容的和"拿来主义"的态度，一些东方学者甚至对来自西方的文学理论顶礼膜拜，在自己的著述中言必称西方，而对自己国家的文学理论则远没有达到这种推崇的地步。确实，自从近现代以来，中国、日本和印度的比较文学学者早就自觉地开始用西方文学理论来解释自己的民族/国别文学和理论现象，他们在用以解释自己的文学现象的过程中，通过创造性的转化，使得原来有着民族和地域局限的西方理论具有了"全球的"（global）特征和普适的意义，而在许多情况下则在与当地的文学实践的碰撞和对话中打上了"全球本土的"（glocal）印记。但在那些西方国家，即使是在汉学家中，文学研究者仍然一直在沿用从西方的文学经验或文化传统中得出的理论概念来解释非西方的文学现象，例如在西方的中国文学研究领域，这种现象就比较突出。既然我们要建构一种世界性的诗学理论，我们就应该努力克服这种西方中心主义的思维模式，尽可能地包容产生自各民族和各种文化土壤的具有普适性的理论范畴和概念,否则一部世界诗学史就会变成西方诗学的有限的扩展版。

第四,建构世界诗学应同时考虑到普适性与相对性的结合,也即它应当向所有的民族/国别文学和理论批评经验开放,尤其应该关注来自小民族但确实具有普适性的文学和理论。正如美国文论家J. 希利斯·米勒在描绘文学作品的特征时所指出的,"它们彼此是不对称的,每一个现象都独具特色,千姿百态,各相迥异"①。在各民族/国别文学之间,并不存在孰优孰劣之分,因为每一个民族/国家的优秀文学作品都是具有独创性的,"人们甚至可以把它们视为众多莱布尼兹式的没有窗户的单子,或视为众多莱布尼兹式的'不可能的'世界,也即在逻辑上不可能共存于一个空间里的众多个世界。"② 既然诗学探讨的对象是文学现象,当然也包括文学作品,那么它就应当像那些作品一样内涵丰富并对不同的理论阐释开放。确实,由于某种历史的原因,西方诗学总是比其他文化传统的诗学要强势得多,因此它经常充当着某种具有普世公认之合法性的标准。一些非西方的理论批评家往往热衷于用西方的理论来阐释本民族/国别的文学现象,这当然无可厚非,但问题是他们常常只是通过对本民族/国别的文学现象的阐释来证明某个西方理论的有效性和正确性,而缺少与之对话并对其加以改造和重构;其他国家和地区的批评理论或美学原则也很少能影响它,更遑论被用以解释来自西方文学传统的现象了。应该承认,东西方文学和文论交流的这种巨大反差在今后相当长一段时间内还会存在并且很难克服。孟而康作为一位跨文化比较诗学理论家,始终对西方世界以外的文学和诗学抱有一种包容的态度,他曾指出:"认为最伟大的文学都是最公正的社会的产物是不能令人信服的,尽管可以断定,用那一时代的标准来衡量,不公正的社会不可能创造出有持久影响力的作品。"③ 但事实恰恰是,在封建沙皇专制统治的农奴制度下照样产生出像果戈里、托尔斯泰和陀思妥耶夫斯基这样伟大的作家,在文学理论界也出现了像别林斯基和车尔尼雪夫斯基这样伟大的文学理论家和批评家。因此我们完全可以得出这

---

① J. Hillis Miller, *On Literature*, London and New York: Routledge, 2002, p. 33.
② J. Hillis Miller, *On Literature*, London and New York: Routledge, 2002, p. 33.
③ [美] 厄尔·迈纳:《比较诗学:文学理论的跨文化研究札记》,王宇根、宋伟杰等译,中央编译出版社1998年版,第328页,译文略有改动。

样的结论，社会制度的先进与否与文学成就并非是成正比的。同样，有时重要的作家或理论家也许来自小民族或弱势的国家，因此我们有必要采取一种文化相对主义的态度来看待世界上不同的诗学之价值，切不可重蹈西方中心主义的覆辙。

第五，世界诗学作为一种理论模式，在运用于文学阐释时绝不可对文学文本或文学现象进行"强制性阐释"，而应该聚焦于具体的文学批评和理论阐释实践，并且及时对自身的理论模式进行修正和完善。所谓"强制阐释"，正如有学者已经指出的，就是不顾文学自身的规律，从文学以外的理论视角进入文学，将根据非文学经验抽象出来的理论强行用于对文学作品及文学现象的阐释，其目的并非是为了丰富和完善文学作品的意义，而更是为了通过对文学现象的阐释来证明该理论的正确性和有效性。[①]这样一种"理论中心主义"的意识已经渗入到相当一部分理论家的无意识中，使他们采取理论先行的方式，不顾文学作品的内在规律，强制性地运用阐释暴力来介入对文学作品意义的解释，结果既不能令作者本人信服，更不能令广大读者信服。当然，我们要区分理论家的本来用意和后来的阐释者对它的强制性滥用。在当今这个跨文化和跨学科研究的大趋势下，文学也不可避免地受到非文学理论话语的侵蚀，因此在文学研究界，我们经常可以听到"返回审美"的呼声。从非文学的理论视角进入文学作品并对其进行阐释本身并无可厚非，但是其最终目的应有利于对文学文本的阐释、文学意义的建构和文学理论的丰富与发展，而不应仅仅满足于证明某种理论是否正确和有效。

第六，世界诗学应该是一种开放的理论话语，它应能与人文学科的其他分支学科领域进行对话，并对人文科学理论话语的建构做出自己的贡献。这与上面一点是相辅相成的，因为在过去的几十年甚至上百年里，文学本身已经发生了巨大的变化，过去在文学的高雅殿堂里并没有地位的很多作品，今天已经跻身于文学经典之中，这一切均对我们的文学理论提出

[①] 关于当代文学理论批评中的"强制阐释"及其反拨，参阅张江《当代西方文论若干问题的辨识——兼及中国文论建设》，《中国社会科学》2014年第5期，第4—37页。张江的论文发表后在国内外产生了很大的影响，关于这种反响，可参阅王敬慧《从解构西方强制阐释到建构中国文论体系——张江近年来对当代西方文论的批判性研究》，《文学理论前沿》第14辑（2016），第147—164页。

了严峻的挑战。同样，文学理论今天再也不像以往那样纯洁或自足了，它在一定程度上与文化理论融为一体。对于这一现象，新历史主义者斯蒂芬·格林布拉特（Stephen Greenblatt）称之为"文化诗学"，[①] 他试图在经典文学艺术与通俗文学艺术之间进行协商，以便建立一种可以沟通艺术与社会的文化诗学。结构主义理论家茨维坦·托多罗夫（Tzvetan Todorov）在仔细考察了文学的变化后也得出这样的印象："文学的领地对我来说简直大大地拓宽了，因为它现在除了诗歌、长篇小说、短篇小说和戏剧作品外，还包括了大量为公众或个人所享用的叙事、散文和随想作品。"[②] 确实，在过去的一百年里，文学本身发生了巨大的变化，以至于那些毕生从事文学研究的学者也开始担心印刷的文学作品是否迟早要被新媒体所取代。[③] 连2016年度的诺贝尔文学奖评委会也一反以往的精英意识，将该年度的诺奖授给了以歌词写作和演唱著称的美国民谣艺术家迪兰·鲍勃，其理由在于他在美国歌曲中注入了创新的"诗意表达法"。迪兰的获奖使一大批等待了多年的精英文学作者大失所望。我们都知道，诺贝尔文学奖的一个重要评奖原则就在于它应该授给那些写出"具有理想主义倾向的作品"的作家。对于这个"理想主义倾向"做何解释一直是文学批评家争论不休的一个问题。我们的看法是，迪兰的获奖一方面展现了他个人的非凡想象力，另一方面则标志着精英文学与大众文学的进一步弥合，而作为开风气之先的诺奖可谓是当代文学走向的一个风向标。对于这一现象，我们毋须回避。此外，作为文学研究者，我们也应该认识到，经典的文学理论正是我们从祖先那里继承而来的，但这并不意味着要排除所有那些非经典的理论，因为它们中的一些概念和范畴或许会在未来跻身于经典的行列。这样看来，世界诗学就不是一个封闭的经典文论的体系，而应当是一个开放的体系，它可以吸纳适于解释文学现象的所有理论。

第七，世界诗学应该具有可译性，以便能够对来自东西方语境的文学作品和文本进行有效的阐释，同时在被翻译的过程中它自身也应有所获，

[①] 参阅 Stephen Greenblatt, "Towards a Poetics of Culture", in H. Aram Veeser ed., *The New Historicism*, New York and London: Routledge, 1989, p. 12。

[②] Tzvetan Todorov, "What is Literature For?" *New Literary History* 38.1 (2007), 16–17.

[③] Cf. J. Hillis Miller, *On Literature*, London and New York: Routledge, 2002, pp. 1–10.

因为世界诗学的一些理论范畴必须经过翻译的中介才能在各种语言和文学阐释中流通并得到运用，不可译的理论范畴是无法成为世界诗学的。毫无疑问，翻译会导致变异，尤其是文学理论的翻译更是如此。理论的旅行有可能使原来的理论在另一语境中失去一些东西，但同时也会带来一些新的东西。因此翻译既是"不可能的"同时也是不得已而为之的。众所周知，一个人不可能通过学会所有的语言来学习文学和理论，他在绝大多数情况下得依赖翻译，因此翻译就是必不可少的。我们过去经常说的一句话看来应该做些修正：越是民族的就越是世界的。诚然，越是具有民族特征的东西就越是有可能具有世界性的意义。但是如果离开了翻译的中介，越是具有民族特色的东西就越是不好翻译，最终也就越是难以走向世界。因而这句话应该改成：越是具有民族特征的东西越是有可能成为世界的，但是它必须具有可译性，通过翻译的中介从而为世界人民所共享。如果一种理论通过翻译能够把新的东西带入到另一文化语境中，就像西方文学理论影响了中国现代文论那样，那么这一理论就被证明具有了某种普适的意义，它就肯定会作为一种世界性的文论或诗学。同样，如果一种理论或诗学仅仅适用于一种文化语境，那么这种理论就绝不可能被视为世界文论或诗学。

第八，任何一种阐释理论，只要能够用于世界文学作品的阐释和批评就可跻身世界诗学，因此世界诗学也如同世界文学一样，永远处于一个未完成的状态，而它的生命力也体现于这一点。各民族/国别的文学和理论批评经验都可以向这一开放的体系提供自己的理论资源，从而使之不断地丰富和完善，最终作为一个文学理论范畴载入未来的文学理论史。那种忽视来自小民族的理论家的贡献的大国沙文主义也会和西方中心主义一样注定要被我们这个有着多元文化特征的时代所摒弃。我们从前面的亚里士多德的诗学理论和楚尔的认知诗学理论不难看出这一点：前者来自希腊这样一个欧洲小国，后者来自以色列，都是名副其实的小民族。这二者所赖以产生的语境也是不一样的：前者所产生自的希腊语即使对当代希腊人来说也近乎一种很难学的古典语言，后者的提出者倒是认识到了语言的流通性和传播特征，故选择了用英文来表达，因而便很快地走向了世界。

第九，世界诗学既然是可以建构的，那它也应当处于一种不断地被重构的动态模式，每一代文学理论家都可以在自己的批评和理论阐释实践中对它进行质疑、修正甚至重构。如上所述，本章的目的并非要提出一种恒定不变的世界诗学原则，而只是想提出一种理论建构的思路，通过这种建构的提出，引发围绕这一建构的理论讨论和争鸣。既然在过去的几十年里，西方理论家建构了诸如现代主义和接受美学这样的概念，西方的东方学学者也根据自己那一鳞半爪的东方文化知识建构了各种"东方主义"，我们作为东方的文学理论家和研究者，为什么不能从自己的文学经验出发，综合东西方各国的文学经验，建构一种具有相对普适意义和价值的世界诗学呢？当年歌德对世界文学理念的构想在过去的一百九十多年里不断地引发讨论和争论，同时它自身也在沉寂了多年后在当今的全球化时代再度兴起，不断地吸引人们对之进行质疑和重构。事实证明，世界文学是一个开放的理论概念；同样，世界诗学的构想也应该如此，因为它所据以建构的基础就是比较诗学和世界文学。因此世界诗学建构绝不是少数理论家躲在象牙塔里杜撰出来的不切实际的幻想，而是有着深厚的理论基础和文学实践经验的建构。

以上就是我们力图建构的一种世界诗学之内涵和特征。当然，别的学者也可以提出另一些标准来判断一种诗学是否算得上是国际性的或世界性的，但是目前来看，上述九条标准足以涵盖这样一种构想中的世界诗学之特征了。

第三节　世界诗学建构的理论依据和现实需要

在简略地勾勒了世界诗学构想的蓝图后，我们自然会面对国内外学界同行们的质疑。也许人们会问，在当今的西方文论界，建构"宏大叙事"式的理论话语体系早已成为历史，甚至带有许多非文学因素的文化理论的"黄金时代"也已成为过去，建构世界诗学有可能吗？或者说，即使我们在中文的语境下建构出一种世界诗学，它能否得到国际同行的认可并在批评中行之有效呢？确实，现当代西方文论缺乏一个整体的宏观的理论建构，这也许正是其发展的重要特征之一。我们都知道，自黑格尔和康德以后的西方文学理论家并不志在创立一个体系，而是选取自己的独特视角对这一体系的不完善之处进行质疑和修补。他们不屑于对已有的理论进行重复性的描述，而是试图从新的视角对之质疑和批判，其做法往往是矫枉过正，通过提出一些走极端的理论来吸引同行的注意和反应。这就是在西方治学与在中国治学的差异之所在。我们认识到了当代西方文论的这一特征，才不揣冒昧地提出我们的这一不成熟的思路，如果我们的理论建构能够引起国内外同行的讨论和质疑，我们的目的就初步达到了。其次，对于这种世界诗学的理念能否行得通则有待于今后的批评和阐释实践来证明。因此我们首先要回答第一个问题，也即我们所提出的世界诗学的理论建构究竟有何理论依据？质言之，这一理论依据主要在于这三个方面。下面我们逐一加以阐释。

1. 世界诗学是基于世界文学和比较诗学研究成果之上的一种理论升华，它并非是理论家躲在象牙塔里发出的无病呻吟或奇思妙想，而是根据文学创作和理论批评实践的需要而提出的，因此它有着丰富的世界优秀文学作品和理论著述作为基础，它所面向的也自然是文学理论批评实践和阐释。目前我们所面临的事实是，迄今占据世界文论主流的西方文论并未涵盖全世界的文学和理论经验，它在很大程度上是从其自身——西方国家——的文学创作和理论批评经验中抽象出来的，因此用于解释西方文学文本和文学现象确实是行之有效的，而且经过千百年历史的考验已经被证明是一种具有相对普适意义的理论。但是自歌德对世界文学做了"非西方中心主义"式的建构后，越来越多的西方理论家开始把目光转向西方世界以外的文学创作经验，他们也出版了自己的世界文学史，对世界文学领域内长期占主导地位的西方中心主义思维模式发起了强有力的挑战。众所周知，理论概念的提出须有丰富的实践基础，既然世界文学的实践已经走在我们的前面了，作为文学理论工作者，我们理应提出自己的理论构想，以便对这些错综复杂的文学现象加以理论性概括和总结，同时也建构自己的批评理论话语。因此在这个时候提出世界诗学的构想应该是非常适时的。

2. 迄今所有具有相对普适性的文学阐释理论都产生自西方语境，由于其语言和文化背景的局限，这些理论的提出者不可能将其涵盖东西方文学和理论的范畴和经验，尽管一些重要的理论家的理论通过强制性的阐释也能用于对非西方文学的阐释，但毕竟漏洞很多。这一点我们完全可以从用来自西方的一些理论概念来阐释中国文学现象时的成败得失中见出端倪。有鉴于此，一些具有国际视野和比较眼光的中国文学理论家便在长期的实践中首先创造性地将这些具有相对普适意义的理论原则用于阐释中国的文学现象，并在阐释的过程中对其加以改造甚至重构，因而便在中国的语境下出现了"西方文论中国化"的现象。世界文学也就有了中国的版本，比较诗学进入中国以后迅速催生了中西比较诗学研究这一领域，这种种现象的出现也为我们提出自己的理论概念和批评话语奠定了基础。

3. 中国学者始终关注西方文学理论的前沿课题，并及时地将其译介到中国，同时我们又有丰富的东方本土文学和理论批评经验与理论素养，因此在当今这个"后理论时代"，当文学和文化理论在西方处于衰落时，我们中国的学者和理论工作者完全有能力从边缘步入中心，并在与西方乃至国际同行的对话中提出我们自己的理论建构。我们都知道，当年歌德在阅读了一些包括中国文学在内的东方文学作品后提出了自己的"世界文学"构想："民族文学现在算不了什么，世界文学的时代已快来临。现在每一个人都应该发挥自己的作用，使它早日来临。"① 但当时歌德提出"世界文学"理念时仍带有一些欧洲的或者德意志中心主义的色彩，他所呼唤的"世界文学时代"的来临只是一种乌托邦的幻想。而在今天的全球化时代，"新的世界文学学科则恰恰相反，因为它可以被看作是为挽救文学研究所做出的最后一搏。它含蓄地声称，研究全世界的文学是理解全球化的一种方式"②。我们可以进一步推论，研究世界文论或建构世界诗学，也是对世界文学创作的理论总结和升华。在这方面，中国的理论家应该做出自己的贡献。

最后我们要强调指出的是，世界诗学建构的提出，有助于世界文学理论概念的进一步完善，它作为一个由中国学者提出的值得讨论甚至争论的理论话题，同时也能改变和修正现有的世界文学和文论之格局。关于前一点，我们可以从最近中国当代文学理论界出现的一些"重建中国批评话语"的尝试中见出端倪。在这方面，中国学者张江敢于另辟蹊径，以自己的独特视角对西方文论中的种种不完备之处提出自己的质疑，并得到了

---

① 引自 David Damrosch, *What is World Literature?* Princeton and Oxford: Princeton University Press, 2003, p.1。

② J. Hillis Miller, "Globalization and World Literature", *Neohelicon*, 38, 2 (2011), pp.253–254.

西方同行的回应和认可,① 这种敢于挑战西方理论权威并善于主动对话的积极进取精神是令人钦佩的。他的另一个可贵之处则在于,他不仅停留在对西方文论的批评性解构的层次上,而且大胆地提出了自己的"本体阐释",按照张江的解释:

> 确切表达,"本体阐释"是以文本为核心的文学阐释,是让文学理论回归文学的阐释。"本体阐释"以文本的自在行为为依据。原始文本具有自在性,是以精神形态自在的独立本体,是阐释的对象。"本体阐释"包含多个层次,阐释的边界规约本体阐释的正当范围。"本体阐释"遵循正确的认识路线,从文本出发而不是从理论出发。"本体阐释"拒绝前置立场和结论,一切判断和结论生成于阐释之后。"本体阐释"拒绝无约束推衍。多文本阐释的积累,可以抽象为理论,上升为规律。②

也就是说,阐释并不是我们理论工作者的最终目的,我们的最终目的是要提出自己的理论建构,这样才能在当代全球化语境下各种理论话语的众声喧哗中发出中国学者的独特声音。当然这种声音一开始可能是十分微弱的,甚至完全有可能为国际学界所不屑,但这在很大程度上是由于中国文学在世界文学中的地位所决定的。可以肯定,随着中国文学在世界文学版图上的地位日益扩大,中国文论的地位也会相应地得到提高,但是这仍然需要我们自己去不懈地努力。

人们也许会问道,中国的文学理论在世界文学理论的版图上究竟处于何种地位?我们的答案是:与其文学一样,长期以来一直是相对边缘的,但是中国学者和理论家们的"非边缘化"和"重返中心"的努力正在进行之中,并已经取得了初步的成效。中国文论中究竟有多少著述已经跻身

---

① 这方面可参阅中国学者张江和美国学者米勒就文学意义及其理论阐释问题的一组对话:Exchange of Letters About Literary Theory Between Zhang Jiang and J. Hillis Miller, in *Comparative Literature Studies*, Vol. 53, No. 3 (2016), 567–610;以及王宁的导言:"Introduction: Toward a Substantial Chinese-Western Theoretical Dialogue", 562–567。

② 毛莉:《张江:当代文论重建路径——由"强制阐释"到"本体阐释"》,《中国社会科学报》2014年6月17日号。

世界文学理论之林？我们的答案是过去很少，现在已经开始逐步增多，但与中国文论实际上应有的价值和世界性意义仍是很不相称的。职是之故，世界诗学的建构对于重写世界文学史和文论史进而扩大中国文学和理论在世界文学和文论版图上的地位十分有益。

接下来人们也许会进一步问：随着中国经济的腾飞和越来越多的中国文学和人文学术著作的外译，中国当代文论在世界文论版图上的地位如何呢？我们的答案是依然不容乐观。但另一方面，我们也可以从中国旅美美学家李泽厚的论著《美学四讲》被收入2010年出版的国际权威的《诺顿理论批评文选》（第二版）这一事实看到一些希望。[①] 但是，令人遗憾的是，对于一位早在年轻时就已在中国成名并有着一定国际知名度的现已年届九十的老人，这一天的到来确实太晚了，因为和他同时收入《诺顿理论批评文选》的还有两位比他年轻近二十岁的理论家——斯拉沃热·齐泽克（Slavoj Žižek，1949— ）和霍米·巴巴（Homi Bhabha，1949— ），以及更为年轻的性别理论家朱迪丝·巴特勒（Judith Butler，1956— ）和新马克思主义理论家迈克尔·哈特（Michael Hardt，1960— ）。而收入该文论选的美国理论家的人数众多，甚至与法国和德国旗鼓相当，这未免让人感到疑惑。众所周知，美国的文学批评理论大多来源于法国和德国，但是美国批评家善于创造性地将那些来源于法德两国的理论用于文学批评和理论阐释，因而明显地使之发生了变异并且最终形成了美国的特色。德里达的解构理论在美国的变形并形成文学批评耶鲁学派的例子就是一个明证。正是受到这一现象的启发，我们将来源于西方的比较诗学和世界文学加以语境化并结合中国的理论批评实践提出世界诗学的构想和理论建构就是一个尝试。我们想借此契机推动中国文论的国际化进程，当然这还有待于我们自身的努力和国内外同行的认可。总之，如果说，歌德当年呼唤世界文学时代的来临确实有点"不合时宜"的话，那么在今天世界文学已经成为一种审美现实的情况下，世界诗学的建构还会遥远吗？

---

① Cf. Li Zehou, "Four Essays on Aesthetics: Toward a Global View", in *The Norton Anthology of Theory and Criticism*, ed. Vincent B. Leitch. 2nd ed., New York: Norton, 2010, pp. 1748–1760.

中　编

世界文学语境下的中国现代文学

第八章

世界文学语境下的中国现代小说

20世纪的中国文学,一方面与中国历史上的文化传统保持着一定的继承和反叛的张力,另一方面又在欧风美雨的浸润下展现出很多异域特征,并在继承与反抗、影响与抵制、保守与创新的商讨斗争中不断地创新和发展。我们在本章中将以宏观话语分析与微观个案探讨相结合的方式探究中国现代小说的创作与世界文学语境的关联。本章分为三个部分,第一节讨论中国现当代小说与世界文学互为包含的融合关系以及看待中国现当代小说的中国/世界性综合性视角;第二节讨论有具体代表性的中国现代小说家与世界文学及文化的关系,包括鲁迅、巴金、老舍、张爱玲、林语堂、莫言、余华、韩少功等;第三节讨论世界文学语境下现代中国混血性世界文学文化观念的产生及其在中国现代文学创作中的表现。

第一节 中国现代小说的世界性思考视角

从20世纪初开始,来自欧美的浪漫主义、现实主义和现代主义(唯美主义、象征主义等)等思潮就影响了诸如鲁迅、巴金、曹禺、郭沫若、茅盾等一大批中国作家的创作,而表现主义、达达主义、未来主义、立体主义、超现实主义等先锋派思潮也对20世纪二三十年代的中国文坛造成了巨大的冲击,产生了很多令人震撼甚至惊世骇俗的作品。这种外来影响快速传播以及中国作家对这些思潮所做的回应,都直接将中国文学带入了一种世界文学的语境中。如果说,在20世纪之前,在政治和经济上相对孤立的中国还可以外在于世界文学之林的话,那么到了20世纪,我们便再也无法将中国文学与世界文学相分割了。而到了20世纪七八十年代，随着中国改革开放大趋势的到来，中国与世界各国在经济、文化、贸易等各个领域的交流迅猛拓展，大量的外国文学作品和文学理论著作被翻译介绍到国内；在全球化程度日益深化，交通运输、信息共享和互联网技术日渐发达的今天，从理论上我们可以说几乎世界上所有的文化思潮都能做到在中国同步传播。中国的文学作品正在越来越多、越来越快也越来越好地被翻译成英语和其他外语，并传播到国外，而外国的文学作品和理论著作也以更快的速度被翻译到中国语境中。

20世纪上半叶，林语堂、老舍和张爱玲等将自己的作品翻译成英语在国外出版或许还是为数不多的个案，但到了20世纪末，颇具影响力的中国作家，如贾平凹、莫言、余华、王安忆等，积极地寻求外语（包括但不仅仅是英语）翻译则似乎成为一种目的明确的推广行为。从20世纪末开始，无论是中国经济还是文学、文化界，都鼓噪着一个响亮的口号"中国，走出去！"或者"让中国走向世界"，很多时候甚至上升到一种战略的高度。但其实，其本意不过是"让世界了解中国"。因为就理论上而言，中国本来就在这个世界上，中国本来就是世界的一部分，没有中国的世界是残缺而不完整的。就文学而言，我们虽然惯于将中国文学与"世界文学"（很多时候其实是指外国文学）二元对立起来，但其实，中国文学本来就是世界文学的一部分。因此，缺少了中国文学的世界文学也是残缺而不完整的。本章主要聚焦于20世纪的中国现代小说并将其置于世界文学的语境中进行观察和讨论，其目的之一就是要突破这种意识形态上的自我封闭心态，将中国文坛看成是整个世界文坛的一部分。如果说世界文坛是一条大河，那么中国文学就是这条大河的一条不算很小的支流；如果说世界文坛是一棵大树，那么中国文学就是这棵大树上的一个蓬勃生长、枝叶茂密的树枝；如果说世纪文坛是一首优美繁复的交响乐，那么中国文坛就是这支交响乐里面不可缺少的小提琴。

我们在探讨中国作家所受到的外来影响时，不能同意外来影响是促成中国现代文学发生的唯一源头的说法。因为在我们看来，外国文学与文化思潮甚至并不是最重要的源头。用华裔美国学者王德威的话说，如果我们不否认晚清时期的中国社会并非是完全静止不动的，那么我们就没有理由否认中国文学"有能力创造出自己的文学现代性",① 而非全然靠着西方文学的影响与刺激方能获得现代性。曾军在探讨西方文论与中国文论建构的关系时也指出,西方文论的冲击与影响的论述是一种很可质疑的预设;② 刘康在思考中国与世界的关系时更是进一步呼吁要打破这种二元对立的思维模式,并多次指出,我们现在不应该仅仅自缚于"世界与中国"(world and China) 的习惯性思维框架,而要用一种开放与自信的心态去思考"世界的中国"(China of the world),③ 只有这样我们才能更加全面、更为客观地看清中国文学发展的脉络,更加准确地做好20世纪中国文学的全球定位,也为21世纪的中国文学带来更加理性的启示。在此,我们同意陈思和先生关于20世纪中外文学交流的观点。在关于20世纪中国文学的"外来影响"的诸多研究之中,"中外文化杂交中产生出某些具有外来影响因素的艺术想象,却被解释成暧昧的私生子一样,仿佛没有西方文学的'种子',中国这片土地上就会寸毛不长"④。陈思和以一种全球性的眼光,将整个文学世界看成是一个包括各种文化区域在内的"多元多姿的庞大格局",进而以平等的态度去探讨世界各国不同文化之间的交往关系。正是在这一意义上他提出了"中国文学中的世界性因素"这一重要命题。⑤ 传统的比较文学"影响研究"所采用的实证方法,关注的是外国作家作品和外国文艺思潮如何影响了中国作家,并在其作品中如何显现的。这种实证性的考察是十分重要的,也是极为必要的,但我们要避免形

---

① [美]王德威:《晚清小说新论:被压抑的现代性》,宋伟杰译,台北:麦田出版社2003年版,第41页。

② 曾军:《"西方文论中的中国问题"的多维透视》,《文艺争鸣》2019年第6期,第95页。

③ [美]刘康:《西方理论的中国问题——以学术范式、方法、批评实践为切入点》,《南京师范大学学报》(哲学社会科学版)2019年第1期,第18页;另见《世界的中国,还是世界与中国?我的回应》,《文艺争鸣》2019年第6期,第134—136页。

④ 陈思和:《中国文学中的世界性因素》,复旦大学出版社2011年版,第119页。

⑤ 陈思和最初在《中国比较文学》1993年第1期发文(《20世纪中外文学关系研究的一些想法》)提出了中外文学关系中中国文学的"世界性因素"问题,此后对其不断丰富和发展,至2001年再次于《中国比较文学》第1期刊登题为《20世纪中外文学关系研究中的"世界性因素"的几点思考》的文章,"从方法论和观念论两个层面,全面系统地阐述了对中外文学关系研究中'世界性因素'的看法。它对传统的以实证为基础的影响研究提出了大胆质疑,提出从世界文学的大背景下重新审视中外文学交流。"该文"摘要",第8页。

成一种世界/中国、影响者/接受者这样的一种二元对立思维模式，更不能由此得出中国现代文学的产生只是得益于外国影响的偏颇结论："既然中国文学的发展已经被纳入世界格局，那它与世界的关系就不可能完全是被动接受，它已经成为世界体系的一个单元。在其自身的运动（其中也包含了世界的影响）中形成某些特有的审美意识，不管与外来文化的影响是否有直接关系，都是以自身的独特面貌加入世界文学行列，并丰富了世界文学的内容。……世界/中国的二元对立结构不再重要，重要的是中国与其他国家的文学在对等的地位上共同建构起'世界'文学的复杂模式。"因此，我们可以将"20世纪中国文学的世界性因素"这一研究模式定义为："在20世纪中外文学关系中，以中国文学史上可供置于世界文学背景下考察、比较、分析的因素为对象的研究，其方法上必然是跨越语言、国别和民族的比较研究"。[①]那么，何谓中国文学中的"世界性因素"呢？陈思和在1997年探讨韩少功的《马桥词典》的论文中指出："深深陷于世界文化和文学信息旋风中的当代中国文学创作，它的独创性并不是以其是否接受过外来影响为评判标准的，而是以这种影响的背后生长出巨大的创造力为标志。我把中国作家在创作中表现出来的这种创造力称为当代文学创作中的世界性因素。"[②]这种文学的创造力并不会因为其所受的外来影响而削弱了其原创性，也不会因为其世界性因素而失去了其含金量和独特的价值。正是在这一思路下，我们开始思考并考察中国的现代小说家及其作品；也只有在世界文学的全球性视域下，我们才能更加准确、更为深刻地检视20世纪中国小说的发展脉络及其成败得失。

第二节　中国现代小说家与世界文学和文化

19世纪末、20世纪初是一个国际国内局势动荡不安、战乱频仍、中国国运衰竭、国难当头的时代，从文化上讲也是一个中西文化急剧冲突、古今文化激烈交锋的时代。旧的文化体制和传统从19世纪就已经开始凋

[①] 陈思和：《中国文学中的世界性因素》，复旦大学出版社2011年版，第107页。
[②] 陈思和：《〈马桥词典〉：中国当代文学的世界性因素之一例》，《当代作家评论》1997年第2期，第38页。

敝但尚未完全覆灭，新的文化模式在古今中外多种因素的交锋中有待诞生。这一时期的知识分子和作家大多数都是既或多或少因袭了中国古代的文化传统和士大夫精神，另一方面又作为最初的觉悟者和启蒙者率先睁眼看世界，如饥似渴地从西方吸取各种新知，以求保种保国、救亡图存。举凡科学技术、政治体制、社会制度，以至文学艺术，都是世纪之交的知识分子急于学习和效仿的领域。

鲁迅（1881—1936）原名周树人，生于浙江绍兴，少时曾入私塾读书，学的大都是传统的四书五经，意在考取功名，后家道中落、父亲病逝，之后他进入南京水师学堂和江南陆师学堂附设矿务铁路学堂学习开矿等技术，1902年毕业后公费赴日本弘文学院留学，1903年转入日本仙台医学专门学校（现日本东北大学）学习医学，1906年因观看一部关于"日俄战争"的画片而对国人的麻木愚弱深感绝望和痛心，遂决定弃医从文，因为在他看来，即使国民的"体格如何健全，如何茁壮，也只能做毫无意义的示众的材料和看客……所以我们的第一要著，实在改变他们的精神，而善于改变精神的是，我那时以为当然要推文艺，于是想提倡文艺运动了"①。从此鲁迅开始走上了通过翻译、介绍外国尤其是弱势国家的文艺作品，继而通过文艺创作而进行救国救民的道路。但其实在鲁迅出国之前，就阅读过赫胥黎的《天演论》以及林纾翻译的一些外国小说，而当他在南京上新式学校期间也接触了诸如格致、算学、地理、历史、绘图、体操等不少典型的西式教育的科目的知识。弃医从文后，他于1918年5月发表了中国现代文学史上第一篇白话文小说《狂人日记》，由此奠定了"新文学运动"的基石。后来鲁迅自己谈起当初的创作动机时，说了一段我们现在耳熟能详的话，就是他当初开始写小说是因为既不能写论文也没有翻译可做，所以只好写一点"小说模样的东西塞责"，"大约所仰仗的全在先前看过的百来篇外国作品和一点医学上的知识，此外的准备，一点也没有"②。这无疑充分说明了鲁迅所受的外国文学的影响之深，他通过翻译、介绍大量的外国文学作品，尤其是弱势小国的反抗性文学作品，从中学到了很多小

---

① 鲁迅：《呐喊》"自序"，《鲁迅全集》（第6卷），光明日报出版社2015年版，第1304页。
② 鲁迅：《我怎么做起小说来》，《鲁迅全集》（第2卷），光明日报出版社2015年版，第463页。

说的写作手法。据我们了解，对鲁迅产生极大影响的作家和文艺理论家包括果戈里、陀思妥耶夫斯基、显克微支、易卜生、波德莱尔、安特莱夫、阿尔志跋绥夫、夏目漱石、拜伦、尼采、厨川白村等。① 确实，鲁迅在开始创作之前饱受过中国传统的私塾教育，为他日后的文学创作打下了深厚的国学底子；他在创作之前对外国文学的大量翻译和介绍也为他的文学创作奠定了良好的基础，而且可以说，鲁迅在中国传统国学和外文（他除了精通日文，在日本留学期间还学习了俄文和德文）方面的造诣并不是我们一般人可比的。鲁迅此处的自谦其实是在就小说的创作技法即"小说作法"②而言的，而并非说他毫无传统文化和其他方面的积淀，只是凭着读了百来篇外国作品就可以一跃而成为新文学运动的奠基者的。

巴金（1904—2005）生于四川成都，十六岁入成都外国语专门学校学习，期间广泛涉猎过大量西方文学及社会科学著作，十八岁开始发表作品；1927年赴法国留学，1929年回国继续文学创作并从事编辑、翻译、文艺理论创作等文化活动。"五四"时期的各种外国思想和主义在青年人中间极为流行，尤其是在巴金留学法国期间，深受当时法国思想界的人道主义、民主精神和无政府主义的影响，就连巴金自己都认为他是当时最受西方文学影响的中国作家之一。他在留法期间阅读了大量法国著作包括卢梭、左拉、蒲鲁东、罗曼·罗兰等人的作品。卢梭对他的影响不仅限于其人道主义和民主主义思想等方面，也包括其人格形塑和精神气质等多个方面。除法国思想家和文学家之外，俄国思想家和作家对巴金的影响也不容小觑，诸如屠格涅夫、托尔斯泰、克鲁泡特金和车尔尼雪夫斯基等人的著述都对他发生过很大的影响。另外不得不提及的是，基督教思想对巴金的长期而深远的影响。巴金少年时即接触过圣经和基督教，在国外留学期间跟基督徒和信仰基督教的作家都有直接的接触，他所景仰的很多作家和理论家如托尔斯泰和克鲁泡特金等也都有

---

① 我国研究鲁迅与外国作家的关系的著作很多，此处仅列出几种：高旭东：《鲁迅与英国文学》，陕西人民教育出版社1996年版；《走向二十一世纪的鲁迅》，中国文联出版社2001年版；李春林（主编），《鲁迅与外国文学关系研究》（上、下册），吉林人民出版社2005年版；钱理群：《鲁迅作品十五讲》，北京大学出版社2003年版；汪晖：《反抗绝望：鲁迅及其文学世界》，生活·读书·新知三联书店2008年版等。

② 鲁迅：《我怎么做起小说来》，《鲁迅全集》（第2卷），光明日报出版社2015年版，第463页。

着深刻的基督教思想甚至信仰，因此我们可以在其很多作品如《灭亡》《爱情三部曲》《激流三部曲》等作品中，都显现出基督教的博爱平等精神和忏悔赎罪意识。① 但是，中国传统的儒家思想，尤其是将个体融入群体之中并使生命得以绵延的思想也是深入巴金骨髓的。②

老舍（1899—1966）是满族人，幼时曾受一个满族远亲刘寿绵（即后来皈依佛门的宗月大师）的资助入私塾读书，1922 年受洗加入基督教会，这期间开始发表短篇小说。1924 年赴英国任伦敦大学亚非学院中文讲师，期间开始大量创作小说。1929 年夏季离开英国后，先是去法国、荷兰、比利时、瑞士、德国和意大利等国游历了大约有四个月之久，然后乘坐轮船到达新加坡，在那里的一所中学教授中文亦达半年之久；之后于 1930 年初回国并应聘到齐鲁大学教书。1946 年 3 月，他又受到美国国务院的资助，和曹禺一起赴美国讲学、创作并翻译自己的作品，直到 1949 年 10 月回国。在 1924 年首次出国之前，老舍就已经深受基督教思想的影响，在教会学过英语而且还做过相关的翻译，包括一本基督教小册子《基督教的大同主义》；出国后更是因为教学后无所事事而广泛阅读了大量英文作品，其中包括西方经典作家如但丁、萧伯纳、威尔斯、契诃夫、叔本华等人的作品，尤其是狄更斯的小说并深受其创作理念和形式的影响。③ 老舍在英伦三岛、欧洲各国和新加坡等地的生活和工作经历，也都对他的思想产生了深刻的影响，不仅让他意识到落后的中国需要向西方强国学习先进的制度、科学和民主理念，也让他认识到世界上各族人民之间相互沟通、平等相处的重要性，以及对未来社会的一种世界主义的憧憬。这在其小说《二马》《小坡的生日》和戏剧《大地龙蛇》等作品中都有所反映。除此之外，老舍也深受佛教、伊斯兰教和中国传统的儒家文化的影响。其作为少数民族的满族身份也使他与当时的主流社会意识形态保持着一定的距离，这种种因素都促成了老舍著作中的世界主义因素，④ 这也

---

① 高旭东、贾蕾：《巴金与基督教》，《中国比较文学》2000 年第 3 期，第 47—56 页。
② 贾蕾：《论中西文化对巴金建构理想人格的影响》，《理论学刊》2011 年第 5 期，第 122 页。
③ 老舍：《我怎样写〈老张的哲学〉》，《老舍全集》（第 16 卷），人民文学出版社 2008 年版，第 162—164 页。原载《宇宙风》1935 年 9 月 16 日第 1 期。
④ Anfeng Sheng, "Exploring the Cosmopolitan Elements in Lao She's Works", *Comparative Literature Studies*, 2017, 54（1）: 125–140.

就使得老舍作品在海外的传播和接受较为容易,并且使他成为继鲁迅之后在海外传播最广、影响最大的现代作家。

许地山(1894—1941)籍贯广东揭阳,生于台南。中日甲午战争台湾被日本占领之后,许地山随家迁回大陆,居住在福建龙溪。他幼时曾入私塾。1913年,许地山受聘到一所位于缅甸仰光的华人学校任职。1921年他与沈雁冰、叶绍钧、王统照、郑振铎、周作人等人发起成立文学研究会,并创办了会刊《小说月报》。1922年,他与梁实秋、谢婉莹等人到美国哥伦比亚大学哲学系学习,并于1924年获得文学硕士学位,继而进入英国牛津大学研究宗教史、印度哲学、梵文、人类学及民俗学。1927年,许地山回国并在燕京大学文学院和宗教学院任教,同时致力于文学创作。许地山一生创作的文学作品多以自己熟悉的中国闽、台、粤地区以及东南亚各国和印度为背景,充满浓厚的异域浪漫风情和深刻的宗教情怀。他二十岁即到缅甸教学,后来赴哥伦比亚大学学习宗教史,再后来到牛津大学研究比较宗教学,还曾两度去印度游学并拜访过著名诗人、亚洲第一位诺贝尔文学奖获得者泰戈尔。异域的风景与文化习俗都在他的文学创作中有所体现。这里要特别指出的是许地山的宗教情怀。受到母亲影响,许地山从小就对佛教有着浓厚的兴趣,后来又两次赴印度学习,更是加深了他对佛教的体悟。[①] 另一方面,他又信奉基督教,在英美学习时,经常去教堂做礼拜。抛开许地山周旋于佛教、基督教、道教等多种宗教之间的矛盾态度不谈,宗教那种悲天悯人的情怀、博爱意识、牺牲与救赎精神等,都在许地山的文学创作中打上了深深的烙印,反映在他那种忧国忧民的忧患意识、改良社会拯救人类的抱负,以及热心于社会公益和发展教育事业等多个方面。

林语堂(1895—1976),福建龙溪人,身兼作家、翻译家、学者和语言学家,曾多次获得诺贝尔文学奖提名,被视作20世纪前半叶西方世界最有影响力的中国知识分子和"中国、中国文化的代言人(de facto spokeman)"[②]。虽然鲁迅、巴金和老舍等中国现代作家均有跨文化学习和

[①] 薛克翘:《许地山的学术成就与印度文化的联系》,《文史哲》2003年第4期,第121—127页。

[②] Suoqiao Qian, "Introduction", *The Cross-Cultural Legacy of Lin Yutang: Critical Perspectives*, edited by Qian Suoqiao, Berkeley: Institute of East Asian Studies, University of California, Berkeley, 2015, p. 1.

生活的经历，但与这些在其他国家攻读本科、硕士或游学等简短的国外学习、工作和生活经历的作家相比，林语堂拥有更丰富也更为深入的跨文化体验，对西方文化的了解更为透彻，同时他也是以英语为媒介的世界文学写作的倡导者和践行人。林语堂出生在一个基督教家庭，父亲林至诚为当地牧师。在基督教家庭背景的影响下，林语堂小学和中学分别就读于两所基督教教会学校。中学毕业后考入英文授课的基督教教会大学上海圣约翰大学。由于教会学校主要使用英语授课，重视基督教文化的教学而排斥中国文化，林语堂在成长阶段便习得了熟练的英语和良好的西方文化知识，但他对中国文化身份的追求却受到基督教学校的压抑。华裔美国学者陈荣捷（Chan Wing-Tsit）指出，当时中国基督教学校对中国文学进行压制，"成为一名基督教徒不仅意味着在行为、思想和言语上的非中国化，还意味着反华。他入读的教会大学将忽视中国哲学视为美德，同时几乎将热爱中国艺术视为罪恶"①。林语堂虽然早期不是基督徒，但是根据他父亲的基督教牧师背景和学校重视西方文化教学的授课环境来看，我们可以推测基督教价值观及其他西方文化思想在林语堂的自我形成中的重要作用，以及对他的中国文化身份的抑制。林语堂自己也表露了西式教育对他中国文化身份压制的抱怨："他从小就知道古犹太国约书亚将军吹倒耶利哥城的故事，而到了三十岁后才听闻孟姜女哭倒长城的传说。"② 这也是他完成学业后，积极释放自己的中国文化身份，致力于在英语世界不断地研究和传播中国文学文化的重要原因之一。1919 年，林语堂获得半额奖学金前往哈佛大学攻读比较文学博士学位，师从西方著名诗人 T. S. 艾略特的导师白璧德（Irving Babbitt）以及哥伦比亚大学的斯平加恩（Joel Spingarn）、布鲁克斯（Van Wyck Brooks）等西方学者，受到当时美国兴盛的文学表现主义思潮的影响。③ 因为经济原因，林语堂在哈佛大学入读一年后，辍学前往法国和德国工作和学习，并在德国莱比锡大学获得中国哲学博士学位。华裔英国学者钱俊指出，长期在西方思想主导的环境下进行生活学习，让

---

① Chan Wing-Tsit, "Lin Yutang, Critic and Interpreter", *The English Journal*, 1947 (1), p. 1.
② 陈灵强：《林语堂的革命观——从 1929 年林语堂与鲁迅失和说起》，《文艺争鸣》2017 年第 11 期，第 109 页。
③ Richard Jean So, *Coolie Democracy: U. S. – China Political and Literary Exchange*, 1925 – 1955, PhD Dissertation, Columbia University, 2010, pp. 168 – 170.

欧美的各类政治文化思想在林语堂的价值观里占有重要地位。① 回国后,林语堂主编《西风》《小评论》等杂志,向国内介绍西方文化,以及思考中国经验中的世界主义元素。1935年他在赛珍珠和她丈夫沃尔什(Richard Walsh)的邀请下定居美国,并开始用英语进行文学写作。林语堂的作品主要用英语写成在美国出版,代表作包括小说三部曲《京华烟云》(1939)、《风声鹤唳》(1941)、《朱门》(1953),以及介绍中国文化和哲学的书籍如《吾国吾民》(1935)、《生活的艺术》(1937)等。林语堂创作生涯的前期与鲁迅、老舍、胡适等作家、知识分子观念一致,在作品中吸纳西方优秀文化、思想来改造中国文化,以实现文化现代化的目标。在他移居美国后,林语堂采取了与中国知识界相反的方式,即由践行吸收西方文化来改造中国文化创作理念转变为通过翻译和写作小说、杂文等方式向西方世界介绍中国文化,并使用中国文化哲学对西方的工业文明批判性反思,探索中国文化国际传播的有效路径。例如,林语堂的《生活的艺术》(1937)向美国读者介绍了中国的庄子哲学以及该哲学所倡导的生活方式。该书在发行的第二年便成为美国畅销书排行榜第一名,且持续时间长达52周;后来又重印达40余次,并被翻译为10多种不同的语言在英国、法国、德国、意大利、日本、瑞典等西方国家销售,② 成为中国作家所创作的最为成功的世界文学作品之一。

沈从文(1902—1988),原名沈岳焕,出生于湖南凤凰。在出生家庭方面,沈从文与张爱玲类似,均家境殷实。沈从文的祖父曾任贵州省高官,为家庭积累了相当的财富和声誉。但沈从文的父亲参与革命,刺杀袁世凯未果,最后躲往内蒙古,无法回家,导致了家境的逐渐衰落。在成长经历上,沈从文又与莫言颇为相似。他们都没有像张爱玲、林语堂、鲁迅等作家有机会在英美、香港或日本留学的经历,在年少时也没有机会接受正规的教育,而且都有年少参军并在军队中担任文员的经历。③ 沈从文在

---

① Suoqiao Qian, "Introduction", *The Cross-Cultural Legacy of Lin Yutang: Critical Perspectives*, edited by Qian Suoqiao, Berkeley: The Institute of East Asian Studies, University of California, 2015, p. 7.
② 乐黛云:《从中国文化走出去想到林语堂》,《中国文化报》2015年12月18日,第3版。
③ Alice Xin Liu & Shen Congwen, "Shen Congwen: A Letter", *Granta* 119: *Britain*, the Online Edition, 2012 (April), https://granta.com/shen-congwen-a-letter/ (Accessed by 16/12/2019); Jonathan Spence, "An Expert on Loss", *New York Times*, 1995 (Dec.), https://www.nytimes.com/1995/12/17/books/an-expert-on-loss.html (Accessed by 16/12/2019).

1915 年至 1917 年在湖南当地接受小学教育，毕业后在 1918 年，加入了湖南当地的军队。1922 年，沈从文来到北京，旁听北京大学相关课程，次年参加北大入学考试，但未被录取。在诺贝尔颁奖典礼上，莫言叙述了自己与沈从文年少时期的相似经历："我童年辍学，饱受饥饿、孤独、无书可读之苦，但我因此也像我们的前辈作家沈从文那样，及早地开始阅读社会人生这本大书。前面所提到的到集市上去听说书人说书，仅仅是这本大书中的一页。"① 沈从文的文学创作始于 1924 年。这一年，他开始在《小说月刊》《语丝》等刊物上发表短篇小说。20 世纪 30 年代，随着《边城》《长河》等小说的发表，沈从文在中国文坛确立了自己地位。1935 年时，他已经创作了 35 卷小说、散文等各类文学作品。② 文化地域主义是沈从文文学创作关注的中心。他的作品主要倾向于构建以湘西为中心的风土人情和文化。虽然莫言认为他对山东高密的文学构建来自于福克纳的启发，但是王德威却认为在中国现代文学传统中，沈从文对乡土中国的叙述种下了后来莫言、李永平等作家中的重视本土主义构建的种子。③ 沈从文乡土中国的构建不仅展现了文化民族主义的特点和中国文化的主体性④、寓言式写作技巧，⑤ 还对当时中国文学商业化、文学政治化等现象进行了反思。⑥ 自 20 世纪 30 年代项美丽和邵洵美合作英译《边城》起，⑦ 沈从文的作品已经被翻译为超过 10 种语言并在全世界出版，⑧ 成了世界文学的一部分。在过去的大半个世纪中，中外学者将沈从文的作品与许多

---

① 莫言：《讲故事的人》，https：//www.douban.com/note/686770202/。
② Jonathan Spence, "An Expert on Loss", *New York Times*, 1995 (Dec.), https：//www.nytimes.com/1995/12/17/books/an-expert-on-loss.html (Accessed by 16/12/2019).
③ Gregory B. Lee, "Reviewed Work (s): Fictional Realism in Twentieth-Century China: Mao Dun, Lao She, Shen Congwen by David Der-wei Wang", *The China Quarterly*, 1994 (Mar.), pp. 278–279.
④ 徐志伟：《从废名到沈从文：乡土中国形象的再生产与文化民族主义的建构》，《青海社会科学》2019 年第 4 期，第 140—146 页。
⑤ 唐伟：《写实的寓言与抒情的辩证——重读沈从文的小说〈懦夫〉》，《中国现代文学研究丛刊》2019 年第 7 期，第 123—136 页。
⑥ 文学武：《公共领域中的知识分子角色》，《文艺争鸣》2019 年第 3 期，第 65—72 页。
⑦ 马福华：《沈从文作品在海外的翻译、传播与接受》，《常州工学院学报》（社科版）2018 年第 4 期，第 68 页。
⑧ Minhui Xu, *English Translations of Shen Congwen's Stories*, Ph.D dissertation, Hong Kong Polytechnic University, 2011, p. i.

外国文学作品进行平行研究，例如福克纳、卢梭、劳伦斯、契诃夫、莫泊桑等作家等，探索了沈从文作品中对文明的审视，以及其中乡土文化、传统文化的回归意识与外国文学中的异同。① 也有部分学者探讨外国文学、人类学、弗洛伊德精神分析学、音乐等对沈从文创作的影响。美国汉学家史景迁（Jonathan Spence）在发表于《纽约时报》的评论沈从文的文章中指出，沈从文在从军期间阅读了大量的中国文学和外国翻译文学作品，② 暗示了外国文学对沈从文文学创作的影响。赵学勇在《沈从文与东西方文化》（2005）一书中也提到了西方文学文化中的审美情感和道德观念对沈从文创作的影响："西方文化对他的影响不是浅层型的，而是渗透型的；在不知不觉的'多'而'杂'的渗透型的'总的影响'中，我们可以看到他与卢梭的审美情感相通——都同样把美德看作是一种自然状态，崇尚自然的人性，同自由舒展的生命形式与附庸风雅，矫揉造作的贵族、绅士、太太们的感情方式相抗衡。"③ 除了创作主题外，西方音乐也对沈从文的创作产生了影响。曾锋在《沈从文的文学创作与西方古典音乐》一文中认为，沈从文作品的创作受到西方古典音乐中对生命哲学的体验和思考、西方古典音乐的音乐性主题、音乐性景物刻画、音乐曲式发展方法的影响。④ 这种种因素都使得沈从文与世界文学和艺术有着难以割舍的渊源，同时也为他日后成为世界文学大家奠定了基础。

张爱玲（1920—1995），祖籍河北丰润，出生于上海。张爱玲家庭属于彼时中国社会的名门望族。她的祖父是晚清名臣张佩纶，外祖母是晚清重臣李鸿章的长女。优厚的家庭环境使得张爱玲能在20世纪初的中国两

---

① 杨瑞仁：《近二十年来国内沈从文与外国文学比较研究述评》，《外国文学研究》2000年第4期，第134—139页。

② Jonathan Spence, "An Expert on Loss", *New York Times*, 1995（Dec.），https：//www.nytimes.com/1995/12/17/books/an-expert-on-loss.html（Accessed by 16/12/2019）.

③ 引自杨瑞仁《近二十年来国内沈从文与外国文学比较研究述评》，《外国文学研究》2000年第4期，第134—139页。

④ 曾锋：《沈从文的文学创作与西方古典音乐》，《中国比较文学》2009年第3期，第17—30页。关于西方音乐对沈从文创作的影响，何芊蔚认为沈从文并不了解西方古典音乐的乐理知识，所以西方古典音乐并未对其实际创作产生直接影响，沈从文作品中的音乐性"和谐"是一种形而上的想象，其作品中的音乐是一种抽象的艺术概念而不是现实中音乐。参见 Qianwei He, *Western Influence and the Place of Music in the Works of Shen Congwen*, PhD Thesis, University of Edinburgh, 2016, p. 217.

大城市上海、天津自如地生活并接受良好的教育，也使她很容易受到外国文学和文化的影响。张爱玲受到外来文化的影响具体来源于在上海、天津这两座半殖民城市的外国元素、英文教育经历以及父母对她的影响。张爱玲出生和成长的上海和天津均有大量的外国租界，属于深受欧美国家影响的半殖民地城市，外国文化氛围浓厚。她的父母对西方文化抱有浓厚的兴趣。据考察，她的父亲曾在京浦铁路局担任英文秘书，不仅在家中藏有不少英语文学著作，还模仿英国的传教士为自己取了英文名字。[①] 母亲在张爱玲三岁时前往欧洲留学，熟悉西方文学文化。其母在留学期间"不时给张爱玲寄来英国玩具、明信片，有意无意地培养了张爱玲对英国的向往。"[②] 其次，张爱玲成长期间入读的小学和中学均是教会学校，使用英文教学。在教会学校的英文学习经历，不仅让她了解了西方文学，还练就了她良好的英文能力，让她能阅读各类西方的文学著作。张爱玲阅读和接触过众多外国作家作品，例如萧伯纳、毛姆、赫胥黎、威尔斯、王尔德、托尔斯泰、莎士比亚、狄更斯、拜伦等。[③] 在一次访谈中，张爱玲在美国的友人爱丽丝·琵瑟尔回忆了张爱玲对西方文学的接受："张爱玲最喜欢的西方诗人是波德莱尔与里尔克。"[④] 大学期间，张爱玲入读了当时属于英国殖民地的香港大学。这里不仅使用英语作为官方语言，而且还是欧美文化与中国文化、欧美民众与中国民众的交汇处。夏志清曾谈到此时香港的世界性特征："欧亚混血的学生、英国的男男女女、印度人、海外中国商人等都在这里杂居。"[⑤] 在这种文化混杂的环境下成长起来的张爱玲，不仅部分作品承习了西方文学的结构，在她的叙事中也出现了大量的欧美元素。其作品《小团圆》《连环套》《沉香屑·第一炉香》和《忘不了的画》中还频繁地提到英国的饮食、服饰、社会历史、法律等方面的情况，对英国士兵、知识分子、英国女性等也有清晰的刻画。[⑥]

---

① 陈娟：《张爱玲与英国文学》，中国社会科学出版社2016年版，第1—2页。
② 陈娟：《张爱玲与英国文学》，中国社会科学出版社2016年版，第2页。
③ 陈娟：《张爱玲与英国文学》，中国社会科学出版社2016年版，第77页。
④ 引自陈娟《张爱玲与英国文学》，中国社会科学出版社2016年版，第81页。
⑤ C. T. Hsia, *A History of Modern Chinese Literature*, Bloomington and Indianapolis: Indiana University Press, 1999, p. 392.
⑥ C. T. Hsia, *A History of Modern Chinese Literature*, Bloomington and Indianapolis: Indiana University Press, 1999, pp. 58–70.

莫言（1955— ），原名管谟业，生于山东省高密。2012 年，莫言因"通过梦幻现实主义将民间故事、历史与当代社会融合在一起"，获得诺贝尔文学奖，成为第一位中国籍诺贝尔文学奖获得者。莫言的文学创作历程与余华有许多相似的地方，他们都是在中国接受传统教育，在阅读外国文学中文翻译作品的过程中受到启发，并与中国本土文化文学传统相结合，形成了独特的文学风格。莫言青少年阶段经历了中国"三年困难时期""文化大革命"等特殊时期。小学五年级毕业后，莫言被下放到农村劳动近十年，主要从事与农业相关的工作，如粮食种植、家畜饲养等。1976 年，莫言参加解放军，后担任图书馆管理员等职位，并因此阅读了许多文学书籍和马克思主义哲学等各类著作。在 1986 年，莫言发表了自己的成名作《红高粱》。该小说随后被改编为电影，由著名导演张艺谋执导，并获得柏林电影节金熊奖。莫言笔耕不辍，创作了大量的作品，包括《酒国》（1993）、《红树林》（1999）、《丰乳肥臀》（1995）、《生死疲劳》（2006）等 11 部长篇小说，和《透明的红萝卜》（1985）、《欢乐》（1987）、《怀抱鲜花的女人》（1991）等 27 部中篇小说。此外莫言还发表了三部短篇小说集《白狗秋千架》《与大师约会》《故乡人事》和多部影视剧剧本，例如《太阳有耳》《哥哥们的青春往事》等。莫言的作品被翻译为英语、日语、法语、瑞典语等多种外国语言，在世界上产生了广泛影响。莫言的作品不仅在中国获得各类文学奖项，如茅盾文学奖（《蛙》，2006）、第 15 届十月文学奖短篇小说奖（《等待摩西》，2019）等，还在国外获得包括诺贝尔文学奖在内的许多奖项，如法国儒尔·巴泰庸外国文学奖（《酒国》，2000）、美国纽曼华语文学奖（《生死疲劳》，2006）等。莫言的小说中杂糅了各类文学风格和主题，"从魔幻现实主义到黑色幽默，从史诗性历史叙事到寓言等"。① 在莫言的文学创作生涯中，毋庸置疑，中国的传统文化和文学作品为他提供的重要的源泉，正如他在诺贝尔文学奖颁奖典礼上的发言"讲故事的人"中所提及的"二百多年前，我的故乡曾出了一个讲故事的伟大天才蒲松龄，我们村里的许多人，包括我，都

---

① Alexander C. Y. Huang, "Mo Yan as Humorist", *World Literature Today*, 2009（July-August）, p. 32.

是他的传人。"① 同时，外国文学作品对莫言的创作也有很大的启发。在 2011 年与美国学者里奇（Jim Leach）的一次采访中，莫言坦承美国作家福克纳在创作方式和创作主题方面对他的启发："在 1984 年的一个晚上，我借阅了福克纳先生的《喧哗与骚动》。这是一本由中国著名学者翻译的中文译本……他的故事以他的家乡和乡村为对象。他创造了一个你不能在地图上找到的地区……这让我明白了如果一个作家要成功就必须建立自己的王国。他建立了他自己的县郡，我也以我的故乡为基础创建了一个位于中国山东东北部的村落从而创建了自己的王国。"② 福克纳作品中的美国南方为中心的文学创作以及对这一地域中各类元素的寓言式叙述启发了莫言小说中对山东高密"东北乡"的构建。③ 美国学者安格（M. Thomas Inge）对莫言作品中的外国文学影响进行了细致的考察，认为莫言在福克纳和拉美作家马尔克斯的影响下，通过展现民众、土地、风俗、深化、历史、传说以及中国乡村原始的激情，从而史诗般地呈现了中国社会的风貌。④ 除了叙事内容和主题的借鉴外，莫言还在叙事方式上受到福克纳和马尔克斯的启发，他的作品将"福克纳式的内心独白、梦境幻觉"，"马尔克斯式的象征、隐喻"融汇在一起，⑤ 此外，莫言叙事的时间和空间结构也借鉴了福克纳的文学作品。⑥

王安忆（1954— ）生于江苏南京，成长于上海，代表作为《长恨歌》（1996），她尤其善长描写上海的都市生活和安徽的乡村。王安忆的作品受到众多国内、国外文学奖的青睐，曾获得茅盾文学奖（1996）、第三届鲁迅文学优秀短篇小说奖（2004）、法兰西文学艺术骑士勋章

---

① 莫言：《讲故事的人》，参见 https://www.douban.com/note/686770202/（accessed by 16/12/2019）。

② Jim Leach, "The Real Mo Yan", *Humanities*, 2011（Jan./Feb.）, pp. 11–13.

③ 胡铁生、夏文静：《福克纳对莫言的影响与莫言的自主创新》，《求是学刊》2014 年第 1 期，第 126—133 页。

④ M. Thomas Inge, "A Literary Genealogy: Faulkner, Garcia Marquez, and Mo Yan", *Moravian Journal of Literature & Film*. 2014（1）, pp. 5–12.

⑤ 陈春生：《在灼热的高炉里锻造——略论莫言对福克纳和马尔克斯的借鉴吸收》，《外国文学研究》1998 年第 3 期，第 13—16 页。

⑥ 杨红梅：《福克纳与莫言小说中的时间叙事特征》，《当代文坛》2017 年第 2 期，第 76—83 页。

(2013)、美国纽曼华语文学奖（2017）等，在中国和世界产生了重要影响。戴锦华在提名王安忆纽曼华语文学奖的文章中认为她是中国当代最重要的作家。① 虽然她的评论略显过度偏爱，但也足以显示出王安忆在中国当代作家中的重要地位。王安忆生于文学世家，她的父亲王啸平为剧作家，母亲茹志鹃为中国知名作家，父母的文学造诣对她产生了重要影响。与莫言类似，王安忆的童年教育因受到"文化大革命"的影响而中断。1970年初中毕业后，王安忆被安排到安徽省蚌埠市的农村插队，失去了继续受教育的机会。但"文化大革命"结束以后，王安忆获得了进入中国作家协会鲁迅文学院学习的机会（1980），并于1983年在母亲的陪同下，赴美国爱荷华参加国际写作培训。王安忆的第一部作品《向前进》于1976年发表在《江苏文艺》上，随后又创作了《启蒙时代》《米尼》《流水十三章》等10余部长篇小说，及《黑黑白白》《流逝》《小鲍庄》等多部小说集。在这些作品中，王安忆文学性地呈现了中国社会在过去半个世纪的变化，创造了一个文学性的城市、民族，② 思考了现代化过程中的人所面临的问题及其可能的解决办法。③ 王安忆的小说被翻译为英语、日语、德语等多种语言，收入各类外国文学选集，进入世界读者的视野。④ 她的创作及其作品在国内外的成就与世界文学对她的影响密切相关。1983年在美国爱荷华国际写作中心的写作培训经历，为她与世界华文、外国作家提供了一个交流的平台，也为她从世界文学的角度来看中文

---

① Dai Jinhua, trans. Jennifer Feeley, "Writing as a Way of Life: Nomination of Wang Anyi for the Newman Prize for Chinese Literature", *Chinese Literature Today*, 6: 2, pp. 8 – 9.

② Jinhua Dai, "Writing as a Way of Life: Nomination of Wang Anyi for the Newman Prize for Chinese Literature", translated by Jennifer Feeley, *Chinese Literature Today*, 2017 (3), pp. 8 – 9; Jinhua Dai, "Wang Anyi", translated by Ping Zhu, *Chinese Literature Today*, 2017 (3), pp. 6 – 7.

③ 参见 Xue Wei and Kate Rose 在 "Urban Nowhere: Loss of Self in Lydia Davis' Stories and Wang Anyi's Brothers" (*Journal of International Women's Studies*, 2017 (4), pp. 38 – 49) 一文中涉及王安忆对现代中国人自我丧失的境况的讨论；Ban Wang 在 "Love at Last Sight: Nostalgia, Commodity, and Temporality in Wang Anyi's Song of Unending Sorrow" (*Positions*, 2002 (3), pp. 669 – 694) 中讨论了《长恨歌》中现代人面临的困境，以及"怀旧"情结在应对这些问题中的角色。

④ 参见刘堃《王安忆作品在美国的译介与阐释》，《江西社会科学》2019年第9期，第108—114页；宋丹《王安忆作品在日本的译介与阐释》，《小说译介与传播研究》2019年第3期，第52—61页；孙国亮、李偲婕《王安忆在德国的译介与阐释》，《小说译介与传播研究》2018年第5期，第101—113页。

文学的写作提供了契机。当时的爱荷华国际写作中心秉承歌德的世界文学理念，希望通过对不同作家作品的翻译和出版，促进不同文学之间的交流，形成法国学者卡萨诺瓦（Pascale Casanova）所描述的"文学共和国"（The Republic of Letters）。① 王安忆在谈到那段美国经历对自己创作的影响时提到："美国的经历为我的中国经验提供了世界背景。"② 同时，王安忆还担任复旦大学教授，在其"小说研究"课程上为学生讲解、分析《复活》《巴黎圣母院》等西方经典文学作品。在课上对西方文学作品的阅读和阐释也说明了她与西方文学作品的密切关系。皮进和毕磊菁在他们的博士论文中对王安忆与外国文学的关系分别进行了深入的探讨。皮进认为王安忆小说的"创作观念、取材立意再到文本的情节设置、叙事方法"，均对西方浪漫主义、俄罗斯批判现实主义、拉美的魔幻现实主义有所借鉴。③ 毕磊菁在分析中发现，王安忆对简·奥斯汀、巴尔扎克、纳博科夫、马尔克斯等西方作家的取材立意和叙事、语言风格等方面进行了创造性转换。④ 斯坦福大学华裔教授王斑还注意到王安忆作品中的世界主义特征。他认为王安忆作品中对现代人困境的刻画和对现代性的剖析，超越了中国民族和语言的范围，是对整个人类文明和个体生活状况的反思。⑤

韩少功（1953—　）生于湖南长沙，是中国 20 世纪 80 年代"寻根文学"浪潮的提出者和主要实践人，代表作品有《马桥字典》（1996）、《爸爸爸》（1993）等，主要聚焦于对湖南当地文化的探讨和建构。韩少功与莫言、王安忆等同属"文化大革命"一代作家。幼年时期的教育因为下乡劳动而中断，但韩少功在 1978 年恢复高考后，顺利考入湖南师范大学中文系学习，并在这一年在《人民文学》杂志上发表了第一篇作品《七月洪峰》。随后创作的《飞过蓝天》（1983）、《日夜书》（2013）等各

---

① 引自 Po-hsi Chen, "Wang Anyi, Taiwan, and the World: The 1983 International Writing Program and Biblical Allusions in Utopian Verses", *Chinese Literature Today*, 2017 (3), pp. 52 – 61。

② 引自 Po-hsi Chen, "Wang Anyi, Taiwan, and the World: The 1983 International Writing Program and Biblical Allusions in Utopian Verses", *Chinese Literature Today*, 2017 (3), pp. 52 – 61。

③ 皮进：《王安忆小说创作与外国文学》，博士学位论文，湖南师范大学，2015 年。

④ 毕磊菁：《讲述心灵世界的故事——王安忆小说创作中的外国文学影响》，博士学位论文，南京师范大学，2014 年。

⑤ Wang Ban, "Wang Anyi: The Storyteller as Thinker", *Chinese Literature Today*, 2018 (Jan.), pp. 12 – 13.

类作品让韩少功成为中国当代文坛的重要作家之一,也为他收获了国内国际多个重要的文学奖项,例如全国优秀短篇小说奖(1980、1981)、"法兰西文艺骑士奖章"(2002)、美国第二届纽曼华语文学奖(2011)等。他的主要作品被翻译为荷兰文、英文、法文等多种语言,走进世界读者的视野。韩少功传承了沈从文对地域文化的书写,在作品中讨论了传统文化/地域文化在构建民族文化和文学创作中的作用。他将文学视作文化记忆的载体,主张通过对中国历史文化的文学性重构来应对现代化带来的问题并且充实今天的中国文学创作。① 韩少功与余华、沈从文、莫言等作家在很大程度上相似,并没有国际教育经历,但是他在作品中传承了中国"五四运动"以来的世界文学创作传统,② 同时也具有熟练的英文阅读能力,因而能了解和借鉴国外同行的写作。韩少功在20世纪80年代翻译介绍了捷克米兰·昆德拉的《生命不能承受之轻》。此外,他还频繁受邀参加各类国际会议、研讨会等,有机会与国际同行交流、浏览外国书目,从而培养了自己的国际视野。③ 在这些因素的影响下,韩少功的作品中显现出许多外国文学影响的迹象,例如其文学创作的主题受到南美魔幻现实主义"立足本土、书写神奇"的影响,在作品中聚焦于湖南本地文化,同时也对中国历史文化现实进行不合常理的呈现。④ 其代表作《马桥字典》的创作方式受到米兰·昆德拉的文化批判创作倾向和塞尔维亚作家米洛拉德·帕维奇《哈扎尔辞典》(1984)的词典式创作方式的启发。⑤ 此外,韩少功还创造性地借鉴了昆德拉的"元小说"创作理念,在作品中使用

---

① 参看 Vivian Lee, "Cultural Lexicology: 'Maqiao Dictionary' by Han Shaogong", *Modern Chinese Literature and Culture*, 2002 (1), p. 146; Han Shaogong, "'Creating the Old' in Literature", *World Literature Today*, 2016 (2), pp. 16 – 18; Yanjie Wang, "Heterogeneous Time and Space: Han Shaogong's Rethinking of Chinese Modernity", *KronoScope: Journal for the Study of Time*, 15.1 (2015), pp. 31 – 41。

② Julia Lovell, "Dropped off the Map: Han Shaogong's Maqiao", *World Literature Today*, 2011 (4), pp. 25 – 26.

③ Julia Lovell, "Dropped off the Map: Han Shaogong's Maqiao", *World Literature Today*, 2011 (4), pp. 25 – 26.

④ Vivian Lee, "Cultural Lexicology: 'Maqiao Dictionary' by Han Shaogong", *Modern Chinese Literature and Culture*, 2002 (1), p. 146.

⑤ 赵丹、智咏梅:《韩少功与外国文学》,《安徽文学》2007年第10期,第72—74页;陈达专:《韩少功近作与拉美魔幻现实主义》,《文学自由谈》1987年第2期,第45—52页。

了文体对位法、注重小说主题的"多样性、平等性与整体性"等写作方式。① 韩少功作品之所以能够成为世界文学不仅是因为他创作中的外国文学元素，还在于其本土创作的世界主义特征。英国学者洛弗尔（Julia Lovell）指出，韩少功的作品中融合了中西方的历史、文化，如"道教、（基督教）圣战、美国反共主义、现代文学艺术"等，创造出一种东西兼容的世界主义作品；他对湖南"马桥"的叙述中，通过对特定区域本质性问题的探讨而产生了普适性意义，因而是世界文学地图必要的构成部分。② 与此类似，康乃尔大学教授巴赫纳（Andrea Bachner）根据法国学者南希（Jean-Luc Nancy）和美国学者赛义德对全球化和世界文化的观点，认为《马桥词典》中对区域性"语言、地理和文化"主体的反思和文学性再现，使其成为世界文学不可缺少的一部分。③

余华（1960—　），浙江杭州人。在浙江完成小学和中学学业后，曾两度前往北京鲁迅文学院学习。与鲁迅弃医从文颇为相似，余华在开始文学创作生涯之前曾从事牙医长达5年。在1983年，余华在杭州《西湖》杂志上发表了第一部作品《第一宿舍》，随后在20世纪90年代发表了颇具影响力的长篇小说《活着》（1993）和《许三观卖血记》（1998）。相比张爱玲、鲁迅、老舍、巴金、林语堂等人在双语和跨文化上的经历及通过阅读外文来习得外国文学手法和思想，余华主要通过阅读西方文学经典作品的中文译本来培育自己的创作能力。余华曾谈到外国文学作品对自己创作的引导性影响："我一下子面对了浩若烟海的文学，我要面对外国文学、中国文学、古典文学和中国的现代文学……最后我选择了外国文学。我的选择是一位作家的选择，或者说是为了写作而选择，而不是生活态度和人生感受的选择。……作为中国作家，我却有幸让外国文学抚养成人。"④ 日本作家川端康成、美国作家福克纳、法国作家罗伯·格里耶、

---

① 李遇春：《韩少功对米兰·昆德拉的文学接受与创化——从〈生命不能承受之轻〉到〈日夜书〉》，《外国文学研究》2014年第5期，第147—156页。

② Julia Lovell, "Dropped off the Map: Han Shaogong's Maqiao", *World Literature Today*, 2011 (4), pp. 25 – 26.

③ Andrea Bachner, "'Chinese' Intextuations of the World", *Comparative Literature Studies*, 2010 (3), pp. 318 – 345.

④ 引自姚岚《余华对外国文学的创造性吸收》，《中国比较文学》2002年第3期，第42页。

奥地利作家卡夫卡等对余华的叙述手法、创作思想都产生了重要影响。例如，研究发现，余华的作品吸收了卡夫卡重视展示人类情感的传统和寓言性的创作方式，① 以及卡夫卡"深邃的思想、怪诞的风格和孤独的气质"。② 此外，福克纳对余华的后先锋主义创作理想、人物塑造和叙述方式也产生了重要影响。根据方爱武的考察，余华的《许三观卖血记》等作品借鉴了福克纳作品中简单而纯净的叙述手法，③ 同时，余华的后先锋主义作品，例如《在细雨中呼喊》《一个地主的死》《活着》等作品也深受福克纳的影响，其创作中心由先锋主义创作时期将人当作"道具和符号"转变为关注"真实个体的生存本身"④。

当然，与外国文学有着密切关系并在世界上有着广泛影响的中国现当代作家还包括曹禺、钱锺书、凌叔华、贾平凹等。这几位作家都将在本书中辟有专章讨论，此处毋庸赘言。

第三节　混血性世界文学文化观念与中国现代作家的创作

在讨论世界文学时，许多文学评论家从世界主义的视角出发，关注世界文学这一概念在民族文学的阅读方式、流通方式以及民族文学之间交流层面的作用，例如，歌德将世界文学理解为各国文学的乌托邦式联合体，或各民族文学的"对话和流通的平台"，⑤ 帕斯卡尔·卡萨诺瓦在《文学的世界共和国》一书中将世界文学理解为通过文化生产和流通联系在一

---

① Armando Turturici, "The Writer Yu Hua: His Life and Most Important Works", https://www.saporedicina.com/english/yu-hua-books/ (accessed by 16/12/2019).

② 姚岚：《余华对外国文学的创造性吸收》，《中国比较文学》2002年第3期，第43、45页。

③ 方爱武：《创造性的接受主体——论余华的小说与外来影响》，《浙江学刊》2006年第1期，第111—117页。

④ 方爱武：《形而下的守望——论福克纳对余华小说创作的影响》，《电影文学》2009年第7期，第124页。

⑤ 刘洪涛：《世界文学观念的嬗变及其在中国的意义》，《中国比较文学》2012年第4期，第10页。

起的世界文学文化空间;① 戴姆拉什将世界文学视为民族文学的世界性阅读方式及其通过翻译在世界范围内的传播。② 这些学者从传播、文化空间关系、翻译等宏观层面关注了世界文学的生产,较少重视作家创作的主体性在世界文学生产中的作用。作家的文学、文化观念与文学作品的世界性紧密相连。在讨论世界文学的双向旅行时,王宁分析了外来文学对歌德的影响以及这些影响在歌德文学成就中的作用:

> 歌德之所以能够提出"世界文学"的假想,首先是由于他广泛涉猎了世界文学,正是那些来自欧洲以外的民族和国家的文学激发了他的想象力……他在提出世界文学的构想后,自己也受益于世界文学,尤其受益于那些翻译过来的世界各民族文学的作品。当歌德晚年逐渐在自己的国家淡出批评界时,他的不少作品却通过翻译在英语和法语世界产生了巨大的影响力,从而使他成为了一个超越日耳曼民族和德语世界的欧洲著名作家。③

这段论述表明,歌德在阅读世界文学的过程中形成的世界文学观念以及从这些世界文学作品中吸收的营养,在其作品跨越国界成为世界文学的过程中扮演了重要的角色,即作家的世界文学观念对作品的创作至关重要。与此类似,戴姆拉什在探讨世界性的传播和阅读在世界文学作品中形成的作用的同时也另撰文从微观层面分析了作者的世界文学视野在世界文学作品创作中的作用。在《作为另类话语的世界文学》一文中,他通过讨论圣经《约伯记》中对巴比伦文化的借鉴,指出"(作家)可能会从外国文学作品中获取元素来创造与本土(文学)传统不同的另类话语","为了自己的[创作]目的而借鉴外部世界的作家,不论他们作品之后的

---

① 刘洪涛:《世界文学观念的嬗变及其在中国的意义》,《中国比较文学》2012 年第 4 期,第 15 页。
② David Damrosch, *What is World Literature?* Princeton and Oxford: Princeton University Press, 2003, p. 281.
③ 王宁:《"世界文学"的双向旅行》,《文艺研究》2011 年第 7 期,第 15 页。

读者是谁,可以视为参与了世界文学源头(的生产)。"① 可见,作家对外部世界文化、文学的理解及内化在世界文学作品的创作中的因素占有重要位置,因而分析考察中国现代作家对世界文学文化的理解和接纳,有助于理解中国现当代文学创作及其与世界文学的关系。

现代中国在与西方国家的历次战争和其他交往中形成了对欧美的矛盾/模糊情感,在这一情感的驱动下,中国知识阶层形成了中/西混血性的世界观念,并影响了国人对中国/世界文学文化的认知和中国现代文学的创作。1840年鸦片战争后,中国国门被欧美列强的船坚炮利强行打开。许多学者都注意到中国在历次对外战争中的失败,让中国对西方国家产生了一种矛盾/模糊的情感。② 一方面西方国家入侵中国,瓜分中国领土,索要在中国的特权,让中国人认为他们是中国的敌人而感到憎恨并将他们作为超越的目标,另一方面又认为西方的哲学思想、科学技术有利于中国的发展和自强,有助于中国摆脱在与列强交往中的不平等待遇,因而对西方国家的思想和文化产生了钦佩/羡慕的情感,并期望通过吸纳、学习西方的思想文化来建构新的文化自我,从而实现赶超列强的目标。这一模糊情感表明,欧美列强的思想文化是中国现代国家/文化构建和发展的外部参照对象,同时,对列强文化的认可和赶超列强的强烈愿望又驱使中国主动接纳欧美的文化观念到中国现代国家/文化的构建中,从而与中国已有的文化观念相结合,形成了现代中国中/西混血性的世界文化观念。接下来,我们将简单回顾一下中国混血性世界文化观念的发展史。

1895年甲午中日战争的失败,宣告了晚清政府"中学为体、西学为用",试图使用欧美战争装备、相关技术来实现自强的方式的失败,中国知识分子开始意识到思想文化在中国发展中的重要性,并开始有意识地引介西方思想来革新中国的文化,以最终实现自强。达尔文的生物演化论中所包含的"进步"和"革新"的概念,符合当时中国知识分子改变中国

---

① David Damrosch, "World Literature as Alternative Discourse", *Neohelicon*, 2011 (October), p. 308.

② Rong Cai, "Problematizing the Foreign Other: Mother, Father, and the Bastard in Mo Yan's Large Breasts and Full Hips", *Modern China*, 2003 (1), pp. 108 – 137; Qian Suoqiao, "Representing China: Lin Yutang vs. American 'China Hands' in the 1940s", *The Journal of American-East Asian Relations*, 2010 (2), pp. 101 – 102.

文化传统和体制的需求，在梁启超、严复等人的引介下进入中国，并成为中国理解和阐释世界的重要工具。蒲嘉珉（James Reeve Pusey）在探讨现代中国思想发展史时指出了中国知识界对进化论"优胜劣败"思想的吸收："'弱者屈服于强者'——1895年以后，斯宾塞的著名口号的日语汉译，'优胜劣败'（the survival of the fittest）——无论这个口号在文言里多么古朴典雅，它在感情上仍然像阿礼国的措辞那么简单直率，它强行闯入数以千计的（中国）文章之中，而且作为几乎所有行动路线的独特理据，支配着此时期的中国编辑思路。"① 达尔文进化论的观点在中国大众媒体中的大量出现，表明了中国知识界对它的认可，并试图通过宣传，让其进入更多中国人的文化观念中。中国著名翻译家严复顺应中国对思想和制度变革的需要，改译英国生物学家赫胥黎的《进化论与伦理》为《天演论》，强调了书中的进步和富强观念在中国国家和社会发展中的作用。② 梁启超还借鉴了达尔文进化论的理念，对中国古代经典加以重新阐释，例如《春秋》《礼运》等，试图说明中国古代的儒家文化中已经包含了进化的观点，从而让进步、革新等新观念更好地进入中国的文化观念中。③ "五四运动"之后，中国的知识分子基本放弃了通过重新阐释中国传统文化从而获得实现中国变革动力的努力，而是试图通过放弃中国传统文化、文字，全面接纳西方思想和科学的方式来改造中国社会，从而实现国家富强。陈独秀是这一思潮的主要倡导者。他指出："只有这两位先生，可以救活中国政治上、道德上、学术上、思想上的一切黑暗。若因为拥护这两位先生，一切政府的压迫，社会的攻击谩骂，就是断头流血都不推辞。"④ 可见，在"五四"启蒙运动中，中国知识分子几乎放弃了中国传统文化的身份，将西方的"民主"和"科学"思想作为构成中国文化自我的主要部分。荷兰汉学家冯客也留意到了西方科学和思想在中国新文化和新知识体系中的重要位置。他谈道，科学在此时的中国等同于普世真理，科学

---

① 浦嘉珉：《中国与达尔文》，钟永强译，江苏人民出版社2008年版，第4页。
② 高力克：《严复问题：在进化论与伦理之间》，《浙江社会科学》2018年第12期，第115—125页。
③ 浦嘉珉：《中国与达尔文》，钟永强译，江苏人民出版社2008年版，第15—47页。
④ 赤道摘编：《德先生和赛先生在中国的历程》，《民主与科学》2001年第1期，第16页。

可被视为真理用于阐释任何领域的问题。①

随着中国自我与西方思想、文化之间关系的变化，中国的世界意识与世界文学意识也随之改变。在政治和地理想象方面，在逐步接受西方思想文化的过程中，中国放弃了强调自己优于他国的地位的"天朝上国"的自我认知，逐步认为中国是与世界众多国家和民族相互连接的一员。这一变化在梁启超的阅读计划和有关世界历史的评论中表现得较为明显。他曾在1892年为自己开列了一个读书计划，其内容涉及"世界历史、世界地理、世界经济、世界政治诸多层面"，同时他还对西方历史书籍忽视中国历史表示批评，并对"日本学者率先将东民族的历史引入世界史书写之中的做法表达了赞赏之意，称其为'真世界史'"②。梁启超阅读世界历史、地理并且主张将中国历史置于世界历史之中，这表明在他的理解中，中国与世界的关系从天朝上国，即高于他国的位置，下降到与世界诸国平行的位置，中国成为世界的一员，从而展现了中国与世界各国互相连接的世界概念。严复、马君武、巴金、鲁迅、林语堂等人将西方思想和文学著作翻译介绍到中国，践行了梁启超提及的中国与世界相互连接的世界观念。1902年，马君武参与创办了《翻译世界》杂志，向国内介绍世界各国概况；③ 巴金不仅通过翻译向国内介绍克鲁泡特金等人的无政府主义思想，还曾担任文化出版社的总编辑，主持翻译了大量西方的经典作家的作品，如法国作家福楼拜、左拉，英国作家莎士比亚等；④ 鲁迅与周作人在日本期间还合作编译了《域外小说集》，他们在编译时特别强调对东欧和北欧等被压迫民族的文学作品的翻译和介绍，让中国民众在了解欧美"先进"思想的同时也能感知边缘民族文化。⑤ 他们所翻译介绍的这些内容，打破了中国民众与世界其他国家之间语言和地理的障碍，将外国思

---

① Dikötter, *Imperfect Conceptions: Medical Knowledge, Birth Defects, and Eugenics in China*, London: C. Hurst & Co. (Publishers) Ltd., 1998, p.65.
② 张珂:《晚清民初的"世界意识"与"世界文学"观念的发生》，《中国比较文学》2013年第1期，第13—14页。
③ 张珂:《晚清民初的"世界意识"与"世界文学"观念的发生》，《中国比较文学》2013年第1期，第14页。
④ 参见孙晶《巴金：中国出版家》，人民出版社2016年版，第74—121页。
⑤ 赵亮:《〈域外小说集〉：中国现代小说的先声》，《鲁迅研究月刊》2017年第10期，第59页。

想、文化、文学介绍到中国的知识系统中,促进了中国知识界与世界文学的连接,也促进了中/外混血性世界文学文化意识的形成。此外,民国时期的大学教育除外文系开设外国文学课程外,还在北京大学、清华大学等多所顶尖学府的中文系开设世界文学课程。民国时期的大学教育在中文系内将中国文学课程与世界文学课程并列,不仅让世界文学与中国文学处于平等地位,而且缩短了中国学生对世界文学作品的认知距离,从而促进了世界文学进入中国文学文化自我。可见现代中国在对欧美他者的爱憎相间的模糊情感的推动下,逐渐将外部欧美思想、文化、文学接纳到自我构建中,并与中国的现实社会文化环境相结合,形成了新的混血性世界文学文化观念。

中国的现代作家作为中国知识分子的重要组成部分,接纳了这种混血性世界观念,并在一定程度上运用自己的创作参与了这一观念的建构。一方面,他们利用自己在国外学习或国内跨文化阅读中获得的外国文化、思想知识,反思中国本土文化的不足,同时也尝试借鉴西方的优良思想文化来构建新的中国现代性文化传统。例如鲁迅在日本留学归国后,曾在北京大学、厦门大学中文系等开设世界文学课程,翻译外国文学作品,参与了中国混血性世界文学观念的建构。他还引介进化论、西方医学思想等到中国知识界,构建可取代传统文化的现代性思想社会体系。例如,他在康有为"进步论"和严复《天演论》开启的社会达尔文主义思潮的影响下,接受并重新阐释了当时的德国进化论学者海克尔(E. Haeckel,1834—1919)的进化论观点,并将其与西方医学知识相结合,运用到文学写作中来以批判中国的人性。根据浦嘉珉对鲁迅《人之历史》与中西方进化论语境关系的分析,鲁迅顺承了严复关于中国的古典传统例如儒家思想、道家思想、佛家思想阻碍了中国两千年发展的看法,并在对海克尔进化论的阅读中,将人类和社会的演化视为直线性的进化,从而主张用西方科学和思想为代表的现代性来代替中国传统。[①] 老舍、巴金、许地山等现代作家也与鲁迅相似,曾在国外留学生活,也接纳了混血性世界观念。他们在创作中致力于对本土文化进行反思,并尝试引进外国思想文化,以期建立

---

① James Reeve Pusey, *Lu Xun and Evolution*, Albany: State University of New York Press, 1998, pp. 67 – 78.

具有混血性、现代性的文化文学传统来革新"本土传统"。余华、莫言等虽然没有跨文化学习和生活经历，但也通过阅读外国文学的中文译本，获取外国思想和文学知识，并反思如何建立新的文学文化传统。如前文所述，他们在创作中接纳了美国作家福克纳的地方叙事、意识流以及拉美作家马尔克斯的魔幻现实主义写作手法，并与中国本土传统相结合，形成了具有中国特色的叙述方式、主题选择和叙事空间设置。与鲁迅、巴金、莫言等作家尝试在中国建立新的具有现代性的混血性文化传统相对，在对待西方模糊情感的驱使下，另一批接纳并形成了混血性世界观念的作家，致力于在英语世界通过借鉴西方的文化思想模式来重新阐释中国文化，尝试在欧美国家构建新的中国话语模式，例如，林语堂、林太乙、郭静秋、韩素音等以英语为创作语言的中国作家。本章接下来将以鲁迅、巴金为例分析混血性世界文学文化观念在中国现代文学创作中的作用，同时以林语堂为例，管窥中国作家混血性世界观念在英语语境中构建另类中国话语过程中的角色。

鲁迅在短篇小说《药》中通过对新旧文化冲突的理解以及疾病隐喻性叙事践行了混血性的世界文学观念。1919年主张用新文化代替旧文化的"五四运动"爆发。其短篇小说《药》在"五四运动"期间发表在《新青年》杂志第5号上，展示了辛亥革命时期封建传统文化与代表"进步"的革命之间的联系和冲突，以及封建传统文化会被革命所代表的"新文化"所取代的进化论观点。该小说以小栓的疾病为叙事焦点，主要讲述了代表中国传统文化的老栓试图购买人血馒头来治疗儿子的肺结核病，以及代表革命、进步文化的夏氏后代因参与革命而被清政府杀害的故事。疾病叙事在西方文学中有深厚的传统，通常被贴上道德、文化、社会经济语境等维度的含义。[①] 与此类似，小说中所提到的肺结核在20世纪

---

① 桑塔格认为西方通常将肺结核、癌症等疾病解读为道德的隐喻，参见 Susan Sontag, *Illness as a Metaphor*, New York: Doubleday, 1990, p.76；雷祥麟发现肺结核通常被认为与现代社会中工人阶级恶劣的生活和工作环境相联系，是一种"社会疾病"，参见 Sean Hsiang-Lin Lei, "Habituating Individuality: The Framing of Tuberculosis and Its Material Solutions in Republican China", *Bulletin of the History of Medicine*, 2010 (2), p.274. 正如前文所述，鲁迅在日本时阅读各类外国小说，并且借鉴西方的文学创作方式，所以我们可以推测，《药》叙述的肺结核疾病带有文化的隐喻含义。

初中西医学、文化话语的影响下,在中国通常被解读为中国病态的传统生活方式和文化的隐喻。雷祥麟(Sean Hsiang-Lin Lei)指出,随着归国医学留学生加入公共卫生队伍,这一时期的中国使用西方的医学方法来解释中国肺结核的致病原因,认为中国社会经济环境和特有的传统生活方式中不卫生的习惯,如共用碗筷、随地吐痰、北方社会人们睡觉时共享炕等导致了中国肺结核病的产生。[1] 在此社会文化语境中,小栓的肺结核指称着中国传统文化和社会制度的疾病。夏家后代热衷于参与推翻封建传统文化的革命,因被亲戚告发而被清政府处决。该小说在"五四运动"的背景下发表,文中的夏家后代喻指被清政府杀害的女革命党人秋瑾。[2] "五四运动",正如前文所述,将西方的民主、科学视为进步力量,主张以此来替代中国"落后"的传统文化。因而,因革命被杀的夏家后代在代表革命的代价的同时,也象征了"进步"的、用西方思想文化代替中国传统的力量。代表传统文化的老栓相信新鲜的人血馒头可以治愈肺结核的中国传统迷信观点,在无意识中试图使用参与革命的夏家后代的血浸的馒头来治疗小栓的肺结核。老栓使用革命者的鲜血来治疗肺结核一方面暗示了传统制度试图用扼杀新生文化的方式来维持其存在,另一方面也表明传统文化试图使用革命者所代表的进步元素来治疗自己的疾病,维持生存,而小栓的最终死亡暗指用西方思想来维系旧制度的旧式"中学为体,西学为用"的方式的失败。但鲁迅在描述两个青年的坟头的鲜花时,传递了革命更加具有生命力,旧社会将会被取代的进步论倾向:青年是生命延续的象征,文中代表旧文化的小栓因肺结核而死亡,暗示封建文化无法克服自身的局限性而会被替代;代表革命的夏家后代,因被告发而被代表传统文化的清政府处决,表明了取得进步的艰巨性。而在小说的最后,鲁迅刻意将夏家后代与小栓的坟头的花进行了对比。花在代表哀悼的同时也预示着生命。夏家后代的花虽不精神但是却整齐围成一圈,与小栓坟头零星冷清的花相比,暗示了更多的生命能力。鲁迅在此对比性叙述中暗示了革命成功取得进步的可能性以及支持革命的倾向。可见,在这部小说中,鲁迅不

---

[1] Sean Hsiang-Lin Lei, "Habituating Individuality: The Framing of Tuberculosis and Its Material Solutions in Republican China", *Bulletin of the History of Medicine*, 2010(2), pp. 248–279.

[2] 鲁迅:《药》,《呐喊》,人民文学出版社2005年版,第472页。

仅传递了新旧传统交替的进化论倾向,还采用了与西方的疾病道德和文化隐喻叙事类似的方法,将肺结核的患病原因、治疗以及患病者小栓最后的死亡与20世纪初中国中西医学文化、中国旧传统与来自西方新文化的冲突相联系,展现了中西混血性世界文化观念和文学创作方式。

巴金同样是中国混血性世界观念构建的参与者和践行者。正如前文所述,巴金留学法国,接触了欧美无政府主义、基督教思想、外国文学经典作品并了解了现代中国积贫积弱急需改变和发展的语境。这些跨文化及本土文化经历投射并内化到巴金的自我当中,培育了他反思中国旧文化、旧体制和主张引介西方思想文化来革新中国的混血性世界观念。[①] 当然,巴金在法国留学并阅读外国知识和思想时,正处于年少阶段,尚不能完全分辨哪些思想和观念有助于反思中国社会的现实,有助于中国社会的进步。巴金对无政府主义和西方文学经典的认同,以及他混血性文学创作观念的形成,应被置于现代中国混血性世界观念的背景之下加以解读。正是因为严复、康有为、梁启超等人对中国西方思想的启蒙式引荐和认同,以及后来"五四运动"中主张用西方思想改造中国制度和文化的话语,让巴金主动接受并内化了西方文学文化思想。在这一意义上,巴金的混血性写作方式也来自于中国对待西方模糊情感的驱动力。在此观念的影响下,巴金在创作中注重吸收外来文学文化,致力于为中国读者构建和发展出一种异于传统文化的话语。我们在本书"巴金与世界文学"一章中将从中国/世界性的角度分析巴金的创作观念,并从这一视角阅读巴金的《寒夜》和《第四病室》两部小说,分析其中所包含的世界性特征。巴金的作品作为中国现代文学的代表作之一,正如海明威、福克纳等经典作家的作品,包含着多维度的指涉含义,蕴含着多维度的阐释可能性。我们在本章中尝试着通过分析《寒夜》中的肺结核叙事以及汪文宣的弱势阶层地位来探讨巴金的混血性世界文化观念以及他构建中国新文学的尝试,从而加深我们对巴金小说含义的理解。

巴金使用了与鲁迅类似的疾病隐喻叙事方式,在《寒夜》中呈现了男主人公汪文宣因肺结核病无法治愈而死亡,以及抗战时期国统区制度下

---

① 关于中国传统文化和礼教及其西方思想对巴金的影响的讨论,请参见本书"巴金与世界文学"一章。

的汪文宣无言说权利的弱势阶层处境的双重叙事线索。如前文所述，肺结核病通常被视作文化和社会经济制度的隐喻。巴金在《寒夜》中将肺结核的隐喻意义由鲁迅时期对封建传统文化的指代，发展为对抗战时期国统区政治经济制度的喻指。巴金信仰无政府主义，并主张使用无政府主义思想来改变中国的现状。① 无政府主义来自于古希腊语的两个词根"an"和"archein"，主要指通过协商和理性的方式实现用个人自治取代政府管辖，或用暴力的方式摧毁既有秩序和政府，实现没有政府、没有领导的社会形态。② 小说中象征国统区政治经济制度的肺结核无法治愈，以及个人主体汪文宣遭受政治经济环境压抑，处于无法言说权利的地位，暗示了国统区政治经济体制的病态以及对其的抱怨。

具体来看，小说中的汪文宣是一位拥有本科学历的知识分子，在一家公私合营的出版社担任校对一职。在战争和国统区政治经济制度的影响下，汪文宣处于无言说权利的阶层，这表现在：（1）无法实现自己从事教育的理想；（2）无法反抗公司权力的监视；（3）无法获得足够的经济来源来满足治疗肺结核病的需求；（4）被群体排除在外成为他者。当想到自己并不喜欢从事校对工作但却无法反抗时，他抱怨了自己无法言说的处境。在公司的制度中，汪文宣也处于无法言说需求的底层，不仅没有勇气向公司提出休假治疗肺结核的要求，还因为自己的肺结核而被公司其他员工当作他者隔离。汪文宣曾收到6名工友联合署名要求他退出公司伙食团的信件："同人皆系靠薪金生活之小职员，平时营养不良，工作过度，身体虚弱，疾病丛生。对先生一类肺病患者，素表同情，未敢歧视……兹为顾全同人福利起见，请先生退出伙食团，回家用膳。并请即日实行。否则同人当以非常手段对付，勿谓言之不预也。"③ 虽然肺结核的确具有传染的潜在威胁，但是工友联合署名的信件及文字中表露的强行让汪文宣退出群体的要求迫使汪文宣从群体中分离出来，成为他者。同时，汪文宣的

---

① 参见"巴金与世界文学"一章中对巴金与无政府主义信仰的论述。
② Harriet Bergman 在 "Anarchism" [*Krisis*: *Journal for Contemporary Philosophy*, 2018（2），p. 4] 中指出无政府主义指没有政府没有领导的形态，George Holyoake, 在 "Anarchism" [*The Nineteenth Century and After*: *a Monthly Review*, 1901（Oct.），p. 683] 中指出了20世纪初无政府主义者的主张。
③ 参见本书"巴金与世界文学"一章。

肺结核病，也随着他在工作和生活中言说地位的衰落而日益加重，并在抗战胜利的前夕不治身亡。

《寒夜》中的汪文宣在国统区的政治经济制度下，无法言说自己的需求，无法参与到社会发展与变革的过程中。巴金对汪文宣的处境的叙述与意大利学者葛兰西（Antonio Gramsci）所描述的弱势阶层（the subaltern）十分类似。他将一个国家中任何生活在社会底层或者受到精英阶层压制而无法参与区域性历史建构和文化构建的人群称为弱势阶层，而这一群体主体性的重新确定来源于对他们受压迫意识的释放。[①] 可见，巴金揭示汪文宣等人无法言说的处境，暴露国统区精英阶层的霸权政治，目的在于表达自己对国统区政治经济制度的失望和对其解体的期待，这也与代表国统区体制的肺结核病无法治愈，汪文宣最后因病死亡的叙述相应和。在谈到《寒夜》的创作初衷时，他也证实了这一倾向："我的目的无非要让人看见蒋介石国民党统治下的旧社会是个什么样子。我进行写作的时候，好像常常听见一个声音在我耳边说：'我要替那些小人物伸冤'，不用说，这是我自己的声音，因为我有不少像汪文宣那样惨死的朋友和亲戚。"[②] 巴金在该文末强调，虽然抗战胜利，但汪文宣的言说权利仍无法改善，仍看不到"黎明"，却也未表露出对新的制度诞生的期待。通过叙述汪文宣无言说权利的处境和肺结核病的无法治愈，表达对国统区政治经济制度解体的期待，而并不期待新的领导制度的诞生，则蕴含了巴金期望社会回归个体自助管理的无政府主义倾向。可见，《寒夜》的创作通过疾病隐喻叙事和对汪文宣弱势阶层地位的展示，具体化了巴金试图引进无政府主义观念以改变中国社会的混血性世界文化观念。

如上所述，巴金、鲁迅等作家主要面向中国读者创作中文文学作品，致力于通过践行以反思中国传统文化，通过吸收、引进西方的优良文化和思想而形成混血性世界观念，以在中国构建异于传统的现代性文学、文化。而以林语堂为代表的另一类中国作家与鲁迅、巴金等作家的创作目标不同，他们专注于在混血性世界观念的引导下，以英语为创作语言来阐释

---

① El Habib Louai, "Retracing the Concept of the Subaltern from Gramsci to Spivak: Historical Developments and New Applications", *African Journal of History and Culture* 4, no. 1 (2012): 5.

② 李存光编：《巴金研究资料》（上），知识产权出版社2010年版，第452页。

中国社会和文化，在英语政治文化环境中构建新的中国话语。在英语世界构建中国话语面临错综复杂的政治文化语境。一方面，1943年，在赛珍珠及其丈夫沃尔什（Richard Walsh）等人的推动下，美国废除了排华法案，为在西方语境中重建中国文化及中国人的话语提供了更大的空间。另一方面，受西方传教士关于中国的东方主义写作以及中国近代以来受西方列强支配的弱势地位的影响，英美仍对中国持原始、尚未开化的刻板印象。与此同时，英美也充满了对如何呈现中国的辩论。华裔美国学者钱俊指出，中国知识分子如胡风等人不满英语作品如赛珍珠的代表作《大地》中所展现的中国落后的一面，认为其虽表达了对中国下层生活困苦的同情，但忽视了中国的贫穷落后与帝国主义入侵的关联，而英美语境中致力于展现中国高雅文化的作品也被西方知识界质疑为患有中国"自卑情结"（inferiority complex），仅愿意表露文化中的积极因素，畏惧对文化消极层面的展示。①

面对矛盾环生的环境，林语堂在书房中长期挂着一副对联以提醒自己的思考和写作："两脚踏东西文化，一心评宇宙文章"。② "两脚踏东西文化"，正如上节所提到的，表露了林语堂主张在创作中融合中西文化或用中西文化的视角来审视创作对象的混血性创作观念，"宇宙文章"，表明林语堂跨越国界的世界主义创作倾向，或更确切地说，这是一种他在西方文化语境中挖掘中国文化中的世界性因素的创作策略。

林语堂的第一部英文著作《吾国吾民》出版于1935年，向英美系统地介绍了中国的人文和生活。该书出版后在美国大受欢迎，在"出版的四个月之间印了七版，登上畅销书排行榜"。③ 第二年又出版了《生活的艺术》，向英语世界介绍中国道家的生活方式。这本书同样受到英语读者的欢迎，连续52周成为全美畅销书，并再版40余次。④ 也许正如法国学

---

① 胡风，引自 Qian Suoqiao, *Liberal Cosmopolitan: Lin Yutang and Middling Chinese Modernity*, Leiden & Boston: Brill, 2011, pp.90, 92。

② 陈才忆：《脚踏东西文化 评说宇宙文章——林语堂的中西文化观及其在西方对中国文化的传播》，《重庆教育学院学报》2003年第4期，第29页。

③ 林太乙：《林语堂传》，陕西师范大学出版社2002年版，第158页。

④ 乐黛云：《从中国文化走出去想到林语堂》，《中国文化报》2015年12月18日，第3版。

者布迪厄在《艺术的准则》（1992）中所指出的，文学作品的文学象征性价值（symbolic capital）与其经济价值（economic capital）呈反比。① 林语堂高经济价值的畅销书受到许多中国学者的批判，认为其"将中国文学价值定位在娱乐休闲及文学艺术的想象领域"。② 用张江的观点③来看，对林语堂作品单一维度的阅读具有"主观预设"立场的强制阐释嫌疑，没有关注到林语堂作品的复杂性。下面我们以《吾国吾民》和《京华烟云》为例，分析林语堂如何在混血性世界观念的引导下，在英语世界尝试构建新型中国话语。

在《吾国吾民》中，林语堂在全面介绍中国社会、文化的同时，思考了中国儒家文化中的人文主义精神，并通过与西方经典哲学家苏格拉底、尼采等人的观点以及基督教哲学的对比阐释，使中西方文化哲学在地位上取得了平等。例如，在谈到宗教时，林语堂将孔子与基督教圣人耶稣的观点进行了对比："儒家不同于基督教，它是脚踏实地的学说，是有关尘世生活的学说。耶稣是浪漫主义者，孔子是现实主义者；耶稣是神秘主义者，孔子是实证主义者；耶稣是博爱主义者，孔子是人本主义者。"④ 林语堂在这两者的对比中，通过分析耶稣与孔子学说各自的特点，指出了儒家学说中忠实于人本主义的世界性特征，不论林语堂对孔子思想的见解是否确当，至少在20世纪30年代，在西方人将中国人视作野蛮、未开化，在美国仅能从事洗衣、餐饮等底层劳动的低等种族的时代，将中国的哲学与文化置于与西方宗教哲学的同一维度，易于让西方读者认识到中国拥有同等的人文主义哲学，从而改善欧美的东方主义审视和偏见。

---

① Michel Hockx, "Introduction", *The Literary Field of Twentieth-Century China*, edited by Micheal Hockx, Honolulu: University of Hawai'i Press, 1999, p. 4.

② 沈庆利：《林语堂的"一团矛盾"——〈吾国吾民〉、〈生活的艺术〉之细读》，《现代文学研究丛刊》2011年第12期，第109—118页。

③ 张江：《强制阐释论》，《文学评论》2014年第6期，第8页。

④ 林语堂：《吾国吾民》，郝志东、沈益洪译，学林出版社1995年版，第113页。在该译本中，译者将林语堂谈论孔子思想时使用的"religion of common sense"译为"庸见"，我们认为这一翻译值得商榷，带有译者自身东方主义价值判断，而陕西师范大学出版社版《吾国吾民》将其译为"普通感性之信仰"，更为中性也更加符合原文，参见林语堂《吾国吾民》，陕西师范大学出版社2002年版，第92页。

林语堂接着分析了基督教和孔子思想在构建社会道德和约束行为中的作用:"在西方人看来,不借助上帝的力量而又能维系人与人之间的道德关系,几乎是不可思议的。而在中国人看来,不借助第三者的力量人们就不能相互以礼相待,这同样是令人诧异的。……笔者常感诧异,不知如果没有保罗神学,欧洲伦理学又将如何发展。"① 在林语堂看来,西方个人的道德和行为必须依靠第三者宗教来完成,而中国的孔子思想可以让中国人在社会中自觉遵守道德规范,这虽然没有任何的好坏优劣的价值评判,但他发掘了孔子思想在构建社会道德和行为秩序维度的价值,向英语世界介绍了维系社会道德秩序的有效的中国途径。此外,林语堂还借用西方的哲学理论和神话叙事来阐释儒家思想。例如,他将中国"天地人为宇宙之三才",阐释为与美国学者白璧德的三重区别相对应,即超自然主义、人文主义和自然主义,同时将中国的苍天解释为与西方的"上帝行为"相类似,"地"与"由希腊神话中德墨特尔女神控制的力量"相类似。② 林语堂对中西哲学和思想的对比性阐释,将中国思想引入到英语读者的知识场域,让英语读者根据自己的文化传统来理解并重新建构中国文化,因而降低了中国文化在西方语境中的他者属性。

林语堂的小说创作同样关注在英语世界探讨中国文化和社会的世界主义特点。在具体的创作策略上,他选取了当时盛行于美国的表现主义与中国文化传统相结合的创作方式,在作品的创作中既尊重人文精神和情感的表达(表现主义倾向)也注意使用中国传统的文学形式。③ 在创作对象上,他选取中国的中产阶级生活经历为对象,避免了中国知识分子批判地展示中国贫穷落后阶层的倾向,以及英美批判的某些中国作家仅展示中国高雅文化的自卑情结。在代表作《京华烟云》中,林语堂讲述了中国的中产阶级家庭姚、曾、牛三家自1900年到1938年间在义和团运动、辛亥革命、"五四运动"以及抗日战争等历史事件中的经历,其主要目的是以

---

① 林语堂:《吾国吾民》,陕西师范大学出版社2002年版,第115页。
② 林语堂:《吾国吾民》,陕西师范大学出版社2002年版,第117页。
③ 林语堂在《论文学》一文总表达了与美国表现主义创作观类似的观点:"写作是个人精神和思想的表达,这些东西仅创作者自己知道,即使父母、妻子也不知道。因此,创作的本质在于个人性格的表达。"参见 A. Owen Aldridge, "Irving Babbitt and Lin Yutang", *Modern Age*, 1999 (Fall), p. 324.

史诗式叙述方式向英语世界介绍中国现代社会和文化。① 通过姚木兰、孔立夫等人在现代中国重大历史事件中的情感纠葛、社会经历以及其家族在这些历史事件中的沉浮遭遇,林语堂探讨了"谋事在人,成事在天"(Men strive and the gods rule)的普遍性人文情感。在表现手法上,伍德(Katherine Woods)指出《京华烟云》具有表现内心自然情感的美国表现主义的创作特点:小说中的情节、人物命运的变化以及国家、家庭境况的变迁并没有事先精心计划安排的痕迹,均是自然而然的发展。② 而在创作的内在和外在形式上,林语堂借鉴了中国的道家思想和《红楼梦》的人物和叙事结构。在叙述结构上,林语堂遵从了《红楼梦》中重人物刻画而轻结构的思路,在小说中虽然也对结构进行了精心安排,但重点模仿《红楼梦》刻画了八九十人。③ 整个小说分为三卷,每卷都以道家哲学代表人物庄子的一段话为题词。杨梦吟认为《京华烟云》所采用的是"道家的天命观——得道途径——道之为用"三个递进层次的结构。④《京华烟云》在介绍中国社会文化时,除结构、内容和表现手法等采用英语世界方式外,还表现了中国政治结构的世界性特征。

由此可见,在推进中国现代文学的国际化进程中,不仅海内外的汉学家起到了重要的作用,流散在海外的中国或华裔作家也做出了卓越的贡献。

---

① Richard Jean So, *Coolie Democracy: U. S. – China Political and Literary Exchange*, 1925 – 1955, PhD Dissertation, Columbia University, 2010, pp. 178 – 194.
② Katherine Woods, "Forty Crowded Years in China's Forty Centuries: Lin Yutang's Novel, 'Moments in Peking', Presents a Story and a Picture Rich in Humanity", *New York Times*, 1939, Nov. 9.
③ 林太乙:《林语堂传》,陕西师范大学出版社2002年版,第181页。
④ 杨梦吟:《论〈京华烟云〉中的道家思想》,《长江师范学院学报》2012年第7期,第130—133页。

第九章

世界文学语境下的中国现代诗歌

如前所述,西方现代主义文学对我国现代诗歌较大规模的影响开始于"五四"时期,作家和翻译家大量地通过翻译西方文化、哲学、文学、诗歌作品来寻求文学观念和文学创作上的自我革命和自我突破。自"五四"以来,外国文学作品涌入中国,催生了一种强调断裂、空白和歧义的中国现代诗学。"五四运动"期间,当时盛行的西方诗潮——浪漫主义、象征主义、现实主义、意象主义和超现实主义等经译介,汇入"新文化运动"的滚滚浪潮,产生了中国现代文学史上的第一次诗群大观。但从20世纪三四十年代至"文化大革命"期间,对外国文学的大规模翻译放缓,而且译本往往力求保持政治正确。北岛和柯雷都注意到,法国诗人艾吕雅和阿拉贡、西班牙诗人阿尔贝蒂和洛尔迦以及智利诗人聂鲁达的作品在20世纪50年代受到中国翻译家的热捧,主要是因为他们都是左翼知识分子。[1] 在20世纪60年代,作家出版社大量译介西方现代主义文学、苏联和东欧"解冻文学",但传播面有限。这一大手笔的翻译项目包括卡夫卡、萨特、塞林格、克鲁亚克和爱伦堡等著名小说家和诗人的作品。尽管受到政治的影响,选材受局限,但是外国文学翻译作品为20世纪70年代初中国地下文学的诞生奠定了基础。

20世纪80年代以来,跨文化文学交流欣欣向荣。在之前长达四十年的时间里,社会主义现实主义文学独步中国文坛,形成了一种"政治正

---

[1] Bei Dao, "Translation Style: A Quiet Revolution", in: *Inside Out: Modernism and Postmodernism in Chinese Literary Culture*, eds. Wendy Larson and Anne Wedell-Wedellsborg, Aarhus: Aarhus University Press, p. 62; Maghiel van Crevel, *Language Shattered: Contemporary Chinese Poetry and Duo Duo*, Leiden: CNWS, 1996, p. 36.

确"、色调单一、声音高亢的红色经典。自 20 世纪 80 年代始，厌倦了格式化文学样式和表达的中国读者再度把眼光投向域外，开始求新、求变、求异。求知若渴的中国读者在阅读外国文学的过程中，发现了一个不一样的文学世界和生活世界，那里人物万千、景象绚丽、情怀深幽、故事曲折、思想厚重，一些外国名家名作在当代中国一度被奉若神明。同期，在《外国文学》《外国文艺》《世界文学》和《当代外国文学》等学术刊物的推动下，最新西方诗歌的翻译和西方诗歌经典的重译热闹非凡，成为当代中国人的一种重要文化选择。热度最高的西方诗人包括波德莱尔、惠特曼、狄金森、艾略特、希门尼斯、休斯、里奇、里尔克、塞克斯顿、普莱斯和史蒂文森等。翻译诗歌起到了弥补政治化文学之缺憾的作用，为中国现代诗歌增添了新的形式、韵律、意象和主题，也为中国新诗学的生成提供了新视角、新经验和新参照。

本章以时间为纵轴，以空间为横轴，从纵向追溯中国现代新诗的发展脉络和代际更迭，横向则审视 20 世纪不同时期的社会文化语境、主流诗潮和共同诗学，同时从内外两个维度观照中国现代诗歌话语与世界文学语境的动态联系和复杂关系，并管窥西方文学、西方文论、西方思潮对中国现代诗歌话语的渗透性影响。从现代到后现代，介于现代与后现代之间，是对中国现代新诗发展历程的描述，也是中国当代诗坛众声喧哗图景的真实写照。本章第二、三节呈现了中国当代诗坛上两道醒目的风景线：自白诗歌和女性诗歌。个人才华与文学传统、文学生产与读者接受、文学与政治、中国文学与世界文学的交叉互动，构成了一个变化多端、气象万千、生机勃勃的诗歌话语场域，并催生了有趣而令人迷乱的文学现象。

第一节　中国诗歌：从现代到后现代

本节以"五四"运动为发端，回溯 20 世纪中国现代诗歌的发生、发展、变化和变形，对中国新诗的历时脉络、渊源关系以及中国诗人在世界文学语境下的创新贡献三个方面进行梳理和探究。从现代到后现代，是否意味着一种时间意义上的推进，空间维度上的延展，诗学层面的更迭？答案是否定的。首先，从整体演变来看，我们不能用线性眼光来审视现代和后现代这两个理论概念，现代主义诗歌并不能完全摆脱古典诗歌的影响，而后现代诗潮和现代主义诗歌又很难截然区分和划清界限，中国现代诗坛呈现出一种有趣而又迷乱的"间性"状态。其次，从诗人个体角度来说，其对西方现代主义和后现代主义的学习，具有强烈的目的性和针对性，借异域之酒杯浇自己之块垒的现象并不罕见。因此，当我们试图探寻某一诗人的西方影响源的时候，我们会发现二者之间并非是平行移植，而是依循"本土化"路径，在借鉴、学习和模仿西方的现代诗歌的同时，有意识地选择和扬弃，所以我们不难从中国诗人身上发现某些西方现代主义和后现代主义的蛛丝马迹，但又无法断定某位作家就是西方某现代主义或后现代主义的中国传人。再者，不论是在西方还是在中国，象征主义在诸多现代流派中都有突出表现，象征派的理论、方法、观点以及大量的诗歌作品对一百多年来西方文学运动的影响，奠定了现代主义文学的基础，并为中国现代诗歌的发生和成长同时提供了"影响的资源"和"影响的焦虑"。

一 开天辟地：胡适等人的新诗

胡适是最早用白话作诗的中国诗人和学者。1920年3月，《尝试集》问世，它是我国第一部新诗集，其中所收的诗作形成于1916—1918年之间。从现代新诗的角度来说，诗人胡适的"现代性"主要在于他推动了中国新的诗歌语言的发生和落地。他是一个伟大的文化革新家，通过倡导白话书写诗歌的方式，对封建守旧文化最基本的载体语言做出清算。但是，回头来看，胡适的诗歌创作表明，他并不是一位杰出的诗人，不论是在语言的流畅、优美和深度上都难免有其历史的局限性。例如，他创作于1916年8月的《蝴蝶》写道：

> 两个黄蝴蝶，双双飞上天。
> 不知为什么，一个忽飞还。
> 剩下那一个，孤单怪可怜。
> 也无心上天，天上太孤单。①

以今天的阅读标准来看，我们并不觉得它有多么新颖别致，甚至有些

---

① 胡适：《尝试集》，人民文学出版社2000年版，第9页。

乏味，但是这种"乏味"恰恰是胡适所极力追求的。他说："我认定了中国诗史上的趋势，由唐诗变到宋诗，无甚玄妙，只是作诗更近于作文，更近于说话。"① 胡适以"说话"为作诗标准，在破旧出新的年代具有重要意义。话虽如此，在现代批评话语框架里，按照俄罗斯形式主义者对"文学性"和"诗歌语法"的界定，诗歌对语言的要求不同于一般的口头语言，它是在一般口语基础上，经过改造、加工和锤炼而实现的一种"陌生化"表达，一种"二级语言"。其最重要的功能并非是交际，而在于其审美价值。这就意味着，无论是古代诗歌还是白话诗歌，都不能被简单等同于作为日常语言交际工具的"白话"本身。胡适所主张和践行的白话文诗歌有开风气之功，钱理群认为："如果没有胡适们的这一'散文化'（也可以说是'非诗化'）的战略选择，中国诗歌的发展将很难超出'诗界革命'的极限，更不可能有现代白话诗的产生与发展。"② 在《蝴蝶》一诗中，新诗似乎只是分了行的散文，相对完善的意象系统、修辞系统、句法结构等尚待建立。胡适之后，包括刘半农、周作人、鲁迅在内的作家都涉足过新诗领域。例如，刘半农的歌谣体新诗《教我如何不想她》（1920）——"天上飘着些微云/地上吹着些微风"。鲁迅写于1918年的《梦》："很多的梦/趁黄昏起哄/前梦才挤却大前梦时/后梦又赶走了前梦"。现在看来，这些诗作仍未突破胡适白话新诗的范围，只能算是新诗草创阶段的作品。

二 20世纪20年代：现代主义的众声喧哗

随着现代诗的"潘多拉魔盒"被胡适等人相继打开，20世纪20年代新诗开始了"高歌猛进"的旅程。其中，创造社（以郭沫若为代表）、沉钟社（以冯至为代表）、新月派（以闻一多、徐志摩为代表）、象征派（以李金发为代表）浪潮涌动，呈现出众声喧哗的诗歌景观。

1. 郭沫若：从浪漫主义到现代主义

20世纪10—20年代，郭沫若的崛起是新诗坛的一件大事，他的创作标志着新诗运动的旗帜被举得更高，新诗运动自此形成了第一个小高潮。

---

① 胡适：《胡适学术文集·新文学运动》，姜义华主编，中华书局1993年版，第198页。
② 钱理群：《中国现代文学三十年》，上海文艺出版社1987年版，第140页。

其主要贡献包括《女神》这样的"中国现代新诗的奠基之作",① 也包括其在文学社团里的引领作用。1921 年,郭沫若、成仿吾和郁达夫等人共同发起了一个新的文学社团——创造社,他主持创造社并创办了《创造季刊》。无论是从个人创作,还是从文学社团的主张来看,郭沫若的诗歌风格都偏向浪漫主义,但是如果仅仅将之归结为浪漫派,就不能统揽郭沫若诗歌的全貌。实际上,郭沫若并未恪守浪漫主义规范,而是超越了浪漫主义框架,摆脱了简单的、外在的、单调的呼告,自觉或不自觉地走向了现代主义。

郭沫若的浪漫主义精神表现为对"内在""自我""创造"的热烈追求。在被学术界视为创造社宣言的《编辑余谈》中,郭沫若提出,"我们所同的,只是本着我们内心的要求,从事于文艺的活动罢了"。② 同为创造社成员的成仿吾也提出了相仿的观点:"文学既是我们内心的活动之一种,所以我们最好是把内心的自然的要求作它的原动力。"③ 这一群体性的诗学主张在《女神》绝大多数诗作中都得到了贯彻,郭沫若借众女神之口说:

> 我要去创造些新的光明
> 我要去创造些新的温热
> 好同你新造的光明相结
> 姊妹们,新造的葡萄酒浆
> 不能盛在那旧了的皮囊
> 为容受你们的新热、新光
> 我要去创造个新鲜的太阳
> 我们要去创造个新鲜的太阳
> 不能再在这壁龛之中做甚神像。④

---

① 钱理群:《中国现代文学三十年》,上海文艺出版社 1987 年版,第 147 页。
② 载于 1922 年 8 月上海《创造》季刊 1 卷 2 期,转引自德华《关于创造社的小资料》,《郭沫若研究》1986 年 3 月 31 日,第 25 页。
③ 成仿吾:《成仿吾文集》,山东大学出版社 1985 年版,第 90 页。
④ 郭沫若:《女神》,人民文学出版社 2000 年版,第 7 页。

显然，诗篇抒发了由革命精神带来的欢欣和鼓舞，这种亢奋自由的激情创造成为诗人生命的一种高峰体验。郭沫若如此描述这种激情状态："我回顾我所走过了的半生行路，都是一任我自己的冲动在那里奔驰；我便作起诗来，也任我一己的冲动在那里跳跃。"① 那么，这种对"创造"的激情和强调来自何处呢？从内部来看，是当时救国图强的家国境遇和吐故纳新的文化代谢之需。从外部来说，还受到了德国"狂飙文学"浪潮的影响，是对西方文艺精神创造性转换的结果。郭沫若对西方文艺流派非常熟悉，他说，"象征派的对象是静默，未来派的对象是叫嚣……都是爱动的艺术。人的积极创造精神，压伏在物质的重压之下还没有发芽……人类的'自我'还在混乱中睡觉。"② 在众多的流派中，他对表现主义情有独钟。他认为，表现主义"是由内而外的创造，不是由外而内的摄录"。③ 在巴黎举办的马蒂斯画展上，法国画家埃尔维用"表现主义"作为其一组油画的总题名，此后的画家开始大胆探索这种新的艺术表达方式。他们认为，绘画是要去创造可见，以表现事物的内在本质和创作者的情感，即郭沫若所说的"由内而外的创造"。在1923年8月的《创造周报》上，郭沫若发表《自然与意识——对表现派的共感》一文，表达了自己对表现主义文学的热情呼唤："德意志的新兴艺术表现派哟！我对于你们的将来寄以无穷的希望"④。此后，他在《印象与表现》等多篇文章中极力宣扬表现主义文学的主张，甚至断言只有表现主义才是真正达到艺术的路，⑤ 郭沫若对表现主义的青睐溢于言表：

---

① 郭沫若：《郭沫若全集·文学编·第15卷》，人民文学出版社1990年版，第225—226页。
② 原文见于《未来派的诗约及其批评》一文，原载于《创造周报》第17号。转引自朱寿桐《现代主义与郭沫若文学的现代化风貌》，载于《郭沫若百年诞辰纪念文集》，中国郭沫若研究会，1992年第23期，第746页。
③ 原文见于《印象与表现》一文，原载于《郭沫若研究资料》（上），转引自朱寿桐《现代主义与郭沫若文学的现代化风貌》，载于《郭沫若百年诞辰纪念文集》，中国郭沫若研究会，1992年第23期，第746页。
④ 原文见于《未来派的诗约及其批评》一文，原载于《创造周报》第17号。转引自朱寿桐《现代主义与郭沫若文学的现代化风貌》，载于《郭沫若百年诞辰纪念文集》，中国郭沫若研究会，1992年第23期，第746页。
⑤ 郭沫若：《印象与表现》，载于《时事新报文艺》第33期。

收在《女神》中的三个诗剧具有表现主义的印记。《女神之再生》和《湘累》以及后来的《孤竹君之二子》都是在那个影响下写成的。助成这个影响的不消说也还有当时流行着的新罗曼派和德国的所谓表现派。特别是表现派的那种支离灭裂的表现,在我支离灭裂的头脑里,的确得到了它最适宜的培养基,妥勒尔的《转变》,凯惹尔的《加勒市民》,是我最欣赏的作品。①

郭沫若的创新之处在于,虽然他对表现主义"支离破碎"的艺术特征感同身受,但是《女神》在艺术特性上并未显得"支离破碎",而是结合独特的诗人个性、革命的浪漫主义气息和激荡的时代风云,糅合出"表现主义和浪漫主义杂然浑成"②的泛表现主义。郭沫若由此走出胡适、刘半农等先行者的试验田,走出了一条西方影响和中国实践、借鉴与创新相结合的诗歌创作之路。

2. 李金发、戴望舒:象征主义

除了表现主义之外,象征主义也在中国诗歌领域内悄然展开。象征主义作为西方现代主义流派的重要分支,对中国现代新诗的形成也起到了推波助澜的作用。象征主义在中国的传播显示出持久而强大的生命力以及深刻复杂的本土化进程,形成了以李金发为代表的20世纪20年代象征诗派和以戴望舒为代表的20世纪30年代象征派,二者在各自代表了象征主义在中国的发芽和落地。

1925年,李金发的第一本诗集《微雨》在国内出版,开宗立派之功可与胡适比肩。从上文分析可见,浪漫主义和现代主义之间的关系藕断丝连,郭沫若的诗歌面目和诗歌声音尚不能完全归于现代主义流派,而从李金发开始,现代主义的轮廓才开始变得明朗。李金发于1919年到1925年之间留学法国,当时正值后期象征主义诗歌运动如火如荼。在法国象征主义耳濡目染的熏陶和影响下,他先后出版了《微雨》《食客与凶年》和《为幸福而歌》三部诗集。整体上,他受波德莱尔、魏尔仑和马拉美等象

---

① 郭沫若:《沫若文集·第七卷》,人民文学出版社1958年版,第67—68页。
② 魏红珊:《郭沫若与表现主义(上、下)》,载于《郭沫若学刊》1998年第1期,第42页。

征派诗人的影响，弃绝对于生活场面的直接描写，也不试图以直抒胸臆的办法抒情，而是借助形象组合，注重诗歌的朦胧效果，曲折甚至是怪诞地表达主观感受和复杂情感。在名作《弃妇》中，诗人写道：

> 长发披遍我两眼之前，
> 遂割断了一切羞恶之疾视，
> 与鲜血之急流，枯骨之沉睡。
> 黑夜与蚊虫联步徐来，
> ……
> 夕阳之火不能把时间之烦闷
> 化成灰烬，从烟突里飞去，
> 长染在游鸦之羽，
> 将同栖止于海啸之石上，
> 静听舟子之歌。
> 衰老的裙裾发出哀吟，
> 徜徉在丘墓之侧，
> 永无热泪，
> 点滴在草地，
> 为世界之装饰。①

暂且不论内容上的指向，单从形式上来看，李金发通过象征、通感、隐喻和暗示手法的叠加使用，使得诗歌成了一片荒野，枯骨、鲜血、蚊虫、灰烬、空谷、夕阳、丘墓等意象被诗人安放在这片荒野之上，它们层层叠叠，互相挤压变形，展示出某种若有若无的联系，最终弥漫成一片难以穿透的象征主义浓雾。这种理念、形式和表现方法上的革新，使得《弃妇》的语义指向变得扑朔迷离。表面上看，它写的是一个被弃妇女的内心悲痛，诗歌叙述者似乎在替她发声，言说其内心的荒芜和悲凉。诗人借此对更广阔的人类命运做出悲观的预言，其寓意到底为何，读者只有通过联想才能填补这些组合意象的暗示。这正是象征主义的美妙之处，它最

---

① 李金发：《中国新文学大系·诗集》，上海良友图书印刷公司1935年版，第200页。

大程度地发掘出诗歌的"文学性"与"多义性"。但是，从负面角度来看，李金发作为早期象征派诗人，其作品偏重诗歌艺术美的追求，与现实生活保持疏离，在形式与内容上并未能取得均衡发展，语言上的处理尚显粗糙，并未达到圆融的化境。虽然《弃妇》中的个别诗句还显得佶屈聱牙，也被反对者多为诟病，但是无论如何，作为中国象征主义诗歌的开路先锋，其拓垦的中国现代诗歌疆域推进了中国现代诗歌形式上的更新，为中国象征派诗歌的发展和成熟夯实了基础。

戴望舒是中国象征主义的另外一位重要代表。戴望舒之所以成其为戴望舒，不但因为他熟练掌握象征派技艺，而且还因为他有自己的创造，这种创造恰恰源于对中国古典诗歌的化用。如余光中所言，戴望舒的诗歌整体地"上承中国古典的余泽，旁采法国象征主义的残芬，不仅领袖当时象征派的作者，抑且遥启现代派的诗风，确乎是一位引人注目的诗人"①。余光中点出戴望舒诗歌最难能可贵的一面，面对欧风美雨的洗礼，戴望舒秉持"他山之石，可以攻玉"的治诗之道，创造性地吸收了中国古典诗词的意境和韵味，而未完全迷失在欧风美雨中。面对中国古典丰厚的诗歌遗产，他并未如闻一多和徐志摩等新月派诗人极力提倡诗歌的"格律化"。他认为，诗的韵律不在字的抑扬顿挫上，因为"诗情是千变万化的，不是仅仅几套形式和韵律的制服所能衣蔽"，②而韵律整齐的诗句会妨碍诗情，因此他决心要"为自己制最合自己的脚的鞋子"。③因此，在《我底记忆》中，我们看到的是"散文化"的书写方式，一种"神似"而非"形似"的境界：

> 我底记忆是忠实于我的
> 忠实得甚于我最好的友人
> 它存在在燃着的烟卷上
> 它存在在绘着百合花的笔杆上
> ……

---

① 余光中：《评戴望舒的诗》，《名作欣赏》1992年第3期，第12页。
② 戴望舒：《诗论零札》，《戴望舒诗全编》，浙江文艺出版社1989年版，第702页。
③ 杜衡：《〈望舒草〉序》，《戴望舒诗全编》，浙江文艺出版社1989年版，第53页。

>   它底声音是低微的
>   但是它底话是很长，很长，很多，很琐碎
>   而且永远不肯休
>   它底话是古旧的
>   老是讲着同样的故事
>   它底音调是和谐的
>   老是唱着同样的曲子①

可以看出，全诗表现出与新格律诗完全不同的诗歌美学原则，不重平仄，未见整饬，情感抒发完全求助于内在流动的诗情，使得全诗虽无韵律韵脚，但却意蕴深厚。另一方面，这种"散文"式写作也区别于未经过提炼的日常白话，而后者也正是他所反对的。在写给诗人艾青的信中，他直言："当时通行着一种自我表现的说法，作诗通行狂叫，通行直说，以坦白奔放为标榜。我们对于这种倾向私心里反叛着。"② 戴望舒既反对"坦白奔放"，又反对"整齐呆滞"。同时，他也并没有像波德莱尔那样，追求以"丑"为美。他笔下的《我底记忆》《雨巷》和《寻梦者》等追求的是淡淡的"忧愁"，这无疑与其深厚的古典诗歌尤其是中晚唐诗歌的修养息息相关。他的诗歌是"表现了现代派诗人把西方象征派诗歌的新美学与中国传统诗学结合的意图"，"与中国'哀而不伤'的诗歌传统想通"。③ 读者在戴望舒的诗歌中不但找到了"忧"，更找到了"美"；不但找到了"象征主义"，更找到了"中国古典"。

3. 冯至：现代主义的哲学意蕴

冯至成名于20世纪20年代初。1922年，他与陈翔鹤、陈炜谟等人共同创办了"浅草社"，并于1923年起先后出版了四期《浅草季刊》。1925年，冯至等人受德国戏剧家霍普特曼的童话象征戏剧《沉钟》启发，又将一份新刊物取名为《沉钟》，《沉钟》与《浅草》在文学观念一脉相承，因此又被合称为"浅草—沉钟社"。1930年，他开始了六年的欧洲之

---

① 戴望舒：《诗论零札》，《戴望舒诗全编》，浙江文艺出版社1989年版，第29—30页。
② 戴望舒：《致艾青》，《戴望舒全集》，中国青年出版社1999年版，第250页。
③ 钱理群：《中国现代文学三十年》，上海文艺出版社1987年版，第408页。

旅，回国之后于 1942 年出版了他代表性的诗歌集《十四行集》，陈思和称其为中国现代诗"探索世界性因素的典范之作"。① 我们知道，20 世纪初中国诗人的创作，如果单纯从影响关系上来说，无一例外都存在着"世界性因素"，那么为何陈思和对冯至的"世界性因素"情有独钟，称赞其为一种"典范之作"？其所谓的"典范"到底体现在哪里？我们认为，这是因为冯至不但在形式上借鉴西方十四行诗，在思想上也表现出存在主义式的思想内核，即对"生命的沉思与存在的决断"。②

  首先是对十四行诗的化用。20 世纪 20—30 年代，五花八门的西方思潮纷至沓来，其间德国存在主义思想对中国知识分子产生了巨大的冲击，但是思想表达和文学表现的同频共振，须要合适的文学载体。冯至无疑也面临着同样的问题。他在《十四行集》最后一首诗里提供了一个诗意的注脚：

> 从一片泛滥无形的水里，
> 取水人取来椭圆的一瓶，
> 这点水就得到一个定形；
> 看，在秋风里飘扬的风旗，
> 它把住些把不住的事体，
> ……
> 我们空空听过一夜风声，
> 空看了一天的草黄叶红，
> 向何处安排我们的思，想？
> 但愿这些诗像一面风旗，
> 把住一些把不住的事体。③

  正如冯至所描写的那样，思想如流动的水和飘荡的风一样看似无法把

---

  ① 陈思和：《探索世界性因素的典范之作：〈十四行集〉》，载《当代作家评论》2004 年第 3 期，第 4—17 页。
  ② 解志熙：《生命的沉思与存在的决断（上）——论冯至的创作与存在主义的关系》，载《外国文学论》1990 年第 3 期，第 48 页。
  ③ 冯至：《冯至选集·第一卷》，四川文艺出版社 1985 年版，第 149 页。

握。对于人来说，必须要依靠形式的"瓶"和"旗"，才能够做到"把住些把不住的事体"。他的解决方法并非是以中国古典的"瓶"或"旗"化从西方来的"水"和"风"，而是妙用了一种最经典的西方形式之"瓶"，即十四行诗，这是他作为一位中国现代诗人最独到的地方。值得注意的是，冯至笔下的十四行诗与西方严格意义上的十四行诗仍有差别。如他自己所言，"我并不曾精雕细刻，去遵守十四行严谨的格律，可以说，我主要是运用了十四行的结构……而让我的思想能在十四行的结构里运转自如。"① 尽管如此，人们并未从一开始就接受这种范式的挪用。例如，朱自清最初觉得这种诗体过于严密，不适合中国语言。然而，读了冯至的诗歌之后，朱自清的看法发生改变，认为中国十四行诗已经渐渐圆熟，特别是冯至的诗歌，它有着耐人沉思的理和情景融成一片的理。② "生硬的诗行"减少，还必须依托形式和内容、思想上的统一。在这一点上，冯至对存在主义思想的熟稔，以及他对中国现代境遇的感受，形成了一个重要的链接。

冯至于1930年留学德国，1935年获得博士学位。留学德国期间，冯至广泛接触了包括里尔克、雅斯贝尔斯等思想家在内的著作，逐步深入了解存在主义哲学。他本人回忆道："在留学期间，喜读奥地利诗人里尔克的作品，欣赏荷兰画家梵高的绘画，听雅斯培斯教授讲课，受到存在主义哲学的影响。"③ 从冯至的《十四行集》中，存在主义对于生死问题、人的价值问题的考问可见一斑。该诗集包含27首诗，其中反映生命或死亡主题的诗就至少有6首。生命的意义、存在的价值、人的孤独等问题成为诗人反复探讨的主题，在第一首《我们准备着》中，诗人写道：

> 我们准备着深深地领受
> 那些意想不到的奇迹，
> 在漫长的岁月里忽然有

---

① 冯至：《我和十四行诗的因缘》，《世界文学》1989年第1期，第286页。
② 朱自清：《诗与哲理》，《朱自清全集·第二卷》，时代文艺出版社2000年版，第701—704页。
③ 冯至：《自传》，《冯至学术精华录》，北京师范学院出版社1988年版，第507页。

> 彗星的出现，狂风乍起。
> ……
> 我们赞颂那些小昆虫，
> 它们经过了一次交媾
> 或是抵御了一次危险，
> 便结束它们美妙的一生。
> 我们整个的生命在承受
> 狂风乍起，彗星的出现。①

生命之于诗人虽然"漫长"，但是依然有化作"彗星""狂风"的"意想不到的奇迹"，这些奇迹定义了人的生命巅峰，使得一个碌碌无为的生命体成为一个时刻为奇迹的到来而在做着准备的大写的"人"。另外，"孤独"和对孤独永恒的"反抗"，是对现代人生存状态的哲学定义。在里尔克和雅斯贝尔斯的思想体系中，"孤独"问题占据着十分重要的位置。如何摆脱孤独，如何解决"人与人间的交流如何可能"的问题，是诗歌和哲学所探讨的核心问题。雅斯贝尔斯认为，"'自我存在'只有与另一个'自我存在'相交通时才是实在的，当我孤独时，我便陷入阴沉的孤立状态——只有在与他人相处时，'我'才能在相互发现的活动中被显示出来"。② 冯至以《威尼斯》为题描述了这一人类的生存之境遇：

> 我永远不会忘记
> 西方的那座水城
> 它是个人世的象征
> 千百个寂寞的集体
> 一个寂寞是一座岛
> 一座座都结成朋友
> 当你向我拉一拉手

---

① 冯至：《冯至选集·第一卷》，四川文艺出版社1985年版，第216—217页。
② ［德］考夫曼编：《存在主义》，商务印书馆1987年版，第149—150页。

便像一座水上的桥。①

在诗中,冯至对威尼斯水城的桥做了存在主义式的解读,人与人之间的交往被桥这一象征物所连接。然而,对雅斯贝尔斯来说,孤独是本体意义上的存在,并不会因为人际关系的建立而消失。诗歌的结尾,巧妙地回应了雅思贝尔斯的思想:"只担心夜深静悄/楼上的窗儿关闭/桥上也断了人迹"。

综上所述,冯至在现代诗歌史上的意义和价值并不在于其感情的热烈和诗艺的高明,而在于其对诗歌感性与哲思理性的巧妙融合。如果说,戴望舒通过融汇西方现代主义诗歌与中国古典传统而实现了现代主义诗歌的"本土化",那么冯至则力图在中国语境中将西方现代主义"西方化",不但借鉴西方的诗歌形式,更注重对西方存在主义等思想内涵的吸收,以达到"形"与"神"的统一。冯至的诗歌表明,形式与内容是一体的,十四行诗体承载冯至的哲思,反过来,冯至的哲思又催生了现代十四行体的中国变体。在冯至的诗歌中,悄悄地发生着一种互鉴、互惠、互动的文学交流,难怪德国汉学家顾彬高度评价他,说他是一位:"特别好的,特别具有现代性的诗人,有可能四十九年以后没有一个跟他媲美的诗人。"②

三 抗日战争、解放战争期间:现实主义与现代主义的融合

20 世纪 40 年代进入到抗日战争的关键时期,现实斗争需求迫在眉睫,这决定了当时的文坛景观和诗歌创作。那个时期迎来了两大影响深远的诗歌流派,即七月派和九叶派。作为九叶派诗人之一的唐湜,早就意识到这两个流派的形成及其重要意义。他认为,"两个高高的浪峰高突起来了,一个是七月诗派",并敏锐地觉察到七月派与传统现实主义的分野,称他们"不自觉地走向了诗的现代化的道路",③ 对于另外一个尚未被正式命名的流派,唐湜已经观察到穆旦、杜运燮等十人,认为"他们是一群自觉的

---

① 冯至:《冯至选集·第一卷》,四川文艺出版社 1985 年版,第 127 页。
② [德] 顾彬:钟秀《比较文学视野下的当代中国文学》,载《世界文学评论》2012 年第 2 期,第 18 页。
③ 唐湜:《诗的新生代》,载《诗创造》1948 年第 1 卷第 8 辑,第 21 页。

现代主义者","它会一齐向一个诗的现代化运动的方向奔流,相互激荡,相互渗透"。① 文学史的发展正如唐湜所料,这两个流派在抗日战争和解放战争这一特殊时期,在中国现代诗歌史上保留了现代派的火种。

1. 七月派：左翼文学中的现代主义因素

七月派作为一个文学团体形成于抗战时期,以胡风创办于1937年的杂志《七月》以及1945年1月的《希望》为标志,形成了以胡风、艾青、田间、牛汉、绿原为代表的诗歌流派。七月派诗歌写作的最大特征在于对现实主义和现代主义的矛盾态度。一方面,他们继续挺进20世纪30年代左翼文学批判所开辟的文学阵地和思想空间。另一方面,七月派糅合了现代主义的艺术表现方法,例如主体激情、存在之思等。这种看似矛盾又不可分割的做法,结果反而大大丰富和拓展了左翼文学写作的审美维度。

七月派的最重要代表是胡风。胡风既是一位理性的文艺理论家和编辑,同时又是一位伟大的、激情的诗人。胡风"一生最看重诗人这个称号",② 如果没有他在创作理论和创作实践上的双重产出,就没有"七月诗派"和当时左翼文学的整体发展。首先,对于纷纷攘攘的现代派,胡风并未全盘吸收,反而基本持批评态度。他对这些流派的主张和创作评论道："这当然是封建的灵魂在新的服装下面的复活,但同时也是没落期资本主义文艺的反动的性格开始在半殖民地的土壤上的滋生。虽然表现出来的只能是寒碜的面貌,但象征主义、唯美主义、格律主义、恶魔主义、色情主义等,都用着新奇的面貌次第出现了。"③ 另一方面,受厨川白村的《苦闷的象征》的影响,胡风的文艺思想又暗含现代派对于人的主观精神、主体意识的重视,对于"欲望""精神创伤"等人类深层动机的强调。他提倡这样一种伟大的作品,它们"都是为了满足某种欲求而被创造的,失去了欲求,失去了爱,作品就不能够有真的生命",④ 反对现实主义创作中的"主观公式主义"与"客观主义"。在他看来,前者只是

---

① 唐湜：《诗的新生代》,载《诗创造》1948年第1卷第8辑,第23页。
② 牛汉、绿原：《编余对谈录》,《胡风诗全编》,浙江文艺出版社1992年版。
③ 胡风：《胡风评论集》中,人民文学出版社1984年版,第138页。
④ 胡风：《胡风评论集》上,人民文学出版社1984年版,第224页。

"空洞地狂叫",后者只是"淡漠的细描",真正的优秀作品应该是"用坚实的爱憎真切地反映出蠢动着的生活形象","从现实生活深处发出的血肉的声音"。① 胡风在现实主义和现代主义之间的抉择、徘徊和取舍,折射了现代主义回落和现实主义高涨之间所形成的时代张力。面对抗日战争的危机时局以及建立新中国的迫切需求,现实主义将现代主义中的激情成分予以吸收,并突出其战斗意志,普遍意义上的人性"激情"被功能化,演变成一种现实主义战斗激情。情感生命主体和思想理性主体产生了融合,这是现代主义和现实主义在20世纪40年代所实现的短暂汇流。

2. 九叶派:对现实主义和现代主义的调和

如果说七月派与西方现代派之间有着若即若离的联系,那么九叶派则是20世纪40年代中国新诗与西方现代主义诗歌艺术最亲密的一次接触。九叶诗派的标志是《诗创造》和《中国新诗》两个刊物的相继创立。杭约赫主持的《诗创造》于1947年7月创刊,唐湜、陈敬容、唐祈加入其中。后来该刊的四位核心人物,即杭约赫、唐湜、陈敬容、唐祈退出"诗创造"阵营,另行于1948年6月创办《中国新诗》,并吸引辛笛、穆旦、袁可嘉等的加盟,形成了辛笛(王馨迪)、陈敬容、杜运燮、杭约赫(曹辛之)、郑敏、唐祈、唐湜、袁可嘉、穆旦(查良铮)九位诗人的全明星阵容。这两份诗刊虽然只存在不到两年,但却为中国新诗的发展,尤其是为中国新诗的"现代化"提供了持续的动力。

从胡适开始,中国新诗向西方现代派的"学徒期"已经持续三十多年,在进退取舍之间,历经郭沫若、李金发、戴望舒、冯至等人的现代诗歌实验,形成了浪漫主义、现实主义、象征主义、存在主义等多重流派众声喧哗的局面。在这一过程中,如何平衡现实与想象、客体与主体、传统与现代的关系,成为中国现代诗人必须面对和解决的难题。九叶派的诗歌实践提供了一个可能的解决方案。对此,罗振亚认为,九叶诗派之所以被誉为新诗发展最成功的探索,一个主要的原因在于,"他们接受摇摆于传统与现代之间的先行者的教训,立足现实,既面向世界又继承传统,自觉结合横的借鉴与纵的继承,大胆融汇民族精神与西方现代派的艺术手法,

---

① 胡风:《胡风评论集》下,人民文学出版社1985年版,第77页。

创造有民族特色的中国现代诗歌。"①

首先,九叶派诗人对西方现代派诗歌持欢迎和拥抱的态度。在政治运动、社会矛盾日益激化的 20 世纪 40 年代,九叶派有意识地树立起现代主义的美学旗帜,做所谓"自觉的现代主义者",② 即使在今天看来,也需要极大的胆识和魄力。九叶派诗人大多有学习外国文学或者西方哲学的学术背景,直接接触过西方现代主义诗歌。例如,辛笛与艾略特等现代派诗人有过交集,这为他们接受现代主义诗歌打开方便之门,同时自觉保留了西方现代主义诗人对现代文明的批判。例如,波德莱尔《恶之花》对现代社会中的"丑陋"加以呈现,光怪陆离的都市乱象让人的感官神经饱受冲击、不堪其扰,形成了一群又一群的现代都市失败者和孤独者。这种对于现代都市病态的描摹和批评,在九叶派诗人的笔下复现。袁可嘉在《上海》一诗中描写自己置身大上海的绝望和孤独感受,这在九叶派诗歌中并非孤例。郑敏在《寂寞》中感到自己是在"单独地对着世界",忍不住自问,"为什么我常常觉得被推入一群陌生的人里?"诗人辛笛在《寂寞所自来》中将现代世界描绘成"垃圾的五色海":

> 惊心触目的只有城市的腐臭和死亡
> 数落着黑暗的时光在走向黎明
> 宇宙是庞大的灰色象
> 你站不开就看不清摸不完全
> 呼喊落在虚空的沙漠里。③

从中不难看出,九叶派诗人并非在白描都市风光,而是抒发胸臆、传达主观情绪,外在世界和内心世界重叠交合、互为表里,现实困境与内心冲突彼此呼应、互相折射,塑造了独特的诗歌声音和诗人形象。正如九叶派袁可嘉所总结的,"新诗现代化"概念包含两层含义:第一,要在思想倾向上

---

① 罗振亚:《九叶诗派的价值估衡》,《海南师范学院学报》(社会科学版) 2004 年第 4 期,第 50 页。
② 唐湜:《九叶在闪亮》,《新文学史料》1989 年第 4 期,第 148 页。
③ 王辛笛:《辛迪集·卷一》,上海人民出版社 2012 年版,第 67 页。

既能够反映重大社会问题，又保留个人心绪；第二，要在诗艺上，追求知性与感性、幻想与现实、民族传统与外来影响的合二为一。① 如此一来，九叶派诗人既避免了中国现代新诗脱离历史、脱离时代的创作缺陷，又不至于落入到现实主义"为艺术而艺术""为现代而现代"的窠臼之中。

四　20世纪70—80年代：现代主义的式微与重新崛起

在新中国成立后"十七年"文学时期，苏联文艺思想影响下的"无产阶级现实主义"逐渐演变成社会主义现实主义，它成为主导当时文学生产和文学接受的主流和正统。"政治抒情诗"主宰诗歌领域，现代主义诗歌创作式微，艾青诗风大变，郭小川、贺敬之的"红色"诗歌也是很好的例子。至20世纪70—80年代，随着"文化大革命"的结束，"地下诗歌"开始浮出历史地表，西方现代主义在当代中国重新抬头。

1. 白洋淀诗群：作为保护与反抗的现代主义

中国现代新诗发展到20世纪70—80年代，最为引人注目的文学现象自然是朦胧诗的出现。然而，朦胧诗并非无中生有，其最初的萌芽可追溯到"文化大革命"期间的"白洋淀诗歌"。② 这批从白洋淀走出来的知识青年，以诗歌的名义发出个体的声音，在诗歌艺术上做出新的探索，为20世纪80年代朦胧诗席卷大江南北做了铺垫。这里所谓的"艺术探索"，即对现代主义诗艺的重访和重拾。不难看出，"白洋淀诗派"青睐间接、含蓄、朦胧、象征式的写作方式，认同西方现代派的表现技巧和其间蕴含的批判力量，其共同的价值取向和诗歌主张在此后崛起的"今天派"和朦胧诗那里表现得淋漓尽致。

"白洋淀诗派"主要指在河北白洋淀插队的北京知识青年，他们自发组成了一个"地下"诗歌群落，其代表人物是根子、芒克、多多等。根子的代表作是他作于1971年的《三月与末日》。根据林莽的回忆，该诗"让当时的诗人们无不赞叹"。③ 一开始，诗人就写道，"三月是末日"，这

---

① 袁可嘉：《诗的新方向》，载《论新诗现代化》，生活·读书·新知三联书店1988年版，第219—224页。

② 参见林莽《穿透岁月的光芒》，原发表于《新创作》2000年第4期。转引自林莽《关于"白洋淀诗歌群落"》，《淮北煤炭师范学院学报》（哲学社会科学版）2004年第3期，第7页。

③ 林莽：《穿透岁月的光芒》，原发表于《新创作》2000年第4期。转引自《关于"白洋淀诗歌群落"》，《淮北煤炭师范学院学报》（哲学社会科学版）2004年第3期，第6页。

种不由分说的口吻、神秘的启示意味，与艾略特《荒原》的开篇——"四月是一个残忍的季节"一脉相承。接着，诗人在诗中描绘了一个类似于"荒原"的景观：

> 稚嫩的苔草，细腻的沙砾也被
> 十九场沸腾的大雨冲刷，烫死
> 礁石阴沉地裸露着，不见了
> 枯黄的透明的光泽、今天
> 暗褐色的心，像一块加热又冷却过
> 十九次的钢，安详、沉重
> 永远不再闪烁。①

表面上看，根子是在言说对春天的另类感受，但对于春天狰狞一面的描写正是他荒芜内心世界的写照。我们既可以将之看成特殊的一代人在特殊历史时期现实经验的文学表现，同时也是一种普遍的现代性体验。大部分"白洋淀"诗人来自"文化大革命"中受到冲击的知识分子家庭。冷酷、多变的政治生活使得他们对宏大、空洞、强压的政治说教丧失兴趣，转而开始独立思考。为了摆脱服务于政治目的的诗歌创作模式，他们把目光投向现代主义文学，从中寻找精神安慰和创作出路。对政治的倦怠和厌弃，促使了"白洋淀"诗人的一种集体美学撤退。当然，"白洋淀诗群"对现代主义的选择，也是一种自我保护策略，毕竟如李宪瑜所言，"白洋淀诗歌产生的年代，思想上的怀疑主义虽已弥漫开来，但整个局面毕竟还不像'四五运动'时那么明朗，'白洋淀诗歌'也就不可能像'天安门诗歌'那样痛快淋漓地控诉、讨伐，不可能像北岛那样凛然宣告'我不相信'！"② 那么，在改革开放的浪潮还未到来之前，"明朗"的诗歌创作，无论是出于自我保护的考虑，还是出于艺术追求的考量，都不会是这批诗

---

① 根子：《三月与末日》，收录于郝海彦主编《中国知青诗抄》，香港：中国文学出版社1998年版，第59页。
② 李宪瑜：《中国新诗发展的一个重要环节——"白洋淀诗群"研究》，《北京大学学报》（哲学社会科学版）1999年第2期，第112页。

人的最佳选择。正因为如此,"白洋淀"诗人们选择了模糊、晦涩、朦胧的诗歌形式,在创作中试探危险的边缘,用诗歌建构另一种人与人、人与世界的联系方式。

2. "今天派"与朦胧诗:现代主义的重新崛起

"今天派"一名来源于《今天》这一民间杂志,该刊创立于1978年12月23日,由北岛、芒克等主办。"今天派"是中国当代文学史上一个不容忽视的存在,被认为是"最早创办,影响广泛,并成为'新诗潮'标志的自办刊物",[①] 它与后来崛起的朦胧诗歌有着千丝万缕的联系。北岛、芒克就是公认的旗帜性朦胧诗人,《今天》所刊载的芒克、北岛、食指、舒婷、顾城、江河、杨炼、严力等的诗作,例如舒婷的《致橡树》、北岛的《回答》、食指的《四点零八分的北京》、顾城的《简历》等,后来都被看作是朦胧诗的"代表作"。

较之20世纪50—60年代的正统诗歌,"今天派"有着明显不同的美学特征和诗学追求,这使得它饱受争议。反对者主要针对这类诗歌的"晦涩难懂"进行批评。1980年《诗刊》刊载了一篇题为《令人气闷的"朦胧"》的文章,称这类诗歌"写得十分晦涩、怪僻,叫人读了几遍也得不到一个明确印象,似懂非懂,半懂不懂,甚至完全不懂,百思不得其解","为了避免粗暴的嫌疑,我对这一类的诗不用别的形容词,只用'朦胧'二字,这种诗体,也就姑且名之为朦胧体吧"。[②] 这种"晦涩难懂",如"白洋淀"诗人的写作策略一样,是一种规避政治风险的自我保护。改革开放初期,旧有的以社会主义、批判现实主义等为审美权威的意识形态并未完全松动,诗人们对于思想潮流的发展态势心里没底,以模糊、晦涩的方式写诗,无疑可以降低和防范可能存在的风险。另一方面,这也是西方现代主义召唤下的一种文化选择。由北岛执笔的《今天》创刊号发刊词,传达了一种"走向世界"的渴望:"我们文明古国的现代更新,也必将重新确立中华民族在世界民族中的地位,我们的文学艺术,则

---

① 洪子诚、刘登翰:《中国当代新诗史》,北京大学出版社2010年版,第175页。
② 章明:《令人气闷的"朦胧"》,《朦胧诗论争集》,姚家华主编,学苑出版社1989年版,第28页。

必须反映出这一深刻的本质来。"① 北岛对于"现代更新"的渴望溢于言表。然而,在当时并不宽松的政治语境下,"现代""现代主义"仍然被看作是颓废的、消极的、阴暗的西方资本主义的代名词,还须要经过辩护、改造和合法化之后才可名正言顺地进入到中国新诗及其批评话语之中。

谢冕的《在新的崛起面前》、孙绍振的《新的美学原则在崛起》、徐敬亚的《崛起的诗群》(并称"三崛起"),为朦胧诗"正名"而摇旗呐喊。徐敬亚的观点颇为耐人寻味。他说,朦胧诗歌:

> 在艺术手法上,它们与西方现代诗歌有相当程度的契合。主要艺术主张是表现"自我"。但他们的"自我"是什么样的"自我"呢?只要稍作一下对比,我们就可以毫不犹豫地说,它是中国的!在他们的诗里有对十年非人生活的控诉;有对于几千年民族艰苦历程的痛苦回味;有对于人性解放的追求与呼吁;有对于现代生活方式和生产方式的憧憬。一句话,纵贯在一代新诗人笔下作品中的主导精神是民族自强心。②

徐敬亚对于朦胧诗里"中国"元素的强调不但是一种策略上的选择,同时也是符合实际情况的客观分析。从20世纪20年代的"新文化运动"到20世纪80—90年代的"白洋淀诗派""今天派"和"朦胧诗",西方现代主义的中国之旅印证了这样一个基本事实:任何进入中国的外来主义都必须要经历一个"中国化""本土化"的过程。

五 20世纪80年代之后:现代与后现代之间的诗歌

围绕朦胧诗的论争并未分出高低上下,反对派和支持者握手言和,一笑泯恩仇。当论争的火药味淡去,"人们不再面红耳赤地争吵,不再短兵相接地论战,而是静悄悄地以欣赏和赞扬的口吻,立场鲜明地将朦胧诗写

---

① 见于《今天》杂志1978年12月第1期。
② 徐敬业:《崛起的诗群》,载《朦胧诗论争集》,姚家华编,学苑出版社1989年版,第273—274页。

入了文学史"。① 而当朦胧诗和现代主义在一定程度上克服了旧有美学原则的羁绊后不久，后朦胧诗人以挑战者的姿态公开与朦胧诗前辈叫板。20世纪80年代中期，年轻的诗人和批评家开始喊出"打倒北岛！"这样挑战性的口号。诗人程蔚东于1987年1月14日在《文汇报》上发表了《别了！舒婷，北岛！》一文，此后涌现出莽汉主义、整体主义、新传统主义、下半身写作、非非主义等流派，后朦胧诗时代的中国诗坛可谓百舸争流、各领风骚。在当代诗歌史上，20世纪80年代中后期和90年代初的这股诗潮被统称为"后朦胧""新生代""后现代"。虽然这些流派的意识形态和诗学主张不尽相同，但"后"和"新"的冠名，已经显现出它们与之前诗潮的分野和断裂。在众多的"后"诗潮中，我们以"非非主义"和韩东为主要链接，因为两位诗人的诗歌创作反映了从现代主义到后现代主义过渡和转折的一个"间性状态"。

1986年，周佑伦、蓝马、杨黎等在四川宣告"非非主义"诗派的成立，它在众多"后"诗潮中规模效应大、显示度高、姿态高昂。在思想特征上，"非非主义"减少情感、意识和语言，避免知识、思想和意义，将诗歌看作是一种对于语感的追求，通过直觉来引导直觉式语言体验，能指和所指之间似乎发生着后结构主义意义上的任意滑动，诗人不再做"主义"式追求，而是沉迷于一种文字游戏式的语词拆解和组合。例如，在《撒哈拉沙漠上的三张纸牌》一诗中，杨黎引领读者进入一片荒漠：

> 一张是红桃 K/另外两张/反扣在沙漠上/看不出是什么/三张纸牌都很新/它们的间隔并不算远/却永远保持着距离/猛然看见/像是很随便的/被丢在那里/但仔细观察/又像精心安排/一张近点/一张远点/另一张当然不近不远/另一张是红桃 K/撒哈拉沙漠/空洞而又柔软/阳光是那样的刺人/那样发亮/三张纸牌在太阳下/静静地反射出/几圈小小的/光环。②

---

① 温儒敏、赵祖谟主编：《中国现当代文学专题研究》，北京大学出版社2002年版，第245页。
② 杨黎：《撒哈拉沙漠上的三张纸牌》，载《快餐馆里的冷风景》，陈旭光编，北京大学出版社1994年版，第49页。

三张纸牌被弃置于一片沙漠之中，纸牌作为符号系统，阐释者本可以赋予其多种解读，但是叙述者没有告知读者沙漠或卡片的意义，而是设置了"沙漠"这一特殊语境，意义似乎也随着黄沙消失在沙哈拉沙漠之中。换句话说，在一个特设的符号体系中，能指与所指之间的关系摇摆不定、模棱两可。对杨黎来说，诗歌变成了一种自我解构的语言游戏，与语言符号和文化符码无关。从这首诗不难看出，"非非主义"在意旨和语言上都显示出后现代主义式"无可无不可"（nothing matters, everything goes）的语言狂欢。但是，"非非主义"式的出走，并非一去不复还，意义的家园仍然无时无刻不在对他们发出召唤。像西方后现代派一样，当代中国的"后朦胧""后现代"诗人们同样面临着现代与后现代的不断抉择，这种矛盾的情绪，在韩东的《有关大雁塔》一诗中可见一斑：

  有关大雁塔／我们又能知道些什么／有很多人从远方赶来／为了爬上去／做一次英雄／也有的还来做第二次／或者更多／那些不得意的人们／那些发福的人们／统统爬上去／做一做英雄／然后下来／走进这条大街／转眼不见了／也有有种的往下跳／在台阶上开一朵红花／那就真的成了英雄／当代英雄／有关大雁塔／我们又能知道什么／我们爬上去／看看四周的风景／然后再下来。①

该诗目前存在两个版本，上面的引文出自最广为人知的版本，也是公推的中国后现代诗经典。历史上，"大雁塔"的意象被反复使用，例如杜甫的《同诸公登慈恩寺塔》中"高标跨苍天，烈风无时休"的慈恩寺，即为对大雁塔的歌咏。站在塔前，思绪万千，愁肠百结，"自非旷士怀，登兹翻百忧"。在朦胧诗人杨炼的《大雁塔》中，字里行间透露着历史的厚重和深邃的沉思：

  我被固定在这里／已经千年／在中国古老的都城／我像一个人那样站立着／粗壮的肩膀，昂起的头颅／面对无边无际的金黄色的土地／我被固定在这里／山峰似的一动不动／墓碑似的一动不动／记录下民族的

---

① 韩东：《爸爸在天上看我》，河北教育出版社2002年版，第10页。

痛苦和生命。①

杨炼的组诗由五首诗组成，对大雁塔发出杜甫般的沉吟。相比之下，韩东的《有关大雁塔》的历史意识显得相当浅薄，一群无聊无趣的游客千里迢迢赶来，悲怆、虔诚的朝圣变成一种漫无目的的攀爬运动。从这个意义上说，大雁塔只是一个无生命结构，不再具有任何象征意义和实质。不过，韩东对大雁塔的解构并不是彻底、坚定的。在另一版本同名诗中，诗人另行添加了如下的诗句：

> 可是/大雁塔在想些什么/他在想，所有的好汉都在那年里死绝了/所有的好汉/杀人如麻/抱起大坛子来饮酒/一晚上能睡十个女人/他们那辈子要压坏多少匹好马/最后，他们到他这里来/放下屠刀，立地成佛了/而如今到这里来的人/他一个也不认识/他想，这些猥琐的人们/是不会懂得那种光荣的。②

显然，扩写版《有关大雁塔》并不符合后现代话语的旨趣，因为我们仍然可以感觉到韩东对悲剧英雄主义的强烈呼唤。大雁塔在想些什么？人格化的大雁塔就像一个静默的观察者，见证着过去与现在、英雄好汉与庸俗访客之间强烈的反差。对比之下，好汉的形象更加高大，"猥琐的人们"更加猥琐。从诗学谱系上来看，韩东游走于现代主义和后现代主义之间，这种游移并非无源之水、无本之木，因为韩东正是以朦胧诗的追随者和实践者开始了自己的创作生涯。1981年，他的《昂起不屈的头》获得青年文学奖。不论是主题还是手法，全诗都流露出北岛式的悲剧英雄主义，结尾处铿锵有力的"永不跪下"听起来就像是北岛的"告诉你吧，世界，我不相信！"现代与后现代并非泾渭分明，现代中有后现代，后现代中也有现代，延续和断裂并存于现代和后现代之间。尽管《有关大雁塔》之后的诗作读起来更加后现代，但韩东的创作实践表明，后现代诗与朦胧诗之间有着一种暧昧不清而又斩割不断的联系。韩东的后现代语言

---

① 杨炼：《大雁塔》，《荒魂》，上海文艺出版社1986年版，第70页。
② 这一版本鲜为人知，后者发表在兰州非官方刊物《同代》上。

狂欢和"非非主义"一样,在现代与后现代的边界上游移,揭示了个体和群体诗学立场的矛盾性、多变性和"间性"。

20世纪的中国现代主义诗歌发展历程可谓一波三折、几经反复。从胡适开始,经过20世纪20年代短暂的众声喧哗,进入到20世纪30—40年代之后,随着抗日战争和解放战争的爆发,现代主义开始和现实主义的艰难磨合,其重视诗人内心创造、内在情绪表达的特点无疑对诗人具有强大的吸引力,但是历史境遇和现实斗争需要又要求诗人必须平衡内与外、理想与现实、情感与理智之间的微妙关系,这使得现代主义和现实主义之前的关系始终若即若离。经历了"文化大革命"的最低谷之后,白洋淀诗群、朦胧诗重新浮出历史地表,其诗歌声音、精神气质、审美意趣回应着20世纪上半叶中国诗人的追求、思索、迷茫和叩问。即使后现代主义思潮强势来袭,现代主义在过去百年的历程已经证明了其顽强的生命力和其内在的丰富性。

六 20世纪90年代到21世纪初:盘峰论争、下半身和打工诗歌

20世纪中国诗坛的最后几年,在"民间写作"与"知识分子写作"之间的论争中落下帷幕。这场论争可溯源于批评家程光炜于1998年所编选的一部收录于"90年代文学书系"的诗歌选集《岁月的遗照》,程光炜为该书写了引言《不知所终的旅行》,他在该文中所提炼的"90年代诗歌"的概念及其所遴选的代表诗人被认为有失偏颇,遭到了杨克、沈浩波、于坚、徐江、谢友顺等人的强烈反对。1999年初,杨克组织出版了一本反驳程光炜的"叫板选集",即《1998年中国新诗年鉴》,于坚则于1998年秋写了《穿越汉语的诗歌之光》。正是在于坚的文章中,诗坛被划分为"知识分子写作"和"民间写作"两大阵营,前者是"精英主义、不自然、异己、虚假的",而后者则是"敏感、诚实、平易近人、真实、属于普通民众的";① 前者强调西方文学资源对于中国文学的影响,而后者则"强调本土文化的价值,拒绝西化",并由此呼吁中国古典诗歌的再次辉煌,形成"民间"与"知识分子"交锋的前奏。早期,这场论

---

① [荷兰]柯雷:《精神与金钱时代的中国诗歌:从1980年代到21世纪初》,张晓红译,北京大学出版社2017年版,第367页。

争主要是在期刊上对阵。1999年4月16—19日，在北京盘峰宾馆举办的"世纪之交：中国诗歌创作态势与理论建设研讨会"，则使得这场论争演变成了一场面对面的"遭遇战"，"盘峰诗会"由此成为这场论争的代名词。即使在会议结束之后，关于这场会议的争论依然占据了《诗探索》《中国图书商报》《文汇报》《北京日报》和《科学时报》等大量媒体的关注，成为了20世纪末诗坛最无法抹去的集体记忆。

论战中的"民间派"诗人沈浩波此后成为了一场更具争议性的诗歌运动的主将，即"下半身"诗歌运动。这场运动的标志是在2000年到2002年期间，以"下半身"命名的两个民间刊物浮出水面。如果说韩东的《有关大雁塔》是一位厌倦了崇高话语的知识分子通过"冷战""远离"的形式来实现对崇高体验、历史意识和主流话语的消解，那么"下半身"诗歌的出现则洋溢着更加具有感官性和挑逗性的对抗策略，这得益于沈浩波所重新发现的诗歌中的"身体"。他认为20世纪80年代，尤其是第三代诗歌运动开始后，中国诗歌的先锋性就是围绕着"语言"问题展开的，沈浩波对此提出质疑："诗歌真的只到语言为止吗？"他的问答是："不，语言的时代结束了，身体觉醒的时代开始了。而我们更将提出：诗歌从肉体开始，到肉体为止。"[①] 由此，"下半身"诗歌踩在"语言本位"诗歌的肩膀上，以极其挑战的姿态走向了"身体本位"式的诗歌创作，尹丽川的《为什么不再舒服一些》[②]是典型的代表。但是，正如韩东徘徊于现代与后现代、崇高与反崇高之间，"下半身"诗歌也并非是安全沉湎于"下半身"话语之中，而是部分地转向了针对底层的"社会关怀"话语，开始利用诗歌实施"对急剧转型的当下中国及其所引发的社会公正与不满问题的介入"[③]。

诚然，"下半身"诗歌的"社会关怀"并没有给评论家和读者群体留下深刻印象，人们记住的是它大胆、露骨、火辣的身体描写，而"社会关怀"的任务则留待于"打工诗歌"来完成。随着20世纪80年代改革

---

① 杨克：《2000中国诗歌年鉴》，广州出版社2001年版，第546页。
② 此文发表于《下半身》创刊号2000年7月。
③ ［荷兰］柯雷：《精神与金钱时代的中国诗歌：从1980年代到21世纪初》，张晓红译，北京大学出版社2017年版，第298页。

开放和中国城市化进程的加速,"打工诗歌"迅速崛起。经过 80 年代的萌发之后,"打工诗歌"在 2000 年后迎来了高潮,不论是作为一种创作还是作为一种研究对象。2001 年共青团中央、全国青年联合会主办"鲲鹏文学奖",对"打工文学"做出评选和表彰。自 2005 年起,打工诗人柳冬妩陆续在《文艺争鸣》上发表多篇关于打工诗歌的文章,也开始陆续出现像郑小琼这样影响力大、显示度高的打工诗人。2015 年出现了秦晓宇、吴晓波主编的《我的诗篇:当代工人诗典》这样的诗歌选集,工人们的诗歌成为了一种"被叙事"① 的文本,这些都标志着"打工文学"进入了主流文学界。② 如果我们将"打工诗歌"置于整个 20—21 世纪中国诗歌的进程中来加以考察的话,它的被认可、它出现的意义和价值实际上是顺应了中国"文以载道"的诗学传统,诗歌在"打工诗歌"这里不再是如韩东等后现代诗人所痴迷的"语言游戏",不再是形式主义的理想分析对象,而是在于"诗歌内容的表达和情绪的抒发上,具有真正的民间因素"③。

第二节 跨文化交流中的中美自白派诗歌

20 世纪初,西方文学的大量涌入刺激了一种深潜在中国本土文学传统中的自白文学的复苏和兴起。"新文化运动"期间,一大批作家以自白式书写,表达了他们深切的个人感受。然而,中国知识分子强烈的自我关注,往往与民族救亡图存的宏大叙事并行不悖。"文化大革命"(1966—1976)期间,政治正确是评判文学生产和接受的唯一标准,放逐和压抑自我和个性的文学表达强势抬头。中国当代自白文学的出现,发生在美国自白派被批评家"发现"的二十五年之后。1981 年,权威诗歌杂志《诗刊》刊登了罗伯特·洛威尔的两首诗。此后,大量有关美国自白诗的译介进入了各种官方或非官方的流通渠道,四川省的非官方诗坛尤显活跃。

---

① Maghiel van Crevel, "The Cultural Translation of Battlers Poetry (Dagong shige)", in: *Journal of Modern Literature in Chinese*, Volume 14, Number 2—Volume 15, Number 1, p. 265.
② 杨宏海:《打工文学备忘录》,社会科学文献出版社 2007 年版,第 208—210 页。
③ 柳冬妩:《从乡村到城市的精神胎记——关于"打工诗歌"的白皮书》,《文艺争鸣》2005 年第 3 期,第 34 页。

对于正在极力摆脱"极左"意识形态束缚的中国诗人们来说，在这次跨文化文学交流中西尔维娅·普拉斯的诗歌适时而至，着实令他们眼界大开。中美自白诗是一种特殊文化背景下的审美范畴，是个人政治的表现形式。可以说，个人的即政治。中美自白诗歌可以被视为一种政治化自我表达的展示，与既有的权力话语格格不入。自白话语如何与自我定位、自我界定、自我表达和自我阐释等行为发生联系，这些自白诗人如何站在社会政治领域边缘进行自我表达和抗争，从而开辟出属于自己的话语空间，是一个非常值得关注的话题。

一 历史视野中的中美自白文学

西方自白文学有着1500多年的历史。它记录了西方文明从宗教统治时代到世俗化和现代化的轨迹。"一吐为快"的愿望，将宗教和世俗忏悔联系在一起。文艺复兴和启蒙运动是宗教忏悔走向世俗化的两大关键参照点。兴起于15世纪的文艺复兴结束了教会凌驾于国家和个人之上的中世纪历史，促成天主教与新教的分道扬镳和政教分离。300年后，弘扬个体判断和个人理想的启蒙思想家和活动家使个体从权威中解放出来，世俗化进程往前迈出一大步。高涨的个人主义，继续拓宽了世俗忏悔的平台。"二战"后，美国自白诗歌作为一种独特的声音出现在历史悠久的文学自白潮中，在自我揭露和自我展示的掩护下，表达了带有强烈意识形态动机的信息，用喃喃呓语或高声呐喊表现欧美知识分子群体所普遍感受的战争创伤和精神梦魇。美国自白派专门针对当时占主导地位的资本主义消费主义，以及被认为是压制性和限制性的既定权力。

长期以来，宗教和世俗忏悔一直被理解为自我披露，特别是披露个人的"隐私"和"罪过"。同样，自白诗歌常常被与生活经历的艺术再现相提并论。在本章框架里，我们将自白诗歌视为审美对象，作为政治生活和诗歌生活的建构/重构过程的一部分。诗歌与诗人不是某个历史过程中被动的客体，而是这一过程的积极参与者。一般认为，自白文学是一种暴露式的艺术再现，其主要功能是披露个人经验、欲望和隐私，而我们则聚焦于自白诗学的政治性和抵抗性。自白其实是一种自我定位、自我界定、自我表达和自我阐释的行为，它发生在一个现实或想象的共同体中。自白者跨越文化语言传统，在宗教、社会、文化或政治主流之外持边缘化立场，文学自白经常传达或明或暗的政治信息。由此一来，超越边缘的言论变成了一种政治行为，为了自我赋权而选择边缘，志在寻求一种超越体制的诗性正义。

美国自白诗是一个独树一帜的诗歌流派，于20世纪50年代前后出现，并在20世纪60年代开始广泛流行。美国批评家罗森塔尔在一篇评论洛威尔《生活研究》（1959）的文章里首次使用了"自白诗歌"这一术语。① 对照早期的《是非之地》（1944）、《威利爵爷的城堡》（1946）、《卡文那夫的磨房》（1951）来看，《生活研究》的自白抒情者发出更为放肆、更加痛苦的声音。洛威尔谈及家人的死亡和挫折，回忆自己在二战期间遭拘禁的经历，以及由于患精神病而被送进疯人院的往事。20世纪50年代，西尔维娅·普拉斯和安妮·塞克斯顿参加了由洛威尔主持的波士顿诗歌研习班，自白题材开始出现在两位才华横溢的女诗人作品中。他们仨理所当然地被美国评论家们命名为"自白派"。洛威尔和塞克斯顿两人皆声称受到斯诺德格拉斯的影响，而斯氏的《心头之针》成为他们创作的灵感源泉。狄奥多拉·罗特克（Theodore Roethke）和约翰·贝里曼（John Berryman）的名字也分别通过《迷失的儿子和其他诗集》（1948）和《梦歌》（1969）与自白派扯上关系。

美国自白派起源于西方的忏悔传统。宗教忏悔是信徒和潜在信徒通过教会求得上帝宽恕的告解，而世俗化自白则是为了哲学、政治、伦理或美学目的而指向一个实际的或"想象的共同体"。② 透过自白行为，个人情感、挫折、痛苦、恐惧、失败、内疚感被倾注到公共领域，从而产生共同的价值和意义。西方自白文学可追溯至公元397年。圣·奥古斯丁经历了一次精神流浪，或曰"精神上的奥德赛"。他年少轻狂、放纵情欲，沉沦于摩尼教，迷恋荣耀，苦研新柏拉图神秘主义，最后终于完全皈依上帝。奥古斯丁的言说者"我"在唯一的听众"上帝"面前忏悔，在他眼中上

---

① Macha Louis Rosenthal, *The New Poets: American and British Poetry since World War II*, New York: Oxford UP, 1967, p. 23.

② 这里我指的是本尼迪克特·安德森（Benedict Anderson）把国家描述成一个"想象的共同体"，这里的人们既不认识也不可能认识彼此。参见 Anderson, *Imagined Community: Reflections on the Origin and Spread of Nationalism*, 2nd ed, London and New York: Verso, 1991.

帝是"快乐、荣耀、信心的源泉"。① 如果说奥古斯丁的忏悔者追求灵魂的净化与救赎，那么18世纪哲学家、思想家让·雅克·卢梭则把忏悔当作一项必要的哲学事业。卢梭揭露皮肤深处和表层皮肤之下的事物，反映人类存在以及人性冲突。卢梭的《忏悔录》是一部惊世骇俗的自传，后世的读者和作家喜欢它，为之感动，为之震撼，却又被它深深地刺痛。

罗伯特·菲力浦斯是研究美国自白派的开路先锋，并用"以己为主，天马行空，汪洋恣肆"来概括其文体特征。② 他罗列了一长串有自白倾向的西方诗人，如萨福、卡图卢斯、德·昆西、缪塞、华兹华斯、拜伦、里尔克、波特莱尔和惠特曼。美国自白派与先前的自白文学一样，莫不渴求赤裸裸的"真理"，并依然从私人生活中提取素材，但能明显察觉其中的断裂。其一，美国自白诗歌的题材对精神障碍及精神病表现出前所未有的关注和热情。无独有偶，洛威尔长期患有精神抑郁症，最终死于一场车祸；普拉斯、塞克斯顿和贝里曼也都以自杀方式结束人生。其二，与以前温文尔雅的自白文学迥异，美国自白诗歌的语调往往带有刀刃般的冷峻。其三，美国自白诗不肩负任何宗教、社会或政治义务，而出于自我疗伤的需要。

美国自白派诗人的自我表达和自我治疗，让人想起美国和欧洲知识分子普遍的绝望、幻灭和怀疑。创伤经历潜伏在他们的集体记忆中：两次毁灭性世界大战，大屠杀所带来的难以磨灭的精神恐怖，轰炸广岛和长崎的两枚原子弹，朝鲜战争（1950—1953），1954年法国在越南战败的重创，麦卡锡时代的强硬反共立场，以及当时美苏两大阵营之间阴云密布的冷战气氛。虽然20世纪30年代的大萧条阻碍了资本主义经济的发展，但二战时积累的巨大财富使战后美国社会得以重新发展充满活力的资本主义经济。然而，在经济富裕和舒适家庭生活的表面下，隐匿着社会动荡的潮流。许多社会批评家、作家和艺术家对节俭的清教主义和过度消费主义的冲突进行反思，将矛头指向利润驱动下资本主义的异化效应。在20世纪

---

① Augustine, *Confessions*, trans. Henry Chadwick, Oxford and New York: Oxford UP, 1991, p. 23.

② Robert Phillips, *The Confessional Poets*, Carbondale and Edwardsville: Southern Illinois UP, 1973, p. 4.

50—60年代，一种集体焦虑和反抗意识，催生了"垮掉的一代"和嬉皮士。与此同时，战后美国人见证了声势浩大的民权运动、反战运动、囚犯叛乱和印第安土著运动。第二波女权运动也演变成一股强大的潮流，旨在"挑战20世纪50年代以来盛行的'女性家庭生活崇拜'"。[①] 大部分忏悔派诗人在这个喧哗与躁动的时代度过了青春期和成年期，他们被夹在经济繁荣与精神匮乏、国家体制（政府和军队）与有抱负的个人、社会习俗与自我解放之间无所适从、心意彷徨。从这个角度来看，美国自白派可以被解读为饱受精神折磨的人们的自我表达，努力挣脱各种政治、军事、文化和道德的枷锁。

在文学语境下，美国自白诗是对崇高的浪漫主义和非个人化现代主义的回应和反动，力求突破原有的诗歌话语界限和内容禁忌，开辟出一块新的话语空间。罗伯特·菲力浦斯（Robert Phillips）认为，美国的自白诗是"过分乐观、过分热烈的浪漫主义的破碎遗产"，但不具备浪漫主义的理想色彩。[②] 沿袭浪漫主义以自我为中心的传统，美国自白诗人把感知和情绪融入到"我"这个居高临下的现代主义，与T. S. 艾略特的"客观对应物"概念和庞德的意象主义大唱反调。自白诗人们一边与非个人化、客观的现代主义诗歌抗争，一边书写大量的叙事诗，里面包含"精神错乱、痛苦不堪的主人公"，诗歌的结构显得平衡工整。[③] 这些自我中心的诗歌在讽刺和打破旧习的同时，也起到治疗和净化痛苦的作用。

对于战后年轻的美国诗人来说，以T. S. 艾略特为标杆的现代派代表着一种正统的、庄严的、沉重的欧洲传统。他们更喜欢把诗歌看作是一个创造生活的过程而非表达工具，因此他们在纷繁复杂的社会生活中强调个人的感受和经历，并对禁忌性题材产生了莫名的冲动和浓厚的兴趣，如精神障碍、性和自杀。他们充满激情、挑衅和"赤裸裸"的自白，无异于一种先锋声音，它抵制着过于热切、过于乐观的浪漫主义以及内敛深邃、

---

① Robert Phillips, *The Confessional Poets*, Carbondale and Edwardsville: Southern Illinois UP, 1973, p. 1391.

② Robert Phillips, *The Confessional Poets*, Carbondale and Edwardsville: Southern Illinois UP, 1973, p. 4.

③ Robert Phillips, *The Confessional Poets*, Carbondale and Edwardsville: Southern Illinois UP, 1973, p. 16.

高冷复杂的现代主义。

对照西方文学传统,"自白"在现代以前的中国文学作品中并不凸显。20世纪之前,中国自白文学长期处于被遮蔽和失语状态。中国自白文学的相对匮乏是由社会心理因素导致的,因为大多数中国文人不愿在政治和道德上被边缘化。儒家和道家作为中国文化传统的基石,本质上半为宗教、半为哲学,重现世而轻来世。儒家主张修身养性,提倡伦理道德,以期实现"修身、齐家、治国、平天下"的社会政治抱负。与儒家传统一脉相承的文学从来不乏政治热情与社会责任感。道家以一种边缘化立场,索性对存在的目的和意义提出强烈的质疑,否弃世俗意义上的名誉、社会地位、权力、命运与不幸、善与恶等。受道家思想熏陶的文学是田园隐逸的生活方式和顺其自然的生活哲学,以一种超然避世的声音表达出来,缺乏西方自白文学直逼心灵的颠覆力量。

受到西方文学的巨大撞击,"自白"才得以浮出中国现代文学的历史地表,代表作包括鲁迅的《狂人日记》、郁达夫的《沉沦》、丁玲的《莎菲女士的日记》以及茅盾的《虹》等。郁达夫的《沉沦》一经问世,便引发了"郁达夫现象",不禁让人联想起当年卢梭《忏悔录》在法国所引发的轩然大波。值得注意的是,中国作家们对个性和现代性的向往大体上屈从于救国图强的大局,使得他们的某些自白显得矫揉造作,缺乏真诚。以《沉沦》的自白结尾为例,书中的"我",一个中国人,去拜访一位日本妓女,遭到冷遇和嘲弄后,声称从此不再爱任何女子,而要把全部的爱奉献给母国。[①] 20世纪30年代,文学自白意识随着左翼文学占据主流而消减。抗日战争时期(1937—1945),文学受到爱国主义思想的支配,使得自白文学在政治上不受待见。这一时期的文学以其政治口号和充斥强烈革命热情的说教话语而闻名。左翼文学在新中国成立后发展为社会主义现实主义,以政治正确为标准,宣扬自我克制和自我放弃。在"为工农兵服务"和"为政治服务"的旗帜下,自白式文学表达方式与当时的政治学说格格不入。在红色经典的框架内,中国作家大多选择对自己的私生活和个人情感噤若寒蝉。"无产阶级文化大革命"是中国当代文学史上的分水岭。这一时期具有代表性的文学作品本质上是政治化的,文学题材被打

---

① 郁达夫:《沉沦》,上海太东图书局1921年版,第50页。

上了鲜明的政治烙印。社会主义现实主义的叙述主体"我"成为阶级、政治和国家话语的指示符。

尽管如此,20世纪80年代至90年代兴起的暴露隐私的癖好,多少体现了一种中国式忏悔话语的连续性。"文革"期间,各种政治运动中"政治非正确"的人们(如右派、走资派、妓女等)要在各种公开集会上,以"批评"与"自我批评"的方式向革命群众坦白交代错误,以求改过自新。当所谓的"人民公敌"被迫暴露个人隐私时,在听众中煽动起一种病态的、糅合禁欲和性亢奋的集体情绪。这种做法有点类似于罗马天主教传统忏悔手册中出现的荒唐混合物——在宗教裁判所的历史中痴迷于记录诸如性侵犯之类的事情。中国式自白作为重要的文学话语,源于这样一种需要,即复活个性、明确性别和建构自我。一个个渺小的、有瑕疵的"我"用自白方式进行言说,目的是为了解构社会主义现实主义作品中革命的"我"和大部分中国传统文学作品中享有道德特权的集体性"我"。解构和建构同步进行,需要一个参照点。"文革"结束后,当代中国诗人的目光再次转向西方,以寻求诗歌楷模和另类的自我表达方式。

二 美国自白诗在中国的创造性接受

翻译作为跨文化文学交流中的重要媒介有助于克服语言和文化障碍。20世纪80年代,新近西方诗歌的翻译和西方经典的重译形成一股热潮。正式刊物和官方出版社积极引介西方诗歌,其中包括美国自白诗歌。《诗刊》1981年第6期上刊登了袁可嘉翻译的洛威尔的《致阵亡的联邦军战士》和《黄鼠狼的时刻》,并附带诗人的生平小传。《诗刊》1985年第9期和1986年第5期分别刊发了塞克斯顿的《男人和妻子》和普拉斯的《晨歌》《十一月的信》。值得注意的是,20世纪80年代初,西安的赵琼和岛子长期致力于美国自白诗的翻译工作。由漓江出版社出版的《美国自白派诗选》(1987)和在香港出版的普拉斯诗集《燃烧的女巫》(1992)就是他们合作的结晶。附带提一下,四川的两份非正式诗歌刊物《现代诗内部交流资料》和《中国当代实验诗歌》于1985年率先发表赵琼和岛子的翻译作品。

各种非正式和半正式刊物(如:由大学生自己创办的校园刊物)与正式刊物互相竞辉。由于非正式刊物的出版和发行具有很大的随机性,系统地整理相关文献是不切实际的。不过,荷兰莱顿大学柯雷教授的私人藏书中可以找到不少刊登洛威尔、普拉斯、塞克斯顿、贝里曼诗歌的非正式和半正式刊物,如:《声音》《大陆》《九十年代》和《北京大学研究生学志》等。除了上述两种四川的非正式刊物,另一来自四川的非正式刊物《汉诗》也为"普拉斯风暴"的形成推波助澜,引起了官方诗坛对翟永明的《女人》(1986)组诗的关注。中国自白诗在普拉斯的诗歌中找到了一种清新有力、富有启发性的声音。在普拉斯的影响下,"黑夜意识"和"死亡情结"一时成为中国女诗人共同的表达方式。

20世纪80年代中国自白派诗歌的兴起,源于普拉斯、洛威尔和塞克斯顿诗歌的盛行。在社会政治领域被边缘化或自我边缘化的中国当代诗人从美国自白派中找到一种清新、有力的语言,为其自我表达和自我定义提供了一个有意义的参照点。在借鉴和创新的过程中,中国诗人形成了对某些主题和形式的共同偏好,多层面、盘根错节的互文关系由此而生。这种互文关系不遵从传统影响研究一对一的模式,而表现为一对多、多对一、多对多的模式。互文网络包含匿名的、无法识别的、陈腐的前文资源,一反传统影响研究专注于经典文本的做法。多维度互文性反映了文学作品的复调本质。

诚然,自白构成了20世纪80年代中国诗歌的核心,女性诗歌的自白表达尤为突出,但不少男诗人的书写也不乏自白成分。这些诗人的作品中或隐或显留有普拉斯诗歌的痕迹。在翟永明的《静安庄》组诗中,威胁感此起彼伏,仿佛说话者"我"不断受到潜在危险的威胁。[①] 周遭的一切,如黑暗、月亮、蚕豆花、树木和风,都成为潜在的威胁。没有生命的东西被赋予残酷无情的人格特征。"蚕豆花细心地把静安庄吞掉"一句模仿了普拉斯在《郁金香》一诗中所采用的拟人化手法。在普拉斯的臆想中,郁金香意象面目狰狞,忽而"活跃的郁金香吃掉了我的氧气",忽而"郁金香应如恶兽被关在笼中;/它们张着大口如非洲大型猫科动物",有

---

① 这是一个由十二首独立的诗组成的诗歌系列,以农历的十二个月命名。这种结构背后的基本原理是农民可能对自然的季节性变化更加敏感。翟永明反思了她在"文革"期间作为一个乡下青年的个人经历。她倾向于把《静安庄》列为她最好的作品之一。

着相似之处。①"郁金香"和"蚕豆花"既是人类能量的吞食者，也是潜伏在黑暗中的危险动物。②

正如安妮特·莱弗斯（Annette Lavers）所说，普拉斯诗歌中经常出现两种危险：第一种威胁来自无生命物体，如围巾、浓烟、面纱、电话线，它们横亘在生命与人之间，最终将人摧毁；另一种危险，是由于蝙蝠、蜘蛛、蠕虫之类小动物的破坏力所致。③ 这两种威胁遍布翟永明的《静安庄》。就像普拉斯诗中惶恐不安的女性一样，翟永明诗歌的抒情主体察觉到无所不在的危险。她时刻紧绷神经，沉溺于对他人或身外之物的幻想中而难以自拔。普拉斯全部的创作都关乎艺术与生命、声音与沉默、死亡与永恒之间的冲突。有趣的是，唐亚平把死亡演绎成一种自我展示的表演和娱乐。在饱受争议的《死亡表演》（1985）中，她写道：

> 死是一种欲望一种享受
> 我摊开躯体，睡姿僵化
> 合上眼睛像合上一本旧书
> 发亮的窗口醒成墓碑
> 各种铭文读音嘈杂④

普拉斯在《乞丐女士》中将死亡和濒死经验提升为一门艺术，而唐亚平用世俗的语言谈论死亡，把死亡与生存视为一体。诗中没有血腥恐怖的死亡场景，死亡变成一种娱乐方式，活着是为了表演，死亡亦是为了表演。然而，诗中最醒目的意象不是死亡本身，而是作为不眠与睡梦、生与死之间媒介的女性身体。玩世不恭的态度，揶揄调侃的语气，微妙的反讽，构成了唐亚平的组诗《黑色沙漠》的主调。

不少男诗人书写喝酒、打架、斗殴、性、黑暗、死亡等题材的方式，

---

① Sylvia Plath, *Ariel*, London: Faber and Faber, 1965, p. 21.
② Sylvia Plath, *Ariel*, London: Faber and Faber, 1965, p. 21.
③ Annette Lavers, "The World as Icon: On Sylvia Plath's Themes", in: *The Art of Women: The Twentieth Century* 1912–2000, ed. Charles Newman, London: Faber and Faber, 1970, p. 106.
④ 唐亚平：《黑色沙漠》，载《中国女性诗歌文库》，谢冕等编，春风文艺出版社1997年版，第134页。

同样带有自白意味。例如,"莽汉"诗人李亚伟的《中文系》就是一首自白性叙事诗。诗中第三人称人物"李亚伟"描述了某所大学中文系学生的学习和生活经历,语含调侃和讥诮。再如,男诗人冯俊最初使用京特这一笔名,后更名为京不特。他的《京特先生》(1986)和贝里曼的《梦歌》之间存在着明显的互文关系。贝里曼塑造了一个身份复杂多变的亨利形象,亨利游走于第一、第二、第三人称代词之间,他的一位朋友称之为"勃恩斯先生"。京不特虚构了第三人称的京特先生(昨天诗人)和叙述者"你"(相当于自称为京不特的今天诗人)之间的对话。《京特先生》,可以被解读成同一个体在过去和现在两个时段之间的对话。京特先生是一个奇怪的空想家、夜游者、凶手、癌症患者、变性人(在诗中化身为另一个京特先生和一只蝙蝠)。"梦"和"小提琴"的组合意象共同指涉贝里曼的诗歌标题。如果说,贝里曼笔下的亨利是一个受苦者和落魄者,那么京不特笔下的京特先生则是超现实主义的、暴力的。女诗人林雪也从贝里曼的《梦歌》中汲取灵感,将自己的三首长诗命名为《歌》(1992)。诗中反复出现的梦、音乐、黑暗等意象昭显《歌》与《梦歌》之间的互文关系,但是经林雪之手加工的意象带有鲜明的女性特质。

中美自白诗在诗学上有许多共同之处。传统的身体意象(如头发、手臂和脸)通过性别标化处理获得了新的意义。有伤风化的意象(如乳房、生殖器、月经、性交和分娩)频频出现。镜像作为一种自我认知的手段,其再现形式是不充分的,往往表现出自我和作者的双重焦虑。基于对主流诗学和传统性别期待的批判立场,中美自白诗中出现了大量自我美化和自我陶醉的意象,以及反英雄主义、自我贬低、非先验的意象,特别是对黑夜、黑色、死亡和飞翔意象的性别化呈现。通过自我美化,中美自白诗人表达了建构主体性的愿望和心声。当这些自白诗人通过自我贬低的方式来书写自我时,他们意识到通过写作行为来建构自我身份认同困难重重。中美自白诗的句法标记更加难以捉摸。在自白诗歌中,多使用第一人称叙述的诗歌通常暗示"我"的意识,"我"的观点,"我"的情感。大量没有被冠以"自白"之名的诗歌一旦使用第一人称,多少包含自白成分。在带有叙事成分和分析倾向的诗歌中,叙述者"我"充当了观察者,以及连接分离的诗歌情境和观点的调解人。尽管中美自白诗有诸多相似之处,但在题材、诗性、诗情等方面表现出不同。在美国自白诗中,私生活往往与大的社会背景密不可分，战争、核武器、政治压迫、科技进步、环境问题统统进入私人领域，渗透到自白表达的肌理中。中国自白诗人似乎沉迷于琐碎世俗的私生活问题，背离正统道德观和价值观的要求。饱受精神错乱、神经症、偏执和精神分裂症折磨的人物在美国自白派诗歌中占据主导地位，他们在不同环境中有着被阉割、被残害和失语的体验。在诗歌情感方面，美国自白诗主要表现为压抑、痛苦、窒息、阴森，而中国自白诗的情感色彩则介于痛苦与喜悦、狂热与沉思、严肃与宁静之间。

如前文所述，先锋诗歌是中国当代诗歌的重要一支。它发端于 20 世纪 70 年代初的地下诗歌实践，当时的知识青年聚集在一起阅读和讨论文学。这些雏形在 20 世纪 70 年代末至 20 世纪 80 年代初发展为所谓的"朦胧诗"，当时第一本地下文学杂志《今天》在北京问世。著名诗人有北岛、芒克、多多、舒婷、杨炼和顾城。"今天诗派"的特点是追求个人创作自由，摆脱了文化政治正统思想的束缚，因此被正统的反对者贬抑为"模糊的""怪异的""不可理解的"和"现代的"，偏离了当时主旋律的四个现代化建设轨道。在很大程度上，朦胧诗人对形式和语境的诗歌实验可以看作是对官方意识形态和审美观念的平衡。他们呼吁建立一种高度重视个人理想和表达，而非政治化的新诗学。

从 20 世纪 70 年代末至 1984 年以后，社会政治氛围由松弛转向高压，而这种诗歌表达方式在向往自由主义的支持者中，尤其是年轻人中找到了大量的读者群。在 1983—1984 年间全国"清除精神污染"的运动中，朦胧诗遭到严厉的批评和压制，"今天派"内部发生了分裂。20 世纪 80 年代中后期，政治氛围变得相对宽松，先锋文学发展又迎来了一个高潮，全国各大城市的先锋诗社如雨后春笋般涌现。年轻一代诗人受到朦胧诗人的影响，渴望在诗歌题材、技巧和语言上寻找新的出路。柯雷认为，后朦胧诗是"朦胧诗的延伸和强化"，它"把个性和自我的再人性化发挥到了极致"。[①]

20 世纪 80 年代中期，中国当代女诗人以一种与古老女性传统截然不同的女性声音为中国先锋诗歌的"巴别塔"做出了贡献。她们大多对

---

① Maghiel van Crevel, *Language Shattered: Contemporary Chinese Poetry and Duoduo*, Leiden: CNWS, 1996, p.85.

"欲说还羞"的矜持和做作感到厌烦,通过标新立异的题材和大胆的想象来关注个人情感和心理世界的探索。她们的自我表达专注于捕捉此时此刻的强烈感知,表达方式往往是个人化的、极端的,以心理为导向的。例如,伊蕾的自我袒露与美国自白派诗人塞克斯顿的风格一脉相承。在这一时期,伊蕾因采用私密、大胆的题材在女诗人群中脱颖而出。通观伊蕾的两部诗集《叛逆的手》和《女性年龄》,女性身体是最乍眼的能指。伊蕾笔下的女人充满了自我觉醒意识和欲望,一改从前无欲无求的女性原型形象。伊蕾的长诗,如《流浪的恒星》《独身女人的卧室》和《黑头发》等,不免让读者联想起塞克斯顿的《赞美我的子宫》。两位诗人在诗歌风格方面有诸多相似之处:自我赞美的第一人称抒情者,冗长的诗节,铿锵跳跃的语感,大量的排比与对偶。伊蕾写道:

黑头发
蓬勃的野草
在卑贱的土壤中痛饮
摇摇摆摆
疯狂地生长着幻想
在破灭的日子里破灭
黑头发,并不知道

黑头发的经历
是我的经历
让我在这一刻死去吧
从此,从此,秀发如云

黑头发
流水一样
无法,无法!无法……挽留
就要沦丧

黑头发

火烛一样
就要流干眼泪
从此用什么照耀我的生活

黑头发
疲惫的野火
在最后的时光里凄艳地嚎叫

黑头发
黑色的柔软的旗帜
一个女性最后的骄傲
在三月的风中
千疮百孔
是的,她背叛了尊严的血统
没有贞洁的光芒
最后的骄傲,在三月里
自由地微笑

是瀑布,就要流淌尽了
是乌云,就要散去了
黑头发张大惊恐的眼睛
乞望的眼睛
等待着在你男性的手中
结为岩石①

  伊蕾重写和仿写了黑发的中国内涵。她重复使用头发"云"和"瀑布"等传统意象,引导读者对常规限制做出批判性回应。伊蕾违背了"尊严的血统"和"贞洁"的传统美德,使黑发成为公开场合的言说者。她的颠覆并没有带来胜利,最终沦为冷酷无情、没有性别的岩石。读者不

---

① 伊蕾:《叛逆的手》,北方文艺出版社1990年版,第128—129页。

难看出，诗歌抒情者试图用性别来定义自己的失败。伊蕾巧妙地借用了晚唐的一首古诗《赋得古原草送别》。首先，她置换了从白居易诗中借来的文本元素。其次，她淡化了白诗的赞颂基调。伊蕾没有向野草的生命致敬，而是在"黑发"中看到了女性暂时解放但永恒被缚的象征。"在最后一刻惨痛而美丽地嚎叫"一句，指涉艾伦·金斯伯格的《嚎叫》。金斯伯格的诗歌以其情感爆发性、强烈的自尊心和韵律的扩张性震撼了中国诗人。芒克等朦胧诗人痴迷于美国"垮掉的一代"作品，如克鲁亚克的《在路上》和金斯伯格的《嚎叫》。同样，中国女诗人也通过"嚎叫"来释放其被政治和父权制压抑的强烈的冲动和欲望。她们以尖叫的方式发出女性化的嚎叫，就像普拉斯的发声：

> 现在我被肢解成枝节，如无数棍棒飞舞，
> 如此凶猛的一场风暴，
> 不能袖手旁观去忍受，我要尖声嚎叫。①

在中译本里，"尖叫"一词被翻译成"尖声嚎叫"。这种火山式的自我表达释放了来自不同文化传统的女性的愤怒、压抑和紧张。在伊蕾的诗中，诗歌抒情者精疲力竭、痛苦压抑，美丽和悲伤的嚎叫成为一种无望的自救。

中国诗人对美国自白诗人的模仿导致了自白模式的集体偏好，"黑暗意识"和"死亡情结"一时成为中国女诗人共同的表达方式。她们的诗歌与美国自白诗歌相提并论，并被贴上了"自白"的标签，被称之为一次"自白误区"的集体沦陷。② 我们认为，自白标签是一把双刃剑。从美学视角来看，它把女性诗歌贬为一种创造力不济、文学价值不高的边缘话语。男性诗歌批评家往往带着"有色眼镜"对女性诗歌进行道德评判，把女诗人描绘成"可怕的""变态的"和"表演性的"不入流诗人，把女性诗歌贬低为公式化、模式化的作品，缺乏表现的广度和深度。在这种

---

① ［美］罗伯特·洛威尔等：《美国自白派诗选》，赵琼、岛子译，漓江出版社1987年版，第108页。
② 藏棣：《自白的误区》，《诗探索》1995年第1期，第18页。

情况下，性别标识被不加区别地叠加在文学标准之上。从政治视角来看，自白的重要性在于潜伏在既有权力的边缘，用一种非对抗的方式表达政治诉求和个性追求。20世纪80年代，"黑暗意识"和"死亡情结"遍布中国非官方诗歌，实际上反映了一种对超越政治范畴的艺术自主和诗歌正义的强烈向往。当代中国女诗人自画像式的自我表达，意味着一种颠覆性的、自我赋权的姿态，一种反对政治束缚和男性文学霸权的表达，一种不受社会、文化和政治限制的身份追求。这种个人政治与20世纪80年代中期势如破竹的自白诗学十分契合。

中美自白诗出现在不同的文化和时空之中。从美学角度来看，美国自白诗最初以革命的姿态出现，反对过于热情、过于乐观的浪漫主义和貌似客观中立的现代主义，而中国自白诗则着力摆脱革命浪漫主义和中国传统诗观的束缚。从意识形态角度来看，美国自白诗与欧美早期的忏悔文学一脉相承，通过自觉自愿的边缘化来抵制各种强制性力量，尤其是资本主义精神。中国诗人为貌似黑暗、高度私人化的自白题材赋予积极的意义，对美国自白诗进行有选择性、针对性和创造性的模仿，从而产生了一种具有中国特色的自白话语。中国自白诗歌是诗人、批评家和学者共同建构的产物。中国诗人有着共同的文本来源和意象风格上的喜好，但这些颇受青睐的主题和风格都带有性别化特质。通过借鉴和模仿普拉斯和塞克斯顿等西方楷模，当代中国诗人找到了一种色调黑暗、情感强烈、声音铿锵的诗歌语言，在言说性别身份、主体意识和个人体验时集中呈现了一种"黑夜意识"和"死亡情结"。中国诗人从事着跨性别、跨地理、跨诗歌团体的自白书写，但中国女诗人的集体自白多少遮蔽了男诗人自白诗的真面目。

当代中国作家对西方文学的接受具有三个共性特征。首先，西方文学在中国文学市场和文学教育中的有限性限制了中国男女作家的阅读视野，他们主要阅读中文翻译的内容。其次，那些作家希望通过借鉴和引用重要的前辈，尤其是西方作家的作品来为其获得合法性和权威性。再次，他们对西方文学的热爱是出于对西方现代性的好奇心，因为他们渴望接近西方文学的主流趋势。翟永明、唐亚平、陆忆敏和伊蕾等人都以普拉斯的诗歌为模本，这引起了20世纪80年代的"普拉斯风暴"。在某种程度上，某些文本碰巧在某些群体当中的风行，决定着一个国家或地方诗学的走向和趋势。

第三节　作为一种现代性话语的女性诗歌

任何时代的文学史都首先是个人化经验史、感受史和情感史的结晶，当代女性诗歌保存的就是这样一群具有高度敏感性的个体历史。女性诗歌作为一种独具一格的文学话语，其独特性来自于女诗人们，她们拥有真切的世界感悟、敏锐的疼痛体验、独特的诗性思维和优美的诗歌语言。女性诗歌通过直觉力的介入，打破理性、存在、哲思等领域与女性天然背离的神话，强调感受的深度，书写和探问存在、灵魂、信仰等具有普遍意义的命题，朝人类生活的纵深处不断开掘，在兼具性别立场与艺术价值的同时，立足于全人类，以更加自信豁达的视界去构建一种全新的女性诗学。

女性诗歌作为一个独特的文学类别非常适于探讨身份构建的问题。身份构建基于个体经验，而个体经验常常可以从群体经验中加以识辨。在个体创作实践中，我们常常会发现作家和诗人们所共享的经验。当然，这些文本特征没有性别之分，属于世界上一切优秀的诗人。经历了女性意识和女权主义膨胀的浸染之后，新世纪以来的女性诗歌开始走出性别对抗的怪圈，正视差异的存在，表达在男性社会中重新自我定位和自我赋能的诉求。在诗歌创作中，女性诗人表达了一种书写女性身体、女性经验和女性主体意识的渴望，希望突出性别身份和社会性别期待的重围，这使得女性诗歌在"先锋诗歌"这一框架内与由男性作家主导的种种文学潮流协调发展、相离相依。这种阅读和生活的共同经验植根于具体的文化历史语境中，同时也源自一个由无数文本所组成的互文网络，为理解女性诗歌的文本和语境乃至整体创作过程打开了一扇窗。在维持个人化立场、主体意识、女性立场、性别意识和时间体验感的基础上，新世纪以来的中国女性诗歌主流不是纯粹的自我张扬，不是面向神灵的道德忏悔，不是个体生命痛楚的放肆宣泄，而是直面人生、面向社会，试图打开观察世俗社会的第三只眼睛。

一　20世纪女性诗歌纵览

女性诗歌话语是一代代中国女诗人长期努力的结果。纵观中国古代文学史，从《诗经》到《楚辞》，从汉赋到乐府，从唐诗到宋词，群星荟萃，光辉灿烂。女诗人蔡琰、卓文君、谢道韫、薛涛、鱼玄机、李清照、朱淑真等，皆留下了传世佳作，但她们对女性经验的表达，对女性意识的觉悟，对个性自我的发现却始终未得到完全的释放和张扬。以秋瑾为代表的创作，成为古典诗歌和现代诗歌的分水岭，为打破古代闺阁诗歌走向现代女性诗歌发挥了不可替代的作用。20世纪初，中国女性写作无论在物质条件上还是文化观念上都发生了深刻的变化，大量西方社会思想和文艺思潮涌入中国，唤醒了沉睡中的中国女作家。女性接受教育的机会大大增加，而女性写作也开始进入了一个性别化的美学范畴。"五四运动"期间，反对文言文、倡导白话文的诗歌实践，无论在形式上还是内容上都取得了新的发展。在这种历史背景下，一群女诗人应运而生。当时的女性诗歌涉及了古代诗人不曾探索过的领域，包括冰心关于爱和哲理的"小诗"，林徽因对爱情和真理的美好追求，陈衡哲和白薇对社会的不满，蓉子的自省，陈敬容对人生价值的探索和思考，创作出一批大量表现个性解放、书写女性个体生命意识的作品。

女作家、女诗人的性别立场和态度，与中国特定的社会历史语境有着千丝万缕的联系。现代中国从未有过独立于民族运动或社会运动的妇女解放运动。"五四运动"对缠足、包办婚姻、纳妾制等陋俗的批判，使中国妇女在中国式启蒙中获得露出水面喘息的机会。20世纪20—30年代，所谓的"新女性"大量涌现，为经典文学形象提供了生活原型。随着妇女解放成为中国国民运动和民族解放运动的一部分，中国女性开始全方位地介入社会生活和政治领域，女作家和男作家一起拿起手中的笔书写战火纷飞、暴风骤雨和激情燃烧的岁月。在抗日战争和解放战争期间，女性意识屈从于政治意识，个性解放让位于救国图存和民族解放大业，大部分写作者实际上中断了之前的新诗实验。在国家生死存亡的关头，所有关于女性特殊命运的问题都退居到了次要地位，这一时期的女性诗歌反映了鲜明的时代特征，充满政治口号和革命热忱，带有强烈的说教意味。20世纪40年代的女性诗歌也刻上了时代的烙印，诗歌作品大多关涉民族解放、阶级解放的时代主题。当时女诗人的代表作品包括关露的《战地》、丘琴的《战斗之路》和安娥的《母亲的宣布》。新中国成立后，随着政治风向标的快速转移，同新文学一道萌生并已经发展了三十余年的女性诗歌骤然沉寂、跌入低谷，新民歌运动和政治抒情诗相继成为新诗创作的重要潮流，曾经活跃一时的冰心、林徽因、郑敏、陈敬容等女诗人都因为不同的原因而先后远离诗歌写作。

新中国成立后,妇女似乎获得了谋求解放的现实基础和广阔空间,她们能以"半边天"的姿态与男人站在同一平台上,女性主义已经成为官方性别话语的有机组成部分。除了白薇、刘畅园、王尔碑等女诗人发表了极少量的小诗与应景之作,湖北的习久兰、安徽的殷光梅两位女民歌手创作的民歌以及20世纪60年代柯岩创作的儿童诗以外,从20世纪50—60年代的诗歌中我们很难听到女诗人的声音。"红色中国"的历史语境缺乏适宜女性诗歌自由生长的良好气候与土壤,使当代女性诗歌的发展进程产生了一条近三十年的断裂带。新中国成立后的三十年里,女性诗人的集体缺席和失语具有特定的时代原因,也是历史发展的一种必然。直至1976年,女性诗歌终于在沉寂经年之后获得新生。当代女诗人一改传统,以一种前所未有的自我意识进行言说。朦胧诗开启了一个新时代的思想解放浪潮,以舒婷为代表的朦胧诗人标志着女性诗歌从政治主导向为"我"而歌的一个重要转折。此后,王小妮、傅天琳、伊蕾等一批女诗人强势登场,彰显女性自我意识诗歌文本创作呈现"井喷"之势。这是对文学自主性的呼唤,是"人"的主体性的复苏。在《中国女性人物传略辞典:20世纪卷1912—2000年》一书中,舒婷和翟永明两人被推举为现当代中国女性的杰出代表。①

1978年以来,西方文学理论冲破了"封锁线"纷纷登陆,迅速涌入中国市场。时代呼唤新的理论和方法论,超越过去就事论事或者以社会政治为导向的文学批评。像20世纪初期的开拓者一样,当代中国的文学批评家和学者转向西方寻找新的理论滋养。现当代西方文论迅速涌入中国市场,其中包括精神分析、结构主义、新批评、现象学、接受美学、生态批评、后殖民主义、新历史主义以及女性主义,等等。西方女性主义理论的粉墨登场,对中国女性看待世界和自身的方式产生了深刻的影响,并为中国女性诗学的形成提供了理论参照。1980年至1987年间,中国学界加大了对西方女性主义的引介力度。据粗略统计,1980年至1983年间,全国

---

① Lee Lily Xiao Hong and A. D. Stefanowska eds., *Biographical Dictionary of Chinese Women: The Twentieth Century 1912 - 2000*, Armonk, NY: M. E. Sharpe, 2003. p. 455 - 466 & 672 - 677.

各大刊物平均每年发表 5 篇相关的评介文章。1986 年至 1987 年间，每年 11 篇，1988 年增至 20 余篇，1989 年多达 32 篇，数量逐年快速增长。① 在 1988 年至 1989 年期间，中国对西方女性主义批评理论的接受达到了一个小高潮，其间共有超过 12 部相关专著和女性研究专著问世，特别是由李小江主编的一套"女性研究丛书"，成为中国女性主义批评的开山之作。② 1989 年前后，越来越多的学者投身到女性主义文学批评的翻译、研究和传播工作当中，由此"形成了一支反对将女性'他者化'的先锋力量"。③ 广为人知的女性主义批评理论译著包括波伏娃的《第二性》、伍尔夫的《一间自己的屋子》、玛丽·伊格尔顿编著的《女性主义文学理论》、淘丽·莫依的《性与文本政治》以及 1992 年由张京媛主编的《当代女性主义文学批评》。④ 1995 年，第四次世界妇女大会在北京召开，进一步推动了女性文学研究。随后，两部介绍性专著——《西方女性主义研究评介》（鲍晓兰编著，1995）和《妇女：最漫长的革命——当代西方女权主义理论精选》（李银河编著，1997），指明了女性研究中的新问题和新取向。

自 1987 年诗评家唐晓渡对"女性诗歌"进行命名后，这一话语引起了国内外学界的关注，其意义已得到广泛的认同。相关评论文章层出不穷，多家中国文学期刊开辟了"女性诗歌"评论专栏，海外汉学界也将之作为一个热点研究课题。女性诗歌看似是一个不言而喻的阐释类别。实际上，关于"女性"一词有着两种相关而又迥异的解释："女子"和"女子气"。前者属于生理概念，而后者强调文化特征。狭义上，女性诗歌特指一批女性主义作品，它们往往带有明显的意识形态色彩，记载和反抗男权社会中女性从属于男性的命运。⑤ 女性诗歌用一种明晰的言说方式表现与社会性别有关的主题、经验、心理的女性诗人作品，在多个具体层面上

---

① 陈厚诚、王宁：《西方当代文学批评在中国》，百花文艺出版社 2001 年版，第 427 页。
② 洪子诚：《当代文学研究》，北京出版社 2001 年版，第 273 页。
③ 王侃：《"女性文学"的内涵和视野》，载《文学评论》1998 年第 6 期，第 91 页。
④ 波伏娃《第二性》最早一部中译本于 1986 年翻译出版，对国内女性文学创作与批评都产生了较为广泛的影响。由陶铁柱翻译的《第二性》新译本于 1998 年出版。参见陈厚诚、王宁《西方当代文学批评在中国》，百花文艺出版社 2000 年版，第 426 页；张京媛《当代女性主义文学批评》，北京大学出版社 1992 年版。
⑤ 陈旭光：《诗学：理论与批评》，百花文艺出版社 1996 年版，第 120 页。

表现出与男性诗人作品的差异，尤其是关于女性生理、心理经验或曰"女性意识"经验的性别化表达。鉴于此，女性诗歌应当被视作独立的研究类别，对当前的批评话语进行重建，寻求诗歌话语和性别话语之间的平衡。

二 走向女性共同诗学

当西方女性主义思想于20世纪80年代中期涌入中国时，朦胧诗已经开始走向衰败。当代女性诗人开始发掘女性生存真实幽暗的矿脉，致力于建构女性自身的话语场，将诗歌的触角伸延到了文化、心理、生理的矿脉，女性诗歌从而呈现出诡异、混乱乃至荒诞的现代性特征。在文化层面上，这一阶段的女性诗歌创作整体表现出"反传统"与"反崇高"的反思倾向。这种文化反思首先体现为对传统的道德观念和文化理念进行重新审议，并寻找两性文化批判的哲学意义。她们通过文化反思，在人们习以为常的生活图景中提炼出非同寻常的诗意，借以批判控诉传统的道德观念、文化观念对女性的扼制与摧残。后朦胧女诗人用鲜明的性别意识取代其朦胧诗先辈的社会政治意识，把朦胧诗人探索主体性和个性的尝试推向新的极致，形成女性诗歌话语的中坚力量。如果说像舒婷这样杰出的朦胧诗人致力于解放被社会政治力量所束缚的人性和女性气质的话，那么后朦胧女诗人则把批评的眼光转移到社会文化传统对女性的压迫上，而后者对社会性别的书写具有极强的主观性和个性。舒婷的自我表达与以冰心为代表的"五四"女诗人一脉相承，而后朦胧女诗人则用更为激进的言说方式修正了"母亲们"温情脉脉的小女人味抒情。对后朦胧女诗人而言，写作是一种尝试，可借以探知新型女性身份与以男性为中心的传统观念有何不同、如何不同。翟永明阐明了自己对女性特质的理解：

> "女性意识"是与生俱来的，是从我们体内引入我们的诗句中，无论这声音是温柔的，或是尖厉的，是沉重的，或是疯狂的，它都出自女性之喉，我们站在女性的角度感受世间的种种事物，并藉词语表达出来，这就是我们作品中的"女性意识"。[①]

---

① 翟永明：《纸上建筑》，东方出版中心1997年版，第240页。

翟永明将两个相关但不同的概念联系起来，即生理性别和社会性别。她影射女性特质既是"与生俱来的"又是"后天构建的"，对波伏娃"女人并非生来就是女人，而是社会使她成了女人"的观点进行了修正。① 除了西方女性主义思潮的影响，当代中国女诗人对楷模诗人西尔维亚·普拉斯和翟永明的自白风格竞相仿效，也推进了自白诗的发展。中国女诗人深信，女性独特的性别经验予以其"双管齐下"的权利，一手颠覆男性意识形态，另一手创造一种新的诗学。② 她们将女性身体作为探求另类诗性和女性意识的新途径，而非遵从刻板僵化的男性观点，也就是把女性身体贬为"玩偶"或者"祸水"的观点。女诗人拒不接受男性对女性身体带有偏见和歧视的描写。相反，她们将女性身体作为一个对抗和颠覆传统社会文化的阵地，消解意识形态化的政治对抗并转变为一种追求青春快感、弘扬生命本能的身体写作，用独特的方式试图对性别主体社会化身份进行话语解构。"身体写作"的概念应运而生。为新诗学的构建奠定了基础。

　　身体写作是女性创造性实践的标志之一，以埃莱娜·西苏、露西·伊瑞格瑞等为代表的法国后结构主义的女权理论，直接体现了对语言意识的关注和重视。西苏在《美杜莎的笑声》一文中指出：女性身体是联系文本与性的纽带，从事身体写作才能使女性潜意识的巨大资源喷涌出来。一方面，女性写作者退守身体，是女性被排除在各种体制资源之外的结果。具体而言，传统上女性被局限在家庭范围内，缺乏受教育和工作的权利。另一方面，身体写作也是女性对其内在生命进行内省的手段。总体看来，独特的性别经验（如怀孕、生育、月经、流产以及女性的性交体验）赋予女性不同于男性的感知力和理解力。在创作中，高举身体的旗帜标志着对占统治地位的传统和文化的颠覆性姿态。她们普遍认为，造成父权制压抑的根源在于语言，因此攻击父权制就应该首先摧毁父权制的语言，建构女性自己的语言话语体系。她们认为，传统的象征父权秩序的理性语言是一种二元对立性质，充满排他性、同质性、片面性的语言。因此，她们呼

---

① Moi Toril, *Sexual/Textual Politics: Feminist Literary Theory*, London and New York: Methuen, 1985, p. 82.
② 赵树勤：《当代女性话语权利的欲求与焦虑》，载《中国现代、当代文学研究》2001年第6期，第111页。

唤建立一种包容差异性的雌雄同体的诗歌语言。这种语言拒斥理性、反对逻辑，充满差异、流动、想象和变幻。伊蕾的《裸体》和张真的《流产》直逼中国传统文化中个人生活禁区：前者有关性高潮，后者有关流产。两位诗人使用大胆的意象和直白的写法处理非传统的主题。"叛逆"的言说方式表明，女诗人厌倦了关于女性身份和性欲的拐弯抹角、羞羞答答的表述。《裸体》中的女性抒情者一改过去无欲无求的形象，幻化成具有强烈自我意识、欲火焚烧的女人。《流产》一诗打破中国传统的伦理观，颠覆了温良无私的母亲形象。然而，细读之下，两位诗人对女性身体的袒露显示出其对女性心理和性欲的矛盾态度。在伊蕾的诗作中，裸体并未能使女性主体亲近自身，也无法增进两性之间的理解。相反，赤裸裸的身体成为横亘在男女中间的另一道屏障，并在自我与世界之间划出一条无法逾越的沟壑。在个体心理、母性、生死等问题上，张真亦表现出暧昧不清的复杂态度。从中国文学史的角度来看，欢庆身体解放和探索性欲，可以说是对"婉约"诗歌传统的反动。"婉约"诗凸显女性的温柔、虚弱、无助和献身的意愿。舒婷的《雨别》颇具婉约之风："我真想牵起你的手/逃向初晴的天空和田野/不畏缩也不回顾"。① 较之"后朦胧"诗人以及"新生代"诗人，舒婷采用了相对传统的表达方式，以示对"文革"时期极"左"政治话语的反抗。诗人从一个天真少女的视角出发，把爱、友谊和社会责任呈现在读者面前。尽管舒婷的确言及"血""伤口""受害者"等带有性暗示意味的意象，但其表达显得拘谨、隐晦、忧郁、伤感。相比之下，后朦胧派女诗人，如伊蕾、唐亚平、张真等，往往用高度个人化的言说方式质疑女性贞洁、自我牺牲、贤良等传统品质以及"革命无性别"的政治化女性身份。有时，她们发出强有力的、无拘无束的、极富煽动性的声音。有时，她们的声音显得苍白、无助、绝望。她们所关注的重点无非是如何复苏受到传统和政治埋没的性别意识。

中国古典文学对女性经验讳莫如深，镜射着传统的审美标准和伦理观。鉴于传统禁区具有内在破坏力，当代女性写作者挺身而入，从中开辟出僭越传统性别话语的阵地。传统上犯忌的主题，如裸体、月经、性交、堕胎和流产，大受青睐，私生活方面的题材堂而皇之地进入公共话语。她

---

① 《舒婷的诗》，人民文学出版社1996年版，第29页。

们悉心辨认前人涂抹在女性身体上的笔迹,用新颖大胆的语言书写着带有强烈性征的女性身体经验。与此同时,她们还重新思考着性爱与心理、男人与女人、诗歌权威与文学史之间纠缠不清的关系。例如,旅居瑞典和美国的上海诗人张真在《愿望之二》中写道:

> 我成为一场战争的俘虏
> 我的裸体被到处游街
> 插满黑色的羽毛和示斩的箭牌
> 在金子的囚车里
> 渴望海洋里那一滴最咸的水。①

《愿望之二》描写了以女性为中心的性爱感受和体验。诗人将做爱描写成男女之间的战争,欲望与恐惧、内疚、羞愧和耻辱之情交织在一起,自愿上战场的女性主体最终沦为战犯。抒情主体有可能被迫成为"阶下囚",因为她在体能上不及其性伙伴,即"骑马的士兵"。她也很有可能被自身的欲望诱惑和俘获,主动放弃人身自由,甘当美丽的囚徒。上述两种解读都可以从"金子的囚车"这一意象中找到佐证。"金子"和"精子"的发音近似,让人联想到雄性力量、动作和活力就连"镣铐"和"锁链"之类的刑具都让人产生性幻想,由此联想到变态、扭曲和疯狂的性生活体验。在广阔的历史语境中,《愿望之二》所讲述的绝不仅仅是女性在两性关系中被奴役或自我奴役的故事。诗人对性生活的描述,读起来好似一篇战争宣言,向传统的女性贞操观宣战。裸体女人示众的场景,生动地再现了古今中外责罚"淫妇"的文本片段。在美国小说家霍桑的名著《红字》中,犯了通奸罪的赫丝特·普兰受到加尔文教派权力机构的惩罚,反映了清教教义残忍、禁欲和不人道的一面。古华的小说《芙蓉镇》描绘了相似的场景:"文革"期间,女主角胡玉音因与右派秦书田通奸而被红卫兵小将挂上写有"破鞋"字样的牌子与"黑五类"一起游街示众。在张真的《愿望之二》中,抒情主体身陷囹圄,不仅因为她在性

---

① 张真:《梦中楼阁》,载《中国女性诗歌文库》,沈睿编,春风文艺出版社1997年版,第76页。

爱战争中落败，而且因为其性行为僭越了父权的清规戒律。她背叛传统伦理道德，故遭受最严厉的惩罚——死刑。

这种以刻画女性经验和私生活细节而见长的中国女性书写，呈现了一种"内视"倾向，成为她们常用的写作策略，其题材多涉及身体、欲望和性等隐私，在价值取向上偏重自我定义和自我确认，在表达方式上倾向于自白。与此同时，女性写作者们又时时观照社会文化语境，敞怀拥抱中外文学文本，这可被称之为"外视"倾向。两种目光和倾向在女性身体上交汇，催生了具有性别特质的"身体写作"，为探讨文学真实性、原创性以及审美价值等重要理论问题提供了一个平台。中国女诗人通过身体写作发出反抗政治和话语束缚的呐喊。李震对此评论道：

> 她们以男权专制的叛逆者的形象，以大胆暴露自己的内心隐秘、以疯狂的自恋和自虐、以女性特有的自白式话语，以及对母性、对性和生殖的礼赞与对女性独立性的捍卫，去建立一个建筑在阴性本体之上的、创造并容世界的女性神话，且以此猛烈地冲击既成的以男性为中心的话语体制。①

谢有顺也认为，身体或日常生活的政治化"扼杀了个人自由、私人空间和真挚的人性"，而"身体诗学"的兴起是一股反抗的逆流。② 两位诗评家均把身体写作看成一种政治行为，即一种积极的女性主义文学实践。其"身体诗学"含有两层深意：其一，女性身体为写作者探索特殊的性别经验以及另一种文学提供了一种可能的途径；其二，它成为女性写作者抵制男权话语和主流意识形态的场所。女性写作者诉诸身体，对固有的社会性别期待进行反思，对"女人味""女性气质"和"性别平等"等概念进行重新界定。性别化写作是当代中国女性写作者的共识，其性别意识具有明显的内省气质。她们往往更多地关注私人化的主题、感情和经验，而较少探讨宏大叙事。"身体写作"可以说是对政治化女性身份的某种反动。这种"去政治化"的写作立场，迅速转变为对性别歧视和社会

---

① 李震：《母语诗学纲要》，三秦出版社2001年版，第232页。
② 谢有顺：《身体修辞》，花城出版社2003年版，第30页。

偏见的激烈批评，各种社会禁忌和陈旧的性别观念遭到修正和颠覆。性别化写作传达了"身体诗学"和"性别政治"的旨意，在此，女性诗学的构建问题归结为身体、语言和整个世界三者之间的关系问题，使得以翟永明的"黑夜意识"和唐亚平的"黑色意识"[①]为代表的女性主义诗歌开始了"后诗潮"的个性化展现，性别意识逐渐强化。新时期和"后诗潮"时期，寻找自我与自我建构成为女性诗歌的核心主题，在艺术追求上开始展现鲜明的女性诗歌语言和结构模式，并逐渐达到自觉的、有意识的女性诗歌创作高峰。

20世纪80年代中后期，女性诗歌写作主要表现了一种以"身体写作"为标志的性别意识的觉醒。20世纪90年代以降，"个人化"写作已然成为中国先锋诗坛的主流，女诗人的言说和书写也从性别意识的觉醒过渡到了语言意识的觉醒。女性诗歌经历了从集体写作到"个人化"写作，从自白表达到更加多样化的表达模式，从"身体诗学"到"语言诗学"的发展态势。一批女诗人将注意力从女性身体转移到语言本身上来，翟永明的《面对词语本身》以及海男的《语词的乌托邦》可被看作是显著的风向标。不过，真正意义上的语言乌托邦是不存在的。每一个语词都有其约定俗成的能指和所指，不能脱离其意义衍生的文化背景。语词负载着沉重的既定意义和文化内涵。比如，"黄河"一词让中国人自然而然地联想起母亲和中华文明。为了摆脱文化和历史的禁锢和影响，当代中国诗歌实践中出现了两种背道而驰的套路。四川的"非非主义者"认为，"创造性还原"可以解除强加在语词身上的语义。[②] 换而言之，摆脱广为接受的意义和知识的有效途径，就是对语词进行重新命名。但我们认为，重新命名本质上无济于事，且削减了有效阅读的可能性。比如，将"黄河"更名为"蓝河"毫无意义。与"非非主义者"不同，南京民间诗刊《他们》旗下的诗人们，试图通过创造性地使用语词，使语词脱离其既定的意义和内涵，从而焕发出鲜活的生命力。翟永明早期的创作带有浓重的"自白"痕迹，后来摆脱普拉斯影响，以清晰的叙述方式和戏剧化风格创造了个性

[①] 唐亚平：《黑色沙漠》，收入谢冕、李勤学主编《中国女性诗歌文库》，春风文艺出版社1997年版，第167—168页。

[②] 谢冕：《美丽的遁逸——论中国后新诗潮》，载《文学评论》1988年第6期。

化的诗歌语言。王小妮形成了一种深刻而简单的诗歌风格。唐丹鸿用怪癖乖张的组词方式达到了一种魔幻的、超现实主义的效果。胡军军的诗则介于犀利和散漫之间，浸溢者批判和冷漠并存的情绪。① 尹丽川表面上打情骂俏、愤世嫉俗、低迷颓废，但实际上从未放弃对诗歌形式特征的高度关注。

  作为两种不同的诗学主张，"身体诗学"和"语言诗学"反映了当代中国女性共同诗学的重要内涵。在翟永明、王小妮、伊蕾、张真、唐亚平和海男等女诗人的共同努力下，一种另类的"共同诗学"适时而至。在周瓒看来，女性诗歌可被视为"女人、诗歌、描述性话语的集合"。② 换而言之，"共同诗学"指的是同一时期诗人采用相似的主题，以一种统一的声音进行言说，或是运用相似的诗歌技巧。显而易见，个体诗学与共同诗学存在着一种联动关系。以翟永明为例，她具有诗人和批评家的双重身份，对中国女性诗学的建构做出了不可小视的贡献。她不愿为所有的诗人或者所有的女性代言，时刻不忘自身所处的位置、说话的立场以及说话的对象，不断以个人的名义表达对僵化写作模式的不满。尽管组诗《女人》及其序言《黑夜的意识》一经问世，便掀起了惊涛骇浪，但是翟永明宣称，"我已倦于被批评家塑造成反抗男权统治争取女性解放的斗争形象，仿佛除《女人》之外我的其余大部分作品都失去了意义"。③ 在中外文学史上，个体诗学后来转化为普遍诗学主张的范例屡见不鲜，西方象征主义、现代主义、后现代主义最初全部是受个体创作行为的影响而产生的。个体作家通过言说和书写来表达对主导成规的不满情绪，从而激发了文学艺术上的创新。文学革新是个体不断尝试、做出决定、进行实践的结果，也是个体与群体互动的结果。在中国语境中，女性诗歌话语的建构可以说是文本与语境、接受与创造、群体与个体交互作用的产物。

  与20世纪80—90年代饱含情感宣泄与抗争精神的诗作相比，新世纪女性诗歌更注重探索女性世界的多元化与复杂性，将目光移向"自己的

---

  ① 周瓒：《当代中国女性诗歌：自由的期待和可能的飞翔》，载《诗歌与人》，2002年，第426页。
  ② 周瓒：《女性诗歌："误解小词典"》，载《中国现代、当代文学研究》2002年第2期。
  ③ 翟永明：《黑夜的意识》，载《磁场与魔方：新诗潮论卷》，吴思敬编，北京师范大学出版社1993年版，第141页。

房间"以外的世俗现实人生、生活场景,从日常经验的咀嚼、底层生活的触摸和精神之痛的参悟等向度入手,更加注重人文关怀与伦理担当,自觉地建构自己的精神世界,呈现出诗意与智性并存的新特征。不仅翟永明、唐亚平、王小妮、伊蕾、海男、唐丹鸿、尹丽川等"第三代诗人"宝刀不老、佳作迭出,余秀华、邬霞、郑小琼、汪雪英、翟美等80后和90后诗人更是横空出世、精彩纷呈,创作阵营壮观推送出不少为诗歌界广泛认可的佳构。

三 互文视野中的女性诗歌

女性诗歌呈现出丰富多样的主题和文体特征。研究女性诗歌话语的形成机制,审视女性诗歌与国内外文学环境的互动关系,只有了解一个或一群写作者置身于什么样的时代和环境,共享什么样的"社会方言"(语言学意义上)或标准文化知识(尤其是文学知识),才能对具体诗歌文本的创新程度做出有效的判断。作为一种阅读策略的互文理论可以探讨女性共同诗学的审美特征,解释女性诗歌话语的形成。丰富的互文现象有助于我们发现过去与现在、不同时代和不同地域的诗人、不同文化传统之间的种种关联。与此同时,它也能让我们认识到文化传承的某些运作规律以及经典构成的选择性和机遇性。

互文性现象由来已久,不过这一术语的创始者当推法国后结构主义者朱丽亚·克里斯蒂娃。根据互文性概念,不存在抽象的、绝对的原创性,文学文本总是和别的文学的或非文学的文本发生关系,共同填充拥挤不堪的文学环境。然而,此文本和他文本的互为参照并非互文性概念的全部内涵。互文性意味着一个文本固定的界限被打破,所有文本都被置于一个庞大的、密密麻麻的文本网络之中,因而削减了文本的同质性、特殊性、独特性。互文性是个争议性很强的概念。持不同立场的批评家各执一词,意见不一。但是各家似乎达成了这样一种共识,一个文本可以被视作"由引语交织而成的马赛克"或"对另一个文本的吸收和转化"。[①] 诚然,克里斯蒂娃本人对一个文本如何借鉴吸收他文本的问题不感兴趣,而且也无

---

① Kristeva Julia, *The Kristeva Reader*, *Toril Moi ed.* New York: Columbia University Press, 1986 [1966], pp. 34–61.

意于说明具体的文本（包括社会语境）是如何被"吸收"和"转化"的。她的建树"不在于她对具体诗人甚或具体的诗歌谱系的解读，而在于她建构了一个关于主体和语言的理论体系"。①

较为实用的应用型互文性研究主要在文学场内部展开，于20世纪70年代取得长足的进展，主要倡导者包括布鲁姆、热奈特、里法特尔、普赖特，等等。这些批评家无不被后结构主义的互文性概念吸引，但却无法认同其抽象的、不确定的本质，且不满足于后结构主义理论家对文本和文本性做单纯的主观臆想。应用型研究着眼于如何使互文性概念更加具体、操作性更强。尽管布鲁姆从未在《影响的焦虑》或《误读之图》等重要著述中直接使用互文性这个术语，但是他的理论表述呈现了一种明白无误的互文性立场、关联性思维和对偶式批评范式。首先，文本和文本总是交错盘结、互相渗透，一个文本的意义必定取决于其他文本。其次，诗歌写作表现为对先驱诗歌的误读，如套用弗洛伊德的理论模式即可被解释成父子之争。再次，传统的渊源研究强调影响者的权威，而布鲁姆坚持认为诗歌创作是对先驱诗歌的误读和重写。先驱们实际上说了什么并不重要，重要的是后来人如何诠释前辈的诗歌，如何改写、模仿、修改、转化或重塑先驱诗歌。

布鲁姆结合修辞学和心理学的方法研究互文性，为当代文学理论大潮推波助澜，使文学研究摆脱了过去那种在孤立的语境中探寻文学文本意义内核的做法。布鲁姆认为，写作过程是由诗人的双重焦虑所导致的一场心理战：一方面，晚辈诗人想模仿先辈诗歌和先辈诗人；另一方面，又急于求新。布鲁姆推出了一种新的互文性机制，即追溯过去，寻找楷模或前辈的踪影，以此解释诗人的动机，从而把主体（写作或是言说的主体）重新置于互文的风景线上。布鲁姆坚持写作者的中心地位，其理论立场与消解作者的主流互文性研究相去甚远。布鲁姆的互文性理论和女性主义思想发生某种契合，这是因为女性主义理论家、批评家同意动机导致写作行为的发生，但她们认为，布鲁姆所言的俄狄浦斯文学情结与女性作者的经验和动机毫不相关。安妮特·科劳德尼（Aneteto Klodyn）向布鲁姆式的纯

---

① Worton Michael and Still Judith eds., *Intertextuality: Theories and Practices*, Manchester and New York: Manchester University Press, 1990. pp. 15 – 17.

男性文学圣殿发动攻势，她把批判的焦点引向"诗人母亲"以及女性影响女性的"另一种传统"。①

女性作家与她们自身的文化和历史的关系往往表现为一种特有的文化选择，她们创造性地接受或摈弃社会性、历史性性别期待，抑或对女性身份进行诗性修正。根据后结构主义者的说法，书写和阅读是写作和文本性本身的产物。女性主义者则大唱反调，坚持认为写作具有性别意义。女性主义者对作者匿名或作者"死亡"的说法大为不满，她们强调书写和阅读离不开性别化主体的书写和阅读经验。如果说男性作者大受自我之累，那么女性作者则仍然在寻找、发现、界定一个尚未被强加在她身上或者被他人建构的自我。南茜·米勒（Nancy Miller）在《待变的主体》一书中认为：

> 后现代主义者断言大写的作者已死，他的主体性也随之消亡。它草率地了结了女性能动作用的问题，因为女性不曾拥有已为男性所有的身份与本源、体制、生产等的历史关系。我认为，她（作为一个群体）还没有为过多的自我、本我、超我等所累。由于女性主体在法律上被排除在古希腊城邦之外，她因而被去掉中心、"失落本源"、被非体制化，所以她与完整性和文本性、欲望和权威的关系从结构上展示了不同于那一普遍（男性）立场的重要差别。②

南茜·米勒指出，男性作家身份和女性作家身份的根本歧异体现在男女作家与话语、权威及意义的关系上。不难看出，中国当代女诗人对灿若繁星的前文本和前辈诗人具有极强的选择性。她们一边重读和重写中外男性诗人的经典作品，如李白、白居易、艾青、何其芳、济慈、霍桑、艾略特、埃里蒂斯、叶芝、金斯堡，等等，一边根据自身的需要和喜好选择可

---

① 克洛德尼的文章《误读之图：性别和文学文本解释》最初发表在1980年的《新文学史》上。该文在伊莱恩·肖瓦尔特编辑的文集《女性主义新批评：关于妇女、文学与理论》再版时更名为《重读之图：性别和文学文本解释》。参见 Kolodny Annette, "A Map for Rereading: Gender and the Interpretation of Literary Texts". In: Elaine Showalter, *The New Feminist Criticism: Essays on Women, Literature, and Theory*, London: Virago Press, 1986, p. 60。

② Nancy K. Miller, *Subject to Change: Reading Feminist Writing*, New York: Columbia University Press, 1988, p. 106.

供仿效的女性楷模,并且把她们放到至高无上的位置。20世纪80年代,翟永明、唐亚平、陆忆敏等杰出的女诗人都坦言受到了普拉斯诗歌的影响。1986年,翟永明的《女人》组诗从"地下"转入"地上",刊登在《诗刊》和《诗歌报》上,其宣言式序言《黑夜的意识》也风靡一时,中国诗坛由此刮起一阵"普拉斯风暴"。不夸张地说,翟永明的《女人》和普拉斯的诗歌之于当代中国女性诗歌,几乎相当于乔伊斯的《尤利西斯》和艾略特的《荒原》对西方现代主义的巨大贡献。

除了文学文本,一些喜闻乐见的成语、谚语、俗语、传说、电影、歌曲等文本也在女性作品中留下了清晰可辨的痕迹。通俗文化和口述传统元素频频出现,与文化记忆的特质有关。记忆既是个人的也是文化的,既是随机的也是建构的。记忆的发生、选择、储存、整理、遗忘时时刻刻与文化实践活动发生着关系。我们所属的社会文化语境决定着我们的所见所闻所记忆。稀松平常的文化活动常常在记忆的过滤、清理、加工过程中得到艺术再现。例如,伊蕾的《黑头发》对"望夫岩"故事的改写,林珂的《死亡,是这么一个情人》和《黑女人》分别挪用了云南、四川民歌《绣荷包》和四川民歌《康定情歌》,唐亚平诗歌里铺天盖地的成语,翟永明的《蝙蝠》对《伊索寓言》的改写,等等。当代中国女诗人对"母亲"和"父亲"诗人的指涉、模仿、超越以及对标准文化知识的借鉴,导致一个庞大复杂的互文网络的形成。一些主题、意象、句法、结构、形式盘根错节,使我们很难理清影响之源和具体的前文本。女性作者从前文本中借用母亲或父亲形象,或是为了说明她们写作的合法性,或是为了向主导传统和文化的合法性宣战。

与此同时,女性诗歌在当代先锋诗歌的框架内与由男诗人和男作家主导的种种文学潮协调发展。早年的翟永明和四川"寻根"诗人们一样偏爱组诗和长诗以及返古主题,体现了沿承江河、杨炼诗风的四川"整体主义"和"新传统主义"的诗学精神。翟永明的组诗《女人》与杨炼的组诗《诺日朗》和"莽汉"诗人胡冬的同名组诗具有很强的对话色彩。唐亚平的《黑色沙漠》组诗里颠覆性强、反讽意味浓厚的语言,很难说没有受到四川"非非主义"和"莽汉主义"的影响。唐亚平在《冷风景》中直接套用"非非"诗人杨黎敬献给法国小说家罗布·格里耶的《冷风景》一诗的标题,即可为证。王小妮和陆忆敏的创作尽得由韩东和于坚领衔的"口语诗"的精髓。翟永明的《女人》、唐亚平的《黑色沙漠》和海男的《女人》之间的对话性，同样格外发人深思。所有这些相互交缠的文本生产和接受线索说明，文本与文本、写作者与写作者之间的对话性向来深深地根植于中国文学传统中。从某种意义上来说，文学对话行为揭开了文学创作的秘密：个体写作者通过回应别的写作者和前文本来创造新文本，而写作者群体通过内部和外部的双向交流来创造群体语言或者群体诗学。

所有的书写都是一个自我定义和自我发现的过程。正如霍俊明所言："当下的女性诗人除了不断关注和挖掘女性自身经验和想象的同时，不断将敏锐的触角延伸到社会的各个角落，在一些常人忽视的地带和日常细节中重新呈现了晦暗的纹理和疼痛的真实。"[1] 21 世纪的女性诗歌直面现代人的生存焦虑与困境，用诗意的方式追求和塑造诗意的存在，表现个体生命的困顿和大千世界的纷繁多变。女诗人们对人类精神层面的思考与困顿进行言说，在诗歌本体研究、人生信仰等问题上女诗人们努力发出自己的呼声，使得女性诗歌逐步从放纵情感的书写走向了现代理性观察的层面。

---

[1] 霍俊明：《变奏的风景：新世纪十年女性诗歌》，《理论与创作》2010 年第 4 期。

第十章

世界文学语境下的中国现代戏剧

  诞生于20世纪初的中国现代戏剧有着急剧动荡的时代背景，一方面是清帝国的衰落导致中国遭受西方帝国主义的欺凌，另一方面是封建王朝瓦解之后军阀割据的混乱格局给人们带来深重的苦难。"五四运动"引发了中国年轻一代革新图强的强烈愿望和要求，将"新文化运动"推向了一个新的高潮。在这样的背景下，戏曲的革新显得尤为重要。以西方戏剧为榜样的话剧自诞生起便肩负着传播新思想、建设新文明的重任。中国现代戏剧在立足于中国现实、服务于民族进步伟大事业的同时，又在东西方文明交流和碰撞的语境下不断成长。

  现代戏剧，顾名思义，就是接受了现代文明的洗礼，从而在艺术形式和思想内容上有别于传统戏曲的那些戏剧。回顾中国20世纪的戏剧史，现代戏剧的主体是话剧，它主要借鉴西方现代戏剧。其中，影响最大的是易卜生，尤其是他的《玩偶之家》。20世纪20—30年代中国话剧舞台上曾出现一系列"出走剧"，塑造了一批以娜拉为榜样的进步女性。话剧的女性形象随着时代的发展产生了一些变化，所呈现出来的女性觉醒以及为理想和独立而奋斗的精神气质，充分体现了话剧的时代性、先进性和世界性。如前所述，话剧曾经受到西方的影响，除了体现在创作上，也反映在演出上。尤其重要的是，曾经改编自西方戏剧经典名作的演出，一方面将西方戏剧本土化；另一方面又靠中国演员、导演等戏剧界人士的自我创作，使其成为中国话剧的一部分。由此观之，中国现代戏剧是在与国外戏剧的互动中成长的，因而它也成为世界戏剧的一个重要组成部分。

  在世界文学的语境下探讨中国现代戏剧，需要重点关注三个方面的问题：首先，西方戏剧是如何被介绍进来并被接受的；其次，西方戏剧的改编是如何发生的，产生了什么样的效果；最后，话剧在形式和内容上与国外的戏剧产生了怎样的关联。本章仅选取一些典型的研究课题加以研究，以小见大，进而对这个宏大的课题达到比较有深度的把握和认识。既然易卜生是影响最大的国外戏剧家，从易卜生戏剧的改编和接受入手就显得顺理成章了。

第一节　世界戏剧视域下的易卜生与中国

挪威戏剧家易卜生被称为"现代戏剧之父"，诞生于 1828 年。如同莎士比亚一样，易卜生作为伟大的经典作家，其作品于近一个多世纪来在全世界广为流传，因而也就必然成为学术界关注的一个焦点。在众多理论流派走马灯似的漂移过学术场的时候，易卜生的作品也通常成为检验理论阐释力的实验场。100 多年前，弗洛伊德用他的精神分析理论来阐释易卜生的戏剧《罗斯莫庄》，为后来的文学的精神分析研究提供了一个范本。

本世纪初以来，世界文学的讨论成为一个热门话题。顺应学术的潮流，易卜生与世界文学的关系自然也吸引了不少学者的研究兴趣。但是，我们认为，完全用世界文学的理论来阐释作为戏剧家的易卜生，这是有问题的，起码说是不充分的。其原因在于戏剧与小说、诗歌不同，它是要被改编和演出的。讨论易卜生与他的世界性，有必要从跨文化的剧场和表演的角度来加以分析。有鉴于此，本章提出"世界戏剧"的概念来修正或者补充学界对世界文学问题的探讨。众所周知，易卜生对于中国话剧、中国的戏剧变革以及新文化的发展都起到了不可替代的巨大作用。因而，选取一个易卜生在中国，尤其是近几十年来，产生过相当大影响的剧本，分析它在中国的翻译、改编和演出的状况，进而有利于深化易卜生与世界戏剧的有关讨论。这个剧本就是易卜生的名剧《培尔·金特》，它长时间并没有引起中国读者的注意，但从 20 世纪 80 年代至今，不仅有了中译本，而且一直活跃于中国的话剧和戏曲舞台。更有趣的是，它受到了实验戏剧的青睐。这些集中体现了作为"世界戏剧"的易卜生的生命力与活力。

一　什么是世界戏剧？

2013 年，余秋雨将他早年的成名作《戏剧理论史稿》修改再版，改名为《世界戏剧学》。这次再版的一个重大变化是,他删除了原书中的中国戏剧学部分。至于为什么用"世界戏剧学"这个书名,作者解释说,"这里的'世界',也是特指中国之外的辽阔空间。因此,这部汇总了古希腊、古罗马、印度、日本、意大利、西班牙、英国、德国、法国、俄国、美国、瑞士、比利时等十余个国家戏剧学精髓的著作,名之为《世界戏剧学》,并无不妥。"① 显而易见,余秋雨的这本书谈的是中国之外世界上的经典戏剧学理论,是关于"世界"不同国家和地区的"戏剧学",而不是关于"世界戏剧"的专门研究。在广义上讲,"世界戏剧"指来自世界各地的戏剧的总和,包括不同语言的、不同形式的,既有古典的,也有现当代的。通常,"世界戏剧"会有一个比较狭义的理解,指的是世界各地优秀的或者说经典戏剧的结合。编写世界戏剧的选集,通常是依据这样的一种理解,而且这些选集考虑到篇幅的限制,只选择了世界戏剧经典中的经典。但是,如果把"世界戏剧"作为一个学术理论概念使用,它有什么特别的含义呢?

提出"世界戏剧"的理论概念是受到当下"世界文学"大讨论启发的。根据戴维·戴姆拉什的定义,世界文学包括"所有超越其文化根源而传播的文学作品,不管其流通过程中是以译本的形式还是原本的形式"②。可是,世界文学的传播又是一个复杂的问题。赛义德在《东方主义》和《文化和帝国主义》等著述中,提出西方国家的文学叙事在建构一个野蛮的、低劣的东方过程中起到巨大的作用。他尤其指出西方的小说"在形成帝国主义态度、指涉和经验的过程中极为重要"③。当赛义德说西方小说或明或暗地成为"帝国扩张进程"④ 一部分的时候,这也应该包括这些小说在西方以外的传播和阅读,不仅构建了西方的知识体系和认知结构,而且也影响了西方之外的人们对于世界以及他们自己身份的想象。在这个意义上,世界文学并没有跨越西方霸权、西方中心主义的藩篱。这就是艾米丽·阿普特(Emily Apter)提出世界文学的"不可译性的"的一

---

① 余秋雨:《世界戏剧学》,长江文艺出版社2013年版,第8页。
② David Damrosch, *What is World Literature*, Princeton: Princeton University Press, 2003, p.4.
③ Edward W. Said, *Culture and Imperialism*, New York: Vintage Books, 1994, p.xii.
④ Edward W. Said, *Culture and Imperialism*, New York: Vintage Books, 1994, p.xiv.

个主要动因。① 西奥·德汉（Theo D'haen）提出了"全球文学"的概念来代替"世界文学"，目的是超越白人/有色人种或者殖民/后殖民的二元对立模式，以期构建一种平等的世界文学图景。②

那么，围绕世界文学问题引发的争议对于建构"世界戏剧"的概念有什么重要的启发呢？戴姆拉什从翻译、阅读和传播的角度来界定世界文学，以此为参照，世界戏剧除了具有世界文学的这些特点之外，它还需要回答以下问题：戏剧是如何在跨文化语境下被改编和演出的？观众在观看中得到怎样的视觉和听觉的享受？导演、编剧、演员等是如何以原来的剧本为基础进行创新性的二次创作的？改编是具有独特性的艺术事件，不仅它的最终成果值得研究，改编的过程更需要深入分析，这样才能充分揭示世界戏剧的张力和活力。同时还需指出，一个经典戏剧通常会被多次改编，每一次改编就是一次新的演出事件，每一次都发生在一个具体的历史和文化空间内，既是对戏剧原作品的一次全新阐释，也是一个回应本土诉求的再创作。世界戏剧的主要传播方式之一是通过改编使其适应新的舞台和不同文化里的观众。正如本·琼生的那句名言所说：莎士比亚"不仅属于一个时代，更属于所有时代"。与其将莎士比亚之经典地位归结为其作品的"普遍性"，倒不如说是由于他的作品永远适合新的改编和阅读。不同时代的人都会根据他们的知识结构、社会经验和生活体验来重新解读莎士比亚，重新建立他们这个时代与莎士比亚的关联性。毋庸置疑，莎士比亚在全球化时代已经被传播到世界各地，与不同民族和文化的人民联系起来了。正是由于世界戏剧在改编中的高度本土化，对于改编演出的独创性的推崇和认可，从而在很大程度上消解了"西方中心主义"，以及其他类型的偏见、霸权意识等。这是世界戏剧在概念和内容上不同于世界文学的地方。

经典作品改编的传统漫长而丰富，所有不同的文化中都有过文学作品的改编：

---

① Emily Apter, *Against World Literature: On the Politics of Untranslatability*, London & New York: Verso, 2013.

② Theo D'haen, "For 'Global Literature,' Anglo-Phone", *Anglia* 135 (2017): 1–16.

在学术语境中，挪用研究受到重视，原因之一是研究者意识到改编能够从一个全新的或者修正之后的政治文化立场来回应原作。与此同时，他们也意识到，挪用能够凸显出它们所指涉的那些经典文本中能够制造麻烦的缝隙、缺失和沉默。许多挪用让那些在原作中遭到压迫或抑制的人物能够重新发出属于他们的声音，这一变化具有重要的政治意义和文学意义。①

这里提到了关于改编的两个重要主题：首先，改编的政治文化目的；其次，改编能够"突出"原文本中不甚明显的因素。无论其过程如何，改编的结果绝不仅仅是强化了文本原有的经典地位。改编和表演的重要之处还在于它们打开了在新的语境中反思社会和文化的大门。

易卜生是世界戏剧的一大高峰，它们的翻译、改编与演出在其全球传播中起到了什么样的作用呢？它们又是如何在世界化的同时被本土化的？在不同时期发生了哪些重要的变化？有哪些本土的社会、政治与文化因素在起作用？下面将用易卜生的名剧《培尔·金特》在中国的译介、改编和演出来做些具体的分析。

二 《培尔·金特》在中国的译介

易卜生的戏剧生涯通常被分为三个阶段：早期的诗体剧、中期的社会问题剧、后期的象征主义戏剧。20世纪初，易卜生被介绍到中国来的时候，鲁迅、胡适等人主要是把他看作是一位现实主义者。他对于中国话剧的影响也主要涉及《玩偶之家》这样的社会问题剧，这显然是跟"五四运动"前后的社会环境有关。中国话剧的前辈们几乎没有不受到易卜生影响的，但是主要还是对他的现实主义戏剧感兴趣。《培尔·金特》（1867）是易卜生的一部诗剧，其创作主要目的是为了阅读的，不是为了演出；而且，易卜生认为这部戏剧在挪威以外很难被完全理解。②可是，它却是世界戏剧演出史最为活跃的一部戏剧。挪威每年都会在中部山区的

---

① Jilie Sanders, *Adaptation and Appropriation*, London: Routledge, 2006, p. 98.
② ［挪威］易卜生：《易卜生书信演讲集》，汪余礼、戴丹妮译，人民文学出版社2012年版，第188页。

皋涝（Gålå）举办"培尔·金特戏剧节"，该剧由演员和当地群众在湖边演出，其观众来自世界各地。

诗剧《培尔·金特》共五幕，取材于中世纪挪威民间流传的"浪子回头"的故事。山村青年培尔·金特是个富于幻想且不务正业的人，因吹牛撒谎和惹是生非而被村民们所鄙视。在一场婚礼上，培尔遇到并爱上了纯洁善良的姑娘索尔薇格。他在邀请索尔薇格跳舞被拒绝后，自惭形秽之余拐走了新娘却又将她抛弃。为了逃避新娘家人和村民的追捕，培尔开始过上流亡的生活，在幻境中被招为山妖大王的驸马。由于拒绝摈弃最后的一点人性，培尔从山妖国逃出并送走弥留的母亲奥丝。中年培尔去海外谋生，靠着贩卖黑奴大发横财。他奉行"金特式自我"的人生哲学，即人成为自己就行了，无所谓正义和道德。在非洲，他那艘满载财宝的轮船沉到了海底，一贫如洗的培尔先后假装成先知和学者蒙骗过当地民众、进过开罗疯人院当"自我的皇帝"。最后一幕，头发花白的培尔踏上回乡之路，想做一个"回头浪子"。一个铸纽扣的人要用铸勺收他"回炉"，培尔再三恳求宽限时日，决心回家，这时索尔薇格从茅屋里走了出来，她说他一直生活在自己的"信念""希望"和"爱情"里。培尔无比激动地称她为"圣洁的女人"，依偎着她并在她的歌声中睡去。

易卜生早期的诗体剧在中国介绍的不多，但是《培尔·金特》一直引起人们的兴趣。中国读者对于培尔·金特这个形象是如何评价的？在不同时期有什么变化？反映出读者的期待视野在不同的历史阶段产生什么样的改变？

1918年，在《新青年》杂志出版的"易卜生专号"上，当时致力于在中国宣传易卜生的学者袁振英在通读易卜生传记和作品的基础上，发表了关于易卜生的长篇传记文章《易卜生传》。他认为《伯尔根》（《培尔·金特》）批判了挪威社会和挪威人的劣根性。"其写挪威社会之弱点，是剧较为详尽……挪威国民常妄自尊大，犹豫不决，醉生梦死等劣性根，难逃其笔锋。"[①]

1928年在易卜生诞辰一百周年之际，袁振英发表了论培尔·金特的文章《伯尔根的批评》。在袁的眼里，易卜生早期同名剧中的布朗德是一

---

① 袁振英：《易卜生传》，《新青年》1918年4卷6号。

个严格的道德典范,而培尔·金特则是一个对立的形象,"伯尔根是一个冒险家和大言者,又是一个穷措大"。① 最后他指出"伯尔根一剧,本来是一种诗学的幻想,结果变做讽刺的文章。但无可如何,当中还有一种哲理"②。

1949年,文学家、翻译家萧乾(1910—1999)在《大公报》发表了一篇名为《培尔·金特——一部清算个人主义的诗剧》(香港,八月十五日)。在这篇文章中,他批判了个人主义的概念及剧作家本人。后来,萧乾表示对他早期的那篇文章感到后悔并说明他当时的阐释受到政治需要所驱动:"当时我对思想改造的理解,就是个人主义的克服,因而也就把《培尔·金特》这个诗剧理解为对个人主义的清算。"③ 易卜生的现实主义戏剧在20世纪上半叶被翻译成中文出版,但是他早期的诗体剧几乎没有被翻译。《培尔·金特》在中国的第一个中译本就是萧乾翻译的。1978年,萧乾第一次将《培尔·金特》翻译成汉语。在译本的前言中,萧乾写道:"有些评论家(如比昂逊)认为易卜生写这个诗剧,用意主要在于讽刺、抨击挪威国民性中的消极因素,如自私自利,回避责任,自以为是,用幻想代替现实。在这个意义上,也可以说培尔·金特就是挪威的阿Q。"④ 将培尔·金特和阿Q作对比是易卜生在异质文化中接受和挪用的典型案例。在跨文化传播中,易卜生经常被本土化以便适应当地社会文化语境。对《培尔·金特》的关注说明中国对于易卜生的接受超越他的现实问题,开拓出了一个多面的易卜生。

在译本前言中,萧乾还表示剧本的主题是人和妖不同的生活原则的冲突。"易卜生认为做个'人',就应保持自己的真正面目,有信念,有原则……'妖'则无信念,无原则,蝇营狗苟,随遇而安;碰到困难就'绕道而行',面临考验就屈服妥协。"⑤ 根据当时的社会批评趋势,萧乾在文中详尽讨论了培尔将黑奴运往美洲和把异教徒偶像运到中国的生意,赞扬易卜生勇于揭露帝国主义者在历史上所犯的累累罪行。

---

① 袁振英:《伯尔根的批评》,《泰东月刊》1928年2卷第4期,第21页。
② 袁振英:《伯尔根的批评》,《泰东月刊》1928年2卷第4期,第25页。
③ 萧乾:《易卜生的〈培尔·金特〉》,《外国文学》1981年第4期,第74页。
④ 萧乾:《易卜生的〈培尔·金特〉》,《外国文学》1981年第4期,第75页。
⑤ 萧乾:《易卜生的〈培尔·金特〉》,《外国文学》1981年第4期,第71页。

在翻译《培尔·金特》的时候，萧乾参考了四种不同的英语译本：威廉·阿切尔 1906 年的英译本，诺曼·金斯伯里 1944 年的演出本，伦敦的"万人丛书"和纽约的"蓝带丛书"的版本。在中国的易卜生研究者中，萧乾似乎对《培尔·金特》情有独钟。第二次世界大战期间他在伦敦第一次观看了《培尔·金特》的英语演出，并在英国剑桥两次收听了演出的录音。1981 年，萧乾出版了完整的《培尔·金特》中译本，后来被授予挪威"易卜生奖章"。

三 《培尔·金特》的改编与演出

《培尔·金特》的翻译出版让中国读者看到了一个完全不同的易卜生。20 世纪 80 年代初中国戏剧界有很大的争议，对长期以来占据主流的易卜生式的写实主义产生了不满，戏剧改革和实验的呼声一度高涨。《培尔·金特》便成为突破中国的易卜生接受之局限的一个契机。易卜生在中国接受的巨大时空错位和逆转再一次说明，文学和戏剧的传播更多地取决于本土的现实需要，世界文学或者世界戏剧的重点应该转向目标文化，而非来源文化，在这方面，"西方中心主义"的立场显然是站不住脚的。但是，这同时也说明易卜生作为世界戏剧经典的永恒魅力。近几十年来，《培尔·金特》在中国的演出历史则进一步说明了这一点。

1. 话剧改编演出（1983）

《培尔·金特》翻译之后不久，便迎来了它在中国的第一次改编演出。中央戏剧学院著名导演徐晓钟带领导演系毕业班的同学排演了这部戏，并得到了挪威驻华使馆的协助。这次改编有几个重大的变化。根据导演的要求，萧乾将原来剧本的 38 幕，削减成 21 幕。在演出中，一些原著中重要的意象也被略去，如伯格，一个培尔始终在逃避的象征符号。在人物安排上也做了调整，山妖变成了猪八戒。山妖是挪威民间故事中常见的形象，对于中国观众而言却不容易理解，因此用中国传说中的神话人物猪八戒取而代之。铸纽扣的人，象征令人畏惧的审判者，在演出的时候则采用川剧中"变脸"的舞台艺术，使得观众产生了恐惧感。这一点在舞台演出中取得了卓越的效果。

《培尔·金特》演出中使用了大量的中国传统舞台元素。观剧结束后，有些评论甚至认为演出更像一台中国戏曲而不是西方话剧。除了神话传说中的人物形象,导演和整个表演班子还强调了演出中的肢体动作,采用了大量传统舞台中的武打动作来娱乐观众。在关于导演《培尔·金特》的文章里,徐晓钟特别提到中国观众的期待:"他们到剧场更想欣赏的是演员如何运用高超的艺术、精湛的技巧来展现人物的'怎么做',一句话,他们要看活人的精湛技艺的表演,包括歌唱、舞蹈和武打技巧。"①《培尔·金特》的演出是要满足中国观众的欣赏习惯。《培尔·金特》的演出是一场融合西方风格和中国传统的实验,并获得了巨大的成功。演出受到了包括译者萧乾在内的称赞。

对于那些经历过"文革"的演员和观众而言,这场演出激起了许多反思。培尔·金特遇到的那些山妖让人们回忆起打着革命的旗号犯罪的那些人,因此人们不但没有批判培尔的被迫顺从而是对其寄予了深刻的同情。培尔成为"文革"期间许多中国人的一面镜子。藉此,培尔脱离了原来的语境而适应了中国舞台。挪威式的培尔在一定意义上缺失了,中国式的培尔则更加显性。厄丽卡·费希尔-李希特在其早期的跨文化戏剧论述中提到:

> 采用异质戏剧传统元素往往能够在审美和社会、文化功能层面给本土戏剧带来改变:吸纳异质元素促进对戏剧的再思考和再创造,通过异质元素,戏剧能够更犀利地批评当下的社会文化事件。换言之,吸纳异质元素能够赋予本土戏剧新的活力并扩大其审美、批评范畴。②

由此可见,在中国,易卜生戏剧的改编和演出一直与中国的社会政治氛围以及戏剧艺术的自身发展密切相关,这其中当然也包括中国戏曲在当代的变革与创新。

2. 京剧改编演出(2005)

2005 年,上海戏剧学院戏曲学院编导班学生决定把《培尔·金特》

---

① 徐晓钟:《再认识易卜生》,《戏剧学习》1983 年第 3 期,第 87 页。
② Erika Fischer-Lichte, "Theatre, Own and Foreign: the Intercultural Trend in Contemporary Theatre", *The Dramatic Touch of Difference: Theatre, Own and Foreign*. Erika Fischer-Lichte, Josephine Riley, and Michael Gissenwehrer, eds., Tubingen: Gunter Narr Verlag, 1990, p. 13.

改编成京剧作为他们的毕业演出。易卜生的原剧为 5 幕 38 场，改编本基于前 3 幕共 7 场。根据京剧的程式，每一场都有一个小标题，分别是"撒谎胡闹""大闹婚礼""抛弃新娘""苦苦追寻""山妖王国""告别爱情"和"天国赴宴"。在京剧改编中，原剧必须因循中国传统戏曲的规则和程式。首先，改编戏剧的主题与原剧有很大的不同，改编本的重点不再是培尔·金特"自私"的人生观——"做自己就够了"，① 而是他与索尔薇格的爱情和他与奥丝妈妈的母子情。原剧中一笔带过的内容，在改编本中则用整整一场"告别爱情"来渲染。最后一场陪伴奄奄一息的母亲，与第一场前后呼应，突出了整场演出中母子情深的主题。很显然，改编将重点放在中国传统文化中的家庭观。

在中国戏曲中，起主导作用的环节是唱。于是，京剧改编把原作中的独白都改成了唱词，比如培尔对于索尔薇格的复杂情感。此外，在京剧改编中，培尔和奥丝妈妈还利用二重唱来回忆幼时的美好时光，奥丝妈妈、索尔薇格和培尔则利用三重唱来表达人与人之间自然而崇高的感情。虽然中国的传统戏曲中也有对白，但传统程式是"唱为主，宾为白"。然而，在这次改编演出中，唱词的篇幅明显要比一般的京剧来得少。比如，第一场剧本共七页，唱词只占四分之一，在最后三页中更是只有三句唱词。此外，改编后的剧本还加入了舞台说明，传统戏曲中通常没有这个部分，倒是易卜生的剧本里总是有大段的舞台说明。这样一来，在京剧改编版《培尔·金特》中，传统程式被颠倒过来，变成了"白为主，宾为唱"，这是对中国传统戏曲范式的修改。

京剧改编版采用爱德华·格里格为《培尔·金特》所作的曲子作为配乐，因此表现出浓郁的挪威风情。在整场演出中，格里格的配乐贯穿始终，这一点在京剧演出中极为罕见，因为对于京剧表演来说，任何喧宾夺主的配乐都被认为是陌生的、不合传统的做法。此外，舞蹈片段中也使用了西方音乐，比如在山妖大王宫中的那场戏。将西方音乐和戏曲表演结合在一起无疑是一种创新，对年轻观众而言极具吸引力。

在京剧改编版的《培尔·金特》中，原剧的讽刺和批评消失了，取

---

① ［挪威］易卜生：《易卜生戏剧集》，潘家洵、萧乾、成时译，人民文学出版社 2006 年版，第 179 页。

而代之的是中国戏曲的传统主题,即爱情与家庭和睦。林达·哈琴认为:"改编带来的快乐和失望的部分体验源于重复和记忆的熟悉感。"① 以中国戏曲形式为代表的世界戏剧的本土化,标志着戏剧传播和再阐释的一种独特路径。然而,京剧改编对视听效果的过度强调牺牲了原剧的文学性,这一点值得反思和关注。与此同时,我们也应该看到,世界戏剧的跨文化改编为传统中国舞台的现代化带来了新的机遇。在经历过京剧的改编实验之后,《培尔·金特》在中国的改编之旅还将继续。

2007年11月22日,上海戏剧学院的师生将《培尔·金特》改编为环境戏剧,在校园里演出。环境戏剧在上海戏剧学院的这个处女秀,可能是受理查德·谢克纳的影响。作为环境戏剧的倡导者,他曾经多次在上海戏剧学院开展戏剧教学、演讲和导演剧本等活动。在《环境戏剧》一书中,谢克纳指出有两种戏剧环境:一种,戏剧空间是导演和演员创造的,是人为的,人控制了它;另一种,它是现存的,导演和演员接受了它,和它处于一种对话的关系。在后一种戏剧空间里,演员与环境协调配合,表演在很大程度上受观众的影响。"就环境戏剧而言,剧本不是最主要的,不存在原初的版本,最终主宰演出的是所有在场的人(包括观众——作者注)。"② 环境戏剧要求人们首先必须了解演出的空间如何设计和利用,在什么样的情况下能产生最佳的效果。

上海戏剧学院的环境剧《培尔·金特》还充分利用了该校校园的空间和建筑。整场演出包括32个变换的场景,安排在校园里的道路、草地、树木、建筑、小剧场等空间里。观众在观看演出时必须跟随演员变换场地,体验不同场景和表演带来的不同氛围。山妖大王宫殿和开罗疯人院的场景设在小剧场。在三块不同的草地上,婚礼、培尔邂逅绿衣女和铸纽扣的人在十字路口等待培尔等依次上演。此外,在特效的作用下,草地一会变成撒哈拉沙漠,一会变成摩洛哥海滩。

表演和观演之间没有明确的边界,演员经常融入观众并与他们互动,比如,在开头乡村婚礼的演出上,演员邀请观众一起跳舞、喝酒。观众的

---

① Linda Hutcheon, *A Theory of Adaptation*, New York and London: Routledge, 2006, p. 21.
② Richards Schechner, *Environmental Theater: An Expanded New Edition*, New York and London: Applause, 1994, p. xiv.

这种介入，拉近了他们和演员的距离，观众既是旁观者又是参与者。这打破了传统的镜框式舞台剧场里观众与演员的间隔。观众的反应对演员来说是直接的，演员可以根据观众现场的举动和情绪来调整自己的表演。环境戏剧的这种观演关系类似于厄丽卡·费希尔-李希特所说的"反馈回路"，[①] 代表了一种新的戏剧美学观念。

2007年之后，《培尔·金特》的改编演出仍在继续。其中，值得关注的是，2009年底和2010年初孙海英和吕丽萍夫妇联袂主演的《培尔·金特》，其中吕丽萍分别扮演了培尔的妈妈奥丝、培尔的恋人索尔薇格，孙海英主演培尔·金特，导演是王延松。这是一部再次产生全国性影响的明星版话剧，持续在十多个城市巡演。演出使用了萧乾的译本，但是有大量删减，比如培尔在非洲装成阿拉伯先知一幕被删除了。整个演出用了2个多小时，如果演出完整的全剧则可能要7个小时以上。这次《培尔·金特》改编的一个新颖之处是多媒体影像的运用。舞台布景上一个亮点是一组类似复活岛巨石人像的雕塑。话剧《培尔·金特》中的格里格组曲由中国国家交响乐团演奏，指挥为邵恩，其中《索尔薇格之歌》由女高音歌唱家王燕和吕丽萍演唱。明星版话剧对话剧艺术的提高和市场的培育产生了积极的影响。[②] 此外，这次改编跳出了以往话剧的政治性解读和传统戏曲的局限，强调了人性缺点的挖掘，并给予了深切的理解和同情。孙海英在培尔·金特的塑造上投入了自己的人生体悟和情感，赋予了角色以不同寻常的生机和感染力。

如前所述，易卜生戏剧的译介和改编是一种接受，更是一个挑战，它丰富了人们对于易卜生的理解，使得易卜生的阐释更加丰富多元，（有意或无意的）误读偶尔也有创造性，误读的价值在于超越。跨文化戏剧重在表现自我，而不只是再现他者。改编不仅反映了改编者对易卜生的多重解读，更主要反映了中国不同历史时期戏剧本身的特点和变迁。以易卜生为中心的世界戏剧突出了易卜生的巨大价值，一定意义上体现了西方中心主义的色彩；但是以改编为中心的世界戏剧突出了易卜生如何走向世界又

[①] Erika Fischner-Lichte, *The Transformative Power of Performance*, London and New York: Routledge, 2008, p.7.

[②] 何成洲：《培尔·金特与明星版话剧演出》，《艺术百家》2012年第2期，第83—86页。

如何被本地化，突出了改编与本土文学、文化和政治的需要密切相关。

在所有中国阐释和改编的《培尔·金特》中，"东方主义"的培尔都被完全忽略，旨在用易卜生和《培尔·金特》来批评中国的政治和文化生活，追求新的理想的生活，实现不同戏剧和表演文化的融合。在这样一个全球化的时代，易卜生也经历了一种全球本土化的过程，但是世界戏剧的活力恰恰来自于本土化。易卜生戏剧的翻译和改编历史就受到本土社会文化语境的深刻影响，因而研究易卜生作为世界戏剧，必须与本土的社会文化研究相结合。

世界戏剧的概念打破了文化界限，沟通了不同的文化传统，打破了西方中心主义的束缚；同时它还构成了戏剧研究的新方法，表现为方法论的进步。以往的戏剧研究，文本、翻译、表演是分开的；如今，可以将文本、翻译与表演结合起来讨论。世界戏剧在这个意义上是一个文化事件。在研究这个文化事件的时候，我们首先需要关注创作者的意图，主客观条件以及它发生的社会历史语境。其次，我们需要将涉及方方面面的要素总和起来加以讨论，在讨论《培尔·金特》改编的时候，我们需要将翻译、改编、导演、演出等联系在一起。最后，就是演出本身的具体时间、空间、观众的反映以及媒体的报道。更为重要的是，这些不同层面的分析并非是独立的，而是彼此联系的、开放的和流动的，是生成性的，也是能动性的，它们构成了世界戏剧的事件。

易卜生出生在挪威的一个滨海小镇，但是他的创作胸怀紧密联系着世界和人类，其作品在全世界流传。人们阅读剧本、聆听广播剧、观看演出，不仅促进了易卜生的传播和解读，而且透过易卜生以及多样化的改编和演出，深化了大家对全球和本土的深层次理解。世界戏剧新概念的价值在于它摆脱"西方中心主义"，沟通不同文化，超越不同文化媒介的隔阂。21世纪初跨文化的易卜生就是重新定义世界戏剧的一个典型。

第二节 中国改编的西方戏剧与话剧的现实主义传统

上一节已经谈到《培尔·金特》在中国的改编，其实西方戏剧的改编和演出在20世纪中国戏剧舞台，尤其是话剧舞台上，占有相当重要的地位。1907年一批中国留学生在日本演出根据《汤姆叔叔的小屋》改编的话剧，这一演出事件标志着中国话剧的诞生。之后的二三十年里，改编外国戏剧成为中国话剧演出的主要方式，直至曹禺创作了《雷雨》《日出》，真正意义上的本土话剧演出才逐步专业化。在改革开放以来的四十年里，外国戏剧的改编和演出又一次进入高潮，其中以莎士比亚、易卜生和奥尼尔的尤为突出。最常被改编的莎士比亚作品是《李尔王》《暴风雨》《哈姆雷特》《罗密欧与朱丽叶》《奥赛罗》《亨利四世》和《威尼斯商人》，常被改编的奥尼尔戏剧主要有《哀悼》《休伊》《马克百万》《天边外》《长夜漫漫路迢迢》《琼斯皇》和《榆树下的欲望》，常被改编的易卜生戏剧包括《玩偶之家》《人民公敌》《海达·高布乐》《建筑师》和《培尔·金特》。

与20世纪上半叶相比，改革开放以来外国戏剧的改编和演出具有若干新的特点，其中最突出的现象是用戏曲的形式来改编外国戏剧，莎士比亚、易卜生和奥尼尔的多部戏剧被改编成京剧、越剧、川剧、曲剧、黄梅戏等不同剧种。其次，随着英语的普及和国际交往的频繁，有些外国戏剧被改编成双语剧，用中文、英文或法文演出，演员的组成也具有国际化的特点。再有就是个别国外的经典剧目在中国仍受到演出团体和导演的青睐，有些剧本在不长的时间内被不同的剧团在不同的地点用不同的戏剧形式多次上演，主要有莎士比亚的《哈姆雷特》和《李尔王》，奥尼尔的《榆树下的欲望》和易卜生的《人民公敌》。本节将结合跨文化演出的相关理论，对改革开放以来外国戏剧改编和演出的主要特点进行分析，重点考察两个方面的问题：一是这些改编和演出在哪些方面体现了跨文化性？观众的反响如何？二是它们具有什么样的独特性？对于我们深入探讨跨文化演出理论有什么启迪？

一 双语演出与语言的混杂性

在一定意义上讲，戏剧是一种语言的艺术，语言的形式与戏剧的功用有着直接的关系。易卜生对现代戏剧的巨大贡献的一个主要方面就在于他摒弃了传统的诗体形式，用散文进行创作。肖伯纳曾经说过，易卜生用散文创作是新旧戏剧的分水岭。贝克特和品特的戏剧语言充满了空洞无意义的重复，暗示着存在的荒谬以及人与人之间的疏离，从而构成了"荒诞派戏剧"的一个主要特色。就中国话剧而言，它与传统戏曲的一个主要差别也是语言。正是基于话剧使用对白的特点，洪深才提议将现代戏剧称为"话剧"。而中国现代戏剧从一开始就对易卜生感兴趣，并模仿他的戏剧，这与易卜生戏剧的散文风格是分不开的。在这个意义上，易卜生对于中国话剧以及中国文学的白话文运动是起了积极作用的。①

戏剧与民族语言、民族意识密切相关。马文·卡尔森认为"戏剧和现代民族性、语言学意义上的自我意识发展有着密切的历史渊源。在19世纪，随着现代民族意识高涨而来的是对民族语言的拥护，而这也常常与新式的民族戏剧相联系"。② 易卜生戏剧的语言革新就与挪威民族的独立运动有关，易卜生诗体剧的语言主要是丹麦语，他创作散文剧的一个动机便是能在剧本创作中加入更多的挪威民族语言的成分。而在中国，话剧的兴起也与语言相关，后者也恰恰是现代中国亟需改革的方面之一。正是由于话剧与白话文运动的关系，外国戏剧的改编从一开始就是以忠实于原文的语言风格为原则的。尽管改编者考虑到观众的接受而尽量将语言表达本土化，但是语言仍保留了它的口语特色，并充分体现了人物的性格和情节的发展。在20世纪30—40年代相对单一和同一性的中国社会中，话剧演出的语言也体现了相对应的特点。但是，改革开放之后，中国社会形态发生巨大的变化，文化越来越趋向多元化和国际化，尤其是青年亚文化受全球化的影响更深刻，表现出他们对时尚和个性的追求。青年人是戏剧观众的主体，对戏剧的形式和内容有着不同的要求。拿戏剧的语言来说，那种混合多种语言和方言的演出更容易受欢迎。中英/中法等双语演出应运而生，赢得了观众的喜爱和媒体的关注。这种趋势在外国戏剧的改编中预计会不断升级。

其实，双语演出也是国际剧坛的一种流行趋势。马文·卡尔森在他的文章《多语舞台》（The Macaronic Stage）里面追溯了混合语言演出的历史，回顾了欧美、亚洲等不同国家和地区双语和多语演出的状况："在一

---

① 参见 Chengzhou He, *Henrik Ibsen and Modern Chinese Drama*, Oslo Academic Press, 2004, pp. 11 – 12。

② Marvin Carlson, "The Macaronic Stage", in: *East of West: Cross-Cultural Performances and the Staging of Difference*, eds. Claire Sponsler and Xiaomei Chen, New York: Palgrave, 2000, p. 20.

些双语地位稳固的地区，例如加拿大东部的法英双语戏剧中心，双语戏剧正在以不容小觑的势头发展。"① 对于"多语舞台"（macaronic stage）这个概念，卡尔森解释说，"单一语言性的戏剧和观众之间的契合度在目标观众改变时需要目标语言的翻译，这种模式似乎是天经地义的。但事实上在戏剧史的每一页上我们都能找到运用两种甚至更多语言的戏剧的例子，而这种多语言表演的数量和样式在我们当下这个时代特别令人叹为观止。这种戏剧也许可以被称作'多语'。这个概念是在用来分析文艺复兴时期混合拉丁语和本地语的文本时提出的，但后来被逐渐运用到了任何使用超过一种语言的文本中"。② 他在对"多语舞台"的特点加以归纳和总结时说，"多语戏剧有两个主要分支：一种是剧本本身借鉴了不同文化的语言特点，但没有明显的创作目的。另一种则是剧本原以一种语言创作，但在演出过程中运用了多于一种语言。"③ 本节所要讨论的双语演出主要指的是后者，以易卜生的《玩偶之家》和莎士比亚的《李尔王》作为例子。

1998年，由吴晓江执导的中央实验话剧院版《玩偶之家》在北京上演。挪威女演员阿格奈特·霍兰德（Agnete Haaland）应邀在此次演出中扮演娜拉一角。该版本的背景设定为20世纪30年代末中国北方的一座城市。海尔茂成了中国一个富有地主家庭的儿子。他在欧洲接受了大学教育，并娶了一个挪威女子。回国之后，他进了银行工作。他的妻子努力想要融入中国文化：她不仅学做中国菜，还学说中国话，甚至还学中国戏。在表演中，霍兰德的英文台词中夹杂中文，而海尔茂等其他人物则说一口夹杂英文的中文。由于语言障碍，娜拉对中国习俗和文化发生了不少误解。显然，这个改编版本强调的是不同文化之间的误解和冲突。

对多数中国观众来说，有一位挪威女演员参与的双语演出是一种新鲜的体验。演出的双语安排充满了象征意义。卡尔森在思考双语或多语演出时认为语言"并不是为了传统意义上的增进与观众的和谐度和交流度的

---

① Marvin Carlson, "The Macaronic Stage", in: *East of West: Cross-Cultural Performances and the Staging of Difference*, eds. Claire Sponsler and Xiaomei Chen, New York: Palgrave, 2000, p.21.
② Marvin Carlson, "The Macaronic Stage", in: *East of West: Cross-Cultural Performances and the Staging of Difference*, eds. Claire Sponsler and Xiaomei Chen, New York: Palgrave, 2000, p.16.
③ Marvin Carlson, "The Macaronic Stage", in: *East of West: Cross-Cultural Performances and the Staging of Difference*, eds. Claire Sponsler and Xiaomei Chen, New York: Palgrave, 2000, p.23.

目的，而是为了利用语言这种主要的象征结构来直接服务于要传达的信息或整个表演中的信息。"① 在《玩偶之家》的双语演出中，英语被用作西方文化的象征。娜拉和中国丈夫之间的失败交流形象地展现了中西文化之间的差异。有趣的是，这个版本的演出掀起了讨论热潮。尽管许多人为双语实验大声叫好，但是也有不少人批评该版本对中西文化的二元化处理过于简单。这种批评因传统上一贯的东西对立似乎被印证。娜拉所体现的西方价值得到了巩固，而中国文化的弱点则被夸大了。

2006 年，莎士比亚名剧《李尔王》被改编成现代话剧，由英国黄土地剧团（Yellow Earth Theatre）和上海话剧艺术中心共同制作，导演为谢家声（David Tse'Ka-shing）。谢家声版本的戏剧发生在 2020 年的上海和伦敦。李尔王被改编成李尔主席，一位操控着巨大企业帝国的中国大亨。在位于上海某大厦 188 层的屋子里，李尔召开了一个电视会议以决定如何将他庞大的集团分割给三个女儿。而三个女儿都被要求证明自己可以继承的合理性。两个大女儿尽力地讨好父亲，而在英国受过教育的最小的女儿考狄丽亚天真单纯，不会曲意逢迎。李尔在暴怒中剥夺了考狄丽亚的继承权。从整体来说，这出剧比较忠实于莎翁原著，大部分对话也是从原剧中直接摘录。虽然背景设定在当代社会，但主旨仍然聚焦在贪婪和自私如何促使姐妹反目、父女成仇。尽管当代社会似乎应该是个更文明的世界，但是背叛、欲望、谋杀仍然和莎翁那个时代一样阴魂不散。除此之外，这个当代的改编版在人性的堕落以及人类对财产趋之若鹜等方面，刻画得仍然栩栩如生、令人震惊，这也从另一个角度证明了莎士比亚悲剧的魅力所在。

这次合作演出的演员中既有中国演员也有英国演员，因此表演中运用了汉英双语。双语演出满足了不同国家的观众需求。上海作为中国最为国际化的城市，已经形成了跨文化和多语言的环境。此次在上海的双语演出获得了不同国家的观众的好评。另外，谢家声的双语《李尔王》版本也受邀参加了在莎士比亚故乡埃文河畔斯特拉特福德镇举行的戏剧节演出。这次双语演出并不是单纯为了吸引不同国家的观众，双语的运用也被赋予

---

① Marvin Carlson, "The Macaronic Stage", in: *East of West: Cross-Cultural Performances and the Staging of Difference*, eds. Claire Sponsler and Xiaomei Chen, New York: Palgrave, 2000, p. 24.

了象征色彩。《李尔王》的双语演出在英国就可能传递出不同的讯息。谢家声在接受新华社采访时曾指出,在移民家庭中常常会发生误解,在老一代移民和他们的孩子之间存在着沟通方面的困难。这类家庭中交流的障碍之一可能就在于语言:年轻一代已熟练掌握当地语言,而作为第一代移民的父辈则常常在语言方面存在问题。

由此可见,多语表演有望在全球兴盛。卡尔森对此持乐观态度,他说:"如今全世界多语言戏剧的数量已十分可观,而且还在持续增长,就如同接触多语言的机会也在增长一样。"① 这些多语表演除了对专业戏剧工作者提出了新挑战外,还对戏剧观众的接受度提出了新要求,要求他们能够适应双语或多语的舞台表演。这种表演反映了他们对当下文化的觉醒和关注,这同戏剧本身的目的是一致的。"多语戏剧的实验运用语言,通过戏剧和表演的方式来探索在日益多语的文化环境下的生存意义。在现代国际文化中不仅各种语言而且讲各种语言的人比以往有更多机会互相接触,而多语作品正是从这个认识上发展起来的……现在的演员和观众在文化之间穿梭的概率比以往都高,这大大提高了潜在接受策略的复杂性。"② 在中国语境下,当英语作为开放和现代性的标志得到普及时,越来越多的英语词汇开始进入人们的日常谈话。中国人从来没有像现在这样大范围集中地接触英语:在教室里,在街上,在电视上,在节日庆典上,等等。因此,双语或多语舞台表演的确是一个自然而然的结果。用双语或多语演出外国剧本也有望在中国得到进一步的发展。这一方面经验的总结在表演的实践和理论层面都具有较大的意义。

二 场面调度的跨文化特征

在几乎所有的西方戏剧的改编和演出中,戏曲的元素都或多或少地被加以利用,有些体现在舞台的空间和布局上,有些体现在人物性格的处理上,还有些体现在表演风格上,等等。至于用戏曲来改编西方戏剧的也有

---

① Marvin Carlson, "The Macaronic Stage", in: *East of West: Cross-Cultural Performances and the Staging of Difference*, eds. Claire Sponsler and Xiaomei Chen, New York: Palgrave, 2000, p. 23.

② Marvin Carlson, "The Macaronic Stage", in: *East of West: Cross-Cultural Performances and the Staging of Difference*, eds. Claire Sponsler and Xiaomei Chen, New York: Palgrave, 2000, p. 27.

很多，莎士比亚是改编最多的，也是研究最多的。其次可能就是易卜生和奥尼尔，但是这方面的研究并不多见。下面这一部分打算研究易卜生的名剧《海达·高布乐》和奥尼尔的《榆树下的欲望》改编成戏曲的情况，主要是其舞台场面的跨文化特征。

"场面调度"（Mise-en-scene）一词借自法国剧场，原意为"舞台上的布位"，在剧场里指导演对所有视觉元素的统筹安排，包括舞台上的动作，这个部分包括围绕舞台的前方，或表演区延伸到观众席中。一般来说，中国戏曲是一种综合了唱念做打、以写意为主要特征的表演艺术，而西方戏剧则主要是一种以模仿生活中的语言和动作为主、以写实为主要标志的舞台艺术。因此，西方戏剧在改编成中国戏曲的过程中除了唱和白明显的不同之外，在服饰、身体姿态、舞台布置等场面方面也必然有着显著的差异。戏曲改编在场面调度上的跨文化性不仅是本土艺术自身的需要，而且丰富了原来剧本的理解和阐释。对于那些熟悉原来剧本的观众来说，戏曲的改编提供了一种全新的体验和独特的视角。

《心比天高》是由孙惠柱、费春放根据易卜生的《海达·高布乐》改编成的越剧，由中国杭州越剧院先后在杭州、上海和北京等地上演。[①] 2006年应邀赴挪威奥斯陆参加纪念易卜生逝世100周年的国际戏剧节，是唯一一台用中国传统戏曲改编的易卜生剧目。《心比天高》以歌唱、舞蹈为主，完全不同于易卜生的室内剧，给观看的中西方观众留下深刻印象。《心比天高》的人物和剧情也被加以中国化处理：高海达出身世家，在父亲去世后，不得已嫁给了迂腐的学者谭思孟，却对从前的恋人、那个才华出众的乐文柏念念不忘。几年之后，朝廷举行庭对，谭思孟和乐文柏要比试高低，这在海达心里掀起波澜。可是乐文柏在关键时刻丢失了自己的手稿，并落入海达的手中。出于嫉妒和报复的心理，她将那珍贵的书稿烧掉了。文柏在失望和自责中与官府发生冲突，最终死于非命。对海达暗慕已久的白大人借机要挟她，左右为难、懊悔伤心的海达在绝望中挥剑自杀。

总体上来看，《心比天高》保留了易卜生原剧的情节和结构，但是表演的形式和风格则迥然不同。编剧是这样解释的："古装越剧的形式有利

---

① 2006年，上海戏剧学院表演系的毕业公演剧目《海达夫人》也是根据《海达·高布乐》改编的。早在20世纪30年代欧阳予倩就曾打算排演易卜生的这部剧本，终因难度大而放弃了。

于在保持易卜生原作的心理现实主义内涵的同时，渲染和突出原作中较为写意的成分，如情绪、气氛、沉思、诗意、象征，也就是说着重表现人物的内心矛盾冲突，用更多的意象来让人联想到现实，从而显示作品的普遍意义。"① 在《心比天高》中，越剧的舞台视听效果化为特有的戏剧符号参与到表演当中。各种乐器，如大鼓、古筝、笛子等以及乐师从后台"走"到了前台，拓展了舞台演出的空间。

中国戏曲在烘托、渲染舞台气氛以及在宣泄思想感情方面所展示的独特魅力将原作的思想内涵以一种全新的形式彰显出来了，实现了陌生化的效果。比如"焚书"那段，越剧特有的婉约唱腔、水袖舞蹈、纷飞的纸屑灰烬，以一种诗化的方式外现了海达的"人性扭曲和心灵哭泣"。海达的自杀是表演的高潮——红光血色，水袖飞舞，宝剑穿胸——"中国式自尽"以强烈的视觉冲击烘托了浓烈的悲剧气氛。这一新奇的表演方式尤其令西方观众震撼。挪威易卜生年庆典总导演感概："每个挪威人都知道海达最后自杀了，但是谁也没有想到，她会用一把中国长剑如此凄美地结束了生命。"②

当代戏曲改编外国戏剧的另一个值得关注的话题是《榆树下的欲望》的改编。1989年，《榆树下的欲望》改编成川剧，更名为《欲海狂潮》，在成都演出。1993年由四川电视台拍摄，制成两集戏曲电视剧。1999年又在成都举办的全国奥尼尔第九届年会上演出。2000年，孟华将《榆树下的欲望》改编成河南曲剧，更名为《榆树古宅》，在郑州演出。2003年夏赴美国巡回演出。2006年，《榆树下的欲望》分别被改编成川剧、河南曲剧和话剧，在成都、上海、郑州、苏州、武汉上演。

奥尼尔在很大程度上继承了西方现实主义戏剧的传统，遵循"第四堵墙"的创作原则。中国传统戏曲则正好相反，通过各种手段与观众保持直接的交流，不仅清楚地交代了主题和人物，而且对剧情的重大发展往往给予评价。在戏曲的改编剧中，程式化的表演方式、大段的唱腔颠覆了

---

① 费春放：《易卜生与越剧〈心比天高〉》（引自作者在第四届中国国际易卜生研讨会上的发言）。

② 费春放：《易卜生与越剧〈心比天高〉》（引自作者在第四届中国国际易卜生研讨会上的发言）。

原来剧中散文的中心地位，同时也给观众以道德的启发和审美的愉悦，让观众参与剧情的发展，并体验人物的喜怒哀乐。《榆树古宅》的这两个戏曲改编版本有着各自的特点。总体上说，曲剧《榆树古宅》（美国演出的版本）比较忠实于原来的剧本，人物和故事的发展没有太多的不同。这样做的好处，当然是西方的观众，尤其是那些熟悉原来作品的人，能够比较容易地欣赏演出。相反，川剧《欲海狂潮》（2006年版）则对原来的剧作进行了较大的改动。该剧不仅增加了一个象征欲望的女人，让她在戏剧中时常出现，增强观众对故事主题的理解和把握；而且设置了一个三角恋爱的关系，乡里的那个荡妇和继母同时爱上艾本。两个演出对细节的处理也不相同，比如川剧《欲海狂潮》删除榆树，《榆树古宅》则保留榆树。但是它们也有着共同的特点，那就是在遵循戏曲的基本规矩的同时，有意吸收现代戏剧的表演手法，做到古为今用、洋为中用，下面从三个方面来具体分析。

首先，舞台布景虚实结合。传统戏曲通常用人物语言来规定场景和动作，而非舞台布景。在川剧的版本中，舞台上没有多少布景和道具，显得十分空旷，是典型的传统中国戏曲极简风格的舞美形式。舞台上的空旷使观众能够把注意力集中在表演上。在曲剧版本里，第一幕的舞台虽然空旷，但是背景幕布上两株枝叶茂密的榆树覆盖着屋顶在灯光照映下格外引人瞩目。第二、三幕里舞台上出现了越来越多中国式家具，如靠椅、橱柜、床，等等，在艾本和阿比的房间之间还竖起了一堵虚拟的墙。舞台布景混合了现实主义和象征主义风格，对中美两国观众而言都具有新奇感。

其次，脸部化妆的自然化和服饰的现代元素。在两个戏曲版本中，脸部化妆趋向简单化、自然化。和传统戏曲中面部夸张的象征性化妆不同，两个版本中的演员都化了淡妆。这样新颖的化妆技巧使观众的接受策略也发生了改变。在传统戏曲里人物的面部化妆是脸谱式的，便于观众迅速了解人物性格特征。然而，《榆树》一剧的观众却必须在表演进程中逐渐形成认识，这和现代话剧是类似的。这种变化的一个原因就是台下观众多数是中国年轻人和外国人，对传统中国戏曲中的象征性面部化妆不甚了了。所以，传统勾脸在表演中有所运用，但没有发挥其真正的作用。这也解释了为什么当代中国曲艺表演越来越多地受到青睐。两个版本演出中的服装总体来说也是传统式样，但也不完全照搬传统，因此看上去颇为时尚。例如，川剧表演中的舞蹈演员身穿紧身裤，就好像如今许多时髦女郎所穿的那样。

再有一点，川剧和曲剧的表演都运用了各自传统的表演技巧，展现各自的特色。在川剧表演的"庆生"那场戏中，共有四个人物上场，男贺客两人和女贺客两人，代表前来庆祝孩子出生的村民。这种"举偶"手法在传统戏曲屡见不鲜。剧中的高潮是艾比杀子，此时表演了川剧绝技"变脸"，恰好表现了人类性格和欲望的多面性。曲剧在"庆生"那一场重现民间表演"百戏"，用以烘托欢乐喜庆的气氛。曲剧里有很多的打斗场面，十分好看，尤其能够吸引外国的观众。有些程式化的表演为了方便国外的观众理解还进行了简化的处理。比如，第一幕中在表演如何驯服一匹受惊的马时，传统戏中会有一整套程式化的动作，但是这儿的表演明显简化了很多。

如上所述，易卜生和奥尼尔的戏曲改编消解了原剧中的现代心理学支柱，在表演上打破"第四堵墙"和幻觉表演传统。场面的调度上一方面遵循戏曲的传统程式，另一方面融入新的戏剧表演元素。戏曲的改编是对西方戏剧的新阐释，同时也改变了戏曲自身的表演艺术，对于戏曲的革新有着非同寻常的意义。

三 主题的本土化和当下性

改编外国戏剧往往不是为了再现外国的生活场景，传达原剧作者的意图，而是为了向本土的观众讲述一个与他们的生活密切相关的故事。戏剧经典之所以不断地在不同文化背景中被演出的原因盖在于此。在当代中国戏剧舞台上，一些西方的经典戏剧不断上演，不少著名演员争相在这些改编的剧目中出场，比如2008年濮存昕在林兆华版《哈姆雷特》的改编演出中再度扮演王子。自20世纪90年代中期以来，易卜生的《人民公敌》再次引起人们广泛的兴趣。该剧在中国多个城市上演，不仅在大陆上演，也在台湾上演，例如，1997年的中央实验话剧院的北京演出，2005年黑门山上剧团的台北演出，2005年和2006年南京大学戏剧系的演出，2006年南京艺术学院表演艺术系的演出等。

《人民公敌》讲的是托马斯·斯多克芒医生发现温泉边的水污染问题。虽然温泉对他的小镇经济繁荣至关重要，但他还是出于社会关怀和良知，坚持认为温泉应当关闭，直到问题解决。当发现解决问题需要大笔资金时，当地媒体、居民和政府首脑包括市长（医生的兄弟）都转而反对他。他要公布发现的要求更激怒了当地人，因此他公开表示：多数人总是错的，而少数人永远是正确的。他固执地坚持要揭露真相，这就给他本人和他的家庭带来了严重后果：他被宣布为人民公敌。水污染问题喻指在物质利益的推动下受到污染的精神。该剧的基本剧情在当代中国引起了共鸣。20世纪90年代末的市场经济给中国带来了繁荣，但也对自然环境带来了严重损害。与此同时，物质主义和贪污腐败侵蚀了中国传统价值观念和道德标准。地方政府往往成了污染企业的保护伞，因为政府也在经济利益中分了一杯羹。那些敢于揭露真相的人面临的是打击报复。我们认为，这些正是北京、南京等地掀起改编、演出易卜生《人民公敌》热潮的主要原因。

1997年5月，吴晓江执导，中央实验话剧院（现属国家剧院）演出《人民公敌》。随后该剧团受邀前往挪威首都奥斯陆参加在挪威国家剧院举行的国际易卜生戏剧节。这部名剧问世已有百余年，导演承认，在如何制作这出老剧方面，他说他遇到了两个问题："中国观众会如何看待它的主题？剧中的事件能被当代中国接受吗？"[①] 环境和道德问题显然是该剧和中国现实关联最密切的地方。然而，剧中另一个主题，虽然不像前两个那么明显，却也不容回避：这就是对"文化大革命"期间打倒知识分子做法的反思。政治激进分子急于在"人民"的名义下攫取权力，或用易卜生的话来说，假借民主之名以维护"多数人"的利益，并作为借口来歪曲真相。在这次演出中，那位报纸编辑的装束就是一副"文革"期间红卫兵的模样。"文革"结束已经四十多年了，"文革"所犯的错误已经引起了很多反思。跨文化表演，用一些跨文化批评家的话来说，常常借用外国故事来喻指自身的问题。"……对外国戏剧传统元素接受和运用有特别的目的，这个任务是由众多历史和社会因素决定的。一方面，它和戏剧审美相关，另一方面，它又与戏剧的社会功能相关"[②]。这次在北京的演

[①] Wu Xiaojiang, "Ibsen's Drama on the Chinese Stage", *Proceedings for the 9th International Ibsen Conference*, edited by Pal Bjorby and Asbjorn Aarseth, Bergen: Alvheim & Eide, 2001, p. 79.

[②] Erika Fischer-Lichte (ed), *The Dramatic Touch of Difference*, Tubingen: Gunter Narr Verlag, 1990, p. 17.

出是对许多人,特别是知识分子在"文革"期间所经历的心理创伤的一次冷静反思。导演本人也评价说本剧是一个关于在"文革"中"知识分子的失败的故事"。①

2005年由黑门山上的剧团排演的《人民公敌》在台北演出,导演钟欣志。故事还是设定在挪威某镇,剧中人物也和原剧出入不大。但台北版里增加了一个说书人的角色,作为叙事者出现。对这一变动,导演称是受到桑顿·怀尔德的剧本《小镇》的启发而作。戏一开幕,说书人就向观众介绍故事梗概,其中一些变化颇为有趣。在改编版里,这个挪威小镇由于年轻人流向大城市而逐渐萧条。当斯多克芒医生回到家乡时,他发现镇子附近的温泉有利于人的健康。不久之后,小镇就成了著名的休闲胜地,越来越多的年轻人又回乡找工作,小镇又恢复了往日景象。显然,这个版本并不忠实于原著,它的改动明显是以台湾社会背景为基础的。介绍部分立刻就为改编版的演出定下了本土化基调。

除了通俗的方言对话,本剧还多次影射了台湾的状况。市长在表演开始就和霍夫斯达说:"我们的社会是个民主的社会。每个人都有发表自己看法的权利。""我们因财富而联系在一起,而我们的国家资源又很匮乏。"显然,市长的话实指台湾。在展现易卜生对西方式民主的担忧和批评的同时,该版本也引发了对于台湾式民主的全新思考。剧中对政治纷争的影射,政治家的花言巧语,廉价的政治口号等在观众中激起了共鸣。导演认为本剧的主旨在于"多数VS少数"。更确切地说,少数永远是正确的。多数人必须受少数人领导。

南京的演出则是由南京大学戏剧系的学生担纲,剧名改为《〈人民公敌〉事件》。剧组最重要的一次彩排安排在2005年9月,而首演则定于2006年3月26日,恰逢易卜生逝世纪念日。演员多为戏剧系学生,由该系教师吕效平策划,何成洲担任文学顾问,特邀导演是北京中央戏剧学院的张慧。演出在校大礼堂举行,并连演八晚。

南京演出的一大特点是突出热情而富于理想主义的学生们是如何被中国的社会现实所震撼的。学生们所面临的问题是:"抵抗还是投降。"作

---

① Wu Xiaojiang, "Ibsen's Drama on the Chinese Stage", *Proceedings for the 9th International Ibsen Conference*, edited by Pal Bjorby and Asbjorn Aarseth, Bergen: Alvheim & Eide, 2001, p.79.

为大学生,他们可能比较熟悉胡适和鲁迅对易卜生和斯多克芒医生的评价。鲁迅曾撰文赞扬斯多克芒医生"死守真理,以拒庸愚,终获群敌之谥"。① 而胡适在他的《易卜生主义》一文中写道:"我们若要保卫社会的健康,须要使社会里时时刻刻有斯铎曼医生一般的白血轮分子。"② 易卜生的浪漫个人主义在当今仍然吸引着年轻的学生们。

戏剧改编将西方戏剧的故事置于中国文化语境,由此产生了"陌生化"的效果,从而加强了观众对故事的形式和内容的审美体验。在《"中国之眼":改编的跨文化问题》一文中,张颐武以中国电影为例谈论外国作品改编中的跨文化问题,这种跨文化改编的有趣之处在于:"试图通过借用来自外部的'故事'架构获得对自我的观看,在某种程度上,它直接将在异域文化情境中展开的故事转化为我们的故事,从而使这些故事变成为我们内部的自我观察的一部分。"③ 我们认为当代西方戏剧的改编有同样的特点,外国戏剧的故事框架为我们认识自我和世界提供了一个新的角度,有助于我们对于自身的文化获得一种批判性认识。

四 跨文化演出中的自我和他者

为什么中国导演热衷于改编西方戏剧,尤其是用传统戏曲的艺术形式改编呢?对于这个问题有各种不同的回答。有人说这是为了给国外的观众看。确实,很多的西方戏剧改编,像上面提到过的《榆树下的欲望》和《海达·高布乐》,是出去到国外上演。有导演解释说,如果我们给外国人演话剧的话,语言本来就不通,再加上有大段的台词,外国观众很难理解,很难引起他们的共鸣。然而,中国传统戏有许多戏曲的成分在里面,可视的东西很多,因此在外国演出非常成功。外国人对我们的音乐、服装,演员的步伐、化妆等都非常感兴趣。

也有专家认为在这是戏曲变革的需要。比如在台湾,三十年前有一个郭小庄创立的"雅音小集",首开京戏现代化之风。以前的京剧剧本都是以折子分,但是从他们开始就围绕重点给出一个完整的剧本。以前的折子

---

① 鲁迅:《文化偏至论》,《鲁迅全集》第 1 卷,人民文学出版社 1973 年版,第 47 页。
② 胡适:《易卜生主义》,《新青年》第 4 卷第 6 号,第 490 页。
③ 张颐武:《"中国之眼":改编的跨文化问题》,《电影艺术》2007 年第 1 期,第 42 页。

戏因为没有完整的剧情，只有非常内行的人才会欣赏，一般的年轻人看不懂，给出了完整的剧本就有助于年轻人理解剧情。完整剧本的京剧就是从雅音小集开始，也影响了后来的一些戏剧家，包括吴兴国。后来的戏剧家发现旧的京剧剧本不是特别合适的，需要新的剧本，但是京剧剧本却不好写。如果是中文系的人写，他可能还是按照以前的老套路，不会写现代的京剧剧本；如果找外文系的人写，外文系的人可能有想法，但是却不会写。因此，他们就会借用西方的戏剧来改编成京剧。①

不管导演的主观愿望如何，是为了吸引外国观众，还是为了戏曲的革新，外国戏剧的改编更多地是表达自我，而不是再现他者。2003 年南京大学上演了改编的剧本《罗密欧还是奥赛罗？》。其中的主要话题是讨论我们应该乐观地看待我们的人生和爱情，还是悲观地看待我们的人生和爱情。对人生和爱情持乐观主义者态度的一方大段地背《罗密欧与朱丽叶》中的台词，演阳台下的那段，演墓穴里的那段；而持相反意见的一方就大段地背《奥赛罗》中的台词，演手帕的那段，演黛斯特蒙娜的卧室那段。

虽然跨文化戏剧的理论视角还是新的，但其实践已有较长的历史。在 20 世纪上半叶，东西方戏剧传统的互动已经大规模展开。西方艺术家将远东的戏剧艺术视为新型表演风格的原型，并从中汲取了不少养分。"欧洲先锋派在戏剧方面进行的最大变革就是反对文学、心理学上现实主义的幻觉戏剧。他们直接影响了文本、语言、表演艺术、空间概念和观众接受的质量。"② 与此同时，在日本和中国都发展起了新的西方式的戏剧。中国现代戏剧被称为"话剧"，它实质上是直接套用了西方现实主义的传统，其中特别学习了易卜生的风格。相对于西方艺术家的"重新戏剧化"（re-theatricalization）的目的而言，日本和中国的改革者则希望普及个人主义、女性主义等现代概念。从历史上来看，戏剧的跨文化主义既推动了它的美学欣赏，又满足了它的社会、文化需求。

帕特里斯·帕韦斯指出，跨文化戏剧的一个重要特征就是"创造性

---

① 以上内容根据台湾大学彭镜喜教授在何成洲主持的南京大学"戏剧改编"教授沙龙（2008 年 4 月）上的发言。参见何成洲《戏剧改编教授沙龙》，《艺术百家》2009 年第 2 期。
② Fischer-Lichte（ed），*The Dramatic Touch of Difference*，Tubingen：Gunter Narr Verlag，1990，p. 13.

的误读"(productive misinterpretation),这个特点能够把误解转化成积极意义的动力。在他看来,对外国戏剧进行改编的初衷并不是为了了解外国,而是为了解决自身文化中的问题。改编和演出的动力往往来自于对自身文化里的问题的意识。"他者并不是简单的另一个自我,而是自身所缺乏的东西。陌生其实是等待被发现的熟悉。"① 在《人民公敌》中,水污染和道德污染是两个能引起目前中国观众兴趣的话题。有研究者在对奥尼尔戏剧的改编版本与原作文本进行细读比较后认为,"戏曲改编者在奥尼尔戏剧之镜中所见其实是自我的镜像,但通过选择吸收西方现代思想和西方戏剧形式,戏曲艺术的样貌也正在经历新的转变"②。

西方戏剧的跨文化演出也受到一些学者的批评。有的人认为虽然戏曲改编的美学效果和视觉效果很好,但对于中国观众来说,这很难引起思想上的共鸣。他们觉得传统戏对西方戏剧的改编很多是为了满足一种视觉的、感官的享受,其思想性不够深入。这当然与人们对传统戏曲一贯的批评有关。再者,由于有些改编演出从一开始就定位给外国观众看,混合运用了中西方的艺术手法,但在处理上比较简单化,不能很好地吸引中国观众的兴趣。这些可能是将来外国戏剧改编和演出所要认真考虑的。

跨文化的改编和演出研究是近十年来国际戏剧研究界的一个热点话题,这方面的戏剧实践和理论探讨都已取得了较大的发展。帕特里斯·帕韦斯,厄丽卡·费希尔-李希特、朱丽·霍利奇(Julie Holledge)、理查德·谢克纳(Richard Schechner)以及拉斯顿·巴鲁卡(Rustom Bharucha)等人已经编写了相关的著作来探讨戏剧跨文化主义中的不同问题,尽管他们也承认对于跨文化戏剧究竟是什么他们也还没有定论。帕特里斯·帕韦斯在他的著作中用了一些具体实例来解释跨文化演出,比如:彼得·布鲁克运用西方戏剧手段改编的史诗剧《摩诃婆罗多》,日本导演铃木忠信借鉴传统日本戏剧中的手势和声音技巧对莎士比亚和古希腊戏剧进行改编,等等。我们认为,莎士比亚、易卜生和奥尼尔在中国的改编和演

---

① Patrice Davis (ed.), *The Intercultural Performance Reader*, Routledge, London and New York 1996, p. 12.
② 朱雪峰、刘海平:《〈榆树下的欲望〉及其戏曲改编》,《戏剧艺术》2007年第6期,第41页。

出也是跨文化性质的,因为中国戏剧传统多多少少都在其中得到运用。演出中对不同文化戏剧传统的有意识的混合使用使得演出呈现出"杂交"的特点。本章以莎士比亚、易卜生和奥尼尔的几次改编和演出为依据,探讨中国跨文化戏剧演出的几个主要问题,即:语言的混杂性、舞台场面的跨文化性和主题的本土化。我们关注中国跨文化戏剧的普遍意义和特殊性,但是由于篇幅的限制,本章没有触及中文翻译、舞台道具等相关的话题。跨文化演出对中国话剧和传统戏剧两个方面的创作和演出都产生了巨大的影响,这方面的分析也有待深入。

第三节 话剧中的妇女形象与全球视角下中国的现代性

中国的现代性理论主要是围绕男性标准建立起来的,而对女性生活、经历的特殊性缺乏相应的关注。因此,对女性与中国现代性政治、文化及哲学遗产之间复杂多变的关系展开研究有着重大意义。本节将通过现代中国话剧中一些经典文本的研读来探索女性与中国现代性之间的关系。20世纪上半叶,女性形象在中国话剧中的变化反映了中国女性在寻求现代性过程中的复杂经历。中国社会问题话剧中的娜拉形象是个人主义和主观主义的象征。在曹禺的话剧里,女人们接受的教育是受到女性主义思想影响的,她们是自己消费欲望和爱情欲望的主体。革命剧中女战士的形象则进一步解构了性别的父权制,她们的故事影响了性别政治在现代中国的发展。大体而言,女性解放的话语在现代中国戏剧的不同阶段都有所翻新,而每次改变总是与现代中国社会的发展相对应。

一 女人与寻求现代性:对现代中国戏剧的再思考

对现代性展开的当代研究大多数都是以男性为中心的,主要是研究男作家的作品以及男性特征的文本再现。[①] 现代性经常被解读为一种对权威专制的恋母情结式的反抗;一个现代人也经常被描述成一个寻求自由和知识、独立自主的男性个体。女性在这种历史进程中的任务和积极贡献却没

---

① Rita Felski, *The Gender of Modernity*, Cambridge, MA: Harvard University Press, 1995, p. 16.

有得到相应的关注。然而，把现代性和男性视为一体只不过是当代评论家的发明。最近几年，女性主义对"男性有用而女性无用"的普遍观点进行了全面批判，她们要求重新解读女性在现代历史中的作用。从性别角度来研究现代性问题，意味着将放弃以男性经历为范例的研究，而主要考虑女性或关于女性的作品。在对文化现代性的研究中，经常被看作是次要的或边缘的女性现象应该被给予高度的重视。

中国的现代性理论主要是围绕男性标准建立起来的，而对女性生活、经历的特殊性缺乏相应的关注。因此，对女性与中国现代性政治、文化及哲学遗产之间复杂多变的关系展开研究有着重大意义。下面将通过现代中国话剧中一些经典文本的细读来探索女性与中国现代性之间的关系。我们将用女性主义、弗洛伊德的精神分析学、民族主义和马克思主义等不同的方法来研究中国女性的现代性历程。

无可否认的是，现代中国戏剧为我们解读现代性的多义性提供了丰富的文本资源。然而，我们不打算明确指出中国社会的内在特点，也不打算总结压缩现代阶段的主导意识形态。相反，我们希望能精确分析一些具有说服力的现代女性代表。她们的形象虽然有相当大的改变，但是她们的痕迹在不同时期都会出现，甚至延续到了我们的时代。最后，我们想证明的是女人才是"中国现代性的真正主角"。

二 女人与中国现代性

在19世纪，欧洲的女性极力地争取她们的权利，并在许多领域取得了很大的进展，例如，她们获得了接受中等教育和大学教育的权利，获得了从事医科和其他一些职业的权利，保证结婚期间获得财产并在离婚或分居后仍然享有财产的权利，以及工厂里女人、男人同工同酬的权利。欧洲女性主义在19世纪末、20世纪初达到了高峰。1920年之后，英国的女人以及欧洲大陆大多数国家的女人都获得了投票表决权。因此，所谓的女人的私人世界被迅速卷入到现代化和社会变化的进程中。

西方的女性主义对中国的知识分子冲击极大。受冲击的知识分子对中国的父权制社会逐渐表现出极度的不满。在19世纪末、20世纪初，统治中国的内在原则仍然是儒家教义。理想的中国女性仍然应当经济不独立、遵守"三从四德"。"三从"是未嫁从父、既嫁从夫、夫死从子，"四德"

是德、容、言、工等合乎标准。中国女性无权继承父母和丈夫的遗产。经济上的彻底依赖性造成了中国女性地位的低下。

19世纪末,中国的知识分子首次提出了女性权利问题。康有为、梁启超认为,女性地位的提高是中国现代化的根本。他们认为女性的软弱无能表现了国家本身的软弱无能。清朝在西欧列强手上的耻辱战绩让这些知识分子提出这样的问题:怎么做才能使中国强大起来?民族主义引导他们去尝试一系列的变法,其中就包括提高女性的地位。

教育对女性是至关重要的。中国第一个女子学校于1897年在上海建立起来。然而,学校只给中产阶级或"威望"家庭出身的城市女性提供教育。这在一定程度上造成了中国最初的女性主义者具有"中产阶级"和都市的特质。一些中国女性也会出国留学,其中以日本留学居多。尽管她们也为女性的平等地位辩护,但是她们中的大多数更多地是受到了男性群体爱国主义情绪的影响。同时,女性杂志中的文章也主要是激励读者参加民族解放运动。许多女性参加了反满清运动,其中最有名的是秋瑾(1875—1909)。因此,中国的女性主义从一开始就紧密地与民族主义和政治运动联系在一起。

1911年满清帝国垮台之后,中国声称自己建立了以议会民主制为基础的共和国,女性参政便加速发展起来。1922年1月22日,女性组织集体会面,组建了协调委员会,并公开了一系列目标,例如男女平等、为女性提供高等教育、取消一夫多妻制和贩卖女性、婚姻自由和家规改革。[①] 后来的"五四运动"采用并向全国传播了这些观点。"五四"期间的现代女性是关心政治、受过教育且独立的女性。无论是实实在在的改变,还是只能被察觉到的改变,女性身份的改变成了关乎国家状况和国家进程争论的焦点。新中国女性成了正在蓄积的民族力量的投射。

中国女性主义的第一次浪潮让许多女性有勇气去维护自己的权利,让她们有勇气以新时代的主体自居。在20世纪20年代,"新"的概念到处蔓延:新戏剧、新艺术、新文化、新政治、新小说、新精神,等等。从过去的专制中解放出来的憧憬让这些女性兴奋不已,她们期望能通过拥护彻

---

① Julia Kristeva, *About Chinese Women*, trans. Anita Barrows, New York: Boyars, 1986, p. 102.

底的现代性来废除陈旧的价值观和传统观念。年轻女性为寻求婚姻自由而离开父母。在易卜生的《玩偶之家》结尾处,娜拉离开自己的丈夫和孩子灌门而去的那一声响在中国引起了共鸣,只不过形式不同罢了。新女性(或现代女性)成了那些努力反抗父权制准则的独立女性的标签。

中国社会的基本原则早在20世纪初期就被推翻了,这是中国现代化和西化的必然结果。新女性的形象成了解放运动中能引起共鸣的象征;她的现代性不是对现存的认可,而是对一个可选择的未来的大胆想象。保罗·德曼写道,"现代性以一种清除先存一切的欲望形式存在,期望最终能到达可以被称之为纯现在的一点,这一点是新历程的开始。"① 在现代中国,父权制的女性特征已经被清除,更大胆的、极具现代性的女性特征则是坚持自我。与清末现代性形成鲜明对比的是,② 共和国早期的女性解放运动具有彻底的颠覆性。女性的反叛精神跟现代中国戏剧中娜拉的形象是相对应的。

三 中国问题剧中的娜拉

在19世纪末、20世纪初,中国文学逐渐担当起了改良社会,以及通过传播科学和民主观念唤醒民众觉悟的任务。在1902年的作品中,梁启超认为小说能够扩大读者的情绪,放大正常的情感并改变其观点和态度。③ 小说和生活之间的关系得到了强调。据他所说,文学对民族构建有很重要的影响。正如捷克汉学家雅罗斯拉夫·普实克所言,"五四"期间文学作品的鲜明特征是主观主义和个人主义,这种文学的成长标志着社会结构的重大变革以及个人对传统观念的摆脱。④ 文学和艺术改革带了社会政治性的后果,实践者和批评家们都把文学和艺术改革与鲜明的社会进程联系在一起。

---

① Paul de Man, *Blindness and Insight: Essays in the Rhetoric of Contemporary Criticism*, Minneapolis: University of Minnesota Press, 1983, p. 148. 引自 Rey Chow, *Woman and Chinese Modernity: The Politics of Reading Between West and East*, Minneapolis: University of Minnesota Press, 1991, p. 86。

② David Der-wei Wang, *Fin-de-Siecle Splendor: Repressed Modernities of Late Qing Fiction*, 1849–1911, Stanford, CA: Stanford University Press, 1997.

③ 梁启超:《论小说与群治的关系》,刊于《新小说》1902年第1期。又见 Chow,第40页。

④ Jaroslav Prusek, *The Lyrical and the Epic: Studies of Modern Chinese Literature*, 李欧梵编, Bloomington: Indiana University Press, 1980, p. 1. 转引自 Chow, pp. 92–93。

19 世纪 20 年代对文学的讨论逐渐集中在现实主义上，现实主义赢得了作家们的支持。胡适和鲁迅等文化领袖提倡把欧洲的现代现实主义戏剧介绍给中国。传统中国戏剧的歌剧风格和模式化的表演主要是为了娱乐观众。现代戏剧与之形成鲜明对比，它是借助日常语言和普通角色来强调观众们的现实问题。因为这种明显的差异性，现代中国戏剧被称为"说的剧"（话剧）。

在欧洲著名的剧作家中，易卜生最受中国观众喜爱。他的几部问题剧都被翻译成中文并在中国上演。在 20 世纪上半叶，《玩偶之家》是在中国最频繁上演的外国剧，这部剧至少有九个汉语版本。不仅如此，许多中国的戏剧和故事都以娜拉的形象为原型。易卜生在 1918 年被正式介绍到中国时，胡适写了一篇题为"易卜生主义"的文章。几十年来，这篇文章一直深刻地影响着中国观众对易卜生的接受。中国最权威的汉语字典《辞海》很快就加进了"易卜生主义"这个词条，并将其定义为"狂热的个人主义"。曾经在美国留学的胡适回国后对中国的社会现状感到很失望。他认为传统的限制是中国的落后和软弱的根源。因为短期内无法拯救中国，于是他建议他的追随者们"拯救自己"。这一概念对于当时的中国人理解个人主义是至关重要的。

1914 年由上海春柳剧社公演的《玩偶之家》是易卜生的戏剧在中国的首次亮相。之后，中国的其他地方也有许多该剧的演出。1935 年，《玩偶之家》频繁地在南京和上海等中国的一些大城市上演，以至于 1935 年在中国现代戏剧史上被称为"娜拉年"。在上海的公演因为由中国著名影星参演而成为划时代的演出，其中娜拉由蓝平（江青的艺名）扮演。在南京，国民政府禁止一个业余的磨风剧社上演《玩偶之家》，而扮演娜拉的小学教师王平也被校长解雇。这次事件激起了激烈而广泛的争论。迫于女性组织和一些知名人士的压力，小学校长最终恢复了王平的工作。这次事件进一步加剧了中国的"娜拉热"。娜拉成了现代中国女性运动的先驱。

胡适是把《玩偶之家》翻译成中文的第一人。他将出版在《新青年》(1918)易卜生专刊上的译作题名为《娜拉》。《新青年》是 20 世纪初期中国"新文化运动"的代表性刊物。胡适还以《玩偶之家》为样板写了中国现代第一部白话剧《终身大事》，这是一部用戏剧对话完成的作品。其内容讲述的是一个叫田小姐的中国女孩想自己选择出嫁男人的故事。父母的不同意让她感到失望，她便决定和他私奔。对于那些想要反抗家庭父权制和社会压迫的中国青年们，这部传播解放女性思想的话剧给了他们很大的鼓舞。这部剧很快促成了其他现代剧的出版。在这些现代剧里，一个娜拉式的形象逐渐意识到自我并决心赢得自己的独立。

以女主角命名的由郭沫若创作的话剧作品《卓文君》（1924）与《王昭君》及《聂英》一同收录在1926年出版的《三个叛逆女性》的合集里。卓文君生活在公元2世纪，她和诗人司马相如的爱情故事长久以来一直是深受文学和戏剧喜爱的主题。通过将这个故事改编成话剧，郭沫若宣扬了女性解放和个人自由的思想。卓文君违反父命、嫁给司马相如的决定使她成为了娜拉在中国的姊妹。

其他的"出走"剧有欧阳予倩的《泼妇》（1922）和余上沅的《兵变》。就这些话剧的大多数而言，中国的娜拉是离开了父宅，而不是抛弃了丈夫和孩子。在20世纪早期，中国女性要争取的自由是自己选择伴侣而不接受包办婚姻。这些所谓的娜拉剧中并没有强调娜拉离开时内心的冲突和心理压力。除此之外，第一批中国的娜拉都是社会精英阶层的女儿，她们受过教育，属于较早受到西方个人主义思想和女权思想影响的那一批人。在《终身大事》中，田小姐是富人家的小姐，其父亲是新式学校培养出来的知识人。她曾在日本留学，并爱上了同是日本留学生的陈先生。早期中国女性主义所涉及的圈子很小，但是对中国社会却有巨大的影响。

在中国，娜拉是女性解放运动的代名词。"娜拉热"不仅影响了一些学术派的知识分子，也影响了几代中国青年。正如茅盾在1938年所说的，"'五四运动'后的中国女性运动就是娜拉主义"[1]。娜拉主义就是中国语境下娜拉这个人物的接受和改变，它包含着对娜拉形象的不断变化的解读，其中的变化是与中国现实息息相关的。

现代中国戏剧表现的是维护自己的权利、离家出走寻求自由的女性。戏剧的结尾通常是乐观的。娜拉剧中的女性主义话语获得了一种可实行和预言式的功能，它能动摇父权社会、改变性别政治。在中国，有关女性解放的现代戏剧非常多产，其主要原因是女性运动与政治和文化之间的关系

---

[1] 茅盾：《从娜拉说起》，刊于《珠江日报》1938年4月29日。再版收在茅盾的《文艺论文集》，外国文学出版社1942年版，第71—73页。

日趋紧密。女性主义给大众意识的主要印象是，它从根本上是一次现代的政治和文化运动，是社会变革的一股重要力量。女性成为一种历史主体且不附庸于历史的政治媒介。

四　曹禺话剧中的女性和歇斯底里症

莉塔·法斯基认为，女性压抑既是女性主义的根源，也是女性歇斯底里症的根源。① 女性主义者和歇斯底里症患者，依法斯基所言，都是现代性别政治的关键标志。一个女性主义者是反叛者；一个歇斯底里者是失败的反叛者。女性主义是反叛的、解放的和建构的，而歇斯底里是顺从的、受禁锢的和自我毁灭的。陶丽·莫伊指出："歇斯底里，请恕我冒犯海伦·西苏，并不是一个被强制沉默的反叛女性的化身，而是失败的宣言，是对没有出路的一种真正认识。歇斯底里，依凯瑟琳·克莱蒙特所见，是一个女人看到自己被堵住了嘴，被锁定在她的女性角色时，面对既成事实的失败发出的求救呐喊。"② 歇斯底里的非理性行为是社会因素和心理因素共同作用的结果。

女性主义在中国 20 世纪最初的几十年里取得了一点成绩。现代性在很大程度上都是从西方引进的，中国女性寻求自由的斗争也因此面临着一个巨大的挑战。在刻画了一个追求婚姻自由的理想女性之后，现代中国戏剧开始展现那些因受到父权社会打击而得了歇斯底里症的女性形象。曹禺在他的话剧中创造出一组这样的女性，尤其是繁漪和白露。

《雷雨》是曹禺的第一部话剧，也是现代中国戏剧的第一部经典。这是一个关于周家和鲁家两个家庭的故事，血缘关系和雇用关系将这两个家庭紧密地联系在一起。繁漪，周家的太太，是"一个旧中国的女性，身纤体弱，多愁善感，对诗歌和文学有天赋和雅兴"。她嫁给了周朴园，一个从德国留学回来接手家族生意的帅气富家少爷。繁漪的婚后生活是灾难性的。她对爱情的浪漫想法被周朴园的父权思想彻底击碎了。虽然他接受

---

① Rita Felski, *The Gender of Modernity*, Cambridge, MA: Harvard University Press, 1995, p. 3.
② Toril Moi, "Representation of Patriarchy: Sexuality and Epistemology in Freud's Dora," in *In Dora' Case: Freud-Hysteria-Feminism*, ed. Charles Bernheimer and Claire Kahane, New York: Columbia University Press, 1985, p. 192. 转引自 Gail Finney, *Women in Modern Drama: Freud, Feminism, and European Theater at the Turn of the Century*, Ithaca, NY: Cornell University Press, 1989, p. 8。

的是西方教育，但他要求繁漪就像传统婚姻中的女性一样绝对服从他。

心怀"一种无情的固执"的繁漪恨着周朴园。她对周萍坦白说："对别人唯命从不是我的性格。"因为这段愚蠢的婚姻，繁漪经受了十五年多的痛苦，直到周萍的到来。周萍是周朴园与以前丫鬟生的私生子。他的同情和理解给了繁漪很大安慰。不久，他们就开始在家里秘密约会。然而，周萍很后悔自己与继母的这段不正常关系，他爱上了家里的女佣四凤。然而，四凤事实上是他同母异父的妹妹。繁漪不能容忍周萍的背叛，并坚持要求他留在自己身边。在劝说和威胁都没有效果后，绝望的她于是揭穿了周平和四凤的乱伦关系。她的做法最终导致了三个年轻人的死亡。繁漪首先是通过他丈夫来追求性别平等和自由，接着是通过她的继子。然而，她最终被父权社会的意识形态击败了，被逼疯了。

繁漪的失败既是心理上的，也是社会性的。我们可以从弗洛伊德的角度来分析她的疯癫。根据弗洛伊德的说法，歇斯底里式的压抑是性心理问题。在著名的"朵拉"病例中，弗洛伊德把朵拉的歇斯底里病症归因于她对与父亲发生关系的欲望的压抑。从这个角度理解，繁漪的歇斯底里是她想要与继子周萍乱伦欲望的表达。她在这个恋爱关系中的主动积极，使她成了色情力量的代表和欲望的主体。

然而，繁漪的歇斯底里也代表着一种欲望的爆发，这种爆发对以男性为中心的社会体系具有威胁性。剧作家没有批判继母和继子的乱伦关系，而是用一种同情的心理来看待这种关系，这个情节实际上是对统治中国社会的男性阶层的抨击。在剧中，曹禺对乱伦的处理是基于他对心理学和个人主义的现代理解。通过明言被压抑的事实，《雷雨》挑战、破坏并且质疑了封建/父权制的话语。周朴园被批判成一个无情无义、独裁专断的家长。贯穿全剧的闷热天气象征着这种父权制的压抑性，而雷雨象征着对旧价值观和社会结构的颠覆。从这个意义上讲，《雷雨》可以被比作"舟下的鱼雷"。①

在晚于《雷雨》两年而创作的《日出》中，白露是一个不同类型的歇斯底里症患者。如果说繁漪是父权制性别压抑的受害者，那么白露是追求

---

① 在他的诗歌 "To My Friend the Revolutionary Orator" 中易卜生写道，"With pleasure I will torpedo the ark"。一些评论家遂将他的剧作比作 "a torpedo under the ark" 来强调他的社会影响。

商品和享乐的资产阶级欲望的受害者。出生于一个富有的知识分子家庭，白露在一个知名的女子学校接受了良好的教育，她的家庭背景和娇美的相貌使她成为交际圈里的受欢迎者。不幸的是，她父亲的去世没有给她留下什么遗产。不久，她成了电影明星和舞女。成长于快速现代化中的城市，她很快适应了消费文化。在提倡消费主义在社会生活中占主导地位的有力宣言中，白露说道："你难道不明白我想活得舒服点儿吗？我出门的时候想坐车，娱乐的时候，我想穿得漂亮，我想活得高兴，我想花很多很多的钱，你当然明白这点吧？"不消费，白露就无法活下去。因为没有钱满足她的消费欲望，她沦落为妓女，住在一个高级宾馆的房间里，以跳舞、喝酒、打牌的方式度过自己的时光。她经常花很多的钱把朋友请过来以便让他们高兴。实际上她入不敷出，总是欠债，所以她处于上层社会的边缘，代表了商品美学的结构逻辑。在 20 世纪 30 年代，女人们被看作是资本主义经济下男人可以互相交换的物品。都市妓女是女性商品化的最真实的写照。因为她们完全要靠顾客赡养，白露可以被看成既是消费的主体又是消费的客体。

白露是对 20 世纪 20—30 年代弥漫于中国大城市的资本主义和消费主义的一种矛盾性回应。中上层阶级的都市生活是一种充满了诱惑性商品和承诺无穷快乐的梦幻世界。消费改变了女人对自己和周围世界的看法。作为消费者，女性流连于飞快变化并让她们自我感觉时髦且极为重要的时尚潮流和生活方式。消费文化的出现帮助女性们形成了新式的主体性。她们的直接需求、欲望和对自己的看法都受到了消费文化的影响。

然而，消费文化也能腐蚀女性。白露就是由此而堕落的女性。她把肉体当成商品来出卖从而寻求快乐，不但并不觉得可耻，反而认为这是自己所主张和享受生活的一种方式。她对时髦商品、舒适生活、汽车、漂亮公寓、佣人等无法控制的欲望恰恰证明了消费对女性的消极影响。实际上，白露是一个冒牌的现代女性，"她偷偷做着有很多钱的美梦，把自己打扮得像个玩具供他人娱乐"①。在许多现代作品中，女人都被描绘成消费主义的受害者。她们陷入了一个由客观化意象构成的网络，这些意象使她们远离了自己的真实身份。通过把白露刻画成这种意识形态的受害者，曹禺

---

① 白冰：《谈谈现代女子》，刊于《女子月刊》1933 年第 9 期，第 14 页。转引自 Louise Edwards, "Policing the Modern Woman in Republican China", *Modern China* 26 (2000), p. 133。

把道德堕落归结为中国社会现代化和西化的后果,并为现代性所导致的不可避免的女性价值观和贞洁观的沦丧谱写了一首挽歌。

《日出》表达了曹禺对那些没有被消费文化玷污的女性的留恋之情。但是,我们需要对这种生产和消费的二分法表示怀疑,这种二分法不断地将后者贬低为一种消极的和不理性的活动。白露同样因为这种对立受苦,因为她意识到自己的生活不具有生产性。整个剧中,她想靠自己所接受的教育做有益之事的欲望一次又一次地浮现出来。例如,有一次,她极力从流氓手中救出一个小女孩。不幸的是,她想做益事的尝试总是以失败而告终。于是,与易卜生的海达·高布乐有所相似,她意识到女人被剥夺了做一切有益之事的权利。① 作为一个不断追寻的现代女性,她有着自己的困惑,并逐步导致了她的绝望和最终的自杀。因此,《日出》是对现代性和女性之间复杂关系的深入剖析。

五 中国革命戏剧中的女性形象

在"五四运动"之后,许多从家庭禁锢中逃出的中国"娜拉"开始承受着独立生活的艰辛。许多现代女性致力于女性解放运动的实现,却发现自己的远大理想总是遭受到时代环境和身边人的反对。女性在社会生活中地位的改变成了20世纪30年代中国革命文学的主题。在现代中国戏剧中,女性经常和男人一样能胜任各种危险困难的任务,进而被刻画成男性的同志。在离开家之后,中国的娜拉通过参军转变成了革命战士。最典型的例子就是秋瑾,她既是文学人物,也是历史人物。

夏衍创作的《秋瑾传》(1936),第一次出版时题名为《自由魂》,于1937年在上海首演。秋瑾于1874年出生在一个富裕的知识分子家庭,后又在日本接受教育。经历了包办婚姻的不幸,因社会革命思潮的影响,她便离开了自己的丈夫和两个孩子。后来,她成立了女子学校,并办起了中国第一家女性报纸。秋瑾一身男人装扮的形象受到了革命人士的尊敬。在刺杀总统的尝试失败后,秋瑾于1907年被处决。

作为秋瑾的一个敬仰者,夏衍出身于浙江省的一个穷苦家庭,他曾积

---

① 白露和海达·高布乐的比较研究见 Chengzhou He, "Hedda and Bailu: Portaits of Two 'Bored' Women", *Comparative Drama* 35 (2002), pp. 447–63。

极地投身到"五四运动"当中。1920年,他去了日本,在那里广泛地阅读了西方文学的译作,并且接触到了马克思主义。因为参加了亲共的活动,他于1929年被日本政府驱逐出境。回到上海后,他进入戏剧界,并开始从事剧本创作。正如夏衍后来回忆的那样,促使他写《秋瑾传》的原因是很多年轻的革命女性的死亡,包括为了追求民族解放而捐躯的秋瑾。[1]

在第一幕中,秋瑾与丈夫就女性在家庭和社会中的角色问题展开了争论,她支持性别平等和家庭改革。秋瑾关心的不仅仅是自己的生活,而且是全中国女性的命运,她希望能看到中国女性"和男人是平等的,而不是依赖于男人的"。(第135页)在第二幕中,从日本归国的秋瑾想要参加推翻清王朝的革命力量。她告诉她的朋友们,"用雷电和大火,我们将彻底改变中国"。(第152页)在第三幕中,反叛失败了,尽管有足够的时间让自己脱身,秋瑾却没有逃走,她情愿为革命牺牲自己。"为国家而死",在行刑前她大声宣言,"是我们革命者应该做的。我们的头颅和热血不会白费。我们的同志将会继承我们的遗愿。中国女人的自由和平等,国家的解放和独立一定会实现"。(第170页)在秋瑾和其他女性革命者看来,女性主义和民族主义是密不可分的。

在以前的革命中,女性通常是被排除在政治运动之外的。因为这种做法经常会导致她们对男性话语的曲解,女性主义评论家谴责革命中省略女性的做法。在《女性的觉醒》这本书中,弗兰西斯·斯万妮从明显的性别角度描述了历史形态:革命被同时认为是可耻的和男性的,而进化,从根上讲,是女性的形式,并与女性心质的分明节奏相符。[2] 普遍存在的观点是政治激进主义本质上是男性的。

女性主义批评对诸如语言、意象、服饰、姿态,维持及改变性别关系的仪式等象征性实体和行为很关注。秋瑾充满激情的言谈以及男性着装、使刀弄枪、善于骑马等行为呈现了她男性化的特征。秋瑾是无性别的,换句话说,她已经被男性化了。中国革命的性别文化经历了长达几十年的男

---

[1] 《夏衍剧集》第1卷,中国戏剧出版社1984年版,第175页。本节所有对《秋瑾传》的引用都引自这个版本,只标明页码。

[2] Frances Swiney, *The Awakening of Women; or, Woman's Part in Evolution*, London: Reeves, 1908. 又见 Felski, p. 164。

性化过程，但是这一过程的先驱是被男性化了的女性。在这个男性化过程中，消费被指责为资本主义的，女性对商品的欲望进而受到压抑。女性在革命事业中的男性化巩固了男性在中国的统治地位。

离开家务的女性与男人们并肩作战，反抗日本侵略和内战，整体而言，现代中国革命意识形态的扩大还是模糊了大众和个人的差异。革命女性的可见性是性别等级制度最明显的一种政治变化。为了强调自身和男人一样享有政治平等的权利，女人开始积极投身到公共事业中。在挖掘现代中国的特征时，她们是不容忽视的重要角色。

中国话剧中现代女性的改变反映了中国女性寻找现代性的复杂经历。中国问题剧中的娜拉形象成了个人主义和主观主义的象征。曹禺戏剧作品中的女性，既接受了女性主义思想的影响，又是消费文化和爱情欲望的主体。然而，社会并没有做好接受她们的准备，从而导致了她们的疯癫和悲剧性的结局。革命戏剧中的女性战士进一步解构了性别的父权制，并影响了现代中国性别政治的新发展。这些女人在民族斗争中起到了至关重要的作用，她们坚信，只有国家得到了解放，自己才能得到解放。将革命当成女性主义运动的标志使得女性运动充满了焦虑和暴力。整体上，就现代中国戏剧的不同阶段而言，女性的解放话语是伴随着中国现代社会的发展而变化的。

然而，许多中国剧作家对现代女性的再现都受到了男性幻想的影响，以至于她们的再现没有做到与女性的经历相符。离开家的中国娜拉面临着不确定性，而男性作家对这一点却没有给予考虑。除此之外，革命女性成为政治激进主义的典型形象。在男性剧作家的作品中，女性被设定为不可言喻的他者，处于男性社会和象征秩序之外。中国的剧作家重新确立了女人与历史以及女人与历史进程关系的权威概念。现代女性成为中国文化身份的象征。通过对中国现代话剧的再思考，我们可以发现，女性是中国现代性的主角。如果说中国话剧中的性别政治在中国现代化进程中起到了重要作用；那么反过来我们也可以说，现代化进程也使性别在中国的重塑持续进行下去。